Edda Leesch
Der Donnerstagsmann

GOLDMANN
Lesen erleben

Edda Leesch

Der Donnerstagsmann

Roman

GOLDMANN

Sollte diese Publikation Links auf Webseiten Dritter enthalten,
so übernehmen wir für deren Inhalte keine Haftung,
da wir uns diese nicht zu eigen machen, sondern lediglich auf
deren Stand zum Zeitpunkt der Erstveröffentlichung verweisen.

MIX
Papier aus verantwortungsvollen Quellen
FSC® C014496

Penguin Random House Verlagsgruppe FSC® N001967

1. Auflage
Originalausgabe Oktober 2021

Dieses Werk wurde vermittelt durch die Literarische Agentur
Thomas Schlück GmbH, 30161 Hannover
Umschlaggestaltung: UNO Werbeagentur München
Umschlagfoto: © Michaela Spatz
Redaktion: Kerstin von Dobschütz
BH • Herstellung: ik
Satz: Mediengestaltung Vornehm GmbH, München
Druck und Bindung: GGP Media GmbH, Pößneck
Printed in Germany
ISBN: 978-3-442-49121-6
www.goldmann-verlag.de

Besuchen Sie den Goldmann Verlag im Netz

»Tanz ist ein Telegramm an die Erde mit der Bitte
um Aufhebung der Schwerkraft.«

Fred Astaire

Für Ilse, meine Mutter

Der Finnische Tango

Als der Tango 1913 nach Finnland kam, wurden die Finnen von den Russen unterdrückt. Der Tanz offenbarte, worüber zu sprechen unmöglich war. Er wird meistens in Moll gespielt. Die Texte handeln stets von unglücklicher oder verloren gegangener Liebe.

Der Tag, an dem Albert Gottwald beschloss, sich ins Jenseits zu befördern, war kein besonderer. Er war der letzte in einer langen Reihe von Tagen, die nach immer demselben Schema abgelaufen waren, bevor sie in einem Meer aus Leere und Bedeutungslosigkeit versanken. In den Nächten wurde er von dunklen Träumen gequält, aus denen das Erwachen keine Erleichterung brachte.

Es war November. Die Welt vor dem Schlafzimmerfenster war matschig und grau wie überreife Pilze auf der Unterseite. Der Wind heulte und riss die letzten Blätter von den Ästen der Robinie im Garten.

»Verdammter Finnischer Tango«, stöhnte Albert und zog sich die Decke über den Kopf. Bis vor ein paar Jahren hatte er es geliebt früh aufzustehen, noch bevor die Stadt erwachte. Jetzt überlegte er, ob er nicht einfach liegen bleiben sollte. Niemandem würde auffallen, wenn er im Bett blieb. Ina kam erst nach 19 Uhr, würde also nichts merken. Marthas Duft wehte zu ihm herüber. Ihre Seite des Bettes war seit 1278 Tagen leer. Dennoch bezog er das Bettzeug jeden zweiten Samstag und sprühte Marthas Parfüm auf das Kissen.

Nein, er konnte nicht liegen bleiben. Das ging einfach nicht. Keine Krankheit, kein Fieber, nicht einmal die Flitterwochen hatten das geschafft. Sobald es hell wurde, musste er aufstehen. Tagsüber liegen zu bleiben fühlte sich für Albert so falsch an, wie … Autofahren in England.

Ächzend hievte er sich hoch und ging den Tag theoretisch durch. Freitag also. Nach der Morgentoilette würde er sich gewissenhaft kleiden. Er war immer gut angezogen. Es gab keinen Grund, damit aufzuhören. Anschließend würde er runtergehen in die Küche. Punkt 7 Uhr würde der Kaffee durch die Maschine blubbern und tröstlichen Duft im Haus verbreiten. Er würde Futter ins Vogelhäuschen streuen und nicht vergessen Wasser in der Tränke zu wechseln. Genau wie Martha es immer gemacht hatte.

Zum Frühstück würde er sich vor das Fenster zum Garten setzen und den Vögeln zusehen. Er würde keinen Appetit haben. In letzter Zeit schmeckte alles nach Seife, und beim Schlucken musste er neuerdings immer an die Gänse denken, die seine Mutter früher um diese Jahreszeit gestopft hatte, damit sie zu Weihnachten fett waren. Dennoch würde er sich zwingen zu essen, denn das hatte er Ina versprochen, und er hielt grundsätzlich, was er versprach.

Das Rotkehlchen würde als Erstes da sein. Albert mochte den kleinen Vogel mit den großen schwarzen Augen. Er weckte ihn bei Sonnenaufgang mit perlend langstrophigem Gesang. Überdies war er außerordentlich zutraulich. Sobald Albert in den Garten ging, hüpfte er unerschrocken um seine Füße, mitunter so nah, dass er befürchten musste draufzutreten. An einem sonnigen Morgen im April hatte Albert seine Jacke an die Schuppentür gehängt. Als er sie gegen Mittag abnehmen wollte, sah er sich vor vollendeten Tatsachen: Das Rotkehlchen hatte in seiner Tasche ein Nest gebaut. Er ließ die Jacke dort hängen, bis die Jungen flügge wurden.

Mit einigem Glück würde heute vielleicht das dicke Eichhörnchen vorbeikommen. Es sah komisch aus, wenn es sich ins Vogelhäuschen quetschte. Manchmal brachte es Albert zum Lachen.

Anschließend der tägliche Spaziergang. Fünfhundertsechsundzwanzig Schritte nach rechts, den Finkensteig runter, zweihundertvierundvierzig den Meisenweg entlang, achthundertsiebzehn den Waldhüterpfad zurück, der nur noch dem Namen nach etwas mit einem Wald zu tun hatte. Früher waren die Straßen hier rechts und links von Robinien gesäumt gewesen, von knorrigen Baumpersönlichkeiten mit verblüffend zartweißen Blütentrauben im Juni, die einen betörenden Duft verströmten. Süß, dabei nicht schwer. Später, wenn die Blüten herabschneiten, spazierte man auf einem weißen duftenden Teppich, bis der nächste Regen kam und alles verdarb.

Martha war überzeugt, dass der Duft der Robinie aphrodisierende Wirkung hat. Und tatsächlich wurden neun Monate nach der Robinienblüte mehr Kinder geboren als zu anderen Zeiten im Jahr. Auch Ina war so ein Robinienblütenkind. Albert jedenfalls hatte nie etwas Besseres gerochen als den Duft blühender Robinien. Von Martha einmal abgesehen, versteht sich.

Die alten Bäume waren verschwunden. Die alten Nachbarn auch. Alles hatte sich verändert, doch an guten Tagen konnte er die Straße sehen wie sie früher war, mit den Augen von vor zwanzig Jahren: die patente Frau Kaiser und ihren Gatten von schräg gegenüber. Täglich, Punkt 10, nach dem Waldspaziergang mit Wotan, ihrem Jagdhund, schlugen sie im Duett ihre Wanderschuhe aneinander, damit sich die Erde aus den Profilen löste.

Die Hofmanns aus 104a waren Gott sei Dank vor zwei Jahren nach Mallorca ausgewandert. Man konnte nur hoffen, dass das Klima sie friedfertiger gemacht hatte.

Kemps, die beiden Doktoren mit ihren vier fabelhaften Kindern (zwei davon Robinienblütenkinder) aus 104 b waren weggezogen, weil ihnen, nachdem das fünfte unterwegs war, das Haus zu klein wurde. Schade. Albert vermisste das fröhliche Kinderlachen.

Doris, die alleinstehende Architektin, zwei Häuser weiter …Was wohl aus der geworden sein mochte? Eines Tages, nach Marthas Tod, war sie sang- und klanglos verschwunden.

Was dem alten Van de Vries von Gegenüber passiert war, wusste Albert ganz genau. Seine undankbare Brut hatte ihn in ein Heim gesteckt, damit sie das Haus, welches in der Niedrigzinsphase immens an Wert zugelegt hatte, verkaufen konnten. De Vries hatte immer den schönsten Garten von allen gehabt. Einen Garten wie eine Sinfonie. Martha und Albert waren oft am Zaun stehen geblieben und hatten die sorgfältig komponierte Pracht bewundert. Wenn beispielsweise die Tulpen welkten und sich deren Blätter unansehnlich gelbbraun verfärbten, wurden sie im de Vriesschen Garten bereits von einem strahlend blauen Vergissmeinnichtteppich überdeckt. Der alte Mann war ein Meister der Übergänge gewesen, nur sein letzter war ihm komplett missglückt. Dem Garten war es nicht besser ergangen. Dort, wo einst Tulpen und Vergissmeinnicht um die Wette blühten, parkten nun zwei SUV auf grauem Beton. Die neuen Nachbarn hatten sich nicht vorgestellt. Albert bekam sie selten zu Gesicht. Deren Sohn, ein Wesen mit tief ins Gesicht gezogener Kapuze, sah er ab und zu. Der Bengel grüßte nie.

Die Dame vom Ende der Straße, die ihren blinden weißen Pudel dreimal täglich in einer Sportkarre spazieren geschoben hatte und an deren Namen sich Albert nicht erinnern konnte, lebte jedenfalls nicht mehr. Letztes Jahr, an Heiligabend, hatte der schwarze Kombi vom Beerdigungsschröder vor ihrem Haus gestanden. Was aus dem Pudel geworden war, wusste Albert nicht.

So viele Schicksale wie Namen. Kein Leben wie das andere, und doch liefen alle auf dasselbe hinaus.

Früher hatte man wenigstens auf die eine oder andere Art am Leben des anderen teilgehabt, hatte sich gegrüßt, geholfen, gemeinsam Zäune repariert oder Dachrinnen gereinigt.

Man hatte Nachrichten, Romane und Zeitungen getauscht, sich ab und an ein Tässchen Zucker oder ein Ei geborgt, Geburtstage gefeiert, Hochzeiten und Beerdigungen. Man hatte gestritten, geneidet, getröstet, geklatscht, sich für den anderen gefreut oder war einfach mal so vorbeigekommen auf eine belanglose Tasse Kaffee. Heute war jeder für sich.

Eigentlich ganz gut, dachte Albert, der noch immer auf der Bettkante hockte. Was hatte er mit den Neuen schon abzumachen? Den lieben langen Tag waren sie auf Achse, wuselten umher wie geschäftige Ameisen, deren Bahnen einer nicht nachvollziehbaren Choreografie folgten, ohne erkennbaren Rhythmus, dabei stets in Eile. Sie waren Fremde und würden es für immer bleiben.

Früher hatten die Kinder auf der Straße Himmel und Hölle gespielt oder Federball, heute konnte man von Glück sagen, wenn man heil auf die andere Seite kam. Jedes einzelne Kind wurde von seinen Eltern zur Schule, zum Kindergarten, zum Sportplatz geshuttelt und anschließend wieder abgeholt. Kolonnen von Autos waren das Resultat.

Früher war Ina mit Horden Gleichaltriger den ganzen Tag draußen unterwegs gewesen. Hatte jemand Hunger, fand sich immer ein gnädiger Nachbar, der eine Stulle aus dem Fenster reichte. Kein Mensch hatte sich um Pädophile Sorgen gemacht. Das Wort war vermutlich nicht mal erfunden.

Früher hatte Albert jeden Morgen seine Zeitung vom Kiosk geholt und frische Brötchen vom Bäcker. Der Bäcker hatte dichtgemacht. Dort, wo der Zeitungskiosk gestanden hatte, war ein blaues Raumschiff gelandet, eine Tankstelle, deren grelles Licht in das Schlafzimmer der Gottwalds flutete. Früher schien da nur der Mond hinein.

Albert konnte sich noch gut erinnern, wie er Martha beim Aufhängen der schweren Übergardinen behilflich war, die es auch nicht schaffen sollten, das Licht fernzuhalten.

»Die Welt wird immer hässlicher«, hatte er geklagt. Martha aber hatte nur mit den Achseln gezuckt und gesagt: »Sie verändert sich, Schatz, und wir können nichts dagegen tun.«

Nie hatte sie sich über irgendetwas beschwert. Nicht ein einziges Mal. Das war gar nicht ihre Art.

Eine Weile hatte Albert seinen guten Willen gezeigt und wie alle anderen in der Tankstelle Zeitungen und Brötchen gekauft, obwohl er das ausgesprochen kulturlos fand. Seit es Martha nicht mehr gab, kaufte er dort, mal abgesehen von Benzin, nichts mehr. Was auch nicht nötig war, denn seine Tochter versorgte ihn mit Lebensmitteln.

An Zeitungen hatte er ohnehin das Interesse verloren. Er hatte keine Lust mehr auf Neuigkeiten, die täglich wechselten, aber immer gleich schrecklich waren. Aus demselben Grund schaltete er auch den Fernseher nicht mehr ein. Er verstand die Welt nicht mehr, und sie verstand ihn nicht.

Der tägliche Spaziergang also.

Er würde eine Hürde überwinden müssen, die genauso aussah, wie sie hieß: Gitte Pietsch. Die Pietsch war seine Nachbarin. Ausgerechnet *die* war von allen übrig geblieben. Hätte es nicht wenigstens Doris sein können? Mit ihr hätte er wenigstens über Martha reden können. Oder de Vries. Der hätte ihn in das Geheimnis der jahreszeitlichen Übergänge einweihen können, aber die Pietsch?

Das Leben hatte einen grausamen Sinn für Humor.

Als Martha und er vor fast vierzig Jahren die rechte Hälfte des Hauses gekauft hatten, waren sie komplett ahnungslos, was Doppelhaushälften betraf.

Es hatte gute Argumente für den Hauskauf gegeben. Die Gegend war ruhig und grün. Überall gab es diese fantastisch duftenden Bäume. Zum Wald, zum See war es ein Katzensprung. Kindergärten, Schulen und diverse sportliche Einrichtungen waren fußläufig erreichbar. Und natürlich war der Preis ausschlaggebend gewesen. Ein frei stehendes Haus, eines, um das man herumlaufen konnte, wie Albert es sich gewünscht hatte, konnten sie sich nicht leisten.

Alle anderen Bewohner der umliegenden Doppelhaushälften kamen prima miteinander aus. Nur Albert und Martha hatten sich, wie sich zeigen sollte, in ein Wespennest gesetzt.

Flankiert von den Hofmanns, einem besserwisserischen Lehrerehepaar auf der rechten Grundstücksseite, Wand an Wand mit der Familie Pietsch, war so ziemlich das Übelste, was einem nachbarschaftstechnisch passieren konnte. Detlef Pietsch war ein Korinthenkacker, wie er im Buche stand. Häufig und lautstark stauchte er Frau und Sohn zusammen, wie sie durch die dünne Trennwand mit anhören mussten. Albert war ja dafür gewesen, sich rauszuhalten, für Martha jedoch kam das überhaupt nicht infrage. Schon bald nach dem Einzug war sie rüber marschiert und hatte dem Pietsch die Meinung gegeigt, dass dem Hören und Sehen verging, was zur Folge hatte, dass er ihnen fortan das Leben schwer machte und dabei keine Gelegenheit ausließ.

Ob es nun um die Hausnummer ging, die nicht vorschriftsmäßig beleuchtet war, oder der Weg vor dem Haus, der nicht pünktlich um 8 Uhr morgens von Eis und Schnee befreit war, es hagelte Anzeigen.

Wenn Ina am Weihnachtsabend *Stille Nacht* auf dem Klavier klimperte, standen wenig später Ordnungshüter vor der Tür und verwarnten sie wegen nächtlicher Ruhestörung.

In der Hoffnung, ihre Nachbarn würden irgendwann des Stänkerns müde werden, wenn sie einfach *nicht* reagierten und freundlich blieben, übten sich die Gottwalds in Gelassenheit, was Albert ein Magengeschwür einbrachte. Er ertrug es tapfer, schon wegen Ina, die sich mit Phillip, dem Sohn der Pietschens angefreundet hatte. Dennoch: Trotz allerbester Vorsätze ging die Strategie nicht auf. Als der Pietsch verlangte, die Robinie im Garten zu fällen, war das Maß voll. Sie nahmen sich einen Anwalt, der ein exorbitant hohes Honorar verlangte, und klagten mit eiserner Beharrlichkeit zwei lange Jahre mit dem Resultat, dass der Baum bleiben durfte und Phillip der Umgang mit Ina verboten wurde.

Die Menschen, auf die Martha wütend war, konnte man an einer Hand abzählen. Detlef Pietsch war einer von ihnen. Nach der Geschichte mit dem Baum hatte sie ihn nur noch *den Blockwart* genannt, und irgendwie war der Name im Viertel durchgesickert und an ihm kleben geblieben wie das Pech an der Schwester von Goldmarie.

Jedenfalls trauerte kein Mensch um ihn, als er im letzten Jahr bei dem Unterfangen, die Hecke zu stutzen, die die Gärten voneinander trennte, was streng genommen in Alberts Zuständigkeitsbereich fiel (die Hecke durfte kein Blättchen höher sein als zwei Meter), von der Leiter stürzte, unglücklich auf der Zipfelmütze seines Lieblingsgartenzwerges aufschlug und sich das Genick brach.

Nach dem Tod ihres Mannes hatte Frau Pietsch die Kontrolle über das Viertel übernommen, wenn auch in abgemilderter Form. Sie legte sich eine Katze zu, was Albert schon wegen der Mäuseplage im Garten begrüßenswert fand. Warum sie das Tier Loveday nannte, war ihm schleierhaft. Allerdings wäre er nie im Leben auf die Idee gekommen nachzufragen, wusste er doch, dass er sie nicht mehr loswerden würde. Sie lauerte ihm bei jeder Gelegenheit auf, und wenn sie ihn erwischte, was meistens der Fall war, wenn er kam oder ging, monologisierte sie ohne Punkt und Komma, erzählte belangloses Zeug, immer in epischer Breite, immer detailliert vorgetragen, stundenlang, bis Albert ganz schummerig davon wurde. Einen Sinn in ihren Wortgirlanden auszumachen war wie Nebel mit der Hand fangen.

Das Schlimmste jedoch war ihr Parfüm. Sehr süß, wobei die Basisnote etwas Erdiges sein musste, wie etwas Totes, das zu lange in der Sonne gelegen hatte.

Um der Pietsch zu entkommen, hatte Albert seit Wochen darauf verzichtet, Post aus dem Kasten zu holen. Schnell wie der Wind war er nach dem täglichen Spaziergang zurück ins Haus gehuscht, doch nur selten war es ihm gelungen, die Haustür hinter sich zu schließen, bevor sie die ihre öffnete.

Heute musste der Briefkasten mal wieder geleert werden, denn der quoll bereits über. Albert hatte eine Idee. Er würde sich das Handy ans Ohr halten, sobald er das Haus verließ. Wenn dann die Pietsch ihre Tür aufriss, würde er so tun, als ob er sich gerade in einem enorm wichtigen Telefonat befand. Er freute sich über seinen Einfall.

Vorausgesetzt, sein Plan funktionierte, würde er die Post durchsehen, die vor allem aus Rechnungen und Werbung bestehen würde, obwohl auf dem Briefkasten ausdrücklich stand: »Keine Werbung!«

Gelegentlich flatterten noch Einladungen zu Tanzturnieren herein. Manchmal wurde er gebeten, als Juror zu fungieren. Er beantwortete diese Anfragen nie und entsorgte sie zusammen mit der Werbung im Kamin. Die Welt des Tanzes war einmal die seine gewesen, aber auch das war Geschichte.

Nach der Post würde es nicht mehr viel zu tun geben. In den warmen Monaten hatte ihn der Garten auf Trab gehalten und ihm am Ende des Tages das befriedigende Gefühl gegeben, etwas Sinnvolles getan zu haben. Zu keiner Zeit war dieses Stückchen Erde so gut in Schuss gewesen wie in den letzten drei Jahren. Jedes Frühjahr grub er eigenhändig fünfhundertachtzig Quadratmeter Rasenfläche um und legte den Rasen neu an, obwohl das absolut nicht notwendig gewesen wäre.

Jetzt gab es draußen nichts mehr zu tun. Die Rosen waren eingepackt, der Mulch angehäuft, Laubhaufen für die Igel zusammengeharkt, Holz für die nächsten Jahre gehackt. Die Kübelpflanzen standen in ihrem Winterquartier, Schuppen, Garage und Keller waren aufgeräumt, alles picobello also.

Gegen 16 Uhr würde er den Kamin anheizen, sich ein oder zwei Gläschen Whisky genehmigen, Mozarts *Requiem* auflegen, vielleicht das von Fauré, mal sehen. Er würde im Sessel sitzen und sein Leben an sich vorbeiziehen lassen. Zumindest den Teil, der wichtig für ihn war und der in Fotos dokumentiert über dem Kamin hing.

Das Jahr steuerte der dunkelsten Zeit entgegen. Albert störte das nicht, ganz im Gegenteil. Die Dunkelheit passte hervorragend zu seiner Stimmung.

Er liebte es, am Nachmittag im Sessel zu sitzen und zuzusehen, wie die Scheinwerfer der vorbeifahrenden Autos die Fotogalerie über dem Kamin beleuchteten. Die Lichtkegel huschten über die Fotos, Martha und Albert als Hochzeitspaar, Martha und Albert als frischgebackene Hausbesitzer, Martha und Albert auf Tanzturnieren, in unterschiedlichen Jahrzehnten, in prachtvollen Kostümen … Martha und Albert auf dem Siegertreppchen … mit Ina als Baby … Ina als Kleinkind … als Schulkind … mit der pubertierenden Ina … der Studentin Ina und schließlich der weiß bekittelten Ina … bis hin zu einem

Foto von Martha, kurz bevor sie krank wurde. Sein Leben im Schnelldurchlauf also.

Erst gegen 20 Uhr, wenn die Kolonne der shuttelnden Elternschaft endlich durch war, wenn auch das letzte Kind von seinen sportlichen Aktivitäten abgeholt worden war, würde er Licht anmachen und die Lautstärke der Musik hochdrehen, um die Pietsch nicht hören zu müssen, die um diese Uhrzeit mit soprangreller Stimme ihren Kater lockte und eine Spieluhr anwarf, die *Jingle Bells* klimperte.

»Loveday liebt Weihnachtslieder«, hatte sie ihm letzten August erklärt, als er sie an der Hecke entdeckte, wo sie bei fünfunddreißig Grad im Schatten, mit *Jingle Bells* Geklimper, umhergekrochen war.

Zwei Whiskys später würde ihm Martha im Ohrensessel gegenüber erscheinen. Sie würde stricken, wie sie es jeden Abend getan hatte. Sie würden Dinge besprechen, Dinge, die anfielen. Zum Beispiel die Mäuse. Albert wollte den Schuppen im Garten abreißen. Er vermutete Heerscharen von Mäusen darunter, wahrscheinlich in mehrstöckigen Wohnanlagen. Der zu Hilfe gerufene Kammerjäger hatte unverrichteter Dinge wieder abziehen müssen, als sich herausstellte, dass es sich nicht um gewöhnliche Hausmäuse, sondern um Waldmäuse handelte, Waldmäuse, die unter Naturschutz standen, wohlgemerkt.

Erst gestern Abend hatte sich Albert bei Martha über die Mäuse beklagt.

»Sie ernähren sich vom Vogelfutter. Ich verstehe sowieso nicht, wieso die Vögel das ganze Jahr gefüttert werden müssen«, hatte er gesagt, was nicht stimmte, denn Martha hatte es ihm mehr als einmal erklärt. Wegen der aussterbenden Insekten, der Flurbereinigung und so weiter. Aber er wollte diskutieren.

»Das Problem an der Sache ist, dass wir auf diese Weise Mäuse züchten! Die klettern ins Vogelhäuschen, fressen sich fett und vermehren sich prächtig!«

Martha hatte schweigend zugehört und ihn nur gelegentlich über den Rand der Brille angeschaut. Erst nachdem er seine Tirade beendet hatte, sagte sie in dem ihr eigenen ruhigen Ton: »Wir sind in ihren Lebensbereich eingedrungen, Schatz. Vergiss das nicht. Früher war hier einmal Wald.« Dann hatte sie gelächelt, wie nur sie lächeln konnte, und Albert hatte die Mäuse vergessen.

»Wie hab ich dich geliebt, mein Engel«, sagte er jetzt zu Marthas Foto an der Wand. »Wie liebe ich dich immer noch. Niemals werde ich damit aufhö…«

Es raschelte. Albert schob den Nachttisch beiseite und sah schwarzbraune reiskorngroße Köttel: Mäusekacke! Er hatte es ja geahnt: Die Viecher machten sich bereits im Haus breit! Er musste zum Baumarkt und Fallen besorgen. Also los!

Zunächst war alles wie immer.

Futterhaus reinigen, Futter einstreuen, Wasser wechseln.

Als das erledigt war, setzte er sich an den Tisch vor der

Terrassentür, um zu frühstücken. Wie gewohnt kam als Erstes das Rotkehlchen vorbei.

Er fragte sich, ob Rotkehlchen nicht eigentlich Zugvögel waren, und schaute in Marthas Vogelbuch nach. Ja richtig, dort stand, dass Rotkehlchen in diesen Breitengraden normalerweise im Oktober in den Süden ziehen und erst im März zurückkehren.

Er fragte sich weiter, wieso »sein« Rotkehlchen immer noch da war, was ihn zu der Frage führte, wieso *er* eigentlich immer noch da war?

Er war jetzt 63 Jahre alt. Die Lebenserwartung von Männern in diesem Land lag bei 79,1. Somit hätte er noch 16,1 Jahre vor sich. 16,1 Jahre ohne Martha …

Die Brötchenbutterhonigmasse in seinem Mund verklumpte zu einem pappigen Batzen. Traurigkeit schnürte ihm die Kehle zu.

Das Räderwerk des Tages kam scheppernd zum Stillstand.

Obwohl Albert Gott immer für ein Gerücht gehalten hatte, faltete er nun die Hände, schloss die Augen und murmelte: »Lieber Gott, gib mir ein Zeichen, dass das alles irgendeinen Sinn ergibt, dass ich weiterleben soll.«

Das Erste, was er bemerkte, als er die Augen öffnete, war der zuckende Schwanz einer Katze, hinter dem Laubhaufen für die Igel.

Loveday!

Er visierte das Rotkehlchen an, das nichts ahnend in der Vogeltränke badete.

»Neeein!«, schrie Albert und stürzte zur Terrassentür. Doch bevor er die Tür entriegelt und geöffnet hatte, schnappte sich der Kater das Rotkehlchen und galoppierte mit seiner Beute von dannen.

Albert rutschte auf den glatten Steinen der Terrasse aus, rappelte sich hoch und verfolgte den Kater bis in den hinteren Teil des Gartens.

»Lass den Vogel los, verdammtes Mistvieh!«, brüllte er, »Lass ihn sofort los!« Er hatte nicht die leiseste Chance. Der Kater brachte sich und seine Beute mit einem lässigen Sprung über den Zaun in Sicherheit.

Die Pietsch war von dem Tumult im Garten von ihrer Teleshoppingsendung aufgeschreckt und zum Fenster geeilt. Was war denn da los? Sie sah ihren Nachbarn am Gartenzaun. Mit fuchtelnden Armen und *in Socken* (!) schrie er Loveday an, der in ihrem Garten hinter den Büschen etwas zerrupfte. Federn stoben.

Albert sank auf die Knie. Er spürte den Regen nicht, der auf ihn herabfiel, und auch nicht den Matsch, in dem er kniete.

Gib auf, flüsterte eine Stimme nah an seinem Ohr. *Gib endlich auf.*

Lange hatte er nicht mehr geweint. Jetzt löste sich etwas in ihm, und das war nicht etwa schrecklich, sondern sehr befreiend. Gott hatte gesprochen. Seine Botschaft hätte nicht eindeutiger sein können.

Jedes Leben endet. Alle Herzen werden gebrochen. So ist das nun einmal.

Für den Moment wurde alles friedlich und still, als wäre er allein auf der Welt.

Doch dann: »Was ist denn los, Herr Gottwald?«

Die Pietsch!

Albert stöhnte. Wie würde er es lieben, tot zu sein.

»Sie haben ja gar keine Schuhe an!«, rief sie. »Alles in Ordnung mit Ihnen?«

Er drehte sich zu ihr um und brüllte: »Nichts ist in Ordnung, Frau Pietsch! Absolut gar nichts! Ihr Scheißkater hat soeben mein Rotkehlchen gekillt! Statt hier die Mäuse zu dezimieren, killt das Mistviech Vögel!«

»Aber … das machen Katzen nun einmal«, stammelte die Pietsch.

Albert ging zurück ins Haus und knallte die Terrassentür hinter sich zu. Er würde dieser Farce ein Ende setzen. Und das Datum stand bereits fest.

Vor einem halben Jahrhundert, als Frau Dr. Hanne Hanken noch das »Hannele« war, wurde ihr geweissagt, dass sich das Glück erst spät in ihrem Leben einstellen würde, nämlich dann, wenn sie die Mitte ihres Lebens bereits überschritten hatte. Nun denn, falls sie nicht hundertdreizehn werden würde, war davon auszugehen, dass sie die Lebensmitte bereits überschritten hatte. Das Glück jedoch war zuverlässig ferngeblieben.

Vielleicht findet es ja in einem Paralleluniversum statt,

dachte Hanne, *oder die Kartenlegerin hat ganz einfach Unsinn geredet, was wahrscheinlicher war.*

Sie konzentrierte sich wieder auf ihre Patientin, die auf der anderen Seite des Schreibtisches saß und schweigend auf ihr verbundenes Handgelenk starrte.

Vera Schilling, siebenunddreißig Jahre alt, von Beruf Castingfrau, spezialisiert auf die Besetzung von TV-Serien, verheiratet, ein Kind. Suizidversuch.

Der Tag, an dem Vera nicht mehr leben wollte, war der fünfte Geburtstag ihres Sohnes.

Am Abend zuvor hatten sie und ihr Mann gesprochen. Die Trennung war beschlossene Sache. Vera hatte die ganze Nacht wach gelegen. Woher sie die Kraft für ein Lächeln am nächsten Morgen genommen hatte, mit dem sie den kleinen Konrad geweckt und ihm zum Geburtstag gratuliert hatte, wusste sie selbst nicht. Aber sie hatte es geschafft, hatte sich die dunklen Schatten unter den Augen überschminkt, sich in positiven Farben gekleidet, Luftballons aufgeblasen, die Wohnung hübsch dekoriert, eine Geburtstagstorte gebacken, Snacks und Getränke bereitgestellt und eine heitere Miene aufgesetzt, dem Anlass gemäß.

Die kleinen Geburtstagsgäste kamen, eine fröhlich ausgelassene Schar, wild entschlossen, sich nach Kräften zu amüsieren.

Während Vera in der Küche den Kartoffelsalat schnippelte, den es bei den Schillings traditionell an jedem Geburtstag gab, war ihr mit einem Mal alles so sinnlos vorgekommen. Tränen waren in die selbst gemachte Mayonnaise getropft, die sich daraufhin einfach nicht verfestigen wollte.

Sie solle sich gefälligst zusammenreißen, hatte ihr Mann gesagt, wenigstens heute. *Wenigstens.* Aua!

In der Absicht, den Orkan zu beschwichtigen, der in ihrem Inneren tobte und blühende Landstriche in triste Mondlandschaften verwandelte, hatte sie zwei Beruhigungstabletten mit Hochprozentigem runtergespült. Auf diese Weise war es ihr gelungen durchzuhalten, bis ihr zukünftiger Ex die Kinder in den VW-Bus verfrachtete, um mit ihnen in den Zoo zu fahren. Lächelnd küsste sie ihren Sohn zum Abschied, lächelnd winkte sie dem Auto nach, bis es um die Ecke gebogen war. Dann endlich konnte sie aufhören zu lächeln.

Sie hatte sich die Schnapsflasche geschnappt und war ziellos durch Regen und Wind geirrt, querfeldein über Wiesen und Felder, die Landstraße entlang, bis sie sich, erschöpft und vollkommen durchnässt, in einen Straßengraben legte, wo sie die Flasche leerte, an einem Stein zerschlug und sich mit den Scherben an den Pulsadern ihres linken Handgelenkes zu schaffen machte …

Es würden hässliche Narben bleiben, wusste Hanne, wulstige Male.

Nach ihrem Krankenhausaufenthalt war Vera Schilling in die Psychiatrie überstellt worden. Hanne sollte nun entscheiden, ob die Indikation für eine Zwangseinweisung vorlag. Unterbringungsbeschluss ja oder nein, geschlossene oder offene Station, 2 a oder b.

War die Patientin noch suizidal oder nicht? Das war hier die Frage.

»Ihr Mann war zu diesem Zeitpunkt also mit den Kindern im Zoo?«, fragte Hanne.

Vera Schilling nickte. »Er fand, ich solle besser nicht mitkommen. Ich sei unzumutbar. Un-zu-mut-bar«, wiederholte sie, als sei jede Silbe eine Peitsche, mit der sie sich geißelte. Sie beugte sich vor, stützte den Kopf in die Hände und schluchzte los. Ihre Tränen tropften auf die gläserne Schreibtischplatte. Klong, klong, klong (nicht etwa platsch, platsch, platsch wie in Comics).

Hanne hasste das Geräusch von Tränen auf ihrem Schreibtisch. Mehr noch hasste sie die scheußlichen Ränder, die sie hinterließen und die zu entfernen eine aufwendige Sache war. Die Reinigungskräfte hatten dafür keine Zeit, also blieb das Wegpolieren an ihr hängen.

Sie schob Vera Schilling eine Packung Papiertücher hin und lehnte sich zurück, in der Hoffnung, die Patientin würde es ihr nachtun und aufhören, ihre Schreibtischplatte vollzutropfen. Es funktionierte.

Hanne machte eine Notiz für Betty Büthe, ihre Sekretärin: Papiertücher ordern, neuen Schreibtisch anfordern, *keine* Glasplatte! Ihr Magen knurrte laut und vernehmlich. Sie überlegte, wann sie das letzte Mal gegessen hatte, und konnte sich nicht erinnern. Achtundvierzig Stunden Dienst lagen hinter ihr.

Auf der psychiatrischen Akutstation hatte es in der letzten Nacht vier Neuzugänge gegeben. Zwei randalierende

Alkoholiker, ein Schizophrener, der sein Elternhaus abfackeln wollte, und eine Minderjährige, die die Polizei von der Autobahn gefischt hatte. Barbusig war sie dem Verkehr entgegengelaufen, voll auf MDMA. Sie hatte nicht eingesehen, wieso sie in »die Klapsmühle« sollte, sie wollte ja nur ihrer Mutter eins auswischen, »weil die nervig war«. *Arme Mutter*, hatte Hanne gedacht und das Mädchen eingewiesen. Eine Woche Schonfrist für die Mutter.

Als sie endlich etwas essen wollte, bekam der Schizophrene einen Tobsuchtsanfall, riss die Bilder von den Wänden und weckte alle Maniker auf, die daraufhin beschlossen, dass die Nacht nun für sie vorbei war und sie sich erst mal einen Kaffee machen mussten. Da war es zwei Uhr morgens. Nicht mal eine besonders schlimme Nacht, nur der ganz normale Wahnsinn. An Schlaf jedenfalls war nicht zu denken gewesen, an Essen schon gar nicht.

Hannes Magen knurrte erneut.

Vera Schilling fragte, ob sie Hunger habe. Hanne antwortete nicht und spulte den Fragenkatalog zur Abschätzung der Suizidalität nach H. J. Möller ab: »Haben Sie in letzter Zeit häufig daran denken müssen, sich das Leben zu nehmen? Halten Sie Ihre Situation für aussichts- und hoffnungslos? Haben Sie schon einmal einen Selbstmordversuch unternommen? Hat in Ihrer Familie, in Ihrem Freundes- oder Bekanntenkreis jemand einen Selbstmordversuch unternommen?«

Während sie die Antworten notierte, spürte sie wieder diesen Zorn in sich aufsteigen, der sie in letzter Zeit öfter überkam, wenn sie es mit Suizidpatienten zu tun hatte. Ganz und gar unprofessionell, zweifelsohne, dennoch: Die Frau hatte ein Kind, verdammt noch mal! Sie war gesund, nicht dumm, jung, sah blendend aus, hatte einen Bombenjob, ein Leben, um das sie die halbe Welt beneiden würde, ohne Krieg, ohne Hunger, ohne Not. Warum zum Teufel schickte sie den treulosen Gatten nicht einfach in die Wüste und suchte sich einen anderen? Vermutlich würde sie nicht mal lange suchen müssen.

Hanne schüttelte den Kopf über sich und nahm sich vor, das Thema demnächst mit Frau Dr. Göttler, ihrer Supervisorin, zu besprechen.

»Er hat mich doch geliebt«, wimmerte Vera Schilling. »Wieso ist es denn auf einmal vorbei? Das will nicht in meinen Kopf.«

»War es denn wirklich auf einmal vorbei?«, hakte Hanne nach. »So etwas hat doch immer eine gewisse Entwicklung. Gab es keine Anzeichen für den Zustand Ihrer Beziehung?«

Vera verneinte. Sie vermied Augenkontakt, doch zwischen ihren Augenbrauen zuckte es einmal kurz, kaum wahrnehmbar.

Das Gegenüber zeigt alles. Gerade wenn es versucht, es nicht zu zeigen. Hanne war Expertin im Lesen von Mikroexpressionen, jenen flüchtigen Gesichtsausdrücken, die willentlich kaum zu unterdrücken sind. Sie konnte in Gesichtern lesen wie andere in einem Buch.

»Die Sedativa, die Sie genommen haben, sind verschreibungspflichtig«, sagte sie. »Wer hat sie Ihnen verordnet?«

»Der Hausarzt.«

»Aus welchem Grund?«

Vera Schilling antwortete nicht. Hannes Handy piepte und erinnerte sie daran, dass die Zeit abgelaufen war. Auf der Station wartete man bereits auf sie. Gerade überlegte sie, wie sie die Sitzung möglichst sensibel beenden konnte, da fing Vera Schilling an zu sprechen. Sie sprach sehr leise.

»Er blieb immer länger weg. Wenn er nach Hause kam, hatte er schlechte Laune. Wenn ich ihn fragte, was los sei, fand er erbärmliche Ausreden, sagte, ich sei hysterisch, würde mir alles nur einbilden. Das ist das Schlimmste. Wenn man sich auf niemanden mehr verlassen kann, nicht mal auf seine eigene Wahrnehmung.«

Hanne schaute professionell ungerührt, doch sie spürte deutlich den Zug an ihrem Herzen, so, als hätte jemand ein Gummiband daran befestigt und liefe mit dem anderen Ende weg.

»Wir schliefen nicht mehr miteinander«, sagte Vera Schilling. »Seit einem Jahr ging er mir aus dem Weg, lag auf der Kante seines Bettes, so weit außen, dass ich befürchtete, er könnte jeden Moment herausfallen. Dabei konnten wir uns früher nie nah genug sein. Wir haben immer in der Löffelchenstellung geschlafen. Wissen Sie, was ich meine?«

Warum sollte ich nicht wissen, was sie meint?, fragte sich Hanne. *Ich bin eine Frau und kein Neutrum.* Sie ärgerte sich. Dass man als Frau ab einem gewissen Alter für die männliche Spezies unsichtbar wurde, war ja hinlänglich bekannt, nicht aber, dass sie von Frauen nicht mehr als Frau wahrgenommen wurde.

»Ich kann mich schwach erinnern«, knurrte sie.

»In letzter Zeit hab ich fünf Kilo zugenommen«, sagte Vera. »Ich war einfach nicht mehr anziehend für ihn. Er mag keine dicken Frauen.«

Unfassbar, fand Hanne. Die Frau, die vor ihr saß, war schlank und hatte mit »dicken Frauen« nicht das Geringste zu tun.

Sie notierte: *Verdrängung, Primäre Aggression gegen das Ich.*

Vera Schilling sah sie an. Zum ersten Mal richtig. Frau Dr. Hanken war nicht mehr jung. Sie war dünn, eher dürr. Ihr Haar, ohne Aufwand zu einer Art Dutt zusammengezwirbelt, war nicht lockig, sondern struppig und stumpf, von verblassendem Rot, welches an trockenes Laub erinnerte. *Die Idealbesetzung für eine Hexe*, dachte Vera. *Schade, dass es in TV-Serien so wenig Hexen zu besetzen gab.*

Ihr wurde bewusst, dass sie, wäre ihr Selbstmordversuch erfolgreich gewesen, niemanden mehr besetzt hätte, schlimmer noch: Sie hätte ihren Sohn nie wiedergesehen.

Hanne sah den Musculus depressor anguli oris in Veras Gesicht zucken und schob ihr prophylaktisch die Box mit den Papiertüchern hin. Und richtig, Vera fing erneut an zu weinen.

»Das kann doch nicht vorbei sein, wir waren doch so glücklich …«

Klingt wie ein Schlagertext, dachte Hanne. *Nun ja, von*

irgendwoher mussten die ja schließlich kommen. Sie sagte laut zu sich: »Blödsinn!«

Vera Schilling zuckte zusammen: »Wie bitte?«

»Nichts«, sagte Hanne.

Das Telefon klingelte. Betty Büthe drängte zur Eile. Die Visite war überfällig, und den Termin um 14 Uhr bei der neuen Personalchefin, Frau Fröhlich-Hacker, solle sie nicht wieder vergessen. Hanne dankte und legte auf.

Eine Entscheidung musste her.

Sie musterte Vera Schilling. Was war die Motivation ihres Suizidversuches? Wollte sie ihre Umgebung kontrollieren oder manipulieren? Ihren Mann erpressen oder bestrafen? Hatte sie ein mangelhaft entwickeltes Selbstwertgefühl und versuchte, es auf diese Weise zu retten? Als narzisstische Plombe? Wollte sie wirklich sterben? Oder war das Ganze schlicht ein Hilferuf?

War ihr bewusst, was für ein Trauma sie ihrem Sohn verpasst hätte, wenn die Aktion erfolgreich gewesen wäre?

Wie hätte der Junge mit dieser Erinnerung weiterleben sollen? Hatte sie auch daran gedacht? Und warum unternahm sie ihren Suizidversuch ausgerechnet an seinem Geburtstag? Verdammt noch mal, wer machte so was, am Geburtstag seines Kindes?

Sie wischte alle unprofessionellen Gedanken beiseite und gab sich die Antwort: *jemand, der sehr verzweifelt war.*

Sie schlug Vera Schilling vor, ein paar Tage zu bleiben, damit sie hier in geschützter Umgebung und in aller Ruhe ihre Gedanken ordnen könne. Fürs Erste hielt sie es nicht für erforderlich, sie darauf hinzuweisen, dass sie sie auch ohne richterlichen Beschluss und gegen ihren Willen zweiundsiebzig Stunden festhalten konnte. Erwartungsgemäß kam, was kommen musste: Widerstand.

»Ich kann nicht bleiben«, sagte Vera. »Ich muss nach Hause. Konrad braucht mich jetzt.«

Aha! Das war alles, was Hanne wissen musste. Vera Schilling wollte nicht sterben. Sie schrieb in die Krankenakte: *keine akute Suizidgefahr, Verdacht auf appellativen Parasuizid, Spontanhandlung. Manipulativ?*

Die endgültige Diagnose musste nicht im Erstgespräch gestellt werden.

»Meine Sekretärin, Frau Büthe, wird Sie zur Station bringen und erklärt Ihnen alles Weitere.«

Damit war die Sitzung beendet.

Der Boogie-Woogie

… wurde auch Hottentottenmusik genannt. Er entstand Ende der Zwanzigerjahre in den US-amerikanischen Gettokneipen der Schwarzen.
Sein Großvater ist der Swing, sein Kind der Rock 'n' Roll. Der Boogie-Woogie wird im Viervierteltakt bis zu achtundvierzig Takten pro Minute getanzt.
Das ist schnell. Verdammt schnell.

Ein ähnliches Tempo würde Albert vorlegen müssen, wenn er bis Sonntag um 9 alles schaffen wollte.

Nun mag man sich fragen: Wozu die Eile? Warum ausgerechnet Sonntag um 9? Ganz einfach, weil viele wichtige Ereignisse in Alberts Leben an Sonntagen um 9 passierten. Er war an einem Sonntag um 9 geboren worden, er hatte Martha an einem Sonntag um 9 einen Antrag gemacht, sie hatten sonntags um 9 geheiratet, Martha war an einem Sonntag um 9 gestorben. Da lag es auf der Hand, diese Welt auch an einem Sonntag um 9 zu verlassen. Zumindest für Albert.

Was er brauchte, war ein Plan.

Der Zeitpunkt für sein Vorhaben war insgesamt günstig, denn Ina musste übers Wochenende zu einer Fortbildung. Heute würden sie sich also zum letzten Mal sehen. Der Gedanke quetschte sein Herz zusammen, als hätte es jemand in einen Schraubstock gespannt. Wie konnte er es hinkriegen, am Abend unbeschwert zu wirken, damit Ina keinen Verdacht schöpfte?

Was das Verstecken oder Vortäuschen von Gefühlen anging, war Albert nie ein Meister gewesen. Sicher, als Turniertänzer musste er auf Knopfdruck lächeln. Es hatte eine Weile gedauert, bis er es einstudiert hatte, doch von da an war es sein Leben lang abrufbar und erleichterte so einiges. Allerdings konnte er mit seinem Profilächeln vielleicht das Publikum oder die Preisrichter überzeugen, seine Tochter nicht. Im Gegenteil. Wenn er es heute Abend aufsetzen würde, würde sie die Nachtigall trapsen hören, augenblicklich ihre Fortbildung absagen und sich um ihn kümmern, denn sie war eine gute Tochter.

Sie arbeitete so gut wie immer. In ihrer knapp bemessenen Freizeit kümmerte sie sich um ihn.

In ihrem Alter sollte man ein eigenes Leben haben, dachte Albert. Ein Grund mehr, den Weg frei zu machen.

Er überlegte, was ihn heute Abend unbeschwert stimmen konnte. Was brachte ihn zum Lachen? Ihm fiel nichts ein. Als hätte ein magischer Radiergummi jede heitere Erinnerung aus seinem Hirn entfernt. Was hatte ihn in letzter Zeit zum Lachen gebracht? Das dicke Eichhörnchen vielleicht, aber das war ja nicht auf Kommando zur Stelle.

Worüber hatte er früher lachen müssen? Er dachte an seine erste Verabredung mit Martha. Sie wollten ins Kino. Albert hatte einen Film mit Fred Astaire vorgeschlagen.

Doch Martha wollte unbedingt einen *Dick und Doof*-Film sehen. Albert fand *Dick und Doof*-Filme kindisch, aber weil er so sternhagelverliebt war, willigte er ein. Vielleicht hatte es daran gelegen, dass Marthas Lachen so ansteckend war, oder daran, dass sie sich, als es dunkel im Kino wurde, zum ersten Mal küssten, oder weil er den ganzen Film über ihre Hand hielt, in der Gewissheit, dass der glücklichste Teil seines Lebens soeben begann, jedenfalls hatte auch er an diesem Abend ungeheuer gelacht. So sehr, dass er anderntags Muskelkater davon hatte.

Er nahm also Stift und Block und notierte:

1. Dick und Doof-Film besorgen.

2. Abschiedsbrief schreiben.

In dem Brief musste er Ina begreiflich machen, dass seine Entscheidung nichts mit ihr zu tun hatte oder damit, dass er sie nicht liebte. Ganz im Gegenteil. Nur ihretwegen hatte er ja überhaupt so lange durchgehalten. Irgendwie musste es ihm gelingen, ihr glaubhaft zu versichern, dass sie keine Schuld traf, dass sie genug getan hatte, dass auch die Therapie, zu der sie ihn seit Monaten vehement drängte und die er ebenso vehement abgelehnt hatte, nichts an seiner Entscheidung geändert hätte.

Er wollte einfach nicht mehr und basta, oder richtiger: Er konnte nicht mehr, sosehr er auch wollte.

Der nächste Punkt war ebenfalls schwierig.

Um jeden Preis musste er verhindern, dass Ina ihn fand. Es würde schwer genug für sie sein, den Vater zu verlieren, noch dazu auf diese Weise. Sie musste nicht auch noch seinen toten Körper finden. Das würde er ihr ersparen. Er notierte:

3. Verhindern, dass Ina mich findet.

4. Strick überprüfen/handwerkliche Vorbereitung treffen.

Erschießen hätte er besser gefunden. Das hatte irgendwie Stil. Aber woher mal eben eine Pistole kriegen? Und dann das viele Blut … Sicher war Ina als Ärztin an Blut gewöhnt, aber das des eigenen Vaters?

Die Pulsadern aufzuschneiden schied aus denselben Gründen aus.

Föhn in Badewanne … absurd. Sich aus großer Höhe von irgendwo herunterzustürzen kam nicht infrage wegen seiner Höhenangst.

Hätte er noch Marthas Schlaf- und Schmerztabletten gehabt, hätte er sie ohne zu Zögern mit Whisky runtergespült.

Letztes Frühjahr hatte er es versucht. Als er, wohlig betäubt, draußen im Mondlicht Walzer tanzte, hatte seine Nachbarin die Feuerwehr gerufen. Auch das würde Albert der Pietsch nie verzeihen. Bedauerlicherweise hatte Ina nach dem Vorfall den restlichen Tablettenbestand konfisziert.

Blieb also nur der Tod durch den Strick.

Alberts Recherchen zufolge sollte es schnell gehen, vorausgesetzt, man stellte es richtig an. Und das würde er. Weder beim Haken noch beim Seil würde er Kompromisse machen.

Weiterhin musste er dafür sorgen, dass er nicht zu früh gefunden wurde, denn war das Genick nicht in einem

Rutsch durch, könnte man reanimiert werden und musste womöglich weiterleben, gelähmt, verblödet oder beides.

Er würde also das Haus sorgfältig verriegeln, musste aber gleichzeitig dafür sorgen, dass ihn jemand fand … Die Quadratur des Kreises. Wie nur, wie, sollte er das hinkriegen?

Er vertagte die Lösungsfindung bis auf Weiteres.

Noch was? Albert ließ den Blick über sein akribisch ausgetüfteltes Ablagesystem schweifen. Was er sah, erfüllte ihn mit tiefer Befriedigung. Er hatte es immer geliebt, sein Leben in sinnvolle Kapitel einzuteilen.

Ein Todesfall macht Arbeit. Und Ina hatte wirklich schon genug um die Ohren. Er würde ihr so viel wie möglich abnehmen, Kündigungen und Abmeldungen schreiben. Einen kurzen Moment überlegte er, ob er nicht auch gleich die Traueranzeige selbst verfassen sollte. Er verwarf den Gedanken, weil ihm absolut niemand einfiel, dem er seinen Tod mitteilen wollte. Er fügte seiner Liste den nächsten Punkt hinzu:

5. Kündigungen und Abmeldungen schreiben.

Sollte er Marthas Grab noch einen letzten Besuch abstatten? Nein. Auf dem Friedhof war sie ihm nie nah gewesen.

Apropos Friedhof. Er musste seine Beerdigung organisieren.

Punkt sechs auf der Liste lautete folglich:

6. Beerdigung organisieren.

Was mit seinem Körper geschehen sollte, war bereits entschieden. Er würde sich einäschern lassen, die Urne würde im Friedwald neben der von Martha vergraben werden. Der Gedanke an die Einäscherung gefiel ihm nicht sonderlich, aber so war nun mal die Verabredung.

Albert beschloss, mit Punkt vier zu beginnen (Strick überprüfen/handwerkliche Vorbereitung treffen).

Wie viel Zeit blieb ihm? 46 Stunden und 50 Minuten. Nun aber los!

Schnellen Schrittes wehte Hanne im weißen Kittel durch den lichtdurchfluteten Eingangsbereich der Klinik. Sie liebte das Plätschern des Brunnens, welcher in der Mitte stand. Am Tage konnte man es nicht hören, weil es im Lärm der Menschenmenge unterging.

Die Zeiger der großen Uhr in der Halle standen auf zwölf. Hanne legte einen Schritt zu. Bis 14 Uhr musste alles geschafft sein, weil die neue Personalchefin sie zu sprechen wünschte. Hoffentlich gab es Neuigkeiten, was die dringend benötigten Einstellungen betraf. Wie überall in dieser Klinik, (und nicht nur in dieser) mangelte es auch auf der Psychiatrischen an Personal. Diverse therapeutische Maßnahmen konnten nicht mehr angeboten werden, was zu Lasten der Patienten ging. Noch dazu wurde die Kinder- und Jugendpsychiatrie saniert, und das schon ewig.

Sie ließ den Fahrstuhl links liegen. Jede Chance auf Bewegung war mehr als willkommen. Im Eiltempo nahm sie die Treppen.

Selbst wenn man die Stunden des Tages verdoppeln würde, war das Pensum, welches sie alltäglich zu bewältigen hatte, nicht zu schaffen. Immer blieb etwas liegen. Immer war da dieses ungute Gefühl am Ende des Tages, dieser dumpfe Druck im Nacken, wie damals, als sie zur Schule ging, es Sonntagabend war und die Hausaufgaben noch nicht gemacht waren.

Früher, als Hanne noch daran glaubte, dass das Hamsterrad eine Leiter war, an deren Ende eine Belohnung auf sie wartete, hatte ihr das Ganze nicht so viel ausgemacht. Oder war es faktisch einfach nur weniger gewesen?

Ja doch, war es.

Alles wurde immer mehr. Nicht umsonst häuften sich die Fälle von emotionalen und körperlichen Erschöpfungszuständen, Burn-out genannt.

Die digitalen Medien, die Zeit sparen sollten, hatten sich als Zeitfresser entpuppt. Die Flut von Informationen, die immerfort signalisierte: »Wichtig!«, »Lies mich!«, »Reagiere!«. Ständige Erreichbar- und Verfügbarkeit, kaum ein Ort, an dem man sich in Ruhe sortieren konnte.

Die Psychiatrie war so ein Ort. Hier durfte der Mensch menschlich sein. Andere mochten es als Hölle empfinden, für Hanne war es eine Art Zwischenwelt, eine Insel, ein Wartesaal. Man hatte Gelegenheit, sich in aller Ruhe auf die Reise vorzubereiten, sich auszuruhen, was man mit sich schleppte zu sortieren oder zurückzulassen. Es gab Umsteigende, solche, die spontan ihr Ziel änderten, und die, die für immer blieben.

Hanne blieb stehen und rang nach Luft. *Ich muss wirklich was für meine Kondition tun*, dachte sie.

Ein Pfleger trabte leichtfüßig an ihr vorbei, immer zwei Stufen auf einmal nehmend. Ohne anzuhalten, erkundigte er sich, ob mit ihr alles in Ordnung sei.

»Al … les … in … Ord … nung«, japste Hanne und winkte ab.

Während sie langsam weiterging, hörte sie Vera Schilling in ihrem Kopf: »Das kann doch nicht vorbei sein, wir waren doch so glücklich …«

Wie oft hatte Hanne Sätze wie diese gehört? Die Fassungslosigkeit ihrer Patienten, wenn »ihr Glück« (als hätten sie's gepachtet!) vorbei war, verblüffte sie jedes Mal aufs Neue. Jemand, der nicht mehr an den Weihnachtsmann glaubte, konnte doch nicht allen Ernstes erwarten, dauerhaft glücklich zu sein? Nein, das Glück war ein launischer Begleiter, ein Schnappschuss, ein schnell verblassendes Polaroid.

Sie hatte die Schleuse zur geschlossenen Abteilung erreicht und gab den PIN ein. Ein leises Surren ertönte.

Auf der Station herrschte Ruhe. Drei Patienten schoben sich mit stumpfen Blicken an den Wänden lang.

Die diensthabende Ärztin, Frau Chmielewski, und die Stationsschwester, Schwester Birgit, erwarteten Hanne bereits. Sie besprachen den Allgemeinzustand eines jeden Patienten, Symptome, Ressourcen, Orientierungsfähigkeit, Verhalten in der Gruppe, Interaktion mit den Mitpatienten, Verbesserung, Verschlechterung, Medikation, Wundversorgung, Infusionen … et cetera pp.

Einer der Alkoholisierten von letzter Nacht war ausgenüchtert und konnte entlassen werden, dem anderen würde man einen Entzug vorschlagen. Seine Leberwerte waren alarmierend, nächster Stopp Insuffizienz.

Die Minderjährige, die man von der Autobahn gefischt hatte, sollte fürs Erste bleiben. Man würde mit der Mutter besprechen, wie es mit ihr weitergehen sollte.

»Was machen wir mit Kai Meyer?«, fragte Dr. Chmielewski. »Hier kommen wir mit ihm nicht weiter. Sollte er nicht besser in eine Kinder- und Jugendeinrichtung?«

»Hab überall angefragt, alles belegt«, sagte Hanne. »Ich schau nachher noch mal zu ihm rein.«

Als Nächstes die Dienstpläne. Aber vorher fix einen Kaffee.

»Dr. Meidinger hat schon wieder Vaterschaftsurlaub beantragt«, berichtete Schwester Birgit, während sich Hanne einen Kaffee einschenkte.

Hanne seufzte. Schön, dass der Kollege so fruchtbar war, schön auch, dass Väter heutzutage bei ihren Kindern blieben, für sie und die Kollegen jedoch bedeutete es letztlich mehr Arbeit.

»Ist der nicht eben erst aus einem zurück?«, fragte Hanne. »Wie viele Kinder hat der eigentlich? Vier, fünf?«

»Das ist das sechste!«, wusste Birgit. »Ich vermute, er will den demografischen Wandel im Alleingang aufhalten.« Sie lachte.

Hanne mochte, wie sie lachte. Allerdings stimmte etwas mit ihrer Mimik nicht. Die Augenpartie war eigentümlich starr, die Stirn auffallend glatt.

»Sag mal, hast du dich botoxen lassen?«, fragte sie.

»Sieht gut aus, ne?« Schwester Birgit streckte ihr das Gesicht entgegen.

»Hm«, machte Hanne.

Für jemanden wie sie, die in Gesichtern lesen konnte wie keine Zweite, war Botox direkt berufsschädigend.

»Ach Mensch! Hätt ich fast vergessen. Ich war bei Dr. Gruber. Christian Gruber. Soll dich schön grüßen.«

Hanne verschluckte sich an ihrem Kaffee.

»Er sagte, ihr kennt euch von früher.«

»Flüchtig«, hustete Hanne.

»Das schien er aber ganz anders zu sehen. Er hat mir seine Karte gegeben. Mit seinem Privatkontakt. Warte, wo hab ich sie …« Schwester Birgit kramte die Karte aus ihrer Handtasche. Hanne steckte sie ein, ohne einen Blick darauf zu werfen.

»Wusstest du, dass er geschieden ist?«

»Ich hab die nächsten zwei Tage frei, setz mich auf Abruf«, sagte Hanne, schnappte sich die Akte von Kai Meyer und den Schlüssel zum Materialraum, und weg war sie.

Aha. Chris war jetzt also Schönheitschirurg, und er war geschieden. Na und? Was ging sie das an? Der Mann war Schnee von gestern.

Kai Meyer: 16, Spinaltrauma L1–L5 nach Suizidversuch, Sturz aus der Höhe. Paraparese mit Restmotorik.

Er war von der Gebrüder-Grimm-Brücke gesprungen. Die Brücke galt als Geheimtipp unter Selbstmördern und das nicht erst, seit es soziale Netzwerke gab.

Es war zum Verzweifeln. Seit Jahren schrieb Hanne Eingaben an die Stadt wegen der Brücke und forderte mit Nachdruck Sicherheitsvorkehrungen, aber nichts passierte. Nur einmal hatte sie ein Antwortschreiben erhalten, in dem man ihr in umständlichem Amtsdeutsch mitteilte, dass die Denkmalschutzauflagen der Gebrüder-Grimm-Brücke keine baulichen Veränderungen zuließen. Denkmalschutz hin oder her, wer von der Brücke sprang, war mit an Wahrscheinlichkeit grenzender Sicherheit tot. Kai Meyer aber hatte den Sturz überlebt. Er war als »selbstgefährdet« eingestuft worden. Drei Wochen war er nun schon hier und hatte immer noch kein einziges Wort gesprochen, was nicht etwa daran lag, dass er nicht sprechen konnte.

Kai saß im Rollstuhl am Tisch. Er sah aus wie Schneewittchens kleiner Bruder. Seine Haut war weiß wie Schnee, seine Locken schwarz wie Ebenholz, die Lippen rot wie Blut.

Hanne grüßte und legte Zeichenblock, Stifte und Fingermalfarbe vor ihm ab. Wenn er schon nicht sprach, malte er vielleicht, was ihn bewegte. So die Hoffnung.

»Wie geht es Ihnen heute?« Keine Antwort, keine Reaktion, nicht mal ein Zucken. Kais Blick ging starr an ihrem linken Ohr vorbei. Er verweigerte sich. Verständlich. Er hatte sterben wollen und es nicht geschafft.

»Wenn Sie zeichnen könnten, was Sie fühlen, was würden Sie zeichnen?« Hanne schob ihm das Malzeug hin. Ein kurzes Flackern in seinen Augen. Dann wieder nichts.

Als sie bereits in der Tür stand und einen letzten Blick zurückwarf, sah sie, wie er mit unendlicher Langsamkeit einen Stift nahm und etwas malte. Es war ein schwarzer Kreis. Das schwarze Loch, in dessen Tiefe er zu versinken drohte.

Boogie-Woogie pfeifend tänzelte Albert in Sechserschritten zur Garage.

Im Handumdrehen fand er einen geeigneten Strick, fettete ihn ein, machte die erforderliche Schlaufe, legte sich diese um den Hals und zog zu. Es funktionierte einwandfrei, was seine Laune weiter hob. Immer noch tänzelnd schaute er nach einem Haken. Er hatte immer um die fünfundsiebzig Kilo gewogen. Sicherheitshalber wählte er einen Haken, der spielend zweihundert Kilo tragen konnte.

Als er den Bohrer in die Maschine einspannte, betrat die Pietsch die Garage. Der Anblick, der sich ihr bot, bestärkte sie in ihrer Vermutung, dass ihr Nachbar nun endgültig den Verstand verloren hatte.

Zunächst bemerkte Albert sie nicht. Erst nach einer meisterlichen Promenadendrehung, die seinerzeit jeden Konkurrenten aus dem Feld geschlagen hätte, kam er vor ihr zum Stehen.

»Oh«, war alles, was er herausbrachte.

»Oh«, echotete die Pietsch und starrte auf den Strick um seinen Hals. Den Kuchen, den sie mitgebracht hatte, hielt sie wie einen Schutzschild vor sich.

Albert konnte ihr beim Denken zusehen. Zäh wie Honig tröpfelten die Gedanken durch die Windungen ihres Gehirns und formten daraus einen ungeheuerlichen Verdacht, einen Verdacht, den er auf der Stelle entkräften musste, wollte er nicht, dass sie ihm die Chose ein weiteres Mal vermasselte.

Süßlicher Geruch waberte ihm entgegen, was es nicht besser machte. Er setzte sein Profilächeln auf, fraglos eines der perfektesten, das er je gelächelt hatte, doch die Pietsch glotzte unbeeindruckt.

»Für die Tanne im Garten«, improvisierte Albert frei von der Leber weg und hielt den Strick wie zum Beweis in die Höhe. »Sie neigt sich auf Ihr Grundstück. Ich dachte, ich schlage einen Pfosten ein und ziehe sie mit dem Strick zurück.«

Er nahm ein Rohr von der Wand, welches zur Not als Pfosten durchgehen konnte, und zeigte auch diesen vor. Keine Reaktion bei der Pietsch.

Paso doble!, dachte Albert.

Der Paso doble

… ist ein spanischer Paartanz, der seinen Namen in Paris erhielt, wo er in den Zwanzigerjahren choreografiert wurde. Er ist die tänzerische Interpretation eines Stierkampfes. Der Mann ist der Torero, die Frau das rote Tuch, die Capa. Der Schritt nach dem Aufstampfen symbolisiert den Schritt auf den Stier zu. Er nennt sich Attacke.

Albert setzte zur Attacke an. Er hob den Kopf, zog die Schulterblätter nach hinten, verlagerte das Gewicht leicht nach vorn, spannte die Bauchmuskeln an, stampfte auf, machte einen Schritt auf den Stier, beziehungsweise auf die Pietsch, zu und fragte: »Geht es dir nicht gut, Gitte?«

Teufel auch! Er hatte sie geduzt! Verdammter Patzer! Während er noch darüber nachdachte, wie er ihn ausmerzen konnte, verformte sich das Gesicht der Pietsch, und Albert fragte sich, ob sie vielleicht Schmerzen habe. Wie konnte er ahnen, dass das auf ihrem Gesicht ein Lächeln war? Er hatte die Frau ja niemals lachen gesehen.

»Du hast mich noch nie Gitte genannt«, stellte sie fest.

»Stimmt«, sagte Albert und kratzte sich im Nacken, was er immer tat, wenn er nicht weiterwusste.

»Eine Unsitte, dieses ewige Geduze. Man kommt sich ja schon vor wie in einem skandinavischen Möbelhaus.«

»Nein, nein, ich finde das eine ausgesprochen entzückende Idee«, säuselte die Pietsch, »immerhin sind wir seit einer halben Ewigkeit Nachbarn.«

»Neununddreißig Jahre und vier Monate«, präzisierte Albert. »Aber bitte, wir können trotzdem gern beim Sie bleiben.«

»Kommt überhaupt nicht infrage. Ich bin die Gitte.«

Mit diesen Worten schoss sie auf ihn zu, um ihn brüderschaftlich zu küssen. Lediglich Alberts guten Reflexen war es zu verdanken, dass er im letzten Moment ausweichen konnte und ihre Lippen ins Leere schmatzten.

»Ja gut«, sagte er, »das wär ja dann geklärt.« Er wandte sich wieder seiner Werkbank zu, konzentrierte Beschäftigung vortäuschend.

Gitte Pietsch strahlte.

»Freut mich, dass es dir wieder gut geht«, sagte sie. »Vorhin im Garten habe ich mir regelrecht Sorgen …«

»Vorhin im Garten«, unterbrach Albert , »war ich außer mir, wegen des Rotkehlchens. Tut mir leid, Frau Pietsch.«

»Gitte«, korrigierte sie.

»Richtig«, sagte er.

»Wie wäre es, wenn wir mal was zusammen unternehmen, Albert? Sieh mal, du bist allein, ich bin allein. Da wäre es doch Verschwendung, Vergeudung von Lebenszeit …«

Plötzlich hatte Albert einen ebenso genialen wie auch diabolischen Einfall. Ihm war eingefallen, wie er Punkt drei auf seiner Liste (verhindern, dass Ina mich findet) abhaken konnte. Ohne den leisesten Skrupel drehte er sich zur Pietsch um und sagte: »Gut, Sonntag zum Kaffee bei mir.«

»Ich bring Kuchen mit«, sagte sie, nachdem sie ihre Stimme wiedergefunden hatte. Anschließend machte sie auf dem Absatz kehrt und ging zurück zu ihrem Haus. Sie hatte vergessen, Albert den Kuchen zu geben, den sie extra für ihn gebacken hatte. Sie hatte vergessen, ihn zu fragen, um welche Uhrzeit das Kaffeetrinken stattfinden sollte. Sie hatte alles vergessen. Hätte man sie in diesem Moment nach ihrem Namen gefragt, hätte sie vermutlich nicht mal den gewusst.

»Warte«, rief Albert ihr nach. »Ich hab mir gedacht, es wäre sinnvoll, wenn du einen Schlüssel von meinem Haus hättest.«

Ja war es denn die Möglichkeit? Albert wollte sich nicht bloß mit ihr verabreden, er wollte ihr sogar den Schlüssel für sein Haus geben! Die Pietsch konnte ihr Glück nicht fassen.

»Der Schlüssel wäre natürlich nur für den Notfall, vorausgesetzt, du wärst bereit, ihn zu nehmen«, sagte Albert.

Und wie sie bereit war! Am liebsten hätte sie ihn hochgehoben und einmal durch die Luft gewirbelt, wozu sie durchaus in der Lage gewesen wäre, denn sie war eine stattliche Person und überragte Albert um eine halbe Haupteslänge. Doch alles, was sie zustande brachte, war ein stumpfes Nicken.

Obwohl es sich Gitte Pietsch ihrem Mann gegenüber nie anmerken lassen durfte, hatte sie Albert heimlich immer gemocht. Die Art, wie er sich kleidete, seine tadellose Haltung, sein gutes Benehmen, alles an ihm war »very british«. Und Gitte Pietsch liebte alles Britische.

Während Albert ins Haus ging, um den Ersatzschlüssel aus dem Büro zu holen, malte sie sich eine rosige Zukunft aus. Man musste ja nicht gleich heiraten. Obwohl, worauf sollten sie denn noch warten? In ihrem Alter? Auf jeden Fall würde sie zur Hochzeit ein altrosa Kleid tragen, aus feinster Seide und mit einem bestickten Saum, wie die Heldin aus dem Roman, den sie gerade las. Die Hochzeitsreise würden sie nach Schottland machen, wo ihre Lieblingsautorin lebte. Bei einer Tasse Tee, Shortbread und Clotted Cream würde sie der Künstlerin die Geschichte ihres späten Glücks erzählen, die diese zweifellos zu einer neuen Geschichte inspirieren würde.

Sie würden in Alberts Haushälfte leben. Es war die sonnigere. Ihre Haushälfte würden sie verkaufen, und alles Geld, das Detlef Pietsch zusammengekratzt, dem Leben und seiner Familie abgegeizt hatte, auf den Kopf hauen.

Gitte Pietsch wurde ganz kribbelig bei dem Gedanken.

Es verstand sich von selbst, dass Alberts Einrichtung nicht bleiben konnte, wie sie war. Hie und da würde man schon ein paar Veränderungen vornehmen müssen. Für ihre Sammlung weißer Milchkännchen beispielsweise, siebenhundertsechsundzwanzig an der Zahl, brauchte es nun mal Platz. Gut, dass die Häuser baugleich waren. Ihre Anbauwand würde problemlos in Alberts Wohnzimmer passen.

Der war nicht wenig überrascht, die Pietsch in seinem Wohnzimmer vorzufinden. Sie schlug vor, die Fotos zu entfernen, meinte, es sei nicht gut, in der Vergangenheit zu leben. Ihr Blick war fiebrig und machte ihm Angst. Er gab ihr den Schlüssel, bugsierte sie aus dem Haus, riss die Fenster auf, damit sich ihr Geruch verflüchtigte.

Als alles erledigt war, blieben ihm noch 45 Stunden und 20 Minuten.

Pünktlich betrat Hanne das Büro von Frau Fröhlich-Hacker, die ihr wortreich versicherte, wie froh sie sei, dass es nun endlich mit ihrem Treffen klappte.

Implizierter Tadel, schlecht getarnt durch freundliche Wortfassade, dachte Hanne und nahm Platz. Es war ein eigenartiges Gefühl, auf der anderen Seite des Schreibtisches zu sitzen.

Frau Fröhlich-Hacker sah aus wie eine fröhliche Kugel. Ihre Hände hatte sie zu einem Spitzdach geformt.

Signalisiert Überheblichkeit, Abwehr gegen Einwände, dachte Hanne.

Die Personalchefin hatte auberginefarbenes Haar und einen asymmetrischen Haarschnitt. Sie trug eine zickige Retro-Brille und futuristisch anmutende, viel zu große Ohrringe, die aussahen wie selbst gebastelt. Das Ungewöhnlichste jedoch war die Brosche an ihrer linken Brust. Ein Star-Trek-Communicator? Hanne hätte es nicht überrascht, wenn Frau Fröhlich-Hacker draufgedrückt und hineingesprochen hätte: *Beam me up, Scotty!* Der Gedanke amüsierte sie, was Frau Fröhlich-Hacker nicht entging, die nichts so sehr hasste wie belächelt zu werden.

»Haben Sie sich meinen Vorschlag angesehen?«, erkundigte sich Hanne.

»Sie schlugen vor, Assistenzärzte einzustellen«, fasste Frau Fröhlich-Hacker zusammen.

»Wir brauchen Ärzte, und wenn wir keine Fachärzte kriegen können, dann eben Assistenzärzte.«

»Und wollen Sie mir auch verraten, wie ich das ausschreiben soll? ›Arzt zum Sammeln von Erfahrungen gesucht?‹«

Hanne schnaubte.

»Lassen wir das«, sagte die Personalchefin. »Ich habe Sie wegen etwas anderem hergebeten. «

Sie verschränkte die Hände, legte das Kinn darauf ab (eine Geste, die nicht so recht zu ihr passen wollte) und musterte Hanne.

Eins musste man ihr lassen. Die Frau verstand es, Spannung aufzubauen.

»Sie haben seit vier Jahren keinen Urlaub gehabt«, sagte sie endlich. »Ist das denn niemandem aufgefallen?«

»Offensichtlich nicht, was wohl am chronischen Personalmangel liegen mag«, erwiderte Hanne.

»Aber das geht doch nicht!«

Frau Fröhlich-Hacker warf sich in ihren Bürosessel zurück, nur, um sofort wieder vorzuschnellen.

»Seit Jahren schieben Sie Ihren Jahresurlaub wie eine

Bugwelle vor sich her. Die verbleibende Zeit Ihres Arbeitslebens würde nicht ausreichen, um die vielen Überstunden abzufeiern.«

Abfeiern. Was für ein Unwort. Hanne hob missbilligend die Brauen bevor sie sagte: »Ich verzichte auf den mir zustehenden Urlaub und in Anbetracht der wirtschaftlichen Situation der Klinik auch auf den finanziellen Ausgleich.« Damit war der Fall für sie erledigt. Wie sie sich täuschte.

Im Laufe ihres Berufslebens waren Frau Fröhlich-Hacker ja so einige sonderbare Menschen über den Weg gelaufen, aber noch niemand, der seinen Urlaub nicht wollte und obendrein kein Geld. Sie fragte sich, ob die Frau ihr gegenüber noch bei Verstand war? Musste sie ja, schließlich war sie Psychiaterin in leitender Position.

Unschwer las Hanne ihre Gedanken. Sie besann sich auf die Methode »Schallplatte mit Sprung« und wiederholte: »Ich verzichte auf den mir zustehenden Urlaub und in Anbetracht der wirtschaftlichen Situation der Klinik auch auf den finanziellen Ausgleich. Und bitte halten Sie mir jetzt keinen Vortrag über Work-Life-Balance.« Sie gähnte. »Entschuldigung«, sagte sie, »Doppelschicht.«

»Ja, eben«, entgegnete die Personalchefin. »Und gehen Sie etwas essen. Ihr Magen knurrt.«

Der Quickstepp

… entstand um 1910 in Nordamerika aus dem Ragtime und dem Onestepp. Er ist eine schnelle Form des Foxtrott. Man nennt ihn auch den Champagner unter den Tänzen. Er drückt überquellende Lebensfreude aus und wird mit quirligen Hüpfschritten und flotten raumgreifenden Figuren in Zickzackformen getanzt. Mit fünfzig bis zweiundfünfzig Takten pro Minute ist er recht schnell und schwungvoll.

Hatte Albert sonst seine liebe Not, die Zeit totzuschlagen, raste sie heute nur so. Im Büro räumte er die Pokale, die Martha und er gewonnen hatten, beiseite und machte sich daran, ein Loch in die Zimmerdecke zu bohren. Der Bohrer brach ab. Dummerweise hatte Albert keinen passenden Ersatzbohrer. Er würde zum Baumarkt fahren müssen. Da konnte er gleich Mausefallen besorgen und danach in die Bibliothek und zum Beerdigungsschröder.

Er fackelte nicht lange, zog Mantel und Hut an, polierte über seine tadellos sauberen Schuhe und legte den Schal von Martha um. Es war ihr letztes Projekt gewesen. Ein unvollendetes. Die losen Enden hatte Albert ohne nennenswertes Talent verknotet. Der Schal war der einzige Makel an seinem Erscheinungsbild.

Das Auto sprang nicht an. Es hatte zu lange gestanden. Nach etlichen Startversuchen heulte es endlich auf, und los ging's. Albert hatte einen Plan und würde ihn sauber, Punkt für Punkt, abarbeiten, und das fühlte sich gut an.

Drei Jahre hatten auf der Stadtautobahn für eine spürbare Beschleunigung gesorgt. Unzählige Male wurde Albert, der sich an die vorgeschriebene Geschwindigkeit hielt, von anderen Verkehrsteilnehmern angehupt. Manche zeigten ihm sogar einen Vogel. Doch Albert blieb gelassen. Über was sollte er sich denn noch aufregen? Sinnlos, auch nur eine Minute seiner Zeit mit Ärgern zu vergeuden.

Er nahm die Ausfahrt zum Baumarkt, ergatterte einen Parkplatz direkt vor dem Eingang und stellte die Parkuhr auf 14 Uhr 30. Mehr als zwanzig Minuten würde er nicht benötigen, denn im Baumarkt kannte er sich aus.

Er brauchte keine fünf Minuten, um den richtigen Bohrer zu finden, nahm gleich drei, zwei als Ersatz. Anschließend machte er sich auf den Weg in die Gartenabteilung.

Es gab Lebendfallen, Todesfallen, und es gab Gift.

Als Albert vor dem Regal stand, fragte er sich, warum er die Mäuse denn überhaupt beseitigen wollte. Sollten die doch das Haus okkupieren! Ihn würde das nicht mehr stören.

Sterben und leben lassen, dachte er und machte sich beschwingt und ohne Mausefallen auf den Weg zur Kasse. Im Zickzack tanzte er über den herrlich glatten, glänzenden Boden. Eins, zwo, Seitschluss, Seit, Rück, Seitschluss, Seit, eine Rechtskreiseldrehung und schon stand er vor der Kassiererin, welche applaudierte. Ein paar Kunden schlossen sich ihr an. Albert verbeugte sich, lächelte sein Profilächeln und zahlte.

Der Besuch in der Stadtbibliothek verlief ähnlich erfreulich. Planmäßig um 15 Uhr kam er mit einer *Dick und Doof*-DVD aus dem Gebäude. Jetzt musste er nur noch Beerdigungsschröder erledigen, dann war alles geschafft.

»Unverantwortlich ist das! Unverantwortlich!«, schimpfte Hanne. Abserviert zu werden von dieser Trekkie-Aubergine! Das hatte sie nicht verdient! Beschweren würde sie sich!

Hart knallten die Absätze ihrer Schuhe auf dem spiegelblanken Boden des langen Flures. Das Tackern hallte von den Wänden des altehrwürdigen Gebäudes wider.

Frau Fröhlich-Hacker hatte sie zu sechs Wochen Urlaub verdonnert. Sechs! Wochen! Das war bis zum Ende des Jahres! Anzutreten ab sofort!

Nun gut, fairerweise musste sie einräumen, dass sie schon zwei oder drei Termine abgesagt, beziehungsweise verschwitzt hatte. Hätte sie die wahrgenommen, hätte sie eher Bescheid gewusst und sich in aller Seelenruhe mit Seminaren und Vorträgen eindecken können, wie sie es früher immer getan hatte, wenn sie Urlaub hatte.

»Weisung von ganz oben«, hatte Fröhlich-Hacker sie wissen lassen.

»Und wie soll die Abteilung funktionieren, wenn ich nicht da bin?«

»Es wird Sie vielleicht wundern, Frau Dr. Hanken«, hatte die Personalchefin gesagt und ein maliziöses Lächeln aufgesetzt, »aber niemand ist unersetzbar.«

Hanne kochte. Die Frau wusste eindeutig nicht, wovon sie sprach! Sie waren jetzt schon unterbesetzt, und Dr. Meidinger ging demnächst in den Vaterschaftsurlaub! Hatten »die da oben« auch daran gedacht? Hatten sie. Sie hatten sogar für Ersatz gesorgt.

Es war so unfair!

Jahrelang hatte die Klinikleitung billigend in Kauf genommen, dass sie unbezahlt Überstunden machte und niemals Urlaub wollte. Nicht mal ein Dankeschön hatte sie gewollt (und nebenbei gesagt, auch keins bekommen). Immer war ihr Einsatz willkommen gewesen! Stets verfügbar, belastbar wie keine Zweite, jeder Zeit abrufbar. Fiel einer aus, war sie zur Stelle. Bei allem, was anlag: Schulferien, Einschulungen, Krankheiten, Läusen, Schwiegermüttern, die sich den Arm oder Sonstiges gebrochen hatten, bei Hamstern, die eingeschläfert werden mussten, an Feiertagen …

Erniedrigend, dass jemand über ihren Kopf hinweg entschied! Nicht mal eine vernünftige Übergabe wurde ihr gewährt.

»Sie haben doch sicher alles genauestens dokumentiert«,

hatte die Fröhlich-Hacker ihre Bedenken weggelächelt. Hatte sie. Selbstverständlich hatte sie das, aber …

Hanne hatte argumentiert, diskutiert und schließlich sogar gebettelt. Alles vergeblich. *Sechs Wochen Urlaub.* So lautete das Urteil.

Es begann mit dem Seitenstechen und setzte sich mit einem flauen Gefühl im Magen fort, als führe man in einem Fahrstuhl sehr schnell nach unten. Beklemmung machte sich im Brustkorb breit. Das Herz raste, sie fing an zu schwitzen und rang nach Luft. Die erste Tür, die in den Park führte, war ihre.

Es nieselte. Der Park war menschenleer. Nur im Glashäuschen rechts neben der Tür bibberte ein Grüppchen Raucher. Die Chance, sich eine Lungenentzündung einzufangen, war um einiges höher als die, an Krebs zu erkranken.

Sie nahm den Weg nach links, weg, nur weg von hier. Die Personalchefin hatte geschafft, was ein Heer von Patienten nicht zustande gebracht hatte: Hanne war außer sich.

Sie schleppte sich zu einer Bank in den hintersten Winkel des Parks, dorthin, wo sie niemand sehen konnte.

Einatmen, ausatmen. Das Ausatmen verlängern. Vier Zeiten ein-, acht Zeiten ausatmen. Es war nicht ihre erste Panikattacke. Doch die letzte war Jahre her.

Auch wenn Hanne sich nur selten zu emotionalen Aussagen hinreißen ließ, hätte sie doch, ohne zu zögern, unterschrieben, dass sie sich in der Psychiatrie heimisch fühlte. Hier war sie die Normale. Hier wurde sie geschätzt und gebraucht. Zu Hause wartete niemand. Zuhause war ein Appartement mit einer Nummer, eine funktionale Abstellkammer. Zuhause fühlte sich einsam an. Zuhause verdiente den Namen nicht.

»Was soll ich denn machen, sechs Wochen lang?«, klagte sie.

»*Als Erstes hörst du mal auf verrücktzuspielen!*«, sprach die Fachfrau in ihr. »*Es sind deine Gedanken, deine Gefühle. Du hast sie und nicht sie dich. Wir werden etwas finden, wie du diese sechs Wochen überstehst. Außerdem kommen die sowieso wieder an. Du wirst sehen, spätestens nächste Woche.*«

Der Gedanke beruhigte Hanne einigermaßen. Sie schloss die Augen und hielt ihr Gesicht gen Himmel. Der feine Nieselregen legte sich auf ihr erhitztes Gemüt wie die kühlenden Hände ihres Vaters, der ihr früher, als sie noch das Hannele war, über die Stirn gestreichelt hatte. Sie roch die vergehende Natur. Die Welt atmete auf. Wie anstrengend hingegen war der Frühling, wenn das Leben erwachte, Säfte einschossen, und alles nach Wachstum und Fortpflanzung drängte. Und erst der Sommer …

Laut Statistik fanden die meisten Suizidversuche im Mai und im Juni statt. Erst an zweiter Stelle kam Weihnachten. Hanne hatte das nie gewundert.

Ihre Panikattacke war abgeklungen. Der Atem hatte sich beruhigt, das Herz schlug wieder in normalem Rhythmus, der Druck im Magen war noch da, aber nicht mehr so schlimm.

»Du gehst dich jetzt umziehen, holst deine Sachen, fährst nach Hause, isst, schläfst, dann sehen wir weiter«, sprach die Fachfrau.

»Der Kühlschrank ist leer«, sagte Hanne, *»und einkaufen geh ich heute nicht mehr. Eigentlich habe ich gar keinen Hunger.«*

»Du musst etwas essen.«

»Okay.«

Hanne entschied sich, etwas Essbares aus der Mensa mitzunehmen.

Und diese Entscheidung änderte alles in ihrem Leben.

Vor dem Bestattungsinstitut geriet Alberts Zeitplan kurzfristig ins Stocken. Schuld daran war die Erinnerung, die sich wie eine dunkle Wolke über ihn schob. Das letzte Mal war er wegen Marthas Beerdigung hier gewesen. Wie hatte sie um ihr Leben gekämpft. Wie aussichtslos war ihr Kampf gewesen. Welches Recht hatte er, über sein Ende selbst zu bestimmen? War es nicht verdammt feige, sich das Leben zu nehmen?

Das Karussell seiner Gedanken lähmte ihn. Die einzige Bewegung, zu der er fähig war, war die zur Musikanlage. Im Player lag immer noch die CD von Fred Astaire. Vor drei Jahren war sie mitten im Titel gestoppt worden. Nun erklang sie und fegte die dunkle Wolke weg:

Dressed up like a million dollar trouper
Tryin' hard to look like Gary Cooper
(super duper)
Come let's mix where Rockefellers
walk with sticks or umbrellas
In their mitts …
Puttin' on the Ritz.

Der Regen hörte so plötzlich auf, als hätte ihn jemand abgestellt. Für den Fall der Fälle holte Albert seinen Schirm aus dem Kofferraum. *Puttin' On the Ritz* summend ging er, den Stockschirm schwenkend und mit einer kleinen Stepptanzeinlage, die Fred Astaire zur Ehre gereicht hätte, zu dem Laden, der den Tod zu seinem Geschäft gemacht hatte.

Vor dem Schaufenster blieb er stehen und musste lachen. Urheber für seinen Heiterkeitsanfall war nicht etwa das Plakat, auf dem zwei Menschen zu sehen waren, die umständlich Händchen hielten und sich alle Mühe gaben betrübt dreinzuschauen (was ihnen nicht so recht gelingen wollte), sondern die Deko. Sie bestand aus einem überdimensionierten silbernen Kandelaber, in dem fünf überdimensionierte Kerzen steckten. Anscheinend standen sie schon seit dem Sommer da, anders war es nicht zu erklären, dass die Kerzen schlaff herunterhingen wie übergroße weiße Penisse. Die Krönung aber war eine schwarze Schärpe, die über allem schwebte und auf der in silbernen Lettern stand: »LEBE WOHL«. Offensichtlich dachte hier kein Mensch mit.

Albert betrat den Laden, wurde vom Chef persönlich begrüßt und gab ohne Umschweife seine Beerdigung in Auftrag. Ein einfacher Kiefernsarg für die Einäscherung, eine biologisch abbaubare Urne, Beisetzung im Friedwald, neben seiner Frau. Keine Blumen und auf gar keinen Fall eine Andacht oder sonstigen Firlefanz. Lediglich ein Titel sollte bei der Urnenbeisetzung abgespielt werden.

Beerdigungsschröder musste nicht lange rechnen, um zu dem Ergebnis zu kommen, dass ihm dieser Auftrag nicht viel einbringen würde. Um etwas zu verkaufen, würde er mit Albert ins Gespräch kommen müssen. Scheinbar interessiert erkundigte er sich also: »Was für ein Titel denn?«

»Ein langsamer Walzer«, antwortete Albert.

»Ah«, machte Beerdigungsschröder. »*An der schönen blauen Donau.*«

Albert seufzte. Es war zum Heulen, sobald man von Walzern sprach, dachten immer gleich alle *An der schönen blauen Donau.*

Er verzichtete darauf, dem Mann die lange Liste der langsamen Walzer aufzuzählen, denn er wollte nur eins: so schnell wie möglich raus hier. In diesem Sinne antwortete er mit einer Knappheit, die keinen Zweifel daran ließ, dass er nicht weiter auf das Thema eingehen wollte: »Nein, ein anderer.«

Nachdem er den preiswertesten Kiefernsarg geordert und Inas Kontaktdaten hinterlegt hatte, fragte er, wo er unterschreiben solle, doch er hatte die Rechnung ohne den Wirt gemacht.

»Sind Sie wirklich absolut sicher«, fragte Beerdigungsschröder mit sorgenvoll in Falten gelegtem Gesicht, »dass Sie nicht vielleicht doch einen anderen Sarg wünschen? Wenn ich Ihnen die Auswahl unserer Särge einmal zeigen dürfte?«

Wieselflink zauberte er eine Broschüre hervor und schob sie Albert über den Tisch. Der schob sie zurück.

»Ich wünsche einen einfachen Kiefernsarg und fertig. Der kommt ja sowieso ins Feuer. Möglicherweise schieben Sie mich sogar ohne ihn rein und verkaufen ihn ein zweites Mal.«

Das ging Beerdigungsschröder entschieden gegen die Berufsehre.

»Wo denken Sie hin!«, empörte er sich. »Jeder Verstorbene wird in seinem eigenen Sarg verbrannt!«

»Das können die Toten ja schlecht kontrollieren«, erwiderte Albert. »Und überhaupt, wer sagt mir, dass es meine Asche ist, die Sie in die Urne schütten. Sie können da ja alles Mögliche reinmachen.«

Beerdigungsschröder verschanzte sich hinter einer Leidensmiene, und Albert fragte sich, ob es eigentlich zu jeder Berufsgruppe die dazugehörige Mimik gab. Bei Turniertänzern war ja klar, dass sie immer lächeln mussten. Die vom Finanzamt hatten so einen Röntgenblick, als wollten sie sagen: »Ich weiß genau, dass du was unterschlagen hast, und ich krieg dich, verlass dich drauf.« Jedenfalls hatte Albert immer automatisch ein schlechtes Gewissen, wenn er seine Sachbearbeiterin aufgesucht hatte.

Beerdigungsschröder startete einen letzten Versuch.

»Ein bisschen sollten Sie uns schon vertrauen«, sagte er. »Es ist doch eine Frage der Würde …«

»Wie bitte? Würde?« Albert gab ihm den Rat, sich doch mal sein Schaufenster anzusehen, wenn er auf »Würde« einen so großen Wert legte. Beerdigungsschröder hatte nicht den leisesten Schimmer, was er meinte, was Albert darin bestätigte, dass die meisten Menschen blind und taub durchs Leben liefen. Er schaute auf die Uhr. Der zeitliche Rahmen, den er diesem Unterfangen eingeräumt hatte, war bereits ausgeschöpft, und der Mann ging ihm auf die Nerven.

»Nun denn«, sagte er, »es ist alles besprochen, was es zu besprechen gab.«

Er lüftete seinen Hut, wünschte einen schönen Tag und verließ den Laden.

Alles, was aushäusig erledigt werden musste, war erledigt.

Wie so oft, wenn man von etwas Abschied nimmt, von dem man hoffte, es nie wiederzusehen, verwandelt es sich auf wundersame Weise in etwas Schönes.

Die schmutzige, laute Stadt, die Albert seit Jahren gemieden hatte, die ihm ein Gräuel gewesen war, kam ihm mit einem Mal gar nicht mehr so grässlich vor. Die Novembersonne war der ideale Weichzeichner. Auf dem Weg zum Auto blieb er in einem blassen Sonnenflecken stehen und schloss die Augen. Durch den Gestank der Abgase konnte er den Spätherbst riechen. Es roch nach Vergänglichkeit, vermischt mit einer leisen Vorahnung von Schnee. Im Geiste hörte er *Puttin' On the Ritz*.

Dressed up like a million dollar trouper
Tryin' hard to look like Gary Cooper
Super-Duper.

Als er die Augen wieder öffnete, sah er: Kinder mit Schulranzen, Mütter mit Kinderwägen, Menschen, die mit Hunden spielten, ein altes Paar, das sich an den Händen hielt … Lachen … und Freude … überall diese Freude. Wo hatte sie die ganze Zeit gesteckt? War sie immer da gewesen? Hatte er sie nur nicht bemerkt? Hatte seine Trauer um Martha alles vernebelt? Aber er trauerte ja nach wie vor. Was also hatte sich geändert?

Er wollte nichts mehr von der Welt. Das hatte sich geändert. *Herrlich*, dachte er, *wie leicht sich doch das Leben anfühlt, wenn man nichts mehr von ihm will.*

In drei Stunden kam Ina.

Was stand als Nächstes auf dem Plan? Nach Hause fahren, *Dick und Doof* gucken, um die Stimmung zu heben? Aber das war ja gar nicht mehr nötig. Er war bereits guter Dinge. Die DVD konnte er also wieder zurückbringen.

Zu seiner Überraschung nahm er ein leichtes Hungergefühl wahr. Wann hatte er zum letzten Mal Hunger verspürt? Ewig her. Er könnte essen gehen. Warum eigentlich nicht? Aber wenn er jetzt essen ging, würde er in drei Stunden keinen Hunger mehr haben, und das wiederum würde Inas Sorge auf den Plan rufen.

Vielleicht, überlegte er, *könnte ich ja einkaufen und kochen*? Ina würde sich gewiss freuen, wenn sie sich zur

Abwechslung mal an den gedeckten Tisch setzen konnte. Normalerweise kochte immer sie. Er verwarf die Idee. Was würde seine Tochter denken, wenn er plötzlich anfing zu kochen? Nein, nein, jetzt nur alle Gewohnheiten beibehalten und keinen Verdacht erregen. Essen, Einkaufen und Kochen fielen also flach.

Aber zum Friseur konnte er. Wenn er tot war, wollte er auf jeden Fall so gut aussehen wie irgend möglich.

Um diese Uhrzeit war die Mensa fast leer.

Ein paar Gestalten in weißen Kitteln verloren sich im sterilen Ambiente.

Hanne ließ die Rouladen, die Frikadellen, die Schnitzel und die Käselasagne links liegen und steuerte das Salatbüfett an. Sie nahm von allem, was gesund war und wenig Kalorien hatte, verzichtete auf Mais, Käse, Thunfisch, geröstete Zwiebeln und Croutons, griff zwei Tütchen Essig-Öl-Dressing und legte eins wieder zurück.

Das Mädel an der Kasse hatte eine Menge Metall im Gesicht. Mit aufreizender Langsamkeit wog es den Salat ab und fragte Kaugummi kauend: »Mitnehmen oder hier essen?«

»Mitnehmen.«

»Macht sieben Euro fuffzig.«

»Wie bitte?« Hanne glaubte sich verhört zu haben.

»Sieben Euro fuffzig«, wiederholte die Göre. Sie zerdehnte die Silben, zog die Vokale lang, sprach langsam und laut, wie manche Leute mit Fremdsprachlern reden, in der törichten Annahme, die würden sie dann besser verstehen.

»Sieben Euro fünfzig für drei welke Salatblättchen ist aber ganz schön happig.«

»Geht nach Gewicht«, erklärte die Göre. »Wenn Sie's hier essen, wärn's vier Euro fuffzig.«

»Drei Euro Aufschlag, bloß weil ich den dämlichen Salat mitnehmen will? Wegen der blöden Plastikverpackung?«

»Is wegen der Umwelt. Was meinen Sie, was in den Meeren alles rumschwimmt.«

Hanne war bekannt, was *in den Meeren alles rumschwamm*. Sie fragte sich schon lange, wieso man in Krankenhäusern keine plastikfreien Verpackungen verwendete. Plastik enthielt, wie jedermann wusste, Weichmacher, deren Wirkung aus medizinischer Sicht …

»Woll'n Sie nun den Salat oder nich?«, unterbrach die Göre ihren Gedankengang. Man musste keine Expertin für Mikroexpressionen sein, um in ihrem Gesicht zu lesen. Am liebsten hätte Hanne gesagt: »Vielen Dank, Sie haben mir meine Kaufentscheidung abgenommen, schmieren Sie sich Ihren Scheißsalat in die Haare.« Stattdessen sagte sie: »Ich esse ihn hier.«

Die Göre verdrehte die Augen, stöhnte: »Okay«, erhob sich mit aufreizender Trägheit, klatschte den Salat auf einen Teller und warf die Verpackung in den Müll.

Hanne verspürte den übermächtigen Wunsch, das dumpfe Görengesicht in den Tiegel mit den Rouladen zu tunken, dorthin, wo die Soße zu einer dicken Haut geronnen war, und das des auberginefarbenen Trekkies gleich daneben in die Käselasagne.

»*Du hast Gewaltfantasien*«, sprach die Fachfrau.

Das Dressing verlieh der Pappe auf dem Teller wenigstens ein bisschen Geschmack. Während Hanne jeden Bissen zweiunddreißigmal kaute, dachte sie über Phobien nach. Die Palette möglicher Angstauslöser war unendlich lang.

Es gab soziale Phobien, generalisierte und spezifische Ängste, auch isolierte genannt. Also solche, die sich auf Dinge, Situationen, Gegenstände, Handlungen, Tiere oder bestimmte Personen bezogen.

Als Kind hatte Hanne eine Coulrophobie, die krankhafte Angst vor Clowns. Ihre Mutter hatte sie mal mit einem überrascht. Zum Geburtstag. Es muss der vierte oder fünfte gewesen sein. Hannele war schreiend davongelaufen und wurde danach jahrelang von Albträumen geplagt, in denen Clowns ihr Unwesen trieben. Noch heute suchte sie das Weite, wenn die Red Nose Clowns in der Klinik unterwegs waren.

Wenn es Murophobie (Angst vor Mäusen), Agoraphobie (Platzangst), Klaustrophobie (Angst vor dem Aufenthalt in geschlossenen Räumen), Arachnophobie (Angst vor Spinnen), Aerophobie (Flugangst), Mysophobie (Angst, sich anzustecken) und neuerdings sogar die Nomophobie (No-Mobile-Phobie) gab, überlegte Hanne, musste es theoretisch auch eine Urlaubsphobie geben. Eine Feriasphobie! Nur logisch in einer Zeit, in der so viele von Job und Karriere besessen waren, in der das Denken von Ideologien um Effizienz und Produktivität geprägt war. Was für die Großeltern ein Geschenk war, Zeit zum Ausruhen, geschätzt und herbeigesehnt, war heutzutage nur schwer zu ertragen.

»Selbstverständlich gibt es auch immer die anderen«, knurrte Hanne mit einem Blick zu der Göre hinter der Kasse, die in bemerkenswerter Geschwindigkeit eine SMS tippte.

»*Interessant*«, sprach die Fachfrau. »*Da haben wir doch etwas, mit dem wir das Vakuum von sechs Wochen füllen können. Wir recherchieren zum Thema Urlaubsphobie und schreiben ein Buch darüber.*«

Wunderbar! Hanne hatte einen Plan und ihr Tempo zurück. Als sie ihr Tablett in den Geschirrwagen schob, wurde sie angesprochen.

»Ah! Frau Dr. Hanken, gut, dass ich Sie erwische.«

Vor ihr stand eine junge Frau in weißem Kittel, die Hanne zwar kannte, an deren Namen sie sich jedoch nicht erinnern konnte, was auch gar nicht nötig war, denn der stand auf dem Namensschild am Kittel: »Dr. Ina Gottwald«.

»Guten Tag, Frau Gottwald«, sagte Hanne.

Auch wenn sie sich nur schlecht Namen merken konnte, hatte sie doch ein Elefantengedächtnis, was Fälle betraf. Noch nach Jahrzehnten erinnerte sie sich an jeden einzelnen. Mit Frau Gottwald hatte sie vor einiger Zeit wegen ihres depressiven Vaters gesprochen.

Obgleich die junge Frau vor ihr lächelte, sah Hanne sofort, wie es um sie stand: Sie war in Sorge.

»Ich war gerade in Ihrem Büro«, sagte sie. »Ihre Sekretärin erzählte mir, Sie hätten Urlaub.«

»Was kann ich für Sie tun?«, fragte Hanne.

»Ich wollte noch mal wegen meines Vaters mit Ihnen sprechen.«

»Macht er die Therapie, die ich empfohlen habe?«

»Nein, leider nicht«, sagte Ina. »Er ist einfach nicht der Typ, der zum Seelenklempner geht, sagte er. Ich hab mit Engelszungen auf ihn eingeredet, aber …«

»Man kann niemanden zu einer Therapie überreden«, sagte Hanne. »Unter diesen Umständen wird Ihnen nichts anderes übrig bleiben, als seine Entscheidung zu akzeptieren. Es sei denn, es ist Gefahr im Verzug. In diesem Fall können Sie ihn zwangseinweisen lassen, aber das ist Ihnen ja bekannt.«

Hanne las in Inas Gesicht: Es war Gefahr im Verzug.

»Der Beerdigungsunternehmer hat mich vorhin angerufen«, sagte sie, so leise, dass Hanne sie kaum verstehen konnte.

Die Bitte der jungen Kollegin war grenzwertig und wich von allen therapeutischen Interventionen ab. Wieso sie damit zu ihr gekommen war, war fraglich. Gut, sie hatten vor Monaten über ihren Vater gesprochen, aber rechtfertigte das die vorgeschlagene Maßnahme? Absurd, sie in einen Tanzkurs einschleusen zu wollen! Überhaupt: sie und tanzen!

Hanne raste mit ihrem Flitzer durch den Feierabendverkehr, hüpfte von Lücke zu Lücke, nutze jeden noch so kleinen Vorteil, um Bruchteile von Sekunden herauszuschinden, nur aus Gewohnheit, denn eigentlich hatte sie ja jetzt Zeit in Hülle und Fülle.

Was hatte sich Frau Dr. Gottwald nur dabei gedacht? Ihre Idee war verrückt in jederlei Hinsicht, obendrein vollkommen unprofessionell. Was, wenn sich ihr Vater suizidierte? An wem würde die Verantwortung hängen bleiben? An ihr selbstverständlich. Wenn es ganz dumm käme, konnte sie das sogar ihre Approbation kosten. Allen voran stellte sich die Frage, ob denn tatsächlich Gefahr im Verzug war. Vielleicht übertrug Frau Gottwald ihre eigenen Ängste auf den Vater? Histrionische Persönlichkeitsstörung womöglich.

Worauf genau basierte ihr Verdacht? Darauf, dass ihr Vater vor einem halben Jahr zu viele Schmerztabletten genommen hatte? Konnte auch ein Versehen gewesen sein. Dass er seine Beerdigung in Auftrag gegeben hatte? Nur vernünftig. Schließlich lauerte der Tod hinter jeder Ecke. Kaum jemand wusste das besser als Hanne.

»Fahr, du Blödmann!«, schrie sie ihren Vordermann an, der nicht in der Sekunde, in der die Ampel auf Grün umgesprungen war, losfuhr.

Im Allgemeinen war Hanne durchaus imstande ihre Affekte zu kontrollieren. Im Straßenverkehr nicht.

»Inkognitotherapie« hatte Frau Gottwald ihren Vorschlag genannt. Rätselhaft, wie eine Therapie funktionieren sollte, wenn der Therapeut inkognito bleiben musste und der Patient nicht mal wissen durfte, dass es sich um eine Therapie handelte. Wo blieb sein Einverständnis? Seine Bereitschaft? Und wie zum Henker sollte sie mit Herrn Gottwald ins Gespräch kommen? Indem sie zu einem Tanzkurs ging? Über welche substanziellen Probleme sollte man reden, während man damit beschäftigt war, seine Füße zu sortieren?

Nein, das funktionierte nicht. Nie im Leben.

Im Prinzip war ihr das schon während des Gespräches mit Frau Gottwald klar gewesen, doch ihr Bedarf an anstrengenden Diskussionen war für heute gedeckt, deshalb hatte sie geantwortet: »Ich werde darüber nachdenken.«

Der Slowfox

Würde man beim Slowfox (langsame Form des Foxtrott) eine volle Tasse auf den Kopf der Dame stellen, dürfte idealerweise nicht ein einziger Tropfen verschüttet werden.
Trotz der unterschiedlich schnellen Schritte wird dieser Tanz in gleichmäßigen Bewegungen getanzt. Drehungen werden nur sparsam eingesetzt. Das Nonplusultra sind die Übergänge, die unbedingt fließend sein müssen.

18 Uhr bog Albert frisch frisiert und duftend wie eine Blume in den Finkensteig. Inas Wagen stand schon vor dem Haus. Eine ganze Stunde zu früh! Gott sei Dank hatte er die Liste eingesteckt! Eine Katastrophe, hätte Ina sie gefunden.

Im Flur duftete es verführerisch nach Brathähnchen. Während er Hut und Mantel ablegte und die Straßenschuhe gegen Pantoffeln tauschte, hörte er Ina in der Küche wirtschaften.

»Hallo, Spatz, du bist aber früh dran«, rief er.

»Ja, stell dir vor, die haben mich heute mal eher gehen lassen«, rief sie zurück.

Albert blieb im Türrahmen stehen und sah seiner Tochter beim Kochen zu. *Was für eine schöne junge Frau sie doch ist,* dachte er. Sie kam zu ihm und gab ihm einen Kuss auf die Wange.

»Oh, du warst beim Friseur. Außer der Reihe«, stellte sie fest.

»Mir war danach«, sagte Albert.

»Wir können gleich essen. Ich hab Brathähnchen gemacht. Ich hoffe, du hast Hunger.«

»Geht so«, schwindelte Albert und ging sich die Hände waschen.

Als er in den Spiegel schaute, spürte er zum ersten Mal ein leises Bedauern.

»Jetzt bloß nicht sentimental werden, alter Junge«, sagte er zu sich.

Ina zerteilte das Hähnchen professionell, wie man es von einer Chirurgin erwarten durfte. Albert sah ihr gern dabei zu.

»Ich hatte mich schon gewundert, dass du nicht da bist«, sagte sie. »Warst du bei Mama?«

»Hatte was in der Stadt zu erledigen. Baumarkt.«, sagte Albert

»Aha. Ich hab versucht dich auf dem Handy zu erreichen. Hatte den Schlüssel vergessen. Glücklicherweise hat mir Frau Pietsch aufgemacht. Seit wann hat die eigentlich einen Schlüssel?«

Albert kratzte sich im Nacken.

»Seit … neulich.«

Er ärgerte sich. *Unglaublich, die Pietsch! Musste die das*

mit dem Schlüssel ausposaunen! Grinste Ina etwa? Albert kam ein unerhörter Verdacht.

»Du denkst doch wohl nicht etwa …«

»Natürlich nicht«, sagte Ina und grinste nun ganz offensichtlich. »Du und die Pietsch … unvorstellbar. Aber schon merkwürdig, dass du ihr den Schlüssel gibst, zwei Wochen früher als üblich zum Friseur gehst und sie am Sonntag zum Kaffee einlädst.«

Jetzt grinste sie so unverschämt, dass Albert sein Besteck niederlegte.

»Da hört sich doch alles auf! Wir trinken Kaffee, nachbarschaftlichen Kaffee, weiter nichts!«

»Krieg dich wieder ein, Papa. Etwas anderes hab ich ja auch nicht behauptet.«

»Doch hast du!«, widersprach Albert. »Nicht mit Worten, aber gedacht hast du's!« Er pfefferte die Serviette auf den Tisch und sprang auf. Der Appetit war ihm vergangen.

»Meine Güte, Papa, das war ein Schähärz!«

»Alles, was ich in Bezug auf die Pietsch anstrebe ist … eine friedliche Koexistenz.«

»Weiß ich doch«, erwiderte Ina und strich ihm über den Rücken. »Komm, setz dich wieder hin, das Huhn wird kalt.«

Albert setzte sich. Schweigend aßen sie weiter.

Als sie später vor dem Kamin saßen, war alles wieder gut. Ina erzählte von ihrer Arbeit, und er war stolz auf sie. Während sie über die neuesten Techniken der minimalinvasiven Chirurgie sprach, drifteten seine Gedanken zu dem

Abschiedsbrief hin, den er ihr schreiben musste. Wie nur, wie, sollte er in Worte fassen, was er empfand?

»Weinst du, Papa?«, fragte Ina.

Albert erschrak. Tatsächlich, eine Träne lief über sein Gesicht. Er war unvorsichtig gewesen.

»Der Rauch vom Kamin … reizt die Augen … Ich hol mal Augentropfen.« Er beeilte sich in die Küche zu kommen. Dort heulte er los. Dass dieser Abend nicht leicht sein würde, hatte er erwartet, dass er so schwer sein würde, nicht.

Als er Ina in die Küche kommen hörte, griff er nach den Augentropfen, setzte sein Profilächeln auf und sagte, als wäre er einem Werbespot entsprungen: »Ich schwöre auf diese Tropfen. Aaahhh! Herrlich, eine Wohltat!«

Ina sah ihn mit prüfendem Blick an. Albert schaltete einen Gang runter.

»Alles in Ordnung, Spatz. War ein bisschen viel heute.« Es kostete Kraft, ihrem Blick standzuhalten.

»Was hältst du davon, wenn ich nicht zur Fortbildung fahre und wir verbringen stattdessen das Wochenende zusammen?«, schlug sie vor.

Albert sprach ein Machtwort: »Kommt nicht infrage! Du tust schon genug.«

»Aber …«, sagte Ina.

»Kein Aber. Du bist das Kind, ich der Vater. Keine verdrehten Verhältnisse mehr. Du wirst zu deiner Fortbildung fahren. Ich komme allein zurecht. Es wird Zeit, dass jeder wieder sein Leben lebt. Außerdem solltest du dir einen

Mann zulegen. Du bist Mitte dreißig. Falls du nicht als alte Jungfer enden willst, würde ich dir raten, nicht allzu lange damit zu warten.«

Ina hatte diesen Gesichtsausdruck, den sie schon als Kind hatte, wenn sie etwas verbergen wollte. Albert erriet, dass es jemanden gab. Wie sich herausstellte hieß er *Thaddäus* und war ihr Kollege, ein Anästhesist oder ein »Sandmännchen«, wie sie ihn nannte.

Albert fiel ein Stein vom Herzen. Es würde also jemanden geben, der für seine Tochter da sein würde, wenn es ihn nicht mehr gab.

Sie gestand, dass sie zu keiner Fortbildung musste, sondern mit Thaddäus ein verlängertes Wochenende an der See verbringen wollte. Bis Dienstag würden sie bleiben. Albert wollte fragen, wieso sie das nicht gleich gesagt hatte, da klingelte ihr Handy. »Dr. Hanken« las sie auf dem Display.

»Die Klinik, ein Notfall«, sagte sie. Albert verließ die Küche, damit Ina in Ruhe telefonieren konnte.

Wieso erzählt sie mir, sie muss zu einer Fortbildung, wenn sie mit ihrem Freund wegfährt?, fragte er sich. *Schwindelt sie aus Rücksicht? Will sie mir nicht von ihrem Glück erzählen, weil ich meins verloren habe? Vermutlich. Noch ein Grund, den Weg frei zu machen.*

Zum Abschied schloss er sie in die Arme. Fester als gewöhnlich und länger als üblich. Erst als sie sich beschwerte, dass sie keine Luft mehr bekam, ließ er los.

»Hab eine schöne Reise, mein Kind. Sei so glücklich, wie du kannst. Versprochen?«

Ina nickte.

»Und fahr vorsichtig.«

»Jaaa, Papa. Geh ins Haus! Du wirst ja ganz nass!«

Albert hatte den Regen nicht einmal bemerkt. Er riss sich los und ging ins Haus, ohne sich umzudrehen.

Ina saß im Auto und überlegte, ob sie noch einmal zurückgehen und ihn offen auf ihre Befürchtungen ansprechen solle. Aber das hatte sie schon so oft getan. Nie war etwas dabei herausgekommen. Außerdem hatte Frau Dr. Hanken ja vorhin am Telefon zugesagt. Also war es das Beste, loszulassen und darauf zu vertrauen, dass der Plan aufging.

Als Ina weg war, vollendete Albert die handwerklichen Vorbereitungen. Der neue Bohrer tat seine Dienste. Wenig später saß der Haken fest in der Decke. Er fädelte den Strick hindurch, hängte sich probeweise mit vollem Gewicht daran … bombenfest.

Noch 35 Stunden, dann war alles überstanden.

Er ging zu Bett, und obwohl er das Rascheln und Trippeln der Mäuse hörte, fiel er in der Sekunde, in der sein Körper die Matratze berührte, in einen festen, traumlosen Schlaf.

Gegen 2 Uhr morgens, einer Zeit, in dem einem die meisten Dinge übermächtig bedrohlich erscheinen, was, wie Hanne wusste, mit Entgiftungsprozessen der Leber zusammenhing, war sie aufgestanden und in ihrem Appartement herumgewandert. Vor ein paar Stunden hatte sie Frau Gottwald zugesagt. Wider besseres Wissen. Gut, sie hatte darauf hingewiesen, dass die Aktion nichts mit einer therapeutischen Maßnahme zu tun hatte, was natürlich Unsinn war, denn im Grunde war es nichts anderes.

»*Armselig*«, hatte die Fachfrau gesprochen. »*Armselig und egoistisch! Lässt dich auf so eine Farce ein, nur weil du dich vor dem Urlaub fürchtest und nicht die Mutter des Konzeptes der Freizeitphobie sein kannst!*«

Hannes Recherchen hatten ergeben, dass die Freizeitphobie bereits eine Mutter, oder richtiger, einen Vater hatte. *Rufus Santanda* hieß der Mann. Sie hatte seinen Artikel im Internet gefunden. In diesem war die Rede von Betroffenen, die in ihrer Freizeit Fantasien entwickelten, ihnen würde etwas Schreckliches zustoßen, und mit ausgeprägten Panikattacken darauf reagierten.

»Freizeitphobiker«, schrieb Santanda, »seien in der Regel von ihren Jobs und Karrieren besessen oder nutzen diese, um Problemen, denen sie sich nicht stellen wollen, aus dem Weg zu gehen.«

Zu simpel, hatte Hanne gedacht und weitergelesen, bis zu der Stelle, an der Santanda frenetisch ausrief: »Lang lebe die Freizeit! Lang lebe die Langeweile! «

Da hatte es ihr gereicht.

Kurz hatte sie noch überlegt, eine Studie zu dem Thema ins Leben zu rufen, den Gedanken aber sofort wieder verworfen. Eine Studie würde sich über Jahre hinziehen und war somit zum Füllen eines Vakuums von sechs Wochen ungeeignet.

Was, wenn sie ein Buch über Mikroexpressionen schrieb? Nein, Bücher zu diesem Thema gab es zur Genüge. Kein Mensch brauchte noch eins. Verreisen? Wie wäre es damit? Aber allein? Allein verreisen war das Trostloseste von der Welt. Vielleicht würde Thea mitkommen?

Thea war nicht nur Hannes Freundin, genau genommen die einzige, die sie je gehabt hatte, sondern auch ihre Cousine und eine gute Reisebegleiterin obendrein. Sie war im richtigen Maß pragmatisch wie unternehmungslustig und verlangte nie mehr Nähe, als Hanne ertragen konnte. Obendrein gab sie ihr das Gefühl, komisch zu sein, weil sie über ihre Witze lachte.

Thea war Dramaturgin am Theater und wusste immer Interessantes zu berichten. Vielleicht konnte sie sich ein paar Tage freischaufeln? Gut, da war noch ihr Mann. Tom, der immer so aussah, als plagten ihn üble Magenschmerzen. Vielleicht lag's an seinem Job. Er war Immobilienmakler.

Sie rief Thea an, die ging nicht ran. Sie schrieb ihr eine Kurznachricht und bat sie um Rückruf.

Anschließend googelte sie Chris unter »ästhetische Chirurgie« und fand seine Website. Er hatte eine Praxis für Schönheitschirurgie eröffnet, in bester Lage. Aus Chris, dem Rekonstruktionsmediziner, war also ein Schönheitschirurg geworden. Er gehörte zu den Vertretern, die vorteilhaft alterten. Wie unfair.

Sie schloss die Seite und überlegte: Was musste gemacht werden? Die Steuererklärung – ihre Mutter musste auch mal wieder besucht werden. Dann musste sie eine neue Eingabe an die Stadtverwaltung wegen der Sicherheitsvorkehrungen an der Gebrüder-Grimm-Brücke schreiben. Alles in allem trübe Aussichten.

An dieser Stelle war ihr Inas Vorschlag wieder in den Sinn gekommen. Die junge Frau sorgte sich um ihren Vater, und das konnte sie gut nachvollziehen. Sie sah zu dem Foto ihres Vaters über dem Schreibtisch. Es war das einzige in diesem Appartement. Ansonsten waren die Wände kahl wie unbeschriebene Blätter. Sie wollte es so.

Na gut, hatte sie gedacht, *ich kann mir Herrn Gottwald ja mal ansehen, und nebenher ein bisschen Bewegung, sprich Tanzen, kann nicht schaden.*

Also hatte sie Ina angerufen und ihr zugesagt.

Danach war sie ins Bett gegangen, oder besser gefallen. Ihr Körper war eine schmerzende müde Hülle. In ihrem Kopf jedoch tobten die Gedanken herum wie Affen im Käfig, wenn der Pfleger mit den Bananen um die Ecke bog.

War es richtig, was sie da vorhatte? Nein, besser doch wieder absagen. Aber warum eigentlich? Warum eigentlich nicht? Und immer so weiter.

Der Morgen graute bereits, da bereitete Hanne dem Spektakel ein Ende, nahm zwei Schlaftabletten, knipste das Licht und sich aus.

Der Totentanz

Einige behaupten, er sei gar kein Tanz, sondern eine bildliche Darstellung im ausgehenden Mittelalter. Andere glauben, er sei ein Rundtanz. Wieder andere sind überzeugt, dass er ein Walzer ist. Die Wahrheit ist: Kein Mensch weiß es.

Albert erwachte mit einem Mordshunger.

Er versorgte die Vögel und briet vier Rühreier. Normalerweise mied er Eier wegen des Cholesterins, doch was spielte das jetzt noch für eine Rolle?

Nach dem Frühstück kündigte er alles, was es zu kündigen gab, Versicherungen, Strom, Gas, Wasser, Straßenreinigung, Müllabfuhr, Schneebeseitigung, Schornsteinfeger, Telefon, Funk- und Fernsehgebühren und und und …

Im Nu waren sieben Stunden durch den Wolf gedreht. Übrig blieb ein kleiner Stapel Briefe.

Als er sich auf den Weg machen wollte, um ihn zum Postkasten zu tragen, rief Ina an und wollte wissen, ob auch wirklich alles in Ordnung sei.

»Ja, sicher«, sagte Albert.

Er wünschte ihr nochmals eine gute Reise. Sie versprach nochmals, die Zeit an der See zu genießen.

Es waren die Pausen in diesem Gespräch, die ihm seltsam vorkamen. Pausen, wie geschaffen für ein Geständnis.

Vermutlich bin ich paranoid, dachte er. *Bei dem, was ich vorhabe, kein Wunder.*

Es dämmerte bereits, als er Richtung Briefkasten aufbrach. Als er die Haustür öffnete, lief er fast in die Pietsch hinein. Sie war bunt im Gesicht. Hatte sie sich geschminkt?

Sie erkundigte sich, wieso er denn gestern noch so spät gebohrt habe. Er faselte etwas von einer absturzgefährdeten Lampe und entschuldigte sich für die nächtliche Ruhestörung. Sie lud ihn zum Essen ein.

»Es gibt dein Lieblingsgericht, Königsberger Klopse.«

Tatsächlich waren Königsberger Klopse Alberts Lieblingsgericht. Aber woher wusste das die Pietsch? Als hätte sie seine Gedanken gelesen, sagte sie: »Die Wände sind dünn, weißt du, Albert.« Dabei schlug sie die Augenlider nieder, ein Mienenspiel, für das sie eindeutig zu alt war.

Die Wände waren dünn. Oft genug hatten Martha und er mit anhören müssen, worauf sie liebend gern verzichtet hätten. Allerdings war Albert nie in den Sinn gekommen, dass das keine Einbahnstraße war.

Auch wenn die Königsberger Klopse eine prima Henkersmahlzeit abgegeben hätten, war es doch ganz und gar unvorstellbar, seinen letzten Abend auf Erden mit der Pietsch zu verbringen. So höflich wie möglich gab er ihr also einen Korb und vertröstete sie auf ein anderes Mal.

Am Ende der Allee glühte der Himmel. Alberts letzter Sonnenuntergang. Er kannte die physikalische Erklärung, wusste, dass ein farbenprächtiger Himmel kein Grund zur Freude war, sondern ganz im Gegenteil ein Indiz für Luftverschmutzung. Je röter der Himmel, desto dreckiger die Luft. Das war die traurige Wahrheit. Für den heutigen Abend jedoch favorisierte er die romantische Variante.

Martha hätte gesagt: »Die Engel backen Brot.«

Und so war es.

Als er zurückkam, standen zwei Töpfe auf dem Herd. In einem befanden sich Königsberger Klopse, im anderen Kartoffeln. Daneben lag eine Mausefalle, eine tödliche. Auf dem Zettel, der daneben lag, stand in mädchenhafter Handschrift: »Lieber Albert. Die Kartoffeln sind vorgekocht, brauchen nur noch drei Minuten. Ich wünsche Dir einen guten Appetit! Deine Gitte. PS: Du hast Mäuse.«

Liebevoll hatte sie den Tisch gedeckt, Blumen standen darauf und eine Flasche Bier, seine Lieblingsmarke. Auf dem Teller lag eine Serviette, kunstvoll zum Schwan gefaltet. Alles schien zu sagen: »Guck mal, so gut könntest du es immer bei mir haben«.

Eigentlich hätte Albert sauer sein müssen. Hatte er sie nicht ausdrücklich darauf hingewiesen, dass der Schlüssel nur für Notfälle gedacht war? Die Pietsch war einfach so hereinspaziert! Übergriffig war das! Doch so unmöglich er ihr Verhalten auch fand, es wollte sich einfach keine Empörung einstellen.

Die Todesfalle legte er beiseite. Sie einzusetzen kam überhaupt nicht infrage.

Während die Kartoffeln auf dem Herd köchelten und die Königsberger Klopse warm wurden, dachte er über seine Nachbarin nach. War sie eigentlich jemals jung gewesen? Musste sie ja, sie hatte ihren Sohn Phillip zur gleichen Zeit bekommen wie Martha Ina.

Möglicherweise, dachte Albert, während er die Kartoffeln abgoss und sie über kleiner Flamme dämpfte, war die Anschaffung einer Katze die erste selbstständige Entscheidung der Pietsch gewesen und ein echter Befreiungsschlag, denn ihr Mann hätte definitiv kein Haustier geduldet.

Die Königsberger Klopse waren ein Gedicht. Die besten, die Albert je gegessen hatte. Eine prima Henkersmahlzeit. Noch ein Pluspunkt für die Pietsch.

Nach dem Essen feuerte er den Kamin an. Er würde heute nicht ins Bett gehen. Schlafen konnte er noch bis in alle Ewigkeit.

Der Brief an Ina musste geschrieben werden.

Er nahm den alten schottischen Whisky aus dem Schrank, den er von einer Tanzschülerin geschenkt bekommen hatte, als er sein Studio schließen musste. Die Flasche hatte er für freudige Anlässe aufbewahrt. Seither hatte es keine mehr gegeben.

Der Scotch rann goldgelb ins Glas. Er roch nach Heu

und Leder und ganz leicht nach Toffee. Nur am Anfang schmeckte er scharf. Im Abgang war er seidig und weich.

Albert schloss die Augen.

Was sollte er schreiben? Er versuchte, darüber nachzudenken, doch die Pietsch geisterte ihm durchs Hirn. Sicher war die Frau eine Nervensäge und ihr Kater ein Rotkehlchenkiller, aber war sie nicht auch eine verdammt geschundene Kreatur? Wenn sie ihn tot auffinden würde, am Strick baumelnd, wäre das sicher ein Schock für sie.

»*Das kannst du nicht machen!*«

Martha saß in ihrem Sessel, hatte das Strickzeug sinken lassen und sagte: »Du wirst dich nicht von Gitte Pietsch finden lassen! Das machst du nicht, Albert Joseph Franz Eduard Gottwald!«

Immer wenn es Martha mit etwas ernst war, sprach sie ihn mit all seinen Namen an.

»Uns *beiden ist doch wohl klar, dass es unmöglich Ina sein kann*«, sagte Albert.

»Es ist dein Selbstmord«, sagte Martha, »lass dir gefälligst was einfallen!«

Albert dachte darüber nach, wie das Problem zu lösen sei.

»Ich könnte ihr ja einen Zettel in den Briefkasten werfen. Aber was soll darauf stehen? Kaffeetrinken fällt aus. Habe mich erhängt, bitte die Polizei informieren. Schönen Sonntag noch?«

»Werd' nicht albern«, sagte Martha, »jetzt gehst du erst mal rüber und nimmst ihr den Schlüssel weg.«

Er stöhnte. Aber was sollte er machen, wusste er doch,

dass Martha nicht eher Ruhe geben würde. Also brachte er es besser sofort hinter sich. Er stellte sein Glas ab und schälte sich aus dem Sessel.

»Hallo, Gitte«, sagte er, als sie die Tür öffnete. »Danke für das Essen.«

»Du hast Mäuse.«

»Ich weiß.«

»Mäuse sind schlimme Schädlinge und richten großen Schaden an«, dozierte sie mit erhobenem Zeigefinger und ernster Miene. »Und sie sind Krankheitsüberträger. Wo eine Maus ist, sind mit Sicherheit auch andere.«

»Ja«, sagte Albert. »Danke für die Mausefalle, Gitte.«

»Ich könnte dir ja Loveday mal ausleihen«, schlug sie vor.

»Nicht nötig. Ich bring dir deine Töpfe zurück. Die Königsberger Klopse waren grandios.«

Gitte Pietsch strahlte.

»Wenn du willst, mach ich dir nächste Woche wieder welche«, sagte sie. »Oder du kommst rüber und wir essen zusammen. Zwei alte Nachbarn können doch zusammen essen? Ist doch nichts dabei.«

Sie machte es ihm wirklich nicht leicht.

»Ich werde über dein Angebot nachdenken«, versprach Albert und nahm innerlich Anlauf für die Schlüsselarie.

»Du, Gitte, ich hab dir doch die Schlüssel für das Haus gegeben.« »Das war eine fabelhafte Idee«, sagte die Pietsch. »Ich werde dir meinen auch geben. Falls mal was ist, für den Fall der Fälle.«

Sie angelte nach ihrem Ersatzschlüssel und reichte ihn Albert. Er nahm ihn nicht und kratzte sich im Nacken.

»Weißt du, ich werde in nächster Zeit viel unterwegs sein.«

»Du verreist?« Ihre Augen leuchteten. »Wohin denn?«

Albert verlor die Geduld. »Ich habe einfach beschlossen, ein bisschen mehr … unterwegs zu sein.«

»Aber das ist ja ganz wundervoll!« Die Pietsch war begeistert. »Vielleicht könnten wir ja mal zusammen eine Kaffeefahrt machen. Eine Busreise …«

Albert war ja wirklich guten Willens gewesen, ihr die Schlüssel auf möglichst sanfte Weise abzunehmen, aber die Frau ließ ihm keine Wahl. Deshalb sagte er entschieden: »Nein, Gitte, wir werden nicht zusammen verreisen, und zusammen essen werden wir auch nicht. Und im Übrigen möchte ich meinen Schlüssel zurück. Es geht einfach nicht, dass du ungebeten in mein Haus kommst und …«

Ihre Unterlippe zuckte. Nein! Weinte sie etwa? Das hatte ihm gerade noch gefehlt. Er konnte nicht ertragen, wenn Frauen weinten.

»Aber ich wollte doch nur …«, sagte sie mit bebender Stimme.

»Und das ist ja auch ganz, ganz lieb von dir, aber …«

Beinahe wäre er zurückgerudert. Doch die Pietsch griff seinen Schlüssel, warf ihn ihm entgegen und knallte die Tür zu.

Mit der friedlichen Koexistenz war es vorbei.

Albert deponierte den Schlüssel in einer Espressodose

in der Garage. Anschließend setzte er sich an den Küchentisch und schrieb seiner Nachbarin einen Brief.

»Liebe Frau Pietsch, die Umstände machen es erforderlich, dass Sie die Polizei rufen, wenn Sie diesen Brief lesen.«

Das klang verdammt sachlich. Ein bisschen mehr Freundlichkeit war drin.

Also setzte er neu an und schrieb: »Liebe Gitte, wenn Sie das lesen, lebe ich nicht mehr. Bitte rufen Sie die Polizei. Es ist nicht notwendig, dass sie die Tür eintreten, der Schlüssel liegt in der Garage in der Espressodose, oben auf dem Regal über dem Werkzeug. Gehen Sie bitte *nicht* ins Haus! Genießen Sie das Leben mit Ihrem Kater. Vielleicht geben Sie ja eine Annonce auf und suchen sich eine nette Bekanntschaft. Ich bin sicher, eine Frau wie Sie, die so toll kochen kann und bestimmt auch andere positive Eigenschaften vorzuweisen hat, findet jemanden, der das zu schätzen weiß. Ich wünsche Ihnen noch einen schönen Lebensabend und verbleibe mit besten Grüßen, Ihr Nachbar Albert Gottwald.«

Sorgfältig faltete er das Blatt und steckte es in ein Kuvert, nahm es noch mal heraus und fügte hinzu: »PS: Lassen Sie sich von niemandem schlecht behandeln, denn dafür ist das Leben zu kurz!«

»Von niemandem« unterstrich er dreimal.

Spät in der Nacht würde er den Brief in den Kasten seiner Nachbarin werfen. Montag, wenn die Post durch war, würde sie ihn finden. Perfekt!

Er ging zurück ins Wohnzimmer und verkündete: »Erledigt.« Doch Martha war nicht mehr da. Er schenkte sich noch ein Glas Whisky ein und dachte nach.

Was schreibt man in einem Abschiedsbrief an sein Kind? Wie erklärt man ihm, dass man nicht mehr leben will? Wie kriegt man es hin, ihm zu sagen, dass man es liebt, obwohl man es zurücklässt? Wie schafft man es, sich aus dem Leben zu verabschieden und keinen schwarzen Fleck auf seiner Seele zu hinterlassen?

Gar nicht.

Stunden später hatte Albert immer noch kein einziges Wort zu Papier gebracht.

Er saß mit geschlossenen Augen da und dachte und trank und trank und dachte.

Weit nach Mitternacht öffnete er die Augen und schrieb in einem Rutsch.

»Meine liebe Ina, ich kann Dir den Schmerz nicht ersparen, so sehr ich es auch wünschte. Ich schaffe es einfach nicht weiterzuleben. Ich habe alles versucht. Das kann ich reinen Herzens sagen. Ich weiß nicht, ob Du mir je verzeihen kannst, aber ich hoffe es.

In Liebe, Dein Papa.

PS: Werde glücklich mit Deinem Sandmännchen. Schade, dass ich ihn nicht kennenlernen werde.«

Geschafft! Fünf Stunden Leben waren übrig. Das letzte Kapitel war Schwerstarbeit gewesen.

Er warf den Brief an die Pietsch in deren Briefkasten, legte, als er zurück war, ein paar Scheite im Kamin nach, schenkte sich noch einen Whisky ein und lehnte sich im Sessel zurück. Wohlige Wärme breitete sich in seinen Adern aus. *Vielleicht hätte ich in meinem Leben viel mehr trinken sollen*, dachte er.

Er schaute zur Fotogalerie an der Wand und dachte weiter: *Was für ein schönes Leben ich doch hatte.* Sein Herz schmerzte vor Dankbarkeit. Es pochte so heftig, dass er hoffte, es würde aus dem Takt geraten, wie es schon einmal aus dem Takt geraten war, oder einfach stehen bleiben. Den Gefallen tat es ihm nicht. Zuverlässig ging es seiner Arbeit nach und pumpte, wie es Herzen eben tun.

Fast vierzig Jahre lang hatten Martha und er allabendlich den langsamen Walzer getanzt. *Rose Of My Heart* von Johnny Cash war ihr Song gewesen. Er stellte ihn an und ging in die Küche.

Als er die Hand ausstreckte, war Martha da, und sie tanzten ihren letzten Tanz.

We're the best partners this world's ever seen
Together we're close as can be.
Sometimes it's hard to find time in between,
To tell you what you are to me.

Sonntagmorgen erwachte Albert fröstelnd im Sessel. Sein Schädel fühlte sich an wie ein halbiertes Ei. Das Feuer im Kamin war erloschen. Die leere Flasche hielt er im Arm.

Ein Blick auf die Uhr sagte ihm, dass seine Zeit abgelaufen war. Fast. Pünktlich um 9 würde er seinem Leben ein Ende setzen.

Er duschte, zog sich seinen Sonntagsanzug an, versorgte ein letztes Mal die Vögel und sagte: »Von nun an seid ihr auf euch gestellt.«

Die CD von Johnny Cash legte er neben den Abschiedsbrief an Ina, mit der Bitte, *Rose Of My Heart* bei seiner Bestattung zu spielen. Den Ordner mit den Erbschaftsangelegenheiten legte er daneben.

Es gab nichts mehr für ihn zu tun auf dieser Welt, nur eines noch.

Er stellte den Stuhl unter den Strick, zog seine Schuhe aus, stellte sie ordentlich daneben, stieg hinauf und legte sich den Strick um den Hals. Er hatte keine Angst. Falls es ein Leben nach dem Tod geben würde, würde Martha am Ende des Tunnels auf ihn warten. Wie versprochen. Falls nicht, würde er nichts mehr merken.

»Gleich bin ich bei dir, mein Engel«, sagte er.

Die Vorderbeine des Stuhls hoben sich, erst Millimeter, dann Zentimeter. Albert war bereit, ihn mit einer entschlossenen Bewegung wegzustoßen …

… da klingelte das Telefon. *Mist!* Er hatte vergessen, den Stecker zu ziehen! Bevor er den Strick vom Hals gezogen und vom Stuhl heruntergestiegen war, schaltete sich der Anrufbeantworter ein. Eine Frau sprach darauf. Sie klang verzweifelt. Sehr verzweifelt.

»Hallo, Albert«, sagte sie. »Ich bin's noch mal, Lizzy. Wenn du das hörst, geh doch bitte ran. Es ist wirklich, wirklich wichtig. Albert! Albert?«

Lizzy! Ewig hatte er nichts mehr von ihr gehört. Wieso rief die ausgerechnet jetzt an, verdammt noch mal!

»Ich habe eine Verletzung am Bein«, sprach Lizzy weiter, »und kann nicht unterrichten.«

»Nicht mein Problem«, sagte Albert, schnappte sich das Telefonkabel und wollte es gerade aus der Buchse ziehen, da fuhr Lizzy fort: »Wenn die Kurse jetzt ausfallen, wird sich Pedro mein Studio auch noch unter den Nagel reißen! Das kannst du doch nicht zulassen!«

Pedro! Die Kanalratte!

»Der Einzige, der das verhindern kann, bist du. Bitte, Albert, rette mein Studio!«

Er griff zum Hörer und sagte mit fester Stimme: »Gottwald.«

Der Eiertanz

Der Tänzer muss mit verbundenen Augen um die auf dem Boden liegenden Eier tanzen, ohne diese zu zerbrechen. In diesem Sinne seit dem 17. Jahrhundert belegt und in Goethes Roman »Wilhelm Meisters Lehrjahre« verewigt.

Nach zwanzig Stunden Schlaf spürte Hanne erste Anzeichen einer depressiven Verstimmung.

»Jetzt bloß nicht liegen bleiben und dich gehen lassen«, sprach die Fachfrau.

Also stand Hanne auf, wienerte ihr Appartement, desinfizierte alle Flächen gründlich, machte anschließend zwölf Sonnengrüße, hängte noch fix eine Meditation hintendran, nahm eine Dusche, mixte sich einen Smoothie und war bereit für den Tag.

Für heute stand der Besuch ihrer Mutter auf dem Plan. 11 Uhr. Zu früh für einen Besuch.

Im Heim aßen sie um 11 Uhr 15 zu Mittag, absurd, aber so war es nun mal. Es war leichter, wenn man zum Kaffee kam. Konnte man sich wenigstens an einer Tasse festhalten.

Wenn sie einen Zahn zulegte, würde sie vorher noch die Steuererklärung schaffen.

Ihr Schreibtisch war weiß und hochglanzpoliert wie der Rest des spärlich vorhandenen Mobiliars. Jeder Fingerabdruck war darauf zu sehen, nicht auszudenken, was Tränen angerichtet hätten.

Die Steuererklärung war nicht kompliziert. Hanne hatte kaum Einkünfte aus nebenberuflicher Beschäftigung und nicht viel abzusetzen.

Auch der Brief an die Stadtverwaltung wegen der Gebrüder-Grimm-Brücke war schnell geschrieben.

Sie tütete die Unterlagen ein und nahm eine Schachtel Tartufo speciale aus dem Kühlschrank. Ihre Mutter liebte italienische Trüffeln. Hanne brachte ihr bei jedem Besuch welche mit.

Wie immer mied sie die Gebrüder-Grimm-Brücke und nahm den Weg durch das Tal, obwohl der bedeutend länger war. Verkehrstechnisch war wenig los, aber natürlich waren sie unterwegs: *die Sonntagsfahrer*!

Albert war einer von ihnen.

Später, sehr viel später würde er, der im Grunde weder an Gott noch an die Vorsehung glaubte, ihre Begegnung als »schicksalhaft« bezeichnen, und Hanne würde ihm ohne Zögern zustimmen.

In der Tat tendierte die Wahrscheinlichkeit, dass sich die beiden an diesem Sonntag an einer Kreuzung treffen würden, gen null, und das im wahrsten Sinne des Wortes, denn alles, was sie oder ihre Autos voneinander trennte, waren lediglich zehn Zentimeter. Und doch geschah das Unmögliche.

Als Albert an die besagte Kreuzung fuhr, war sie leer. Er stoppte, sah ordnungsgemäß nach rechts: keiner da. Bevor er losfuhr, schaute er sicherheitshalber noch mal kurz – es gab schließlich genügend Idioten auf der Straße, für die man mitdenken musste –, da saß Martha strickend auf dem Beifahrersitz, was ihn erschreckte, denn normalerweise erschien sie ihm niemals aushäusig.

»Ich habe auf dich gewartet«, sagte sie, »am Ende des Tunnels. Du hast mich versetzt wegen Lizzy.«

Wenn Martha überhaupt einen Fehler hatte, dann war das die Eifersucht.

»Doch nicht wegen Lizzy!«, sagte Albert. »Wegen Pedro, der Kanalratte! Als würde ich wegen Lizzy meine Pläne ändern. Bin doch nicht verrückt.«

Martha sah aus, als hätte sie Zweifel. Sie hatte schon immer verstanden, mit Blicken auszudrücken, was andere mit tausend Worten nicht zustande brachten.

Hanne fuhr mit ihrem Flitzer an die Kreuzung, stand also von Albert aus gesehen links und hatte laut Straßenverkehrsordnung keine Vorfahrt. Während sie darauf wartete, dass der Wagen auf der rechten Spur endlich losfuhr, dachte sie über ihre Mutter nach. Narzisstische Störung mit einem guten Schuss Hysterie. Die Alzheimer Demenz hatte es nicht besser gemacht. Neben ihr, auf dem Beifahrersitz, lag ein Blumenstrauß in leuchtendem Gelb. Wilmas Lieblingsblumen. Freuen würde sie sich nicht. Das war klar. So sehr sich Hanne auch bemühte, es ihrer Mutter recht zu machen. Es war ihr nie gelungen.

»Verdammt! Warum fährt der da drüben nicht!«, schimpfte sie und hupte. »Elender Sonntagsfahrer!«

Albert hupte zurück, was so viel heißen sollte wie: »Ich fahr, wann's mir passt.« Er war eben dabei, Martha zu versichern, dass er nichts, aber wirklich *überhaupt nichts* von Lizzy wollte. Lediglich Pedro wollte er ein Schnippchen schlagen.

»Und du wirst mich nicht davon abbringen«, sagte er, fuchtelte dazu bekräftigend mit den Armen wie ein Dirigent. »Aus, Schluss, Ende der Diskussion.«

Hanne hielt das für eine Aufforderung zum Fahren und, wie es ihre Art war, fuhr sie zügig. Und weil Albert allein der Gedanke an Pedro rasend machte und ihn Marthas Eifersucht zusätzlich auf die Palme brachte, drückte auch er, anders als es seine Art war, mächtig auf die Tube.

Als hätten sie's geprobt, fuhren sie aufeinander zu, machten zeitgleich auf der regennassen Straße eine Vollbremsung, in deren Folge sich die Autos in der Mitte der Kreuzung einmal umeinander drehten, ganz so als würden sie Walzer tanzen. Schließlich kamen sie zum Stehen, besagte zehn Zentimeter zwischen ihnen.

Der Herr, der aus dem Wagen sprang, um zu prüfen, ob an seinem Gefährt ein Schaden entstanden war, sah höchst eigenartig aus, fand Hanne. Er trug einen Anzug, einen fransigen Schal um den Hals und einen Hut. Er erinnerte sie an … Charlie Chaplin?

»Das Stoppschild heißt Stoppschild, weil man davor stoppt!«, schrie er.

»Hab ich ja, aber Sie sind ewig nicht gefahren!«, schrie sie zurück.

»Sie haben mir die Vorfahrt genommen!«

»Nun hört sich aber alles auf!«, schimpfte Hanne und stieg aus. »Sie haben mir doch ein Zeichen gegeben, dass ich fahren kann!«

Eben wollte Albert etwas erwidern, da verschlug es ihm die Sprache, denn er glaubte nicht, wer vor ihm stand: *Martha?* Er warf einen raschen Blick zurück in sein Auto. Das war leer. Hanne fragte sich, warum der Typ mit dem Hut sie so anstarrte. Schleudertrauma?

»Alles in Ordnung mit Ihnen?«, fragte sie.

Er blieb die Antwort schuldig und starrte weiter.

»Hallo? Geht es Ihnen nicht gut?«

Er reagierte nicht. Auch nicht, nachdem sie ihm versicherte, dass kein Schaden an den Fahrzeugen entstanden war. Was war los mit ihm?

Endlich eine Bewegung. Er setzte seine Brille auf und erkannte: Die Frau vor ihm war nicht Martha. Sie war größer und dünner, hatte nicht Marthas braune Locken und auch nicht ihre sanften Augen. Ihr Haar war rot und stand struppig vom Kopf ab wie bei einer Hexe. Dennoch eine gewisse Ähnlichkeit …

»Ich … äh … hatte gedacht … ich … äh … kenne Sie«, stammelte er.

Was soll das denn werden?, fragte sich Hanne. Ein unbeholfener Kontaktversuch? À la »romantisches Treffen per Unfall«? Hatte er ihr deshalb ein Zeichen gegeben loszufahren? Niemand wusste besser als sie, dass sich die Leute die verrücktesten Geschichten ausdachten, um der Einsamkeit zu entrinnen. Überzeugt, dass sie mit ihrem Verdacht richtiglag, sagte sie: »Guter Mann, legen Sie sich eine andere Masche zu, denn diese ist nicht ganz ungefährlich.«

Albert blieb auf der leeren Kreuzung stehen, sah, wie die Frau zurück in ihr Auto stieg und davonbrauste. Dann endlich dämmerte ihm, was sie ihm unterstellt hatte, und er rief ihr hinterher: »Blöde Zicke!«

Etwas Besseres fiel ihm leider nicht ein.

Die Gegend hatte sich stark verändert. Die Häuser der Kantstraße waren luxussaniert oder abgerissen und durch neue ersetzt worden. Inmitten der sanierten Pracht stand das Haus Nummer fünf wie ein fauler Zahn in einem ansonsten makellosen Gebiss. Die Fassade war von Kratern übersät, Einschusslöcher aus dem letzten Weltkrieg.

Die schwere Eingangstür ließ sich nicht öffnen. Erst als sich Albert mit vollem Körpereinsatz dagegen warf, gab sie nach und machte ein Geräusch, wie es die Soundspezialisten eines Horrorfilms nicht schöner hinbekommen hätten.

Im Hausflur war es stockfinster. Er tastete nach dem Lichtschalter. In der ersten Etage ging die Flurbeleuchtung an. Unten blieb es dunkel.

»Ja ist denn hier niemand imstande, eine Tür zu ölen, geschweige denn eine Glühbirne zu wechseln?«, fluchte

Albert und schaltete die kleine Taschenlampe ein, die an seinem Schlüsselbund befestigt war.

Das Haus war einst ein prächtiges gewesen. Mit etwas Fantasie ließ sich das noch erahnen. Der Handlauf der Treppe war rau von unzähligen Schichten abblätternder Farbe. Die Treppe war in der Mitte ausgedellt wie das Bett eines Baches. Tausende Füße hatten sie in über hundert Jahren zu dem gemacht, was sie nun war. Viele von ihnen waren hinaufgeschlichen und heruntergetänzelt. Die zwanzigste Stufe knarrte und begrüßte Albert wie einen alten Bekannten. Von oben hörte er Musik und dazwischen die Stimme eines Mannes: »Zwei, drei, rise and fall, rise and fall …«

Es begann mit einem Kribbeln im Bauch, welches sich im Körper ausbreitete und ein Lächeln auf Alberts Gesicht zauberte: *Wiener Walzer!* Leichtfüßig lief er die Stufen empor, öffnete die Tür zu Lizzys Tanzstudio, und da war sie: die alte Welt. Sie roch nach Schweiß, Staub und einem Mix aus diversen Düften.

Drei Tanzpaare walzten über das knarzige Parkett. Was Albert sah, machte ihn nicht glücklich. Die Neigung der Oberkörper stimmte bei keinem, von den Kopfhaltungen ganz zu schweigen. Der Tanzlehrer trug ein Unterhemd (!) und eine labberige Hose, eine Art Trainingshose, deren Schritt kurz über den Kniekehlen endete. Obenrum sah der Typ nicht viel besser aus. Sein Gesicht wurde von einem Vollbart verschandelt. Missbilligend schüttelte Albert den Kopf.

»Aaalbert!«, gellte es vom Ende des Saales.

Eine kleine rundliche Person humpelte ihm mit weit geöffneten Armen entgegen. Albert stutzte. War das Lizzy? Auf der Straße wäre er glatt an ihr vorbeigelaufen.

»Da bist du ja!«, rief sie. »Großartig!«

Das *war* Lizzy. Unverkennbar. Ihre Stimme war tief und kippte manchmal ins Heisere. *Meine Güte, was die Zeit mit den Menschen anrichtete,* konnte Albert gerade noch denken, da presste sie ihn schon an ihren üppigen Busen.

Früher hatte Lizzy nach frisch gemähtem Gras gerochen, jetzt roch sie nach Heu, das lange nicht gewendet worden war … und nach kaltem Rauch.

Der Tanzlehrer stellte die Musik ab, die Tanzschüler hielten inne. Alle sahen zu, wie Albert stocksteif dastand und Lizzys Begrüßung über sich ergehen ließ.

»Danke, dass du gekommen bist! Danke, danke, danke! Meine Güte, siehst du gut aus! Unglaublich! Wie hast du das denn angestellt? Nimmst du heimlich Frischzellen? Hahahahaha …«

Sie lachte immer noch im Fünfklang. Es hatte eine Zeit gegeben, in der Albert das lustig fand.

»Schau uns an«, sagte Lizzy. »Wir haben uns gar nicht verändert. Immer noch ganz die Alten.«

Albert erschrak und fragte sich, ob Lizzy an Wahrnehmungsstörungen litt.

Sie räumte lachend ein: »Bisschen zugelegt vielleicht«, und klopfte ihm auf den Bauch. Er zog ihn reflexartig ein.

»Du hast am Telefon ziemlich verzweifelt geklungen«, sagte er.

Lizzys Miene verfinsterte sich.

»Ich wusste einfach keinen anderen Ausweg. Du kannst dir nicht vorstellen, in was für einer verfahrenen Situation …«

»Du, Lizzy«, unterbrach der Typ im Unterhemd, »wir würden dann jetzt gern weitermachen.«

Die Musik wurde wieder angestellt, der Kurs ging weiter.

Im Büro, einem gläsernen Kasten am Ende des Saales, regierte das Chaos. Überall hingen oder lagen Kostüme in Plastiksäcken herum. Berge von Papieren stapelten sich. Der Schreibtisch war als solcher nicht erkennbar. Das Schlimmste aber war der Geruch. Es roch nach Rauch und nach noch etwas …

»Sag mal, Lizzy, du hast doch nicht etwa …«

»Gekifft? Ja. Wieso, riecht man was?«

Sie wedelte mit der Hand, als würde das etwas nützen.

»Hilft gegen die Schmerzen«, sagte sie, griff nach dem Raumspray und versprühte »Sangria Flash«, was es nicht besser machte. Albert bahnte sich einen Weg zum Fenster und öffnete es.

Sein Blick fiel auf die Fotos an der Wand. Fotos von Tanzturnieren. Er entdeckte sich auf einem, als blutjungen Mann mit der blutjungen Lizzy. »3. Platz. Lateinamerikanische Tänze Landesmeisterschaft 1980«, stand darunter. Das Foto daneben zeigte Lizzy und Pedro, die Kanalratte, ganz oben auf dem Siegerpodest. »1. Platz Europameisterschaft 1983« stand unter dem Foto. Angewidert wandte sich Albert ab.

Lizzy nahm einen Schwung Kostüme vom zweiten Stuhl, überlegte, wohin damit, und ließ ihn kurzerhand auf den Boden fallen. Ächzend setzte sie sich in ihren Drehstuhl, wuchtete das verletzte rechte Bein auf die Schreibtischplatte und deutete auf ihr Knie.

»Meniskus. Nie richtig auskuriert, immer zu früh wieder angefangen. Dieses Mal wird es dauern. Sechs Wochen Minimum.«

»Wie kann ich helfen?«, fragte Albert.

Lizzy zeigte auf seinen Schal. »Von Martha?«

Er nickte.

»Ich kann dir gar nicht sagen, wie leid …«

»Ich möchte nicht über Martha sprechen.«

»Okay. Mein Beileid jedenfalls.«

»Danke. Also, wie kann ich dir helfen?«, wiederholte er seine Frage.

Lizzy erzählte von Pedro, von dem sie sich vor Jahren getrennt hatte und der nun auf Rache sann und ihr das Studio wegnehmen wollte. Wie ihr zu Ohren gekommen war, hatte er bereits mit dem Vermieter verhandelt, der ganz wild darauf war, einen neuen Mietvertrag abzuschließen, mit einer exorbitant hohen Miete, versteht sich.

Die Fülle der Informationen überforderte Albert, doch er verstand immerhin so viel, dass der Vermieter Lizzy nicht aus dem Studio werfen konnte, weil ihr Mietvertrag noch bis Ende Januar lief und sie eine Option auf Verlängerung zu denselben Konditionen hatte. Vorausgesetzt, sie konnte ihre Miete zahlen, was momentan nicht der Fall war, weil etliche Kurse wegen ihrer Beinverletzung ausfielen.

»Dann kriegt Pedro endlich, was er will«, beendete sie ihren Sermon.

»Das werden wir zu verhindern wissen«, sagte Albert. »Wie viel brauchst du?«

»Geld wäre nur ein Tropfen auf den heißen Stein«, beeilte sich Lizzy zu sagen. »Ich muss meine Teilnehmer halten. Darum geht's. Ich wäre dir sehr dankbar, wenn du meine Kurse übernehmen würdest, bis dieses verdammte Bein auskuriert ist.«

»Was für Kurse sind das?«, fragte Albert.

Aus dem Papiergebirge ihres Schreibtischs kramte Lizzy einen Kursplan und reichte ihn Albert. Er las: »Samba, Rumba, Jive und Paso doble. Langsamer Walzer, Wiener Walzer, Foxtrott. – Das wären dann ja so ziemlich alle.«

»Nicht ganz«, sagte Lizzy. »Bauchtanz werde ich weiterhin selbst unterrichten.«

Sie sah Alberts erschrockenen Blick, warf den Kopf in den Nacken und lachte.

Durch einen Spalt im Raumzeitkontinuum sah er die junge Lizzy durchblitzen. Die Lizzy von den Fotos an der Wand, eine zarte Elfe mit einer Haut wie Buttermilch und Spucke. Beim nächsten Wimpernschlag war alles vorbei.

»Was ist mit der Filzmatte da«, fragte er und deutete auf den Tanzlehrer.

»Björn? Ist nächste Woche weg. Weltreise.«

»Er sollte mehr auf die Haltung seiner Schüler achten. Und sich was Anständiges anziehen.«

»Ich weiß, aber finde du heutzutage mal einen anständigen Tanzlehrer.«

»Ab wann brauchst du mich?«, fragte Albert.

»Ab morgen.«

Albert überlegte. Sollte er sich das wirklich antun? Vor nicht einmal zwei Stunden hatte er auf einem Stuhl gestanden mit einer Schlinge um den Hals.

Er schaute zu dem Foto von Pedro, der das Profilächeln nie richtig hingekriegt hatte. Bei ihm sah es aus, als würde ein Raubtier die Zähne fletschen.

Die Wanduhr, eine Nachbildung von Big Ben (made in China) schlug zur vollen Stunde.

»Also gut«, sagte Albert, »ich unterrichte. Alles. Nur den langsamen Walzer nicht.«

Lizzy juchzte.

»Und der Freitagabend ist für meine Tochter reserviert.«

Er schaute noch einmal auf den Plan und las: »Morgen 17 Uhr Rumba. 19 Uhr, die Herbstrosen. Was ist das?«

»Anfängerkurs, Frauen, fünfzig plus.«

»Ausschließlich Frauen? Ohne Partner?«

»So ist es.«

»Denen kann ich doch höchstens ein paar Grundschritte beibringen.«

»Ein paar Grundschritte, und alle sind glücklich.«

Er steckte den Kursplan in die Manteltasche und erhob sich.

»Ich weiß gar nicht, wie ich dir danken soll«, sagte Lizzy.

»Wir sehen uns morgen um 17 Uhr.«

Er lüftete den Hut und verließ das Büro. Lizzys sah ihm nach. Sein Gang war immer noch der eines Tänzers.

»Fred Astaire«, seufzte sie, griff zum Telefon und rief Ina an.

Das Heim nannte sich Katharinen*garden*, nicht etwa Katharinen*garten*. Der Vorstand fand, dass die englische Variante vornehmer klang, irgendwie wertiger. Dabei gab es hier gar keinen Garten, nur ein paar Pseudobeete, die sich hervorragend auf Hochglanzbroschüren machten.

Seit einer halben Stunde hockte Hanne nun schon im Auto auf dem Parkplatz und versuchte sich zu erinnern, wann sie das letzte Mal ihre Mutter besucht hatte. War es Wochen her? Oder schon Monate? Die Frage war, ob ihre Mutter das bemerkt hatte. Falls ja, konnte es eng für sie werden.

Hannes Fachwissen versagte kläglich, wenn sie Wilma besuchte. Mehr als einmal war sie heulend wie eine Vierzehnjährige aus dem Heim gestürmt. Mitunter hatte sie sich gefragt, ob es nicht für alle Beteiligten besser wäre, gar nicht mehr zu kommen.

Sie nahm einen tiefen Atemzug und stieg aus, bewaffnet mit Blumen, Konfekt und den allerbesten Vorsätzen: Sie würde die Provokationen ihrer Mutter an sich abprallen lassen, sich auf keine destruktiven Diskussionen einlassen, würde ablenken, paradox intervenieren und vor allem eines: *gelassen bleiben*.

Das olympische Prinzip – schneller, höher, weiter – endete unmittelbar hinter der Eingangstür. Dabei hatte man sich durchaus Mühe gegeben, das Foyer freundlich zu gestalten. Doch die geschnitzten Heiligen, deren Namen Hanne nicht wusste und auch nicht wissen wollte, die Fototapete mit dem Motiv einer Klatschmohnwiese im Licht der untergehenden Sonne, konnten nicht darüber hinwegtäuschen, wo sie war. An diesem Ort konnte man schon in der Gegenwart seine Zukunft sehen und durch Wolken von Desinfektionsmittel hindurch den Gestank des Verfalls riechen.

Die Hühnerfrau war ein »Läufer«. Eine jener Unruhigen, die rastlos auf und ab wanderten und immer rauswollten. Mit einem Fuß stand sie im Fahrstuhl. Ihr war eingeschärft worden, diesen nicht zu betreten, aber was sollte sie machen? Sie musste dringend nach Hause, und einen anderen Weg kannte sie nicht. Gefangen zwischen Wollen und Nicht-Dürfen pendelte sie von einem Bein aufs andere mit gehetztem Blick.

»Helfen Sie mir«, flehte sie Hanne an. »Ich muss nach Hause. Samstags muss das Hühnchen gerupft werden. Wenn das Hühnchen Sonntag nicht auf dem Tisch steht, kann der Gerd sehr böse werden!«

Gerd war schon lange tot. Überflüssig ihr das mitzuteilen. Alle Versuche, Demenzkranke in die Realität zu überführen, konnte man sich getrost sparen. Wer wusste das besser als Hanne. Sie bat die Frau stehen zu bleiben und versprach, sich um das Hühnchen zu kümmern. Glücklicherweise eilte ein Pfleger herbei. Im Weggehen hörte Hanne den Dialog, den sie schon oft gehört hatte. Er war seit Jahren der gleiche.

»Sie sind jetzt *hier* zu Hause, Frau Müller …«

»Das ist nicht mein Zuhause, wieso halten Sie mich hier gefangen? Ich hab doch nichts verbrochen! Lassen Sie mich los! Es ist Samstag. Das Hühnchen muss gerupft werden! Hilfe!«

Wilma war nicht in ihrem Zimmer. Hanne ging weiter zum sogenannten Sonnendeck, einer verglasten Brücke zwischen zwei Stationen. Hier waren sie geparkt, die Glückssucher von einst mit Aussicht in den weiten Himmel. Ihre Mutter konnte Hanne nirgendwo entdecken.

Eine Gestalt, zart wie ein aus dem Nest gefallenes Vögelchen, mit ein paar weißen Daunen auf dem Kopf und einer pergamentartigen Haut, unter der ein Geflecht von Adern bläulich schimmerte, brabbelte mit großer Ernsthaftigkeit vor sich hin: »Jawoll! Herr General! Ich werde Ihre Frage in Erwägung ziehen und Ihnen meine Entscheidung alsbald mitteilen.«

Die Stationsschwester lief mit aufgezogener Spritze an Hanne vorbei und rief ihr mit unüberhörbarem Vorwurf entgegen: »Sie haben gar nicht Bescheid gesagt, dass Sie kommen. Ihre Mutter sitzt im Kaminzimmer.«

»Schwester, ich muss mal«, quengelte das Vögelchen.

»In die Hose, Herr Zillinsky, in die Hose«, rief die Schwester und eilte weiter zum Fahrstuhl zur Hühnerfrau.

Vielleicht war es ja auch ein Segen, dass die Leute früher eher starben, dachte Hanne.

Das Kaminzimmer hieß so, weil man an dessen Längsseite einen Elektrokamin aufgestellt hatte. Hinter künstlich glühenden Scheiten flackerte rotgelbes Licht in absehbaren Intervallen. Es sollte Feuer darstellen, anheimelnd wirken. Wer weiß, womöglich erfüllte es ja seinen Zweck. Wilma jedenfalls saß friedlich in ihrem Rollstuhl davor und summte die ersten drei Töne der Arie des Figaro aus *Figaros Hochzeit*. G-G-A ...G-G-A ...G-G-A in Endlosschleife. Ihre Haltung war aufrecht, wie sie nicht aufrechter sein konnte, was ihr einen Hauch von Grandiosität verlieh.

»Hallo, Wilma!«, schrie Hanne. Keine Reaktion. »Hallo! Ich bin's, Hanne!«, schrie sie.

Lange hatte es Wilmas Eitelkeit nicht zugelassen, Hörgeräte zu tragen. Als sie sie endlich akzeptierte, war sie nicht mit ihnen zurechtgekommen.

»Guck mal, was ich dir mitgebracht habe! Astern und Tartufo speciale!«

Hanne zeigte die Blumen und das Konfekt vor. Wilma winkte ab. Ein träges Wischen durch die Luft, eine matte, nichtsdestotrotz majestätische Handbewegung. Ihre Lippen, knitterig wie zerknautschtes Zellophan, bewegten sich tonlos. Sie versuchte, etwas zu sagen, versuchte, die Wörter zu finden, die in den Windungen ihres Gehirns

Verstecken spielten. Hanne erkannte: Ihre Mutter war vollkommen ruhiggestellt.

Zweifellos war es ein gutes Gefühl, ein Retter zu sein, ein Rächer, ein Gerechter. Bedauerlicherweise hatte es nicht lange vorgehalten.

Fragen prasselten auf Albert nieder wie die Regentropfen auf die Windschutzscheibe seines Autos, welches in der Auffahrt seines Hauses stand. War es denn wirklich erforderlich, dass er die Kündigungen widerrief? Wie lange würde es dauern, bis man ihm Strom, Wasser und Gas abdrehte? Er hatte »mit sofortiger Wirkung wegen Todesfall« geschrieben. Aber wann war »sofort«? In sechs Wochen? Oder früher?

War es überhaupt möglich, Lizzys Studio zu retten? Nach allem, was er gesehen hatte, war sie damit hoffnungslos überfordert. Vielleicht sollte sie besser in den Ruhestand gehen. Aber was ging ihn Lizzys Ruhestand an? Wichtig war doch nur, dass er Pedro die Chose vermasselte. Er musste also lediglich so lange am Leben bleiben, bis Lizzy den neuen Mietvertrag unterschrieben hatte. Folglich war es unumgänglich, die Kündigungen rückgängig zu machen. Aber was sollte er denen erzählen? Katastrophale Fehldiagnose?

Der Deckel der Mülltonne nebenan schepperte. Im Rückspiegel sah Albert die Pietsch, die den Kopf in den

Nacken warf wie eine beleidigte Königstochter. Er zog den Hut. Sein Gruß perlte von ihr ab wie der Regen von Entengefieder. Sie ging ins Haus und knallte die Haustür zu. *Dramaqueen*, dachte Albert. Der nächste Gedanke rührte ihn wie Blitz und Donner: *der Brief! Er steckte in ihrem Briefkasten!*

Nur die Ruhe, mahnte er sich. Hätte sie ihn gelesen, hätte sie schon Alarm geschlagen. Es war Sonntag, vor Montag würde sie den Kasten nicht öffnen, ergo war noch nichts verloren.

Er fuhr den Wagen in die Garage, um ungestört nachzudenken. Das Garagentor schloss sich automatisch hinter ihm. Er könnte ja behaupten, dass er versehentlich den Brief in ihren Kasten geworfen hatte. Aber welcher Schwachkopf warf versehentlich einen Brief in den falschen Kasten, zumal der richtige Name draufstand? Er könnte sie bitten, ihm den Brief auszuhändigen. Ungelesen. Nein, das ging nicht. Wenn die Pietsch den Brief fand, würde sie darauf bestehen, ihn zu lesen, und dann … hatte sie ihn in der Hand! Er sah sich schon auf Kaffeefahrten neben ihr im Bus sitzen. Sie würden sich Wundermittelchen und minderwertige Matratzen andrehen lassen. Sie würde nicht eher ruhen, bis sie ein Paar waren. Ein Paar verbunden durch ein dunkles Geheimnis.

Ihm wurde schwindelig, er nestelte an seiner Krawatte, öffnete die oberen Knöpfe seines Hemdes und rang nach Luft. Vorhofflimmern? Damals hatte es genauso angefangen.

Es war kein Vorhofflimmern. Wie sich herausstellte, hatte er schlicht vergessen, den Motor auszumachen. Er beeilte sich, das Garagentor zu öffnen, und sog gierig die feuchte Novemberluft in seine Lunge.

Wieso war ihm diese Todesart eigentlich nie in den Sinn gekommen? War doch eine saubere Sache. Kein Blut, keine Leiche im Haus, ein sanftes Wegdämmern in der heimischen Garage mit Blick auf sein wohlsortiertes Werkzeugsortiment. *Nächstes Mal*, dachte er, *werde ich es genau so machen*. Der Wagen war alt, den würde man gleich mit entsorgen können. Oder als Sarg verwenden. Das konnte er Beerdigungsschröder ja mal vorschlagen. Die Vorstellung amüsierte ihn.

Unauffällig ging er zur Mülltonne, vorn am Zaun. Von hier hatte er einen unverstellten Blick auf den Briefkasten seiner Nachbarin. Ihn gründlich in Augenschein zu nehmen verbot sich von selbst, denn ihm war bewusst, dass er unter Beobachtung stand. Tatsächlich bewegte sich die Wohnzimmergardine der Pietsch ganz leicht. Er tat, als hätte er etwas fallen gelassen, und bückte sich. So hatte sie ihn nicht mehr auf dem Radar.

Der Briefkasten war ein altes Modell, Typ Metallkiste mit Schlitz. Früher hatten sie den gleichen gehabt. Albert hatte ihn durch ein sichereres Modell ersetzt, denn in diesen konnte man durch die Klappe hineingreifen und die Post herausziehen, vorausgesetzt man hatte schmale Hände. Albert hatte schmale Hände, doch wie um alles in der Welt sollte es ihm gelingen, den Brief unbemerkt rauszuziehen? Ganz einfach, er musste warten, bis die Pietsch schlief.

Früher hatte Martha ihn ausgelacht, weil er immer alles aufhob. Er war es so gewohnt, von seinen Eltern. Man warf nichts weg. Alles ließ sich irgendwann wieder gebrauchen.

In den ersten Jahren seiner Ehe war ihm das Wegwerfen schwergefallen, doch einmal in Schwung war er kaum zu bremsen gewesen.

Der alte Briefkasten war glücklicherweise von seiner Aufräumwut verschont geblieben, was gut war, denn er war das perfekte Trainingsobjekt.

Probehalber warf er einen Briefumschlag mit den gleichen Ausmaßen wie den, den er letzte Nacht bei Gitte eingeworfen hatte, hinein. Fiel er mit der kurzen Seite nach unten, konnte Albert ihn problemlos herausziehen. Fiel er der Länge nach hinein, hatte er keine Chance. Prophylaktisch musste er also eine Verlängerung mitnehmen. Er experimentierte mit Gabel, Grillzange und Draht. Die Gabel war zu kurz, die Grillzange zu dick, der Draht verbog sich.

Er überlegte: War es denn wirklich erforderlich, den Brief aus dem Kasten zu holen? Es genügte doch, ihn unleserlich zu machen. Er kritzelte ein paar Zeilen über das angekündigte Tiefdruckgebiet auf ein Papier, faltete es, schob es in den Umschlag, warf ihn in den Trainingskasten, trug ihn ins Bad, schraubte den Duschknauf vom Schlauch, schob diesen durch den Schlitz und drehte das Wasser auf. Wie erwartet trieb der Brief nach oben, was schon mal gut war. Vom Tiefdruckgebiet waren nichts als schwarze Schlieren übrig. Noch besser. Er würde also den Gartenschlauch aktivieren müssen, der seit Anfang November ordnungsgemäß zusammengerollt im Schuppen hing. Auch den Außenwasserhahn würde er wieder anstellen müssen. Das war an sich kein Problem, das Problem war, dass die Aktion Spuren hinterlassen würde. Wenn die Pietsch morgen früh ihren gefluteten Briefkasten entdecken würde, würde sie eins und eins zusammenzählen …

Also besser kein Schlauch. Albert holte eine Gießkanne aus dem Schuppen, füllte sie mit Wasser und goss es in den Kasten. Es brauchte ewig, bis der erforderliche Wasserstand erreicht war, weil der Kasten nicht wasserdicht war. Er setzte sich auf den Badewannenrand und dachte nach. Wenn Wasser nicht funktionierte, dann vielleicht Feuer. Schade, dass er keine Silvesterknaller hatte. Martha und ihm war die Knallerei an Silvester immer zuwider gewesen. Die Schulkinder, die zu Beginn des Jahres am Haus vorbeizogen, machten sich einen Spaß daraus, Knaller in Mülltonnen oder Briefkästen zu werfen, daher wusste Albert, dass die Dinger Briefe zuverlässig zerfetzten. Andererseits machten sie auch einen Höllenlärm. Diese Variante fiel also aus.

Ina rief an, wollte wissen, wie sein Tag war. Es war schön,

ihre Stimme zu hören. Immerhin hatte er gedacht, sie nie wieder zu hören. Er erzählte ihr von dem Besuch bei Lizzy und davon, dass er sich entschlossen hatte, für ein Weilchen im Tanzstudio auszuhelfen, nur so lange, bis ihr Bein wieder in Ordnung war. Ina freute sich. Ein bisschen zu überschwänglich, wie er fand. Sie fragte, ob er aufgeregt sei.

»Ich bitte dich«, sagte Albert. »Tanzen ist wie Schwimmen oder Radfahren, hat man es einmal drauf, verlernt man's nie. Wie geht es dir?«

»Super. Super schön hier am Strand.«

»Das freut mich«, sagte Albert. »Und jetzt mach dein Handy endlich mal aus.«

Sie versprach's.

Albert ging ins Wohnzimmer und ließ sich in den Sessel fallen. Martha war da und strickte.

»Ich hab's ja immer gesagt, keine gute Tat bleibt ungesühnt«, beschwerte er sich.

»Du willst also wirklich wieder Tanzstunden geben?«, fragte Martha.

»Nur für ein paar Wochen.«

»Du musst auch mal an dein Herz denken, Schatz. Vergiss nicht, du hattest einen Infarkt.«

»Vorhofflimmern«, korrigierte Albert. »Irgendwie muss ich den Brief aus dem Kasten kriegen. Ich brauche was Schmales, Längliches, ein in sich stabiles schmales Werkzeug, an dessen Ende ich etwas Klebriges befestigen kann.«

»Meinst du so was?«, fragte Martha und hielt eine ihrer Stricknadeln hoch.

»Einmal Kaugummi bitte«, brüllte Albert hinter der Glasscheibe am Nachtschalter der Tankstelle.

»Sie brauchen nicht schreien, bin ja nicht schwerhörig«, sagte die Verkäuferin und deutete auf ihr Headset. »Welche Sorte?«

Hanne schrieb gerade eine Mail an die Heimleitung des Katharinengarden, als Thea zurückrief.

»Hey! Wir haben uns ja ewig nicht gehört«, sagte sie. »Wie geht's dir?«

»Bestens«, log Hanne.

»Nett von dir, dass du mich fragst, ob ich mit dir verreise, aber ich kann nicht. Vivien kriegt doch ihr Kind.«

Hanne war ehrlich erstaunt.

»Vivien kriegt ein Kind? Ist die nicht eben erst eingeschult worden?«

Thea lachte.

Ihre Cousine wurde also Großmutter. Wo war die Zeit geblieben? Hatten sie nicht eben erst Heuballen über die Felder gerollt und den Schweinen ihrer Oma Kunststückchen beigebracht?

»Morgen gehen die Proben zur *Zauberflöte* los«, berichtete Thea. »Leider inszeniert Pierre Mondur. Hätte ich mir bloß nicht das Rauchen abgewöhnt.«

»Du rauchst nicht mehr?«

»Wegen des Babys.«

Thea regte sich über den Regisseur auf, dem es vor allem darum ging, durch vordergründige Modernismen aufzufallen.

»Der hat sich null Gedanken gemacht, was *Die Zauberflöte* 1791 bedeutete«, schimpfte sie.

Hanne erfuhr so einiges über die reaktionären Kreise der Geheimpolizei im postjosephinischen Wien, über die Vermutung, dass das Vorbild für die *Königin der Nacht* Marie-Antoinette mit ihrer dunklen Kabinettspolitik war, über Sarastro, den absolutistischen Herrscher, die bürgerliche Revolution, die Verherrlichung der Freimaurerei, den Appell der demokratischen Gleichmacherei der Aristokratie durch Gesinnung statt durch Geburt und und und …

»Vielleicht gehst du mit Wilma in die Premiere?«, schlug Thea vor. »Sie liebt doch Mozart. Summt sie immer noch *Figaros Hochzeit*?«

»Sind nur noch drei Töne übrig«, sagte Hanne. »Die haben sie dermaßen ruhiggestellt, du würdest sie nicht wiedererkennen. Ich schreibe gerade eine Mail an die Heimleitung. Die müssen die Dosis reduzieren. Die Medikamente, die sie kriegt, sind bei ihrer Indikation gar nicht zulässig.«

»Wieso kriegt sie sie dann?«, fragte Thea.

»Neuroleptika werden gern in Pflegeheimen bei Demenzpatienten eingesetzt, um Aggressivität, Unruhe und Schlafstörungen entgegenzuwirken. Meistens geht es dabei allerdings nicht um das Wohl des Patienten, sondern darum, Personal einzusparen. Immer dasselbe: Physische Fixierungen müssen von einem Gericht bewilligt werden, medikamentöse nicht.«

»Schweinerei!«, schimpfte Thea. »Und wenn du sie in eine andere Einrichtung bringst?«

»Pest gegen Cholera tauschen?«

»Oje«, fasste Thea zusammen. »In deiner Haut möchte ich nicht stecken. Was machst du denn jetzt? Sechs Wochen frei, für einen Workaholic muss das hart sein.«

»Mir fällt schon was ein«, sagte Hanne. »Fürs Erste besuche ich mal einen Tanzkurs.«

Thea lachte. »Im Ernst?«

»Klar, warum nicht.«

Albert stand auf der kleinen Brücke hinter der Tankstelle und kämpfte gegen einen starken Würgereiz an. Er hatte eine Packung Kaugummi zu einem dicken Klumpen zerkaut. Die Mauern der Brücke waren, wie er im Licht seiner Taschenlampe erkennen konnte, über und über mit Graffiti besprüht. So etwas hatte es früher hier nicht gegeben.

Er fühlte sich an ferne Kindertage erinnert, in denen er so gern ein Indianer vom Stamme der Dakota war, als er sich gebückt an den Briefkasten der Nachbarin heranpirschte. Dort angekommen, versuchte er, den Brief mit der Hand aus dem Kasten zu ziehen, doch wie befürchtet lag der längsseits.

Albert befestigte den Kaugummiklumpen an Marthas

Stricknadel, führte das Ganze mit der Präzision eines Bombenentschärfers in den Schlitz ein, und tatsächlich, der Brief blieb daran kleben. Vorsichtig, ganz vorsichtig zog er ihn heraus. Jetzt nur keine hektischen Bewegungen! Er tastete nach einer Ecke des Briefes und bekam sie zu fassen, da strich ihm etwas Felliges um die Beine. Albert erschrak und ließ los. Stricknadel, Kaugummi, Brief – alles verschwand im Kasten.

Loveday, der Killerkater, rieb sich mit steil aufgerichtetem Schwanz an seinen Beinen. Albert schob ihn weg, doch das Tier kam zurück.

Nicht genug damit, jetzt ging auch noch das Licht in der 103 b an, und die Pietsch erschien in gerüschtem Morgenrock.

»Loveday! Miez, Miez!«, lockte sie.

Der Kater reagierte nicht. Er strich hingebungsvoll schnurrend um Alberts Beine. Der machte sich so klein wie irgend möglich. Die Spieluhr erklang, die Pietsch sang:

Jingle bells, jingle bells
Jingle all the way,
Oh what fun it is to ride
In a one horse open sleigh … hej!

Zum »Hej« machte sie einen übermütigen kleinen Hüpfer. Wäre Albert nicht in so heikler Mission unterwegs gewesen, hätte er lauthals losgelacht. Aber er war in heikler Mission unterwegs. Er gab Loveday einen unsanften Schubs. Der fauchte und sah ihn vorwurfsvoll an. Seine Augen glommen wie glühende Kohlestückchen.

»Ich kann dich hören«, säuselte die Pietsch und kam näher … und näher. Schließlich war sie nur noch einen halben Meter von ihm entfernt. Albert musste handeln! Und zwar sofort! Er nahm einen Stein und warf ihn in die Büsche hinter der Pietsch. Die schaute in die Richtung, wo der Stein aufgeschlagen war. Albert beförderte den Kater mit Schwung über den Zaun. Fauchend schoss er an seinem Frauchen vorbei und verschwand im Haus.

»Wo warst du denn, du alter Rumtreiber?«, sagte die Pietsch und folgte ihrem Kater.

Als sich die Haustür hinter beiden schloss, sackte Albert erschöpft am Gartenzaun zusammen. Er beschloss, dem Problem auf anderem Wege beizukommen.

Montagmittag waren alle Spuren beseitigt.

Das Bad sah wieder zivilisiert aus. Den Brief an die Pietsch hatte er zusammen mit seiner Liste im Kamin verbrannt, den Brief an Ina ganz hinten in der Sockenschublade versteckt. Ursprünglich hatte er auch ihn verbrennen wollen, doch da er ihn in absehbarer Zeit wieder brauchen würde und keinesfalls ein zweites Mal schreiben wollte, bewahrte er ihn auf. Für die Strom-, Gas-, Wasser- und Telefonanbieter hatte er sich eine Story zurechtgelegt, die der vom alten de Vries und seiner geldgierigen Brut ähnelte, doch nachdem er eine geschlagene Stunde in nervtötenden Warteschleifen verbracht hatte, hatte er es aufgegeben und einen schriftlichen Widerruf verfasst. Ohne Begründung. Er musste nichts begründen.

Er hörte den Anrufbeantworter ab. Diverse Nachrichten waren darauf: Ina am Freitag, dreimal. Lizzy zweimal. Beerdigungsschröder einmal. Er hatte die Unterschrift auf dem Vertrag vergessen und seinen Schirm. Albert hatte gehofft, nie wieder von dem Mann zu hören, geschweige denn ihm zu begegnen. Er beschloss Schirm und Bestatter abzuschreiben, drehte den Haken aus der Bürodecke und machte die Stelle mit Gips und Farbe unkenntlich.

Vogelhäuschen und Vogeltränke wuchtete er auf das Dach des Geräteschuppens. Dort konnte er die Vögel zwar schlechter vom Haus aus beobachten, aber sie hatten eine Chance, Loveday zu entkommen, und das hatte selbstverständlich Priorität.

Hinten im Garten rammte er einen Metallstab in die vom Regen durchweichte Erde und zog mit dem Strick, der ursprünglich für seinen Hals gedacht war, die Tanne zurück, die sich auf das Grundstück der Pietsch neigte. Wie angekündigt.

Der Discofox

… ist der Lieblingstanz der Deutschen. Er entstand Mitte der Siebzigerjahre aus dem klassischen Foxtrott. In Amerika wurde daraus der Hustle, im deutschsprachigen Raum der Discofox.
Er kann fast zu jeder Musik getanzt werden und bietet unzählige spektakuläre Figuren, wilde Knoten und rasante Drehungen.

»Ja gibt's denn so was?«, schimpfte Albert.

Die Hose, die er früher zum Training getragen hatte, war zu eng. Den Gürtel kriegte er nicht zu. Wie war denn das möglich? Er aß doch wie ein Spatz! Gut, er bewegte sich kaum, und Alkohol hatte bekanntlich ja auch Kalorien. Ihm würde nichts anderes übrig bleiben, als in seinen Privathosen zu tanzen. Verwunderlich, dass die noch passten. Wieso eigentlich? Anscheinend hatte Martha seine Sachen klammheimlich zwei Nummern größer gekauft.

Seine Latein-Tanzschuhe passten immer noch. Sie waren handgefertigt, aus weichem Veloursleder und hatten einen kleinen Absatz, welcher den Hüftschwung begünstigte.

Tatsächlich war Albert ein bisschen aufgeregt. Seit fünf Jahren hatte er nicht mehr unterrichtet. Er verstaute Thermoskanne und Pausenbrot in seiner Aktentasche und verließ das Haus.

Gerade als er das Garagentor hochfahren wollte, öffnete sich die Tür der Pietsch. Zwei Polizisten traten aus dem Haus.

»Herr Gottwald? Wir würden gerne mit Ihnen sprechen«, sagte die Polizistin. Albert rutschte das Herz in die Hose.

Sie stellten sich als Hauptwachtmeister Kevin Tietze und Hauptkommisssarin Monika Lauterbach vor.

»Das Gartentor Ihrer Nachbarin ist heute Nacht gestohlen worden«, sagte die Polizistin mit ernster Miene.

»Gibt's doch nicht!«, erwiderte Albert. »In dieser Gegend! Vermutlich nur ein dummer Kinderstreich.«

»Oder eine Nachbarschaftsfehde«, wandte der jüngere Beamte ein und schaute mit forschendem Blick. Er wollte Kriminalkommissar werden, und das sah man.

»Wer macht denn so was?« Albert schüttelte ungläubig den Kopf.

»Sie glauben gar nicht, was wir diesbezüglich alles erleben«, sagte die Polizistin.

Die Beamten wollten wissen, ob Albert in der letzten Nacht etwas aufgefallen sei.

»Nachts schlafe ich für gewöhnlich«, sagte der mit gemäßigtem Profilächeln. Er bedauerte, nicht weiterhelfen zu können, und entschuldigte sich, er müsse jetzt zur Arbeit.

»Ihre Nachbarin hat uns erzählt, Sie sind Rentner«, sagte der Beamte.

»Ich helfe in einem Tanzstudio aus«, sagte Albert, »als Tanzlehrer.«

»Ist ja toll«, rief die Beamtin. Sie klang begeistert. »Und wie heißt das Studio?«

»Lizzys Tanzstudio«, sagte Albert. »Entschuldigen Sie, aber ist das ein Verhör?«

»Absolut nicht, es ist nur … Ich wollte schon immer tanzen lernen, aber vielleicht bin ich ja dafür inzwischen zu alt.«

»Für das Tanzen ist man nie zu alt. Heute Abend gebe ich einen Kurs für Anfängerinnen über fünfzig. 19 Uhr. Kommen Sie doch vorbei.«

»Ich denke darüber nach«, sagte die Polizistin.

Die Beamten händigten ihm eine Visitenkarte aus. Falls er etwas Verdächtiges bemerkte, solle er anrufen. Albert versprach es. Die beiden gingen wieder rüber zur Pietsch, um eine Anzeige gegen Unbekannt aufzunehmen.

Albert wartete, bis sich die Haustür hinter ihnen geschlossen hatte. Dann öffnete er seine Garage, und da stand es: das Gartentor der Pietsch inklusive Briefkasten.

Die Tür der Kantstraße Nummer fünf ließ sich nicht öffnen. Nach einer Klingel suchte Hanne vergebens. War sie hier richtig? Die Adresse stimmte. Da oben stand es ja auch quer über den Fenstern in der ersten Etage: »Lizzys Tanzstudio«, und wenn sie genau hinhörte, konnte sie durch den Regen hindurch lateinamerikanische Musik hören.

Hanne rüttelte ein weiteres Mal an der Tür und spielte schon mit dem Gedanken aufzugeben, da hörte sie eine Stimme wie aus dem Nichts: »Einma orntlich gegentreten!«

Ein Kind in Regencape, gerade so groß, dass es an die Klinke reichte, warf sich gegen die Tür und siehe da: Sie öffnete sich.

»Licht is kaputt«, sagte das Kind.

Im Licht ihrer Handy-Taschenlampen tappten sie hintereinander die Treppe hinauf, der Musik entgegen. Die Gummistiefel, die vor Hanne die Treppe hochstiegen, waren mit gelben Enten bedruckt, passend zum Cape und zum Schirm des Kindes, alles voller gelber Enten.

Erst im Flurlicht der ersten Etage erkannte Hanne, dass es sich um kein Kind handelte, sondern um eine Frau um die fünfzig.

»Hi, ich bin Desdi«, sagte Desdi und streckte ihr die Hand entgegen mit angeklebten Nägeln, auf denen befanden sich – wer hätte es gedacht – ebenfalls Enten. Hanne fragte sich, an welcher Störung die kleine Frau wohl leiden mochte. Infantilismus?

Gemeinsam betraten sie das Studio.

Als Hanne sah, *wer* ihr Tanzlehrer war, hätte sie am liebsten gleich wieder kehrtgemacht. Und das hätte sie wohl auch getan, wäre sie nicht dermaßen fasziniert gewesen.

»Damit die Basics nicht zu eintönig werden«, erklärte Albert gerade den Teilnehmern des Rumba-Kurses, »legen Sie sich ein paar Figuren zurecht. Am Anfang genügen drei, beispielsweise der Cross Body Lead oder eine Damen- und eine Herrendrehung.«

Er demonstrierte, was er meinte, mit einer Kursteilnehmerin.

»Wow«, machte Desdi.

»Wow«, machte auch Hanne.

Die Geschwindigkeit seiner Füße, der Schwung seiner Hüfte, die Leichtigkeit seiner Bewegungen, die Eleganz ... Sie war beeindruckt. Nein, dieser Mann hatte nichts mit Charlie Chaplin gemein. Er erinnerte viel eher an ... Fred Astaire! Ja, genau, der wiedergeborene Fred Astaire. War es denn möglich, dass das der selbstmordgefährdete Vater ihrer Kollegin war?

Das Treffen gestern an der Kreuzung war suboptimal für eine Kontaktaufnahme, das war mal klar.

Hanne trat den Rückzug an, doch in dem Moment, in dem sie sich zur Tür umwandte, verstummte die Musik.

Albert schaute fragend zu Lizzy, die deutete zu den beiden tropfnassen Gestalten, unter denen sich Pfützen bildeten.

Eine der beiden war: die Zicke von der Kreuzung!

»Schuhe aus!«, rief Lizzy. »Gleich neben die Tür stellen!«

Hanne und Desdi zogen brav ihre Schuhe aus und stellten sie auf den Läufer neben der Tür. Lizzy humpelte ihnen entgegen.

»Bei diesem Regen jagt man ja ...«

Sie stockte, als sie Hanne aus der Nähe sah, denn auch sie fühlte sich an Martha erinnert.

»Sind *Sie* Frau Hanken?«

Hanne nickte. Lizzy machte eine Kopfbewegung gen Albert: »Das ist er.« Sie zwinkerte Hanne zu, was die überflüssig fand.

»Und ich bin Desdemona Fricke, Desdi reicht«, sagte Desdi.

Lizzy streifte sie mit einem flüchtigen Blick. »Ah ja, Frau Fricke. Herzlich willkommen.«

Auf vollkommen natürliche Weise zog sie Hanne in Richtung Umkleideraum. Lizzy führte, und sie führte gern. Diese Eigenschaft, im Leben stets hilfreich, hatte, was das Tanzen betraf, letztlich ihren Aufstieg an die Weltspitze verhindert.

Der Umkleideraum war ein Schweinestall. Müll lag herum, Kaugummipapier, Staubmäuse und anderes. Hanne nahm ein paar Desinfektionstücher aus ihrer Tasche und wischte damit die Stelle der Bank ab, auf die sie sich hinzusetzen beabsichtigte.

Desdemona, alias Desdi, plapperte wie aufgezogen, und so erfuhr Hanne von allen Preisen, die Albert abgeräumt hatte, und dass er sogar deutscher Meister mit dem langsamen Walzer gewesen war. Des Weiteren fand sie, dass Albert Gottwald für sein Alter »geil« aussah, sich »hot« bewegte und den perfektesten Messerformschnitt hatte, den sie je gesehen hatte, und das wollte bei ihrer dreißigjährigen Berufserfahrung als Friseurin schon was heißen.

Eine weitere Person betrat den Umkleideraum: Kerstin Wischnewski.

Sie sieht aus wie eine Lehrerin, die gern schlechte Noten verteilt, dachte Hanne und lag mit ihrer Vermutung richtig. Kerstin war das Kontrastprogramm zu Desdi. Mit ihrem Bob sah sie aus wie ein in die Jahre gekommenes Playmobilmännchen. Sie sah so müde aus, dass man befürchten musste, sie würde jeden Moment einschlafen.

»Hi, ich bin Desdi«, sagte Desdi. »Bist du auch wegen dem Tanzen hier?«

»Wegen des Tanzens«, korrigierte Kerstin. »Nein, ich wollte mir hier eine Reise buchen.«

Desdi wieherte los und wollte sich gar nicht wieder einkriegen. Kerstins Mimik war eindeutig. Sie war genervt. Trocken wie ein Spekulatius zu Ostern fragte sie: »Desdi? Ist das ein Name?«

»Kommt von Desdemona, is französisch«, sagte Desdi nicht ohne Stolz.

»Griechisch«, korrigierte Kerstin, »genauer gesagt altgriechisch. Abgeleitet vom Adjektiv dysdaímon, was so viel heißt wie ›unglücklich‹ oder ›unter einem Unstern stehend.‹ In *Othello, der Mohr von Venedig*, einem Theaterstück von William Shakespeare, ist Desdemona Othellos Frau. Sie wird von ihm erdrosselt.« Sie sah aus, als stünde Desdi gleich Selbiges bevor.

Gerade als Hanne um des lieben Friedens willen vervollständigen wollte, dass das Drama einer Intrige Jagos zu verdanken war, dessen Motivation höchstwahrscheinlich rassistischen Ursprungs war, bedankte sich Desdi bei Kerstin für die ungebetene Unterrichtsstunde und entlarvte sie mit einer Fröhlichkeit, um die Hanne sie aufrichtig beneidete, als Lehrerin. Lehrer habe sie noch nie leiden können.

Kerstin verließ die Umkleidekabine und nuschelte etwas, das sich anhörte wie: »Ein Kondom hätte so viel verhindert.«

Na, das kann ja heiter werden, dachte Hanne.

»Das geht so nicht!«, schimpfte Albert mit Lizzy im Büro und nahm ihr den Joint weg, den sie gerade anzünden wollte. Er drohte damit, auf der Stelle zu verschwinden und sich nie wieder blicken zu lassen, wenn sie das Kiffen im Studio nicht unterließ. Privat konnte sie ja machen, was sie wollte, aber nicht hier! Murrend nahm ihm Lizzy den Joint aus der Hand und ließ ihn in der Schublade des Schreibtisches verschwinden.

Es war ein paar Minuten vor Kursbeginn. Im Saal hatten sich drei Teilnehmerinnen eingefunden. Das heißt, Albert nahm erst mal nur zwei wahr: eine knallbunte, winzige Person im bauchfreien Top mit Enten drauf, die ihm zuwinkte, und eine Frau, die drohte einzuschlafen. Seine Beinahe-Unfallpartnerin konnte er nirgends ausmachen. Schon keimte in ihm die Hoffnung, dass sie vielleicht gegangen war, als Lizzy fragte: »Findest du nicht auch, sie sieht ein bisschen aus wie Martha?«

»Wer?«

»Na, Frau Hanken.«

Sie deutete auf eine Stelle im Raum, und tatsächlich, da stand sie und verschmolz fast mit der grauen Wand.

(Der einzige Preis den Hanne je bekommen hatte, war der für »hervorragende Tarnung« im Lager für Zivilverteidigung.)

Das Phänomen nannte sich Mimese und kam beispielsweise bei der Rohrdommel vor, wie Albert aus Marthas Vogelbuch wusste. Eine geniale Strategie zum Schutz vor Fressfeinden.

»Sie ähnelt ihr, findest du nicht?«, fragte Lizzy.

»Nicht im Entferntesten«, entgegnete Albert. »Außerdem sind es nur drei Teilnehmerinnen. Wenn nicht noch eine kommt, wird der Kurs abgesagt.«

Kaum ausgesprochen, öffnete sich die Studiotür, und Monika Lauterbach, die Polizistin vom Vormittag, trat ein. Albert hatte nicht mit ihrem Erscheinen gerechnet. Er ärgerte sich. Hätte er ihr nichts vom Tanzkurs erzählt, wäre dieser ausgefallen und er wäre die Zicke von der Kreuzung losgewesen.

»Hätte, hätte Fahrradkette «, sagte er zu sich selbst, setzte sein Profilächeln auf und ging die Herbstrosen begrüßen.

Er lächelt, dachte Hanne, *aber sein Lächeln erreicht die Augen nicht*. Albert sah sie nicht an. Mit keiner Silbe ging er auf den Beinahe-Unfall ein. Er erkundigte sich nach den Erfahrungen der Damen in Sachen Tanz, die, wie befürchtet, kaum vorhanden waren. Außer bei Desdi, die früher gern in die Disco ging.

Als Albert sagte: »Wir starten mit dem Discofox«, stieß sie einen spitzen Freudenschrei aus, der ihn irritierte, aber nicht aus dem Konzept brachte.

»Wenn der Grundschritt sitzt«, fuhr er fort, »können wir uns den einfachen Figuren zuwenden, zum Beispiel dem Damensolo, der Brezel und dem Flirt. Flexibel kombiniert machen Sie damit bei jeder Gelegenheit eine gute Figur auf dem Parkett.«

Desdi hüpfte vor Begeisterung auf und ab. Ihre Enttäuschung war offensichtlich, als Albert den Grundschritt nicht mit ihr, sondern mit Monika vorführte.

»Die Tanzpartner stehen sich gegenüber, die Füße parallel zum Partner, der Körper ist aufrecht. Der Einfachheit halber nenne ich die Tanzpartner *Herr* und *Dame*. Der Herr führt. Er geht mit dem linken Fuß einen kleinen Schritt vor, die Dame geht mit ihrem rechten Fuß einen Schritt zurück …«

Sieht einfach aus, dachte Hanne.

Kerstin und Monika taten sich zusammen. Desdi und Hanne mussten miteinander vorliebnehmen, was nicht optimal war, schon deswegen, weil Hanne Desdi um fast zwei Haupteslängen überragte.

Nach wenigen Takten hatte Albert die Stärken und Schwächen der Kursteilnehmerinnen erkannt. Monika Lauterbach war von allen die Begabteste. Sie begriff schnell, hatte ein gutes Koordinationsvermögen, Rhythmusgefühl und das, was den anderen komplett abging: Haltung.

Kerstin Wischnewski wollte alles richtig machen. Ihr mangelte es deutlich an Energie.

Von der wiederum hatte Desdemona Fricke zu viel. Ihr fehlte es an Kontrolle, doch wenigstens musste man ihr nicht erklären, was Rhythmus war, denn den hatte sie im Blut.

Hanne Hanken hingegen … oje. Sie strauchelte Desdi hinterher und trat ihr auf die Füße, woraufhin die jedes Mal lauthals protestierte.

Albert dachte gar nicht daran, Hanne den Grundschritt noch einmal zu erklären, auch nicht, als sie ihn darum bat. Eisern zog er sein Programm durch und ließ sie ungerührt durch die Stunde stolpern.

Als sie sich schließlich bei der Brezel verknoteten, reichte es Desdi. Sie weigerte sich, mit Hanne weiter zu tanzen. Albert schickte Hanne auf die Bank und sagte, sie solle zusehen, da könne sie auch was lernen. Er tanzte mit Desdi weiter, die das unglaublich »toll« fand. Monika steckte mit ihrem Schwung Kerstin an.

Es war wie früher: Alle hatten Spaß, nur das Hannele saß auf der Bank und war außen vor. Sie fühlte sich wie damals beim Sportunterricht, wo sie bei Mannschaftsspielen immer als Letzte gewählt wurde, was ja im Grunde nichts anderes bedeutete, als dass einen niemand haben will. War die Zahl der Spieler ungerade, blieb sie die komplette Stunde auf der Bank sitzen. Wie jetzt. Es war zum Heulen.

»*Du wirst dich doch nicht etwa von einem albernen Tanzkurs aus dem Konzept bringen lassen!*«, sprach die Fachfrau.

Als Hanne den besorgt-mitleidigen Blick von Lizzy auffing, den die ihr aus dem Büro-Terrarium zuwarf, reichte es ihr endgültig, und sie verschwand im Umkleideraum.

Sie war noch nicht vollständig umgezogen, als sie hörte, wie Albert die anderen verabschiedete, für den nächsten Kurs um pünktliches Erscheinen und angemessene Kleidung bat, vorzugsweise in gedeckten Farben.

Hanne wollte den anderen nicht begegnen, aber was sollte sie machen? Ohne Hose konnte sie ja schlecht zur Tür raus. Also raffte sie ihre Sachen zusammen und flüchtete damit in die Toilette.

»Keine Ahnung, wie ich morgen im Laden stehen soll«, hörte sie Desdi klagen. »Die is mir dauernd auf den Füßen rumgelatscht.«

»Vielleicht hat sie ja noch nie getanzt«, sagte Monika.

»Bei der Brezel hat die mir fast den Arm ausgekugelt«, beschwerte sich Desdi weiter.

»Ich finde es unfair, hinter ihrem Rücken zu lästern«, kritisierte Kerstin. »Das ist der Anfang von Mobbing!«

»Am besten du tanzt beim nächsten Mal mit *der*, dann sprechen wir uns wieder«, sagte Desdi und lästerte unverdrossen weiter: »Sieht aus wie ein Schrubber am Kopf. Hat die überhaupt schon mal einen Friseur von innen gesehen?«

»Gesetzt den Fall, sie ist keine Pathologin, bestimmt nicht«, stöhnte Kerstin, was Desdi ostentativ überhörte.

»Mit Albert zu tanzen fetzt total«, schwärmte sie. »Er ist zwar schon ein paar Tacken älter, aber immer noch …«

Infantilismus, ganz klar, Infantilismus, dachte Hanne auf der Toilette. Mitteilungsdrang gegenüber Fremden, Indiskretionen, Zeigestolz, der Drang zur Selbstdarstellung, das rüpelhafte Benehmen eines verzogenen Kleinkindes, nicht alt werden können oder wollen. Wie viele von denen gab es inzwischen. Die Welt war zu einem Ponyhof mit integriertem Ferienclub geworden. Worauf sollte das hinauslaufen? Endlospubertierung mit alt gewordenen Wickelkindern?

Sie reinigte den Toilettendeckel mit Desinfektionstüchern, setzte sich Kopfhörer auf und spielte Meditationsmusik auf dem Handy ab.

»Hallo? Hallo? Frau Dr. Hanken?«

Lizzy klopfte an die Klotür. Wie lange Hanne hier gesessen hatte, wusste sie nicht. Die anderen waren jedenfalls weg.

»Genial!«, sagte Lizzy zu Hanne und lachte schallend im Fünfklang. »Einfach genial! Wie überzeugend Sie den Bewegungslegastheniker gegeben haben! Erst hab ich mir ja schon Sorgen gemacht, wie Sie da so herumstolperten, bis mir klar wurde, dass das ein Trick war, und ein verdammt schlauer dazu! Sich so blöd anzustellen, dass Nachhilfestunden nötig werden, auf die Idee wäre ich im Leben nicht gekommen.«

Hanne fragte sich, ob Lizzy sie auf den Arm nehmen wollte, doch nichts an ihrer Mimik deutete darauf hin.

»Nun aber los«, sagte Lizzy. »Er ist noch da, und er wird sicher nicht Nein sagen.«

Später würde Hanne sich selbst nicht verstehen. Was hatte sie geritten, auf Lizzy zu hören? So eigenartig, wie sich dieser Mann an der Kreuzung und im Kurs verhalten hatte, hätte ihr das eine Warnung sein müssen. Wieso brachte sie es nicht fertig, Lizzy einen Korb zu geben? Hatte sie die Frau unterschätzt? Hatte die sie manipuliert, indem sie ihr die Steigbügel zur Wiederherstellung ihrer Würde hinhielt? Funktionierte sie wirklich so simpel? Offensichtlich, denn Hanne ging zu Albert ins Büro und bat ihn um Nachhilfestunden.

Wer weiß, vielleicht hätte er ja sogar eingewilligt, wäre Monika Lauterbach nicht zehn Minuten vorher da gewesen.

»Machen Sie sich mal keine Sorgen wegen des Gartentors Ihrer Nachbarin«, hatte sie zu Albert gesagt. »Der Fall ist so gut wie aufgeklärt. Die Nachbarn von schräg gegenüber haben eine Überwachungskamera. Sie sind wohl verreist, aber sobald sie zurück sind …«

An dieser Stelle war Albert das Profilächeln verrutscht. Er hörte nicht, wie ihn Desdi auf einen Drink in eine Latino-Bar einlud, ließ sie ohne eine Antwort stehen und flüchtete ins Büro.

Die Konsequenzen seiner Tat sickerten justament in sein Bewusstsein, als Hanne mit ihrer Bitte um Nachhilfestunden daherkam.

»Nein«, sagte er schnörkellos. »Ihre Begabung das Tanzen betreffend, ist gleich *null.* Suchen Sie sich ein anderes Hobby. Wie wäre es mit einem Ikebana-Kurs an der Volkshochschule?«

Hanne glaubte nicht recht zu hören. Wie sprach der Mann denn mit ihr? Das würde sie sich nicht gefallen lassen! Sehr leise und so langsam, als zöge jedes ihrer Worte einen Pflug durch schweren, nassen Boden, sagte sie: »Hören Sie, mir ist ja bewusst, dass Tanzen nicht gerade zu meinen großen Begabungen zählt …«

Albert unterbrach sie. »Entschuldigung, aber das Wort *Begabung*, ist ja nun wirklich ein Hohn.«

»Aber das war mein erster Kurs. Sie, als Lehrer …«

Albert unterbrach sie erneut. » Es bleibt beim *Nein*!«

Er nahm Hut und Mantel und verließ schnellen Schrittes das Studio.

»Was ist denn mit dem los?«, fragte Lizzy Hanne, der es die Sprache verschlagen hatte.

Der Ngeri

… ist eine Unterart des Haka, jener rituellen Maori-Tänze aus Neuseeland.
Beim Ngeri geht es darum, die Krieger psychologisch zu motivieren. Man demonstriert seine Stärke mit weit aufgerissenen Augen, ausgestreckter Zunge, kräftigem Klatschen auf die Oberschenkel sowie lautem Gebrüll und Gestampfe. Jeder Tänzer verleiht dem Ngeri seine eigene Choreografie. In der Regel wird er ohne Waffen getanzt.

Es waren drei wundervolle Tage an der See, nur übertroffen von noch wundervolleren Nächten. Sie waren füreinander bestimmt, füreinander gemacht. Das konnte gar nicht anders sein.

Ina war voller Hoffnung, was den Sandmann und ihre gemeinsame Zukunft betraf, ja, sie schwebte auf Wolke sieben.

»Wer hoch fliegt, kann tief fallen«, hatte ihre Oma früher immer gesagt. Ina hatte den Spruch erst gehasst und dann vergessen. Als sie jedoch am Montagabend, früher als erwartet, aus der Sauna zurückkam, fiel er ihr wieder ein.

Thaddäus telefonierte mit seiner Frau. Die Tür zum Badezimmer stand einen Spaltbreit offen. Ina hörte, wie er sich über das Seminar beklagte, wie öde es sei, und wie viel lieber er jetzt zu Hause bei ihr und den Kindern wäre …

Sie fühlte sich wie mit eisigem Wasser übergossen. Er hatte versprochen, seiner Frau reinen Wein einzuschenken, dem Versteckspiel ein Ende zu bereiten! Sie war grenzenlos enttäuscht. Er war ein Lügner. Nie würde sie ihm vertrauen können.

Sie packte ihre Sachen und wollte den ersten Zug nach Hause nehmen, doch Thaddäus bestand darauf, sie heimzufahren.

Dreihundert Kilometer lang schwiegen sie. Das flache, weite Land im Licht der untergehenden Sonne, die Nebelschwaden, die sich über das Tal senkten, alles war da, sie aber sahen es nicht.

Als dann auch noch Lizzy anrief und von der fulminant gescheiterten Kontaktaufnahme berichtete, als sie sagte, dass sie sich ernsthaft um Albert sorge, dass es vermutlich schlimmer um ihn stehe als gedacht, war das der Tropfen, der das Fass zum Überlaufen brachte.

Ina versuchte Hanne zu erreichen. Die ging nicht ans Telefon. Verständlich. Verdammte Scheiße! Nichts klappte! Alles ging schief! Und sie war mit allem allein! Wenn das nicht zum Heulen war.

Thaddäus fuhr auf einen Rastplatz. Eine Weile saßen sie einfach nur da. Keiner sagte was. Dann fand er Worte, die er immer fand. Alles würde gut werden. Gemeinsam würden sie alles meistern. Er liebe sie, brauche aber noch Zeit … Sie glaubte ihm nicht, aber sie wollte. Sehr. Beide weinten. Wirrwarr der Gefühle. Kopf aus, Herz regiert. Er versprach, bis Weihnachten alles geklärt zu haben. Sie würden ihr erstes Weihnachtsfest gemeinsam feiern. Versprochen. Für wie viele Weihnachten hatte er ihr das schon versprochen. Zwei oder waren es schon drei?

»Gib mir noch eine Chance«, bettelte er.

»Nein«, sagte sie.

Sie war entschlossen: Hier und jetzt musste die Geschichte ein Ende finden.

»Eigentlich«, sagte Lizzy zu Hanne, »ist Albert ein ausgesprochen höflicher Mensch. Ein Mann mit Benehmen und Moralvorstellungen. Wo findet man so was heute noch? Und eigentlich ist er der beste Lehrer, den ich kenne. Selbst den Unbegabtesten konnte er das Tanzen beibringen. Nichts für ungut.«

Sie saßen am Tresen vom Sturzflug, eine jener Kiezkneipen, die schneller verschwanden als die Führerscheine ihrer Gäste, und tranken Wodka. Nicht weil Hanne Wodka mochte. Normalerweise, also wenn sie überhaupt Alkohol trank, was höchst selten geschah, weil sie weder auf einen geschrumpften Hippocampus noch auf eine Fettleber scharf war, trank sie Rotwein. Früher hatte sie mit ihrem Vater ab und zu Whisky getrunken. Aber Whisky in dieser Bude? Besser Wodka, klare Sache.

Nach dem zweiten Doppelten hatte sich Hanne einigermaßen beruhigt.

»Weißt du übrigens, dass du Ähnlichkeit mit seiner

verstorbenen Frau hast?«, fragte Lizzy. »Martha war zwar kleiner, hatte braune Haare und blaue Augen, aber sonst … vielleicht ist er ja nur so fies zu dir, weil du ihn an sie erinnerst. Ist was Psychologisches.«

»Kann sein«, sagte Hanne mäßig interessiert.

Lizzy ging hinaus, um mit Ina zu telefonieren.

Hanne sah sich um. Ein paar Gestalten verloren sich in dichten Rauchschwaden. Der Betreiber hatte den Laden schlau zu einem Raucherclub umfunktioniert, in dem nur Mitglieder Zutritt hatten. Ohne Zögern hatte Hanne eine Sturzflug-Mitgliedschaft erworben, wobei sie an das Zitat von Groucho Marx denken musste: »Ich mag keinem Club angehören, der mich als Mitglied aufnimmt.«

Drei Spielautomaten gab es hier und eine Musikbox, die schon bessere Tage gesehen hatte. Der Fleck rechts oben an der Seitenwand, an der sich die mehr oder weniger betrunkenen Gäste abstützten, während sie mehr oder weniger wankend nach Kleingeld in ihren Hosentaschen kramten und überlegten, welchen Song sie als Nächstes wählen sollten, war von undefinierbarer Farbe, gemacht aus Schweiß, Dreck, Tabak, Tränen und einigem mehr. Auf das Resultat eines Abstriches wäre Hanne nicht erpicht.

Sie musste an ihren Vater denken, den sie zu einer Zeit, als sich noch keine anständige Frau in Kneipen wagte, des Öfteren aus dem Gauklerstübchen holen musste. Sein Blick, wenn er schwer den Kopf hob und sie ansah …

Lizzy kam zurück. »Ina will mit ihrem Vater reden, ihn zur Vernunft bringen.«

»Von mir aus«, sagte Hanne, »ich bin raus.«

»Schade«, fand Lizzy. »Du weißt nicht, was dir entgeht.«

Wie von Zauberhand waren die Gläser vor ihnen wieder gefüllt. Lizzy leerte ihres in einem Zug.

»Wieso machst du eigentlich bei dieser Geschichte mit?«, fragte Hanne.

Lizzy erzählte, und so erfuhr Hanne die Vorgeschichte, die ungefähr so ging: Zu einer Zeit, in der Pedro noch Peter Kuhlmeier hieß, waren er und Albert beste Freunde. Sie buddelten im selben Sandkasten, drückten dieselbe Schulbank, pafften gemeinsam ihre erste Zigarette hinter der Turnhalle und zermarterten sich die Köpfe, wie sie – trotz Akne und Hänflingsfiguren – Mädchen für sich gewinnen konnten, kurz, sie waren unzertrennlich.

Peter war es, der auf die Idee mit den Tanzkursen kam. Er war es auch, der Albert für das Tanzen begeisterte. (Von Fred Astaire einmal abgesehen.)

Lizzy und Albert lernten sich bei einem dieser Kurse kennen. Anderthalb Jahre waren sie ein Paar. Auf der Tanzfläche und im Leben. So weit, so gut. Als Pedro Lizzy dann für die Lateinamerikanischen Standardtänze abwarb, begann es zwischen den Freunden zu kriseln. Als sich Lizzy und Pedro ineinander verliebten, war es mit der Freundschaft vorbei. Feinde (erbitterte wohlgemerkt) wurden Albert und Pedro erst vor ein paar Jahren, als Pedro Albert das Studio wegnahm.

»Oha«, machte Hanne, und Lizzy pflichtete nickend bei.

»Aber da siehst du mal wieder«, sagte sie, »man weiß

nie, wozu was gut ist. Wäre das mit Pedro und mir nicht passiert, hätten sich Albert und Martha nie gefunden. Und eines kann ich dir sagen, wenn es jemals wahre Liebe auf diesem Planeten gegeben hat, dann zwischen den beiden …«

Sie tranken.

»Nicht dass das nicht auch genervt hätte«, sagte Lizzy, nachdem sie ihr Glas eine Spur zu krachend auf dem Tresen abgesetzt hatte. »Die waren wie siamesische Zwillinge. Haben andauernd Händchen gehalten. Einer beendete die Sätze des anderen. Aber wenn sie tanzten, tja dann …«

In Lizzys Augen glitzerte es verdächtig. Mit einer entschiedenen Geste wischte sie sich die Augen trocken, machte sich gerade und sagte: »Wenn du mich fragst, hat Ina allen Grund, sich um ihren Vater zu sorgen. Wie soll man ein solches Glück überleben? Und wozu überhaupt?«

»Nun ja«, gab Hanne zu bedenken, »Glück ist ja kein Dauerzustand, genauso wenig wie Unglück …«

Lizzy winkte ab. »Hast du schon mal geliebt? So richtig, dass es wehtut?«

Hanne guckte tief in ihr Glas, als wäre auf dessen Boden eine Antwort zu finden. Jemand warf Münzen in die Musikbox.

»Wo wohnt die Liebe?«, plärrte eine Schlagersängerin.

»Hier jedenfalls nicht!«, sagte Hanne und stürzte den vierten Wodka hinunter. Lizzy wieherte im Fünfklang. Hanne musste sie festhalten, damit sie nicht vom Barhocker fiel.

»Ich bleib heut' Nacht nicht hier, deine Liebe gehört nicht mehr mir«, jaulte die Heulboje in der Musikbox.

Wie aus dem Nichts tauchte das Gesicht von Chris vor Hanne auf. *Nein, seine Liebe gehört schon lange nicht mehr mir*, war der letzte Gedanke, bevor ihr schlecht wurde. Nach dem Klo musste sie gar nicht erst fragen, immer dem Geruch nach.

»Du gehörst nicht mehr mir. Geh doch zu ihr …«

Der Boden schlingerte. Hanne musste an die Kreuzfahrt mit ihrer Mutter denken: Wilma auf der Reling bei Windstärke acht, lachend, ein Cocktailglas in der Hand, dem Sturm trotzend, als wäre sie die Leibhaftige …

Der Blick ihres Vaters im Gauklerstübchen …

Chris' Hand warm auf ihrem Rücken …

Die Erinnerungen vermischten sich und landeten in der Kloschüssel, die alles andere als einen keimfreien Eindruck machte. Damit verschwand das wenige, das Hanne an diesem Tag gegessen hatte, und ein Gutteil ihres Schutzpanzers. Sie weinte, wie sie schon lange nicht mehr geweint hatte. Um ihre Mutter, die sie nicht mehr erkannte, ihren Vater, der sie verlassen hatte, Chris, der sie belogen hatte, über ihre Versuche, trotz allem glücklich zu sein, und um die Zukunft, die ihr wie eine steil abschüssige Bahn ins Nichts erschien.

»Herrschaftszeiten!«, fluchte Albert. Alles war aus dem Ruder gelaufen! Murphys Gesetz in Aktion! Am liebsten hätte er sich das vermaledeite Gartentor geschnappt und es drüben bei der Pietsch wieder eingehängt.

Aber das ging ja nicht. Wegen der *Scheißkamera*!

Mit Marthas Vogelbeobachtungs-Fernglas spähte er hinüber zum ehemaligen Haus von de Vries. Seine Position war nicht optimal wegen der Eibe im Vorgarten, doch er konnte sie sehen, die Kamera. Sie hing direkt über der Haustür. Fieberhaft überlegte er, wie er das drohende Unheil abwenden konnte. Schade, dass Martha nicht da war. Sie hätte ihm beim Denken helfen können. Darin war sie immer besser gewesen. Die Kamera war da, daran gab es nichts zu rütteln. Die Frage war, ob sie ihn gesehen hatte? Konnte sie überhaupt bis rüber auf die andere Straßenseite schauen? Was, wenn sie die gar nicht auf dem Schirm hatte? Oder reagierte sie auf Bewegungen? Schwenkte sie mit?

Er wartete, dass jemand vorbeiging, was um diese Uhrzeit selten vorkam. Er ging sich einen Whisky holen. Kaum hatte er sich wieder auf die Lauer gelegt, lief Ina durchs Bild.

»Ich dachte, du bist an der Ostsee«, sagte er, als er ihr den Mantel abnahm.

»Papa! Hörst du eigentlich zu? Ich hab dir doch gesagt, dass ich nicht weiß, ob ich Montag oder Dienstag zurückkomme. Und dass ich bei dir vorbeischaue, sobald ich zurück bin, hab ich dir auch gesagt.«

Hatte sie? Albert konnte sich nicht erinnern.

»Ich dachte, du freust dich, aber wenn ich dich störe, kann ich auch wieder gehen.«

»Nein, nein, du störst nicht«, sagte Albert, »ich freue mich doch.«

Und das tat er wirklich, denn in einer parallelen Wirklichkeit hätte er sie nie wieder gesehen.

Das Kaminfeuer prasselte. Keiner sagte ein Wort. Ina sah ins Feuer und brütete vor sich hin. *Irgendwas stimmt mit ihr nicht*, dachte Albert. *Hat sie sich mit dem Sandmann gestritten?*

Ina sprach nie über das, was sie bewegte. Schon als kleines Mädchen war sie so gewesen. Hatte sie sich geärgert, war sie wütend oder traurig, schrie sie nicht Zeter und Mordio wie andere Kinder.

Sie zog sich still in ihr Schneckenhaus zurück und streckte erst Stunden später ihre Fühler ganz vorsichtig zurück in die Welt.

»Wie war dein Wochenende?«

»Gut.«

»Ist irgendetwas passiert?«

»Neeein, Papa, was sollte denn passiert sein?«

»Sag du es mir.«

»Reden wir doch zur Abwechslung mal von dir«, sagte Ina. »Du hast doch heute unterrichtet. Wie war es?«

»Ganz in Ordnung«, sagte Albert.

»Wie war es, mal wieder zu tanzen?«

»Okay.«

»Und die Kurse?«

»Waren ja nur zwei.«

»Welche? Komm schon, Papa, lass dir nicht jedes Wort aus der Nase ziehen.«

Er erzählte also vom Rumba-Kurs, den er von einem anderen Tanzlehrer (der Filzmatte) übernommen hatte, und vergaß weder dessen Erscheinungsbild noch dessen nicht vorhandene Fähigkeiten zu erwähnen.

»Ganz davon abgesehen, dass Haltung für den so etwas wie ein Fremdwort ist, müsste er den Anfängern wenigstens ein paar Figurenabläufe an die Hand geben, sonst sind die doch beim Tanzen permanent mit der Frage beschäftigt, was sie als Nächstes machen sollen. Anschließend hatte ich noch einen Anfängerkurs für Frauen ab fünfzig plus, die sogenannten *Herbstrosen.*«

Kam es ihm nur so vor, oder musterte ihn seine Tochter mit strengem Blick?

»Guck mich nicht so an, Ina, ich habe mir diesen Namen nicht ausgedacht.«

»Entschuldige, ich bin ein bisschen müde«, sagte Ina und lehnte sich zurück. »Erzähl weiter.«

»Da gibt es nichts groß zu erzählen. Es gab nur vier Teilnehmerinnen. Jetzt sind's noch drei. Eine hab ich rausgeschmissen.«

»Wieso wirfst du denn jemanden nach der ersten Stunde raus?«

»Weil es keinen Sinn macht, sie weiter zu unterrichten. Diese Frau ist … der leibhaftige Antitänzer. Und dann –

stell dir vor – bittet die mich auch noch um Nachhilfestunden!‹«

»Aber das ist doch eine … fabelhafte Idee«, sagte Ina.

»Fabelhafte Idee«, schnaubte Albert. »Du hättest das sehen sollen: Rhythmusgefühl, Körperbeherrschung, Koordinationsvermögen gleich null, jede Bewegung hölzern wie Pinocchio. Ich habe ihr empfohlen, einen Ikebana-Kurs an der Volkshochschule zu belegen.«

Ina sah ihren Vater entsetzt an.

»Wann bist du bloß so boshaft geworden, Papa«, sagte sie und verließ das Wohnzimmer.

Jetzt war Albert sicher: Da war was im Busch, und das hatte nichts mit dem Thema zu tun.

Als er in die Küche kam, stand Ina am Fenster. Sie sah mutlos aus. Er wollte sie in die Arme nehmen, sie wehrte ab. Er entschuldigte sich, räumte ein, vielleicht ein klein bisschen zu weit gegangen zu sein.

»Was ist denn los?«, fragte er. »Habt ihr euch gestritten, du und der Sandmann? Ich merk doch, dass was ist.«

»Ich möchte nicht darüber reden, Papa.«

»Jeder braucht eine Chance«, sagte Ina zu ihrem Vater, bevor sie ins Auto stieg. »Auch diese Frau, die du heute aus dem Kurs geworfen hast. Vielleicht überlegst du dir, ob du ihr nicht doch ein paar Nachhilfestunden gibst.«

Albert dachte nicht im Traum daran, sagte aber: »Na, mal sehen.«

Wieder zurück am Kamin fragte er Martha: »Findest du eigentlich, dass ich boshaft bin?«

»Nein, Schatz, du doch nicht.«

Er erzählte ihr von dem Streit, den Ina und er wegen der Antitänzerin gehabt hatten. Weshalb sie sich so aufgeregt hatte, verstand er immer noch nicht. Okay, vielleicht hatte er *etwas* übertrieben, aber im Großen und Ganzen stimmte es: Die Frau war eine Bewegungskatastrophe, irgendwas stimmte mit ihrer Motorik nicht. Sie erahnte ja nicht mal den Rhythmus. Martha tippte auf »Beat Deafness«, Rhythmus- oder Takttaubheit, die Unfähigkeit, Musik und Bewegung zu synchronisieren.

»Möglicherweise«, sagte Albert und dehnte sich. Alles tat weh. »Ina meinte, ich soll ihr eine Chance geben.«

»Großer Gott«, sagte Martha, »gib dich doch nicht mit Taktlosen ab.«

Ein Blick, und sie prusteten synchron los wie in alten Zeiten. Ach, wie war es herrlich mit Martha zu lachen. Als sie sich wieder eingekriegt hatten, sagte Albert: »Wenn es Ina so wichtig ist, kann es ja nicht schaden, ein bisschen guten Willen zu zeigen.«

»Nun hört sich aber alles auf!«, sagte Martha und ließ das Strickzeug sinken. »Nenn mir mal einen, der so viel guten Willen zeigt wie du! Allein der Aufwand, den du betreibst, um Lizzy zu helfen. Dir tut doch jetzt schon jeder Knochen weh!«

»Stimmt«, sagte Albert und kippte den Kopf von einer auf die andere Seite. Es knirschte und knackte.

»Ich frag mich nur, wieso es unserer Tochter so wichtig ist.«

Martha zuckte mit den Achseln und strickte weiter.

»Du weißt doch, wie sie ist, schleppt ein halbes Hähnchen zum Tierarzt und fragt, ob da noch was zu machen ist.«

Albert schenkte sich einen Whisky ein und überlegte. Sollte er Martha von seiner Sorge um Ina erzählen? Vom Sandmann, der ihr ganz offensichtlich nicht guttat? Nein. Er hatte immer versucht, belastende Dinge von ihr fernzuhalten, er würde jetzt nicht damit anfangen.

Als sie ihren allabendlichen Walzer in der Küche tanzten, war er nicht ganz bei der Sache. Seine Gedanken kreisten um Ina.

Darüber vergaß er das Kameraproblem und sah auch die Maus nicht, die über den Küchenboden huschte.

Bereits die erste Tanzstunde zeigte bei allen Herbstrosen Wirkung.

Desdi tanzte schwungvoll um ihre Kunden herum. Die Kreationen auf deren Köpfen fielen deutlich gewagter aus als zuvor.

Monika führte Hauptwachtmeister Tietze während der

Streife den Grundschritt des Discofox vor und erntete von ein paar Passanten Applaus.

Kerstins Füße tänzelten wie von selbst unter dem Lehrerpult, sodass ihre Schüler sich anstießen und kicherten.

Alle Herbstrosen hatten Rhythmus im Blut – außer Hanne. Durch deren Kopf dröhnte eine Kolonne Traktoren.

Es war noch dunkel, als es an ihrer Wohnungstür Sturm klingelte. Sie blinzelte und stellte fest, dass sie zu Hause war, in ihrem Bett. Wie sie dorthin gekommen war, wusste sie nicht.

Es klingelte weiter.

Jedes Klingeln ein Trecker mehr.

Sicher wieder so ein Lieferant, der ein Paket für die Nachbarin abgeben will, dachte sie und zog sich die Bettdecke über den Kopf. Was ging sie die Wunscherfüllung ihrer Nachbarin an? War sie eine gute Fee?

Es klingelte weiter.

Hanne sah ein, dass es keinen Zweck hatte, sich tot zu stellen. Sie hievte sich hoch, schleppte sich zur Wohnungstür, allen Lieferanten multiresistente Keime an den Hals wünschend, riss die Tür auf und sagte: »Verdammt noch mal …!«

Ina stand vor der Tür mit einem Blumenstrauß.

Hanne knallte die Tür wieder zu und rief: »Bin erkältet.«

»Ich weiß, dass Sie nicht erkältet sind«, sagte Ina durch die Tür. »Tut mir ja auch leid, dass ich so früh störe, aber ich muss gleich zum Dienst, und vorher muss ich Sie unbedingt sprechen. Bitte! Nur ganz kurz.«

»Sie sind penetrant«, rief Hanne.

»Ich weiß.«

Was nun? Hanne war orientierungslos. Kurz spielte sie mit dem Gedanken, sich anzuziehen, das Haar zu kämmen, die Zähne zu putzen. Was sollte die junge Kollegin von ihr halten? *Mir doch egal, was die von mir hält*, dachte sie. *Wo hat die überhaupt meine Adresse her?* Als äußerstes Zugeständnis schloss sie die Schlafzimmertür, fuhr sich mit den Fingern durch die Haare, was sie sich hätte sparen können, warf zwei Kopfschmerztabletten ein und öffnete die Tür.

Während sie darauf wartete, dass das Teewasser kochte, was eine Ewigkeit zu dauern schien, ärgerte sie sich über Schwester Birgit. Einfach so ihre Adresse rausgeben! Na, die konnte sich auf was gefasst machen!

Ina arrangierte derweil die Blumen in einer Vase.

»Es tut mir leid, wie mein Vater mit Ihnen umgegangen ist«, sagte sie. »Ich habe mit ihm gesprochen. Ich denke, er wird sich bei Ihnen melden und sich entschuldigen.«

»Ob er sich entschuldigt oder nicht, ich mach nicht mehr mit«, sagte Hanne.

Ina sah erschrocken aus.

»Aber Sie können doch jetzt keinen Rückzieher machen, jetzt, wo der Plan angelaufen ist.«

»Ich kann«, widersprach Hanne. »Und überhaupt, ich hätte nie zustimmen dürfen. Das Ganze war keine gute

Idee. Außerdem: Nur weil Ihr Vater seine eigene Beerdigung bucht, ist er ja nicht gleich suizidgefährdet. Er gibt jetzt sogar wieder Kurse. Depressive lassen sich in der Regel nicht so leicht zu derartigen Aktivitäten bewegen.«

»Kommt auf die Motivation an«, sagte Ina. »Sie kennen die Geschichte von Pedro?«

Hanne nickte: »Lizzy hat sie mir erzählt.«

Sie setzten sich. Hanne schenkte Tee ein, wandte sich Ina zu und schaute ihr fest in die Augen.

»Haben Sie schon einmal darüber nachgedacht, dass nicht Ihr Vater das Problem ist, sondern Sie?«

»Sie meinen, ich übertreibe, bin hysterisch? Vergessen Sie nicht, dass er im Frühjahr schon einmal Tabletten genommen hat.«

»Vielleicht war das ja tatsächlich nur ein Versehen.«

»Glaub ich nicht«, sagte Ina und rührte in ihrer Tasse, obwohl es da nichts zu rühren gab, denn sie trank ihren Tee schwarz.

»Meine Mutter hatte Krebs«, sagte sie. »Zwei Jahre hat sie gekämpft. Mal schien es, als hätte sie den Krebs besiegt, dann brach er wieder aus. Ich war immer weniger zu Hause, hatte gute Ausreden, machte meinen Facharzt. «

Ina schluckte.

»Sie hat sich gewünscht, zu Hause zu sterben … als *der* Anruf kam …«

»… haben Sie sich nicht nach Hause getraut«, erriet Hanne.

Ina nickte und sagte schließlich: »Ich liebe meinen Vater, und er ist es wert, gerettet zu werden.«

Gepriesen seien die Errungenschaften der Pharmaindustrie, die Kopfschmerzen waren wie weggeblasen. Hanne hatte sich wieder hingelegt. Inas Worte gingen ihr nicht aus dem Kopf: »Ich liebe meinen Vater, und er ist es wert, gerettet zu werden.«

Was hatte sie getan, um ihren Vater zu retten? Mit dieser Frage schlief sie ein.

Sie rennt an einem Bauzaun entlang, der die Böschung des Flusses von der Straße trennt, auf der Suche nach einem Ausgang. Taschen in allen erdenklichen Farben und Formen baumeln in ihren Armbeugen. Menschen sind auf der anderen Seite des Zauns, doch niemand bemerkt sie, so sehr sie auch ruft. Sie sackt zusammen und heult wie ein Tier.

Ihr Vater ist tot.

Albert frühstückte nicht wie üblich am Tisch vor der Terrasse, sondern an seinem Schreibtisch, die Kamera fest im

Blick. Er war mit einem klammen Gefühl erwacht, hatte zunächst eine Magenverstimmung vermutet, dann aber festgestellt, dass mit seinem Magen alles in Ordnung war. So fühlte sich ein schlechtes Gewissen an.

Ina hatte recht. Gestern im Studio hatte er sich danebenbenommen. Die Taktlose konnte nun wirklich nichts für den Schlammassel, in dem er steckte.

Nebenan hörte er die Pietsch mit Handwerkern telefonieren zwecks Anbringung eines neuen Gartentores, offensichtlich erfolglos, was ihn wenig überraschte. Es gab nicht bloß das große Insektensterben, es gab auch das große Handwerkersterben.

Er dachte über eine Entschuldigung nach. Lizzy würde sicher eine blöde Bemerkung machen, wenn er sie nach der Nummer der Taktlosen fragen würde.

»Hast du dir selbst eingebrockt, da musst du jetzt durch, alter Junge«, sagte er zu sich und griff zum Telefon. Er hatte vieles gelernt in seinem Leben, unter anderem, Unangenehmes sofort zu erledigen.

»Weißt du, wie spät es ist, Albert?«, hörte er eine verschlafene Stimme am anderen Ende der Leitung. Lizzy hörte sich verkatert an. Sie gab ihm Hannes Nummer und verkniff sich alle Bemerkungen. Dafür drückte sie ihm eine ganze Reihe von Aufträgen handwerklicher Art aufs Auge. Strafe musste sein. Als sie damit durch war, sagte sie: »Ich muss jetzt auflegen. Ist gestern spät geworden.«

»Warte mal, Lizzy, hast du eigentlich eine Kamera?«

»Ja klar, im Studio. Warum fragst du?«

»Nur so. Ich spiele mit dem Gedanken, mir auch eine zuzulegen.«

»Aha.«

»Und wie machst du das, schaust du dir die Aufzeichnungen eigentlich regelmäßig an?«

»Wer hat denn für so was Zeit«, gähnte Lizzy und legte auf.

Kein Mensch, dachte Albert, *die geschäftige Kamerafamilie von gegenüber erst recht nicht.*

Er rief Frau Hanken an. Glücklicherweise ging sie nicht ans Telefon. Er hinterließ eine Nachricht. Kurz und knapp. Erledigt. Ina würde sich freuen.

Jetzt musste er nur noch rauskriegen, ob die Kamera schwenkbar war oder nicht. Natürlich konnte er nicht einfach so vor das Haus spazieren und auf das gegenüberliegende Gebäude starren. Auf dem Gehweg vor dem Haus lagen ein paar Blätter.

Er holte eine Harke aus dem Schuppen und harkte. Die Pietsch ließ ihn in Frieden. *Eine nachbarschaftliche Fehde hat auch so seine Vorteile,* dachte er.

Bisher hatte sich die Kamera nicht bewegt. Aber es war ja auch noch niemand vorbeigekommen. Die shuttelnde Elternschaft war schon durch, die Kinder waren, wo sie hingehörten, in Kitas und Schulen.

Es war still, fast wie in alten Zeiten. Nur eine Amsel sang ihr ellenlanges Lied. Ein Amselhahn, so wusste Albert aus Marthas Vogelbuch, kann bis zu vierhundert Strophen singen. Erstaunlich, wie ein Wesen mit einem bohnengroßen Hirn sich das alles merken konnte.

Nach einer halben Stunde gab es für Albert nichts mehr zu harken, außerdem schmerzte sein Rücken, und es fing schon wieder an zu regnen. Er beschloss, ins Haus zu gehen und eine Magnesiumtablette zu nehmen, da lief ein verspätetes Schulkind auf dem Gehweg gegenüber vorbei, und er sah, was er befürchtet hatte: Die Kamera schwenkte mit! Er blickte mitten hinein in ihr böses rotes Auge.

Die nächsten beiden Tage vergingen ohne besondere Vorkommnisse. Wie versprochen erledigte Albert die Reparaturen für Lizzy, wechselte Dichtungen und Glühbirnen, da eine Fliese, dort einen Wasserhahn und machte die Hauseingangstür wieder flott. Um die Beleuchtung im Eingangsbereich würde er sich später kümmern, denn die Decke war vier Meter hoch, und Lizzy musste erst eine lange Leiter besorgen.

Am Zaun der Pietsch hing inzwischen ein provisorischer Briefkasten. Dort, wo das Tor gehangen hatte, klaffte eine Lücke.

An der Kamerafront gab es nichts Neues.

Die Taktlose hatte sich nicht zurückgemeldet.

In Albert keimte die stille Hoffnung, dass sie das vielleicht niemals tun würde.

Wenn er abends von den Kursen heimkam, war er so

müde, dass er die Mäuse nicht bemerkte, die durch das Haus geisterten und sich keine Mühe gaben, mäusemäßig schüchtern an den Wänden entlangzuhuschen.

Hanne verschlief zwei volle Tage und Nächte.

Donnerstagmittag erwachte sie und zog die Jalousien hoch. Es regnete. Nach einem Kaffee, so stark, dass er eine Elefantenherde umgehauen hätte, absolvierte sie ihr morgendliches Fitnessprogramm und checkte anschließend ihre Nachrichten. Immer noch kein Hilferuf aus der Klinik. Ärgerlich.

Zu ihrer Überraschung war Albert Gottwald auf dem Anrufbeantworter.

»Gottwald«, hörte sie ihn sagen. »Ich entschuldige mich für mein Verhalten am Montagabend. Sollten Sie immer noch interessiert an einer Nachhilfestunde sein, Donnerstag, 19 Uhr.«

Hanne konnte sich selbst nicht erklären, wieso sie sich freute. Aber sie freute sich, und bevor sie das Gefühl in seine Einzelteile zerlegen und kaputtanalysieren konnte, rief sie zurück und sprach ihm ihre Zusage aufs Band.

Anschließend checkte sie ihre Mails. Die Ärztin vom Katharinengarden hatte geantwortet. Ihre Mutter leide in der letzten Zeit vermehrt an Unruhezuständen und Aggressivität, schrieb sie, versprach jedoch, die Dosierung der Medikamente sukzessive herabzusetzen.

Die nächste Mail war – Hanne traute ihren Augen kaum – von Chris! Ihre Nachricht habe ihn tief berührt, schrieb er und schlug ein Treffen vor. Wie bitte? Was? Welche Nachricht? Hanne fand die Antwort im Mailausgang. Montagnacht hatte sie ihm eine Mail geschrieben, in der sie mit betrunkener Vehemenz klarstellte, dass sie keinen Kontakt wünsche.

Oh, nein! Wieso hatte sie das getan?

»*Negativkontakt*«, sprach die Fachfrau.

Offensichtlich. Irgendein Persönlichkeitsanteil wollte Kontakt und hatte eine Lücke im System genutzt. Sie beschloss, Chris nicht zu antworten, und schaltete den Computer aus.

Vor dem Tanzkurs musste sie zum Katharinengarden, um sich zu vergewissern, ob die Ärztin Wort hielt.

Hätte sie das mal lieber gelassen.

Tatsächlich war Wilma um einiges wacher als bei Hannes letztem Besuch. Sie stopfte ein Tartufo speciale nach dem anderen in sich hinein und summte *Figaros Hochzeit*. Diesmal waren es ein paar Töne mehr. Hanne hielt sich an einer Tasse fest. Der Kaffee schmeckte genauso grauslich wie der in der Klinik.

»Wie geht es dir, Wilma«?, schrie sie.

»Molto bene«, murmelte Wilma. »Molto bene.«

Wilma hatte ein Faible für alles Italienische, welches

sich mit zunehmender Demenz verstärkt hatte. Sie schaute in das künstliche Kaminfeuer und nuschelte mit vollem Mund: »Was es wohl macht, mein Hannele?«

Hanne war gerührt. Ihre Mutter erkannte sie zwar nicht, aber vermisste sie offensichtlich.

»Das Hannele hat Urlaub«, schrie sie. »Und stell dir vor, sie geht tanzen.«

Es dauerte ein Weilchen, bis die Botschaft in das zuständige Hirnareal vorgedrungen war. Als sie dort ankam, prustete Wilma los. Schokolade stob einmal quer durch das Kaminzimmer wie das Feuer eines Feuerspuckers. Sie warf sich im Rollstuhl vor und zurück, hin und her. Zuerst konnte Hanne nicht verstehen, was sie sagte, weil sie so lachte.

Doch dann verstand sie es.

»Ein Pferd und tanzen!«

Hanne ergriff die Flucht.

»Ein Pferd und tanzen!«, hörte sie noch im Flur, als sie an der Hühnerfrau vorbeieilte.

»Helfen Sie mir. Ich muss nach Hause. Samstag muss das Hühnchen gerupft werden …«

»Ein Pferd und tanzen!«

Ein Sesam, öffne dich, ein magischer Satz, ein Zauberspruch. Hatten sich die Dämonen ihrer Kindheit beim Kurs der Herbstrosen nur leicht im Schlaf gerekelt, waren sie jetzt putzmunter.

Hanne ärgerte sich. Warum musste sie ihrer Mutter auch vom Tanzen erzählen? Was hatte sie denn erwartet? Zuspruch? Etwas, das sie nie von ihrer Mutter bekommen hatte, nie bekommen würde, ganz einfach, weil Wilma nicht in der Lage war, es zu geben.

»Zeig mir, dass du mich liebst, Mama, dass meine Existenz kein Ausrutscher war.«

Erbärmlich!

Die Dämonen waren also quietschfidel und trieben ihr böses Spiel.

Auf dem Weg zum Tanzstudio war Hanne dermaßen mit sich und ihrer Vergangenheit beschäftigt, dass sie darüber sogar vergaß, andere Verkehrsteilnehmer zu beschimpfen.

Viel zu früh traf sie vor der Kantstraße Nummer fünf ein und fand, was an ein Wunder grenzte, einen Parkplatz direkt vor der Tür. Im Takt der Scheibenwischer hörte sie: *Ein Pferd und tanzen! Ein Pferd und tanzen! Ein Pferd und tanzen! Ein Pferd und tanzen!* Sie drehte das Radio lauter. Es nützte nichts.

Sie sieht sich zwischen anderen Kindern stehen. Alle tragen Tutus ... Sie schaut zu ihrer Mutter, die wendet sich vor Scham ab.

Hanne wischte das Bild weg. *Nicht daran denken! Schnell aussteigen!* Sie hatte den Türgriff schon in der Hand, da hielt sie inne. Hatte Wilma nicht recht? Sie war nun mal unmusikalisch und ungelenk. Sollte sie sich wirklich freiwillig zum Affen machen?

»*Aber es geht doch hier gar nicht um dich*«, sprach die Fachfrau. »*Eigentlich willst du doch nur feststellen, ob der Mann suizidgefährdet ist oder nicht. Und wenn du bei diesem Unterfangen ganz nebenbei etwas für dich mitnehmen kannst, umso besser. Eine Win-win-Situation.*«

Genau, dachte Hanne und stieg aus dem Auto.

Ich beschwöre euch, Dämonen, Steine sollt ihr fressen!

»Es werde Licht! Und es ward Licht!«, jubelte Lizzy, die im Hausflur stand und eine lange Leiter festhielt. Auf der oberster Sprosse balancierte Albert, schraubte den Schirm der Deckenlampe fest und kämpfte tapfer gegen den Schwindel an, den die Höhenangst mit sich brachte.

Lizzy hatte darauf bestanden, die Leiter festzuhalten, was Albert unsinnig fand. Im Zweifelsfall würde sie ihn sowieso nicht halten können. Doch wie sich zeigte, war es keineswegs unsinnig, denn als sich Hanne, wild entschlossen und in der Annahme, die Tür ließe sich genauso schwer öffnen wie am Montagabend, mit voller Wucht dagegen warf und in den Hausflur segelte, wäre sie direkt gegen die Leiter gefallen, wenn nicht Lizzy gestanden hätte, wo sie stand. Glücklicherweise fiel sie also nicht gegen die Leiter, sondern nur gegen Lizzy, was für beide zwar schmerzhaft war, aber keine weiteren dramatischen Folgen nach sich zog.

Geht ja gut los, dachte Albert und machte, dass er von der Leiter herunterkam.

Nach einer Begrüßung, die knapp, aber höflich ausfiel, gingen sie hoch ins Studio. Lizzy verkündete, dass sie noch was vorhabe und deshalb gleich verschwinden werde.

Der Cha-Cha-Cha

… ist ein sehr rhythmischer lateinamerikanischer Paartanz. Heiter, locker, unbeschwert, eine Abart der Rumba, hervorgegangen aus dem Mambo. Beim Cha-Cha-Cha ist es auch für Beat-Banausen einfach, im Groove zu bleiben.

Genau das Richtige für die Taktlose, hatte sich Albert gedacht. Er saß am Schreibtisch und sortierte Lizzys Papiere. Keine Minute früher als 19 Uhr würde er aus dem Büro kommen, das hatte er sich vorgenommen.

Als Hanne aus der Umkleide trat, war es eisig im Saal und grell. *Heimelig wie in der Pathologie*, dachte sie und ging die Fenster schließen. In den verspiegelten Wänden erblickte sie einen Besenstiel in schwarzem Fummel, zu einem Vielfachen multipliziert und – das Schlimmste – von hinten. Dort, wo sich früher einmal ihr Hintern befunden hatte, sah sie nun ein steil abschüssiges Nichts. *Schlaff an den falschen Stellen*, dachte sie, *ausgebeult, ohne Form, wie ein alter Spüllappen*. Sie vermied es, weiter in den Spiegel zu schauen, und studierte lieber eingehend das Muster des Parketts. In ihrem Elternhaus hatte das gleiche gelegen. Wie hieß es noch gleich?

»Fischgrätmuster«, hört sie die junge Wilma sagen. »Ein klassisches Muster mit interessantem Lichtspiel.«

»Aber auch das Teuerste von allen«, gibt ihr Vater zu bedenken.

Der letzte Gong des Westminsterschlages zitterte noch in der Luft, da betrat Albert den Saal. Ohne Profilächeln.

»Turnschuhe taugen nicht zum Tanzen«, sagte er und deutete auf Hannes Füße. »Machen Sie beispielsweise eine Drehung, werden Hüfte und Knie unnötig belastet, weil der Schuh am Boden haftet und nicht mit dreht. Die Sohle der Schuhe sollte dünn sein und abriebfest. Dünn, weil sie Drehungen erleichtert, abriebfest, um das Parkett zu schonen. Die Dame trägt am besten Pumps mit einem mittelhohen Absatz, wegen der Haltung.«

Pumps mit Absatz. Halleluja!, dachte Hanne. Das letzte Mal, dass sie Pumps mit Absatz getragen hatte, war Jahre her. Einst war sie besessen gewesen von schönen Schuhen und hatte ein kleines Vermögen dafür ausgegeben. Später, als ihr Hallux das Tragen von hohen Schuhen unmöglich gemacht hatte, versenkte sie ihre Schätze in wasserdichten Boxen im Keller. Ein Trauerspiel in mehreren Akten. Doch was gingen Albert ihre degenerativen Gelenkerkrankungen an?

»Wir beginnen mit Rhythmusübungen«, sagte er, stellte die Musik an und forderte Hanne auf, im Takt zu klatschen.

Sie bemühte sich. Wirklich. Sehr. Doch bei aller Mühe sah es aus, als würde sie wahllos in einen Schwarm Fliegen schlagen. Die Verzweiflung wuchs, was es nicht besser machte.

Albert stellte die Musik ab, kratzte sich im Nacken und überlegte: *Wie kann ich sie dazu bringen, den Takt zu finden?*

»Singen?« Hanne war entsetzt. »Bitte nicht.«

»Doch. Wir singen jetzt. Ein Kinderlied.«

»Ich kenne keins.«

»Sie werden doch früher Kinderlieder gesungen haben.«

Hanne überlegte, hatte sie früher Kinderlieder gesungen? Nein. Doch: »Weißt du, wie viel Sternlein stehen.«

»Gut dann: Weißt du, wie viel Sternlein stehen.«

Mit wackeliger Stimme begann Hanne zu singen.

»Weißt du, wie viel Sternlein stehehen … an dem blauhauhen Himmelszelt.«

Jeder Ton – Finderlohn.

»Stopp! Stopp!«, unterbrach Albert. »Ich sage es nur ungern, aber Sie sind komplett unmusikalisch.«

»Ich weiß«, erwiderte Hanne mit gesenktem Kopf. (Und wer sollte es besser wissen als sie, schließlich hatte es Wilma ihr wieder und wieder gesagt.)

Albert ging das Metronom holen, setzte es in Gang und bat sie, zum Rhythmus in den Knien zu federn. Sie hatte große Probleme, Bewegungen und Rhythmus zu synchronisieren, aber irgendwann klappte es. Änderte sich allerdings die Geschwindigkeit des Pulses, scheiterte sie.

Big Ben schlug zur vollen Stunde, da war Albert am Ende mit seinem Latein.

»Es gibt da eine sehr seltene Behinderung«, sagte er vorsichtig. »Beat Deafness, also Rhythmus- oder Takttaubheit. Ein Hirnschaden. Kann man nichts machen.«

Hanne ließ den Kopf hängen und sah hinab auf ihre Schuhspitzen. Albert hoffte sehr, sie würde nicht weinen.

»Ich muss mir das Tanzen zurückerobern«, hörte er sie sagen. »Es ist wichtig für mich.«

Er stutzte. »Aber man kann sich nur Dinge zurückerobern, die man schon einmal hatte …«

Theoretisch hätte Albert bereits vor dem Kamin sitzen und mit Martha das eine oder andere besprechen können, doch dieser Fall hatte schließlich doch sein Interesse geweckt. Vielleicht war es das Rätsel, das Hanne ihm aufgab: Wieso hatte sie früher getanzt und dann nicht mehr? Durch gezieltes Nachfragen hatte er herausgefunden, dass sie, wenn sie getanzt hatte, nie ganz nüchtern gewesen war. Das ließ auf eine Blockade schließen.

Er ging ins Büro. Wie er Lizzy kannte, hatte sie irgendwo Alkohol deponiert. Alles, was er fand, war der Joint in der Schreibtischschublade. Zugegeben, ein unorthodoxes Hilfsmittel.

»Der Zweck heiligt die Mittel«, sagte er zu Hanne, als er mit dem Joint zurückkam.

So kam es, dass sie wenig später nebeneinander auf dem Boden des fast dunklen Saales saßen und kifften. Hanne dachte nicht mehr an die Inkognitotherapie und auch nicht an die vielen Krankheitserreger, die sich auf dem Boden tummelten, eingeschleppt von Leuten, die hier täglich ein und aus gingen. (Und längst nicht alle zogen sich die Schuhe aus.)

Sie dachte darüber nach, wieso das Tanzen sie so verzweifeln ließ.

»Sicher haben Sie eine sitzende Tätigkeit und arbeiten viel mit dem Kopf. Ich vermute mal, Sie sind Beamtin«, orakelte Albert.

Kognitive Vereinfachung, dachte Hanne. *Komplexe Eigenschaften reduzieren und sie in Stereotype einteilen.*

»Finanzamt«, sagte sie, überrascht, wie flüssig ihr die Lüge von den Lippen ging.

»Und da wundern Sie sich? Wenn man den lieben langen Tag nur sitzt und außer Zahlenkolonnen und Paragrafen nichts im Kopf hat, kann man ja kein gesundes Körpergefühl entwickeln.«

Albert war sich dessen bewusst, dass er Unsinn redete, kannte er doch einige, die trotz sitzender Tätigkeit gute Tänzer waren. Martha zum Beispiel.

Er nahm einen tiefen Zug, hustete und reichte den Joint an Hanne weiter.

»Versuchen Sie sich doch mal an jenes positive Körpergefühl zu erinnern, das Sie als Kind hatten«, schlug er vor.

Hanne nahm einen Zug und sagte:

»Ich hatte kein positives Körpergefühl, als ich ein Kind war. Meine Mutter war Sängerin am Theater. Ich hockte meistens in ihrer Garderobe, las und stopfte irgendwas in mich hinein. Irgendwann fand sie, dass es mit mir nicht so weitergehen konnte und schleppte mich zum Kinderballett.«

Hannele (sechs Jahre alt) steht im Tutu inmitten einer Gruppe zarter Elflein. Sie sieht aus wie eine Wurst. Alle lachen und tuscheln und kichern. Die Elfen offensichtlich, die Elfenmütter auf den Stühlen an der Seite hinter vorgehaltener Hand. Hannele starrt auf den Boden in den sie am liebsten versinken würde und zieht das Muster des Parketts mit den Fußspitzen nach. Die Tanzlehrerin verteilt bunte Seidentücher. Für jeden zwei. Sie flattert damit durch den Raum und ruft: »Ich bin ein Schmetterling! Ich bin ein Schmetterling!«

Die Elfen flattern hinterher.

»Ich bin ein Schmetterling! Ich bin ein Schmetterling!«

Hannele ist kein Schmetterling, und das weiß sie. Sie schaut hilfesuchend zu ihrer Mutter. Die schaut weg und tut, als kenne sie sie nicht.

Na warte, denkt das Hannele. Sie galoppiert hinter den Schmetterlingen her und ruft: »Ich bin ein Pferd! Ich bin ein Pferd!«

Albert lachte nicht, wofür ihm Hanne dankbar war.

Die Zeit war stehen geblieben. Sie betrachteten das

Spiel der Lichter, die von der Straße her in den Saal fielen. Albert bemerkte, dass Hanne gut roch. Herber als Martha, aber durchaus angenehm. In der Wohnung drüber spielte jemand Klavier, und obwohl es ein Stück von Richard Clayderman war, tröpfelte mit jedem Ton Glück in sie hinein und breitete sich über unsichtbare Kanäle aus. Alles wurde warm und leicht und begann an den Rändern zu schimmern. Nichts mehr fühlte sich problematisch an. Auf ihren Gesichtern machte sich ein Dauergrinsen breit.

»Wissen Sie, an wen Sie mich erinnern, wenn Sie tanzen?«, sagte Hanne. »An Fred Astaire.«

Albert war mit einem Mal hellwach. Er setzte sich auf, seine Augen blitzten. »Wirklich?«

Er hat etwas Jungenhaftes, stellte Hanne fest.

»Verrückt, dass Sie das sagen, denn ohne Astaire wäre ich wohl niemals zum Tanzen gekommen. *›Tanz ist ein Telegramm an die Erde mit der Bitte um Aufhebung der Schwerkraft‹*, hat er gesagt.«

»Schön«, sagte Hanne.

Albert stand auf und streckte ihr die Hand entgegen. »Die gute Nachricht ist, Sie sind kein Pferd mehr.«

Er stellte die Musik an, führte sie in die Mitte des Saales und legte los.

»Vor, rück, Cha-Cha-Cha, rück, vor, Cha-Cha-Cha. Machen Sie es mir einfach nach«, sagte Albert. »Vor, rück, Cha-Cha-Cha, rück, vor, Cha-Cha-Cha. Viel Hüfte, viel Oberkörper … Mehr müssen Sie nicht wissen.«

Sein Hüftschwung war geschmeidig. Ihrer nicht. So sehr sie es auch probierte, ihre Bewegungen blieben kantig.

»Machen Sie sich nichts draus«, tröstete Albert. »Für bewegliche Hüften sind die Deutschen nicht gerade bekannt.«

Sie versuchte, alles richtig zu machen, verhedderte sich, versuchte es erneut, verhedderte sich wieder, stolperte über ihre Füße …

»Nicht denken, einfach machen«, sagte Albert.

Sie biss sich auf die Lippen.

»Und lächeln! Immer lächeln! Vor, rück, Cha-Cha-Cha, rück, vor, Cha-Cha-Cha …«

Albert tanzte immer weiter. Und siehe da, irgendwann hörte Hanne auf zu denken, und ihre Füße machten alles wie von selbst: Vor, rück, Cha-Cha-Cha, rück, vor, Cha-Cha-Cha. Noch ein kurzer Trockenschwung am Platz, dann der Praxistest vis-à-vis.

Big Ben schlug zum zweiten Mal zur vollen Stunde, da tanzten sie Cha-Cha-Cha inklusive Promenade.

Fred Astaires Telegramm war zwar noch nicht angekommen, doch immerhin war es schon mal aufgegeben.

»Na bitte«, sagte Albert. »Das war doch mal ein Anfang. Hören Sie Musik, klatschen Sie den Rhythmus mit, tanzen Sie, so viel Sie können, und tun Sie mir einen Gefallen: Besorgen Sie sich ordentliche Tanzschuhe.«

Gemeinsam verließen sie das Studio. Hanne bemerkte erst jetzt den morbiden Charme des Treppenhauses. Der Stuck war größtenteils abgebröckelt, aber wenn sie genau hinsah, konnte sie Reste von Engeln entdecken, ein fettes Ärmchen hier, ein Patschfüßchen dort. Und mittendrin ein vollständiges Gesicht, pausbäckig und mit lockigem Haar, das auf sie herablächelte.

»Was mein Verhalten von neulich an der Kreuzung betrifft …«, setzte sie vor der Haustür zu einer Entschuldigung an.

»Ich denke, wir sind quitt«, sagte Albert.

»Na dann … Danke für alles. Ich hab ganz vergessen, was bin ich Ihnen schuldig?«

»Wenden Sie sich an Lizzy. Sie erledigt das Finanzielle.«

»Darf ich Sie vielleicht zum Essen einladen?«, fragte Hanne.

»Nein danke. Dann bis Montag beim Herbstrosenkurs.«

Er lüftete den Hut, winkte ein Taxi heran, welches auch prompt hielt, und weg war er.

Hanne sah ihm nach. Er gab ihr also eine Chance. Sie freute sich und überlegte, ob sie mit ihrem Auto heimfahren sollte? Dazu fühlte sie sich durchaus imstande. Die Vernunft obsiegte. Sie brauchte ihr Auto und konnte nicht riskieren, den Führerschein zu verlieren. Würde sie sich eben auch ein Taxi nehmen. Sie versuchte es Albert nachzutun, aber alle Taxen rasten an ihr vorbei. Normalerweise hätte sie sich geärgert. Sie rief den Taxifunk an. Besetzt. Sie blieb gelassen. Wozu gab es die Öffentlichen?

In der U-Bahn-Station musste sie an etlichen Imbissständen vorbei, durchquerte ein Potpourri von Düften und verspürte plötzlich einen Mordshunger.

»Falafel mit extra Currysoße, bitte.«

Der Falafelmann grinste, als sie bezahlte. Hanne fragte sich, wieso. Er schenkte ihr eine Flasche Wasser, die Hanne erst nicht annehmen wollte. Sie hatte überhaupt keinen Durst.

»Nehmen Sie, Sie werden Durst bekommen«, sagte der Falafelmann und zwinkerte.

Schon auf der Rolltreppe riss Hanne das Paket auf und verschlang die Falafel gierig wie ein ausgehungertes Tier. Sie konnte nur eines denken: *Ist das gut. Ist das gut.*

Die U-Bahn kam erst in zwölf Minuten. Ach herrlich, Zeit, ein voller Bauch, den Geschmack von Curry im Mund …

Sie dachte über Albert nach. Sonderbarer Mann, aber irgendwie … auf sehr spezielle Weise … faszinierend.

Ihr Mund fühlte sich mit einem Mal staubtrocken an. In einem Zug leerte sie die Wasserflasche. Weiter vorne stand ein Liebespaar und knutschte. Ansonsten war sie allein auf dem Bahnsteig. Sie summte die Melodie, zu der Albert und sie getanzt hatten, und siehe da: Ihre Füße bewegten sich wie von selbst. Vor, rück, Cha-Cha-Cha, rück, vor, Cha-Cha-Cha …

»Guck mal, Igor«, sagte Ronny Schneewind zu seinem Kollegen Igor Kowalski in der Sicherheitsleitstelle. »Was macht die da?«

Die Beamten stierten auf die Monitore, auf denen eine Frau zu sehen war, die seltsame Bewegungen machte.

»Ein Springer?«

Ab und an hatten sie »Springer«, also Menschen, die vor die U-Bahn sprangen, was für alle Beteiligten jedes Mal ein traumatisches Ereignis war. Nicht bloß für die, die die Überreste einsammeln mussten.

»Oh nee«, stöhnte Igor.

Ronny war bereit, den Alarm auszulösen.

»Nee, du, warte mal«, sagte Igor. »Du, ich glaub, die tanzt. Ja, klar, du, das ist Cha-Cha-Cha.«

»Sicher?«

»Hundertpro«, sagte Igor. »Kascha hat mir zum Geburtstag doch einen Tanzkurs geschenkt.«

Ronny betete im Stillen, dass seine Frau nicht auf solche Ideen kommen würde.

»Ehrlich gesagt, war's super. Wir hatten danach sogar wieder Sex«, sagte Igor.

Ronnys Interesse war geweckt.

Vor, rück, Cha-Cha-Cha, rück, vor, Cha-Cha-Cha …

Das Phänomen der emotionalen Ansteckung. Gute Laune ist ansteckend – genau wie Rhythmen. Der Mensch ahmt automatisch nach, ob das nun Mimik oder Verhalten des Gegenübers betrifft. Chamäleon-Effekt nennt man das. Gut zu beobachten, wenn jemand gähnt.

Igor brachte seinem Kollegen Ronny also in dieser Schicht den Cha-Cha-Cha bei, und als der zwei Stunden später nach Hause kam, nahm er seiner Frau Peggy den Eisbecher (Strawberry Cheesecake) aus der Hand, schaltete den Fernseher aus und legte mit ihr eine Sohle aufs Laminat. Das Paar war sich schon lange nicht mehr körperlich nahegekommen, was zahlreichen Hormonbehandlungen und einem halben Dutzend gescheiterten Fertilisationsbehandlungen geschuldet war. Eins führte zum anderen, jedenfalls wurde Peggy in dieser Nacht schwanger und brachte neun Monate später einen wunderhübschen, kerngesunden Sohn zur Welt, den sie Chacha nannten. Chacha Schneewind. Der Name war Programm.

Zwanzig Jahre später räumte Chacha Schneewind alle Preise in der Rubrik »Lateinamerikanische Standardtänze« ab. Aber das ist wieder eine ganz andere Geschichte.

Das Glück griff also um sich.

Als Ina die guten Nachrichten von Hanne erfuhr, war sie so froh, dass sie wenig später, während der Entfernung einer Gallenblase, zu Thaddäus, der am Kopf der Patientin saß und deren Vitalzeichen überwachte, hinübersah. Seine Augen, seine wunderschönen braunen Augen, beruhigend und aufregend zugleich. Kein Wunder, dass die Patienten so schnell einschliefen, wenn er sie anästhesierte.

Ihre Blicke trafen sich. Ina lächelte. Es war ein warmes Lächeln, eines, das im Herzen des Senders anfängt und im Herzen des Empfängers endet und welches Thaddäus bemerkte, obwohl Ina einen Mundschutz trug. *Alles wird gut,* dachte sie.

Vor, rück, Cha-Cha-Cha … Alberts Füße tänzelten im Fußbad. »Cha-Cha-Cha?«, erriet Martha, »hast du Cha-Cha-Cha getanzt, Schatz?«

»Ja«, sagte Albert, »hätten wir viel öfter tanzen sollen.«

»Bist du deshalb so spät nach Hause gekommen?« Täuschte sich Albert oder schwang da ein Vorwurf mit? Er überlegte, ob er vielleicht besser lügen sollte, entschied sich aber dagegen. Er hatte Martha nie belogen. Also erzählte er ihr von dem Nachhilfeunterricht.

»Wie bitte? Du hast der Taktlosen Nachhilfe gegeben?« Martha konnte es nicht fassen.

»Hör mal«, sagte Albert vorsichtig. »Ich glaube, wir sollten sie nicht so nennen. So ganz taktlos ist sie nämlich nicht, also jedenfalls nicht vollständig.«

Martha sah ihn über ihren Brillenrand an und erriet: »Sie hat dich mit Astaire verglichen.«

Albert zog es vor zu schweigen. Martha wendete sich ihrer Strickarbeit zu. Schnell und zackig bewegte sie die Nadeln. Sie schlugen aneinander wie die kleinen Schwerter verfeindeter Wichtel.

»Ich weiß nicht, warum du dir das antust. Du musst dich schonen. Denk doch mal an dein Herz.«

Albert lachte.

Einem Selbstmordkandidaten raten, sich zu schonen! Absurd!

Martha riss verärgert am Faden. Sie hielt ein loses Ende in der Hand, nahm das Knäuel aus dem Korb: Es sah aus wie explodiert.

»Mäuse«, stellte sie fest. »Sie bauen Nester mit meiner Wolle! Du *musst* was unternehmen, Albert!«

»Du sagst doch immer, wir sind in ihr Revier eingedrungen.«

»Aber jetzt übernehmen sie unseres!«, schrie Martha. »Du musst Fallen besorgen! Tu was!«

»Lass die doch, Martha. Ich bin ja sowieso bald nicht mehr da.«

»Dann beeile dich ein bisschen. Man kann die Viecher schon riechen!«

Tatsächlich. Jetzt, da sie es sagte, roch er sie auch.

Ein Blick in den Spiegel und Hanne wusste, wieso der Falafelmann ihr zugezwinkert hatte. Ihre Augen waren rote Schlitze. Sie grinste wie eine Grinsekatze und konnte nicht damit aufhören.

Sie dachte überhaupt nicht daran, ihre Mails zu checken, machte Musik an und tanzte durch das Appartement. Ein paar Runden später schlief sie selig und in voller Montur auf dem Sofa ein. Ihre Füße zuckten im

Schlaf. Wie gern hätte sie vom Tanzen geträumt, aber so war es nicht.

Wilma turnt im knappen Bikini am Strand. Sie kann es sich leisten. Sie ist jung, gertenschlank und im Vollbesitz aller evolutionsbiologischen Attraktivitätsmarker. Die Blicke der Männer zieht sie magnetisch an, was deren Frauen nicht so toll finden.

»Beweg dich, du musst dich bewegen, Hannele«, ruft sie. »Geh in die Sonne, du willst doch schön braun werden.«

Doch Hannele hat sich hinter einem Strandkorb verschanzt.

»Ich will gar nicht braun werden«, ruft sie zurück. »Ich will lieber sein wie Schneewittchen, weiß wie Schnee!« Was natürlich gelogen ist. Aber was soll sie machen? Wenn sie rauskommt, lässt Wilma sie wieder rennen, obwohl sie genau weiß, dass alles wabbelt, lässt sie turnen, Räder schlagen, die niemals Räder werden, weil ihre Arme viel zu schwach sind, um den schweren Körper zu halten. Nein danke, da bleibt das Hannele doch lieber hinter dem Strandkorb und bibbert im Wind.

»Meinst du nicht, dass es Zeit wird, hinter dem Strandkorb hervorzukommen?«, hört sie ihren Vater fragen.

Mäusetagebuch, Freitag, der 22.11.

Zehn Lebendfallen gekauft. Mit Gouda bestückt und im Haus verteilt.

Albert klappte das Heft zu, schrieb »Mäusetagebuch« in das Beschriftungsfeld auf der Vorderseite. Seit einer halben Stunde ließ die Pietsch den Mixer auf höchster Stufe laufen. Seit er ihr den Schlüssel abgenommen hatte, führte sie Krieg unter Einsatz schwerer Geschütze, die da wären: Staubsauger, Schleuder, Laubbläser und Mixer. Albert war fest entschlossen, sich nicht provozieren zu lassen. Eine Weile hatte er die Lärmbelästigung widerstandslos ertragen. Jetzt holte er zum Gegenschlag aus. Er legte eine CD in den Player, stellte den Titel *Corazon Espinado* ein und drehte die Anlage auf volle Lautstärke. Vor, rück, Cha-Cha-Cha, rück, vor, Cha-Cha-Cha … tanzte er durchs Haus und verteilte dabei die Fallen an strategisch günstigen Plätzen.

Er wiederholte den Titel noch zwei-, dreimal, dann war nebenan Ruhe und Albert außer Atem. *Du musst dringend was für deine Fitness tun*, sagte er sich. Joggen wäre gut gewesen, doch ein Blick aus dem Fenster machte die Idee zunichte. Der Regen fiel dicht wie ein Vorhang, man konnte kaum bis zur anderen Straßenseite sehen. So viel aber sah er: Die Kamerafamilie war immer noch nicht zurück. Seltsam, wo blieben die denn? Hatten die nicht ein schulpflichtiges Kind?

Auf dem Teppich im Wohnzimmer absolvierte er ein paar Sit-ups und brach nach fünf Liegestützen zusammen. Er stellte fest, dass ein Gutteil der Teppichfransen fehlte, abgenagt und höchstwahrscheinlich in Mäusenester verfrachtet. Nun ja, das würde dank der Fallen bald ein Ende haben, tröstete er sich.

Er legte sich auf den Rücken wie andere Leute an den Strand zum Sonnenbaden, den Kopf in den Armen, und dachte über Hanne nach. Respekt, wie tapfer sie sich geschlagen hatte. Und wie viel ihr daran lag, tanzen zu lernen. Da konnte man nur staunen.

Heute Abend kam Ina. Er überlegte, etwas zu kochen. Senfeier vielleicht. Die mochte sie. Kartoffeln und Eier kochen war unkompliziert, Zwiebeln klein schneiden und anbraten ebenfalls. Aber was war mit der Soße? Sollte er einfach Sahne und Senf zusammenkippen? Musste das Ganze nicht irgendwie dick werden?

Er stand auf, ging in die Küche und nahm Marthas Kochbuch aus dem Regal über dem Herd, in das sie fein säuberlich Rezepte notiert hatte. Eine Postkarte segelte zu Boden. Er hob sie auf, wollte sie wieder zurück in das Heft stecken, da stach ihm der Name des Absenders ins Augen: *Pedro!*

Nur ein Satz stand auf der Karte: »Herzlichen Glückwunsch zum Geburtstag. Dein Pedro.«

Dein Pedro? Das war ja wohl der Gipfel der Ironie!

Wieso gratulierte die Kanalratte Martha zum Geburtstag? Sie war sicher nicht erpicht darauf gewesen, von ihm eine Geburtstagskarte zu bekommen! Wieso hatte sie sie aufbewahrt? Merkwürdig. Er rief Martha. Doch die ließ sich nicht blicken.

Ja, dachte Hanne, als sie erwachte. *Es ist definitiv Zeit, hinter dem Strandkorb hervorzukommen.* Ihre Füße schmerzten, und sie hatte Muskelkater. Besonders im Gesicht. Der Musculus risorius (der große Lachmuskel) brannte. Trotz allem fühlte sie sich gut. Vor, rück, Cha-Cha-Cha, rück, vor, Cha-Cha-Cha …

Tänzelnd checkte sie ihre Mails. Die Klinik hatte sich immer noch nicht gemeldet. Prima. Chris auch nicht. Noch besser!

Sie durchforstete ihren Schrank auf der Suche nach einem Kleid, das sie zum nächsten Tanzkurs anziehen konnte, wurde aber nicht fündig. Ihre Garderobe stammte aus einem Leben, in dem sie nicht mehr lebte, realistisch betrachtet, nie gelebt hatte. Ein tief ausgeschnittenes Kleid mit einer Blume am Dekolleté, wie geschaffen, die Blicke der Männer wie Insekten anzuziehen? Die Bluse mit dem Kettchen als Verschluss mit raffiniert tiefem Schlitz? Ein goldenes Satinkleid mit Schleife hinten, in dem sie aussah wie ein Knallbonbon ohne Inhalt? Das war sie doch gar nicht! Nie gewesen! Von den Jahren mit Chris einmal abgesehen hatte sie sich eigentlich immer nur verhüllen wollen. Müsste sie nicht in der Klinik als Frau Doktor halbwegs vernünftig aussehen, hätten ihr rein theoretisch vier Trainingsanzüge gereicht. Zwei für den Winter, zwei für den Sommer. Vielleicht noch einen Hosenanzug für Vorträge, Seminare und sonstige repräsentative Anlässe. Entschlossen, sich von ein paar Stückchen Stoff nicht den Tag vermiesen zu lassen, holte sie einen Müllsack und stopfte alle Kleider hinein. Eines zog sie wieder raus. Es war aus nachtblauem Samt mit kleinen weißen Tupfen, Schneeflocken in der Nacht. Ihr Weihnachtskleid. Angeschafft für das Weihnachtsfest mit Dieter.

Dieter.

Hanne setzte sich aufs Bett. Ob er wohl mit seiner Urologin glücklich geworden war?

Vor Jahren hatte sie sich bei einer Online-Partnervermittlung angemeldet. Nur ein Kandidat war infrage gekommen: Dieter, ein Proktologe aus Neustrelitz, mit dem sie laut Analyse auf 98 % Matching Points kam. Dieter war Witwer, über dreißig Jahre verheiratet gewesen, ergo beziehungstauglich, was schon mal gut war. Und er war irgendwie alterslos, was Hanne ebenfalls gefiel. Natürlich war auch an ihm die Zeit nicht spurlos vorbeigegangen, hatte sein Gesicht plissiert und ihm die Haare geraubt. Doch er hatte immer noch das gewisse Etwas, war gütig, intelligent, gebildet, hatte Manieren und Humor. Sie besuchten gemeinsam Ausstellungen, gingen in Konzerte und ins Theater. Er hielt ihr den Mantel hin und die Türen auf, und sie fühlte sich irgendwie vollständig. Nicht dass sie verliebt gewesen wäre, das nun nicht gerade. Seit der Geschichte mit Chris waren diese Gefühle verschwunden. Aber als Dieter ihr vorschlug, zu ihm zu ziehen, zögerte sie keine Minute und sagte *Ja*. Er bot an, ihr die Praxisräume im Souterrain seiner Jugendstilvilla günstig zu überlassen. *Wunderbar*, dachte sie, *wozu sich länger in der Psychiatrie abrackern. Ich richte mir eine gemütliche psychologische Praxis im Keller der alten Villa ein.*

Alles passte. Dieter hatte eine große Familie, vier erwachsene Kinder, das dritte Enkelkind war unterwegs. Seine Kinder lebten ihr Leben, waren in alle Winde verstreut, Italien, Frankreich, Amerika, Australien. Sie wurden Hanne via Skype vorgestellt. Man verstand sich blendend und verabredete sogleich das erste gemeinsame Weihnachtsfest in Neustrelitz. Hanne ging los und kaufte sich das nachtblaue Weihnachtskleid. Sie war glücklich, würde eine Familie haben, sah sich schon am langen Tisch inmitten der munteren Schar sitzen. Laut würde es sein und lustig. Alle würden durcheinanderreden in verschiedenen Sprachen, lachen, essen und trinken. Gefüllte Strümpfe würden am Kaminsims hängen. Einen Weihnachtsbaum würde es geben mit echten Kerzen, Kinderaugen würden strahlen. Die Zukunft lag weihnachtlich glitzernd vor ihr.

Doch gerade als sie anfing zu glauben, dass alles in ihrem Leben, so wie es gewesen war, genauso hatte sein müssen, weil es sie bereit gemacht hatte für ein Happy End in Neustrelitz, rief die Polizei an.

Ihre Mutter war an der italienischen Grenze aufgegriffen worden, dehydriert und wirres Zeug redend.

Danach war klar, dass Wilma nicht länger allein leben konnte. Bis ein passabler Heimplatz gefunden und Wilma dorthin umgezogen war, hatte sich Dieter anderweitig orientiert. Eine Urologin zog in die Praxis im Keller.

»Wir haben zwar nur zweiundachtzig Matching Points«, sagte er bei ihrem letzten Telefonat. »Aber ich will nicht mehr warten, das verstehst du doch. Du weißt ja, das Leben ist kurz.«

Vielleicht ganz gut, dass das mit uns nicht geklappt hat, dachte Hanne und hängte das Kleid zurück in den Schrank. Sollte es dort hängen bleiben und von einem Weihnachtsfest träumen, das den Namen verdiente.

Ina deckte den Tisch und summte dabei. Während des Bereitschaftsdienstes hatte sie sich mit Thaddäus leidenschaftlich versöhnt, was jede Menge Glückshormone freigesetzt hatte. Und sogar *der Plan* schien aufzugehen. Sie hatte also allen Grund, zuversichtlich zu sein. Wenn sie nur nicht so müde gewesen wäre. »Ich hab dir einen Adventskranz mitgebracht. Liegt noch im Auto«, sagte sie zu ihrem Vater.

»Nimm ihn wieder mit. Du weißt doch, dass ich keinen Wert darauf lege«, entgegnete Albert.

Er hackte Zwiebeln und trug dabei eine Taucherbrille, wie immer, wenn er Zwiebeln hackte.

»Wollen wir nicht wenigstens dieses Jahr ein bisschen schmücken?«

»Nein danke.«

»Wie ist es denn mit dieser Frau gelaufen?«, erkundigte sie sich bemüht beiläufig. »Hast du ihr Unterricht gegeben?«

»Ja«, sagte Albert.

»Und wie war's?«

»Hat sich gar nicht mal so schlecht geschlagen.«

»Na siehst du«, sagte Ina. »War doch gut, ihr eine Chance zu geben.«

Keine Antwort.

»Und werdet ihr das fortsetzen?«

»Was?«

»Die Tanzstunden?«

»Keine Ahnung. Vielleicht.«

Sendepause. Zwiebeln hacken.

Komisch, dachte Ina. Hanne hatte am Telefon doch so euphorisch geklungen.

»Ist irgendwas, Papa?«

Albert drehte sich um und sagte: »Allerdings! Pedro hat deiner Mutter eine Geburtstagskarte geschrieben!«

»Pedro?«

»Ja, du hörst richtig: Pedro, die Kanalratte! Da drüben liegt sie. War im Kochbuch deiner Mutter versteckt.«

Er deutete zum Fensterbrett. Ina schaute sich die Karte an.

»Ist doch merkwürdig, dass er ihr nach all dem Geburtstagskarten schreibt, findest du nicht?«

»Hier steht 2011«, sagte Ina. »Das war vor der Geschichte mit dem Studio, Papa.«

Albert schob die Taucherbrille auf die Stirn und pikte mit der Spitze des Messers auf die letzte Zahl des Datums, als wolle er sie aufspießen.

»Das ist eine Vier, eindeutig eine Vier. Da, der kleine verschmierte senkrechte Strich. Der hatte schon immer eine miese Handschrift, lässt auf einen miesen Charakter schließen.«

»Also ich lese da eine Eins«, sagte Ina.

»Selbst wenn es eine Eins wäre, ändert das nichts an der Sache! Was hatten die beiden miteinander zu schaffen? Wieso schreibt die Kanalratte Martha Geburtstagskarten?«

»Eine Karte, Papa! Eine. Übertreib nicht immer!«

Murrend schob Albert die Taucherbrille zurück auf die Nase und hackte die Zwiebeln in schnellem Tempo weiter.

»Sie konnte ihn ja nicht mal leiden. Wenn sie sich bei den Turnieren begegnet sind, haben sie kaum ein Wort gewechselt … Ich verstehe das nicht.«

»Kein Grund, sich aufzuregen.«

Ina warf die Karte in den Mülleimer.

Albert kippte die Zwiebeln in die Pfanne, pellte Eier und sagte: »Hab schon überlegt, ob ich ihn vielleicht einfach anrufe und frage.«

Inas Magen hob sich mit Karacho, und das lag nicht

etwa am Geruch der Eier. Sie schaffte es gerade noch rechtzeitig auf die Toilette.

Das Licht der Tankstelle tauchte das Schlafzimmer in leuchtendes Blau. Ihr Vater hatte darauf bestanden, dass sie sich hinlegte, ihr eine Wärmflasche und eine Tasse Kamillentee gebracht. Nun lag sie im Ehebett ihrer Eltern, auf der Seite ihrer Mutter. Das Kopfkissen roch immer noch nach ihr. Seltsam. Gern hätte sie ein bisschen geschlafen, aber das ging ja nicht. Irgendwer musste die Dinge schließlich am Laufen halten.

Draußen heulte der Wind. Vor dem Fenster fuchtelten die nackten Äste der Robinie im Garten wie die Tentakeln eines Riesenkraken, der nach einem griff. Als Kind konnte Ina oftmals deswegen vor Angst nicht einschlafen, ja, sie hatte sogar gehofft, dass Phillips Eltern den Prozess um den Baum gewannen, was aber nicht geschah.

War der Gespensterbaum das Letzte gewesen, was ihre Mutter gesehen hatte? Nein, sie starb Anfang Juni. Sollte sie aus dem Fenster geschaut haben, war der Baum belaubt. Wahrscheinlicher war jedoch, dass ihr letzter Blick ihrem Mann galt. Sie hatte sich Sorgen um ihn gemacht. Bei ihrem letzten Telefonat musste Ina ihr versprechen, sich um ihn zu kümmern. Und das tat sie. Sie zog die Fäden im Hintergrund wie ihre Mutter zu Lebzeiten.

Ina sah zu ihrem Foto an der Wand. Martha hatte den

Fotografen aus den linken Augenwinkeln angeschaut, so wie sie künftig jeden Betrachter anschauen würde. Früher hatte Ina manchmal versucht, ihrem Blick zu entgehen, doch wo sie sich auch versteckte, der Blick ihrer Mutter folgte ihr überallhin.

»Lass mich nur machen, Mama«, flüsterte sie, »ich krieg das hin.«

Ina stutzte. Was war das da auf dem Boden unter dem Fenster? »Sag mal, Papa, ist das da eine Mausefalle?«

»Ja«, sagte ihr Vater von nebenan aus dem Ankleideraum (oder Schrankzimmer wie er es nannte).

»Aber keine Sorge. Hab das Problem im Griff.«

Ina fragte sich, wie sie ihrem Vater ausreden konnte, Kontakt zu Pedro aufzunehmen. Als wäre sie sein telepathischer Stichwortgeber, legte er los: »Gut möglich, dass die Kanalratte sich an deine Mutter heranmachen wollte.«

»Das glaubst du doch wohl selbst nicht«, sagte Ina.

»Er ist ein niederträchtiger Charakter. Wollte immer das, was andere haben. Hab ich dir eigentlich mal erzählt, dass er mit bürgerlichem Namen Peter heißt?«

»Hast du«, gähnte Ina.

»Wie ich den kenne, färbt der sich die Haare immer noch schwarz und benutzt Selbstbräunungscreme. Tut, als wäre er Lateinamerikaner, bloß weil er einmal – ein einziges Mal – den ersten Platz belegt hat.«

Ina kannte die Litaneien von Peter alias Pedro alias die Kanalratte. Sie hatte sie so oft gehört, dass sie den Text problemlos hätte mitsprechen können. Als Nächstes würde die Story der bestochenen Kampfrichter kommen. Und richtig: »Ich bin mir sicher, dass der die Kampfrichter bestochen hat … der mit seinen unsortierten Füßen … Latscht wie ein fettes Kamel über die Tanzfläche und wird Europameister! Lizzy und er … die hatten einfach kein Format. So ein Elend«, fluchte er. »So geht das definitiv nicht weiter …«

»Was treibst du da eigentlich, Papa?«

»Am Montag unterrichte ich Wiener Walzer. Die Smokinghose passt nicht.«

In weißem Hemd, Fliege, Smokingjacke und Boxershorts kam er ins Schlafzimmer, machte Licht an, welches so grell war, dass Ina die Augen zukniff. Er betrachtete sich im großen Wandspiegel und verzog angewidert das Gesicht.

»Guck dir das an. Fett wie ein Rollbraten.«

»Du bist nicht fett, Papa. Ehrlich und Hand aufs Herz«, sagte Ina.

»Ehrlich und Hand aufs Herz?« Albert schmunzelte. »Das haben Phillip und du immer gesagt, wenn ihr geschwindelt habt. Daran haben wir's erkannt.«

Er kniff sich in den Bauch, bekräftigte: »Fett«, und verschwand nach nebenan.

Ina dachte an Phillip, ihren Kinderfreund, den Jungen von nebenan, ihren besten schlechten Einfluss. Was ihr nicht eingefallen war, fiel ihm ein.

»Weißt du eigentlich, was aus ihm geworden ist?«

»Nein. Hat sich nie wieder blicken lassen. Wen wundert's

bei den Eltern … Ich kauf mir jetzt eine Waage, sonst sehe ich in einem Jahr aus wie die Kanalratte.«

Jetzt oder nie, dachte Ina.

»Aber du willst ihn doch nicht wirklich wegen dieser Karte anrufen?«

»Ich will einfach nur wissen, was dahintersteckt«.

Albert kam aus dem Schrankzimmer. Er hatte sich in die Smokinghose gequetscht, betrachtete sich im Spiegel und kratzte sich im Nacken.

»Ich möchte nicht, dass du ihn anrufst«, sagte Ina. »Du weißt doch, wie dieser Mensch dich aufregt.«

»Würdest du nicht wissen wollen, was dahintersteckt?«, fragte Albert zurück.

»Nichts steckt dahinter. Die sentimentale Anwandlung eines alternden Mannes, den ein schlechtes Gewissen plagt.«

»Der hat doch gar keins.«

»Denk an dein Herz«, sagte Ina.

»Du hörst dich schon an wie deine Mutter.«

»Und? Hätte sie recht gehabt?«

»Wie immer«, seufzte Albert. »Außerdem hab ich ja nicht mal seine Telefonnummer.«

Er ging wieder nach nebenan.

»Den Kummerbund krieg ich auch nicht mehr zu. Es ist zum Heulen. Ich geh joggen. Gleich morgen.«

Ina war erleichtert.

»Gute Idee«, sagte sie und raffte sich auf, um nach Hause zu fahren.

Später, vor dem Kamin, musterte Albert Martha und fragte sich, ob Ina richtiglag. War die Geburtstagskarte wirklich nur die sentimentale Anwandlung eines alternden Mannes? Alles andere schien ihm im Prinzip undenkbar.

»Ich hab zehn Lebendfallen aufgestellt und dir neue Wolle mitgebracht«, sagte er.

»Danke, Schatz. Wie lieb von dir.«

Sie schickte ihm ein Lächeln übers Strickzeug, welches ihn wärmte. *Natürlich hat Ina recht*, dachte Albert, *Martha ist die treueste Seele, die ich kenne, nie hätte sie mich hintergangen*. Dennoch, er musste einfach fragen.

»Wieso hat Pedro dir eigentlich eine Geburtstagskarte geschrieben?«

»Hat er?« Martha schaute nicht einmal von ihrer Strickarbeit auf.

»Wenn du mal einen Blick darauf werfen möchtest, sie liegt vor dir auf dem Tisch.«

Er hatte die Geburtstagskarte aus dem Müll geholt.

Sie warf einen Blick darauf und sagte: »Tatsächlich.«

»Ja und weiter?«

»Was weiter?«, lachte Martha. »Du bist doch nicht etwa eifersüchtig?«

»Nicht im Mindesten«, sagte Albert. »Aber wieso schreibt der dir Geburtstagskarten? Ist doch seltsam, findest du nicht?«

Martha sah ihn an wie eine sehr geduldige Kindergärtnerin einen sehr dummen kleinen Jungen und fragte: »Ist das denn wirklich noch wichtig, Albert?«

»Ja, für mich ja«, sagte er.

»Ich weiß es nicht«, sagte Martha. »Vielleicht wollte er sich ja entschuldigen … Wie geht's Ina?«

»Gut, denk ich.«

»Hat sie einen Freund?«

»Einen Anästhesisten«, sagte Albert, der sich fragte, warum Martha ablenkte.

»Kennst du ihn?«

»Nein.«

»Warum lädst du ihn dann nicht mal zum Essen ein und lernst ihn kennen?«

»Kann ich ja machen.«

»Bist du verärgert?«

»Ja, weil du meine Frage nicht beantwortest. Wieso hat Pedro dir eine Geburtstagskarte geschrieben?«

Martha hielt mit dem Stricken inne und sagte: »Überprüfe bitte deinen Ton, Albert Joseph Franz Eduard Gottwald!«

Doch Albert wollte sich nicht beruhigen.

»Wieso schreibt die Kanalratte dir Geburtstagskarten? Und wieso versteckst du sie in deinem Kochbuch? Er hat uns das Studio weggenommen, schon vergessen?«

Martha hatte genug. Sie löste sich in Luft auf, noch vor dem abendlichen Walzer.

Die Geburtstagskarte ließ Albert keine Ruhe. Er grübelte und grübelte. Er war so in Gedanken, dass er nicht einmal die Maus bemerkte, die auf dem Teppich hockte und sich in Seelenruhe putzte.

Mäusetagebuch, Samstag, der 23.11.

Fangquote: 0. Recherche unerlässlich!

Er rief Ina an.

»Hallo, hier ist dein Vater. Keine einzige Maus ist in die Falle gegangen. Ich glaube, die mögen keinen Käse.«

Ina lachte. »Rufst du an, um mir das mitzuteilen?« Sie stand vor der Notfallambulanz und wartete auf die angekündigten Rettungswagen.

»Stör ich?«, fragte Albert.

»Gleich kommt eine Massenkarambolage rein.«

»Gut, dann fasse ich mich kurz. Was hältst du davon, wenn du morgen zum Kaffee kommst und Thaddäus mitbringst? Ist ja der erste Advent.«

Schweigen am anderen Ende der Leitung.

»Hallo? Hallo, bist du noch dran?«

»Ja, ja«, sagte Ina, »da muss ich ihn erst fragen. Ich kenne seinen Dienstplan nicht.«

»Gut, dann frag ihn. Und bring Kuchen mit.« Albert hörte die Sirenen der Krankenwagen.

»Bis später«, sagte Ina und legte auf.

Kurz fiel sein Blick auf die Geburtstagskarte von Pedro, die er auf das Fensterbrett hinter seinem Schreibtisch gestellt hatte.

Er schaltete den Computer an und startete seine Recherche in Sachen Mäuse.

Mit vier Müllsäcken, dem fast vollständigen Inhalt ihres Kleiderschrankes, war Hanne, bepackt wie der Weihnachtsmann an seinem arbeitsreichsten Tag, losgezogen und hatte alles in einem Altkleidercontainer entsorgt. Anschließend fuhr sie in ein Edelkaufhaus.

Unmittelbar hinter der Tür des Parkhauses begann das Winter Wonderland. Hanne schritt durch eine Schneise von meterhohen, mit Schnee bedeckten Tannen gen Damenabteilung. Es duftete, glitzerte, leuchtete, schillerte und blinkte. *Feliz Navidad* lief. Beschwingt tänzelte sie von einem Kleiderständer zum nächsten. Vor, rück, Cha-Cha-Cha, rück, vor, Cha-Cha-Cha …

Eine Verkäuferin eilte herbei und fragte sie, was sie wünsche. Hanne grinste. Wie immer, wenn ihr jemand diese Frage stellte, fühlte sie sich wie die Besitzerin einer Flasche, in der ein Dschinn wohnte. Was wünschte sie sich? Inneren Frieden? Versöhnung mit ihrer Mutter? Verstärkung für ihr Team im Krankenhaus? Tanzen können? Ein Leben? Eines, das sich nach Leben anfühlt?

»Ein Kleid mit viel Beinfreiheit und vorteilhaftem Schnitt, vorzugsweise in gedeckten Farben«, sagte sie.

»Casual Wear, Smart Casual, Business Casual oder etwas für den Casual Friday?«

»Wie bitte?«

»Casual Wear, Smart Casual, Business Casual oder etwas für den Casual Friday?«, wiederholte die Verkäuferin.

»Einfach etwas Bequemes, in dem man tanzen kann, mit schwingendem Rock«, sagte Hanne.

Die Verkäuferin war enttäuscht. Früher hatte sie eine Boutique besessen, in der sie aus Aschenputteln Prinzessinnen machte. Als der kleine Laden schließen musste, erdrückt von Steuerlast, Miete und der Konkurrenz aus dem Internet, war ihr nichts anderes übrig geblieben, als im Kaufhaus anzuheuern. Die Arbeit hier stellte eine permanente Unterforderung dar. Aber schließlich musste sie leben, und bis zur Rente war es glücklicherweise nicht mehr weit. Ein tröstlicher Gedanke immerhin. Ihre Enttäuschung war unsichtbar. *Schon wieder eine Botox-Maske*, dachte Hanne. Die Verkäuferin scannte Hanne halsabwärts bis zu den Füßen.

»Herbsttyp«, sagte sie, ging zielstrebig zu einem Ständer und pickte zwei Kleider heraus, eines in Rostrot, eines in Olivgrün.

»Möchten Sie gleich in den Dressing Room oder erst einmal zu den Restrooms«, erkundigte sie sich in diskretem Ton.

Hanne verstand nicht.

»Ich dachte nur, weil Sie eben so nervös von einem Bein auf das andere …«

Hanne begriff, dass die Verkäuferin ihre Cha-Cha-Cha-Schritte für den Ausdruck eines massiven Pinkeldrangs hielt. (Ein Pferd und tanzen! Hahaha!)

»Nein danke«, sagte sie, entschlossen, sich die Laune nicht von einer Frau verderben zu lassen, die keinen blassen Schimmer von Cha-Cha-Cha hatte.

In den Kleidern machte Hanne eine hervorragende Figur. Fast sah sie weiblich darin aus. Der nicht vorhandene Hintern war kaschiert, die Farben betonten vorteilhaft ihren Typ. Eines musste man der Verkäuferin lassen: Sie verstand ihren Job. Hanne verzieh ihr ihren Fauxpas, zahlte und ging schnurstracks weiter in die Schuhabteilung.

»Sind die Mäuse erst mal im Haus, vermehren sie sich rasant«, wusste das Internet. »Eine Maus kann vier- bis sechsmal pro Jahr gebären und bringt pro Wurf vier bis acht Junge zur Welt, die nach etwa vier Wochen ihre Geschlechtsreife erreichen.«

Alberts Berechnungen ergaben, dass demnach ein einziges Mäusepaar inklusive Kindeskindern rund zweitausend Nachkommen pro Jahr produzierte. Weiter hieß es im Internet, dass sich Mäuse proportional zum Nahrungsangebot vermehren, weshalb man ihnen den Zugang zum Futterangebot entziehen müsse. *Logisch*, dachte Albert, ging in die Küche und sah sich um. Wo kriegten die Mäuse das Futter her? Zum Brot hatten sie keinen Zugang, das legte er immer in die dafür vorgesehene Box. In den Kühlschrank kamen sie nicht. Blieb nur der Vorratsschrank mit Marthas Backutensilien. Auf den ersten Blick gab es kein Anzeichen für einen Mäusebefall. Als er jedoch das Paket mit dem Mehl herausnahm, war der Fall klar. Ausnahmslos alle Päckchen waren angenagt. Mehl, Müsli, Zucker lagen verstreut, die Tüte mit den Mandeln war leer. Er räumte das Fach aus und entdeckte ein winziges Loch in der Rückwand. Er warf alles in die Mülltonne, reinigte das Fach gründlich und wusch es mit Essig aus, wie es das Internet empfahl.

Hanne war fix und fertig. Sie ließ sich aufs Bett fallen. Ihre Füße brannten wie Feuer. Ewig war sie nicht mehr shoppen gewesen. War das anstrengend!

Die Ausbeute war überschaubar: zwei Kleider zum Tanzen, eine DVD, drei Romane, die sie schon längst hatte lesen wollen, und ein Paar Tanzschuhe, in denen sie aussah wie ihre Großmutter, wären sie nicht pink. Die Verkäuferin hatte zwar gemeint, es sei Magenta, aber Hanne fand, es war Pink. Eindeutig. Sie hatte etliche Modelle durchprobiert. Es war immer dasselbe: Schuhe, die nach etwas aussahen, schieden wegen ihrem Hallux aus. Schlussendlich war sie bei dem pinken Modell hängen geblieben, mit vergoldeten Schnallen, Strassbesatz und einem winzigen Absatz. Ein Elend in Größe 42. Noch dazu drückten die bunten Oderkähne an den üblichen Stellen. Die Verkäuferin hatte versprochen, dass sich das legen würde, was

Hanne aber bezweifelte. Natürlich hätte sie noch in andere Geschäfte gehen können, doch für ihren Geschmack waren zu viele Menschen unterwegs. Wie viel Spaß hatte es ihr früher gemacht, Schuhe zu kaufen. Vorbei. Sie tröstete sich damit, dass sie ja später im Keller nachgucken konnte, vielleicht passte doch eines der alten Paare, dann konnte sie den Albtraum in Pink zurückbringen.

Morgen, sagte sie sich, *morgen ist auch noch ein Tag.*

Ihr fiel ein, dass sie den ganzen Tag ihre Mails nicht gecheckt hatte. Wann war ihr das zum letzten Mal passiert?

Die Klinik hatte sich nicht gemeldet. Gut so. Sie rief beim Asiaten an, bestellte Tofucurry, zog sich *Ein süßer Fratz* mit Audrey Hepburn und Fred Astaire rein und war begeistert.

»Loveday, Loveday«, lockte die Pietsch ihren Kater.

20 Uhr. Albert richtete sich auf. Die Gelenke schmerzten, die Lendenwirbelsäule im Speziellen. Kein Wunder, er hatte den ganzen Tag vor dem Computer gehockt.

Was die Mäuse-Recherche betraf, war er zu keinem eindeutigen Ergebnis gekommen. Je mehr er las, desto weniger wusste er. Jeder empfahl etwas anderes. Die einen hatten mit Lebendfallen Erfolge erzielt, rieten aber, die gefangenen Mäuse weit entfernt auszusetzen, weil sie sonst wiederkämen. Andere waren der Meinung, dass Lebendfallen nichts brächten, setzten auf Klapp-, also Todesfallen. Als

Köder wurden Speck, Brot, Gemüse, Nutella, Kochschinken, Salami, Nüsse, Cracker mit Erdnussbutter, Gouda, Camembert, Gummibärchen, Wurst, Haferflocken, Karamellschokolade, Cognacpralinen und Zartbitterschokolade empfohlen. Jemand schlug die Anschaffung einer Katze vor.

»Nein danke«, sagte Albert.

Er beschloss, systematisch vorzugehen. Jeden Tag würde er die Köder austauschen und sorgfältig Buch darüber führen, was er wann in die Fallen legte. Susi 24 schrieb: »Mäuse sind vor allem Pflanzenfresser. Außerdem werden tierische Produkte schnell schlecht. Auf gammelige Köder haben Mäuse überhaupt keinen Bock.« Sie empfahl trockene Brotrinde, »damit die Maus etwas herumzerren muss und die Falle sicher auslöst. Und immer Gummihandschuhe beim Bestücken der Fallen tragen, weil Mäuse sehr gut riechen können.« Das leuchtete ein.

Mäusetagebuch, Sonntag, der 24.11.

Fangquote: 0. Fallen mit getoasteter Brotrinde bestückt. Gummihandschuhe getragen.

Gegen Mittag rief Ina an und sagte das Kaffeetrinken ab. Thaddäus musste arbeiten, und sie hatte immer noch Magenprobleme und würde lieber im Bett bleiben.

»Kein Problem«, sagte Albert, »dann eben nächsten Sonntag.«

»Mal sehen«, sagte sie.

Begeisterung hörte sich anders an. Wollte sie denn nicht, dass er ihren Freund kennenlernte und der ihn? Er verzichtete darauf nachzufragen, denn sie klang wirklich sehr erschöpft.

»Und du?«, fragte Ina. »Was machst du heute? Hast du was vor?«

»Mir wird schon was einfallen«, sagte Albert.

»Du wolltest doch joggen gehen.«

»Bin ganz froh, mal einen Tag freizuhaben, außerdem bei dem Wetter …«

»Gibst du denn jeden Tag einen Kurs?«, fragte Ina.

»An manchen zwei.«

»Ist das nicht ein bisschen viel?«

»Mach dir um mich keine Sorgen, mir geht's gut«, sagte Albert.

Er wünschte ihr gute Besserung. Sie legten auf.

Er schaute zu Pedros Geburtstagskarte und dann darüber hinaus zur Einfahrt des Hauses gegenüber, wo gerade ein SUV in die Einfahrt bog. Die Kamerafamilie war nach Hause gekommen!

Die Schmerzen waren passé. Albert schoss zum Fenster, schob die Gardine beiseite und versuchte, durch die Eibe im Vorgarten hindurch etwas zu erkennen. Die Frau und der Sohn stiegen aus. Der Mann war nicht dabei. Die Frau nahm dem Bengel das Handy aus der Hand, der protestierte, schob sich die Kapuze noch tiefer ins Gesicht und schnappte sich mit offensichtlichem Widerwillen einen der Koffer.

Die Gelegenheit!, dachte Albert. Was konnte unverfänglicher sein als ein Nachbar, der zufällig seinen Müll rausbrachte und gern mit dem Gepäck behilflich war. Er schnappte sich den Mülleimer und wollte damit eben zur Haustür raus, da fiel ihm auf, dass er immer noch seinen Schlafanzug trug.

Die nächsten Stunden zermarterte er sich das Hirn, wie er Kontakt zu der Kamerafamilie aufnehmen konnte.

Was hätte Martha an seiner Stelle getan?

Das klassische Ballett

Von Musik begleiteter künstlerischer Bühnentanz. Von der Richtung der Blicke bis zu den Zehenspitzen wird der komplette Körper inszeniert beziehungsweise diszipliniert.
Eine Glissade ist ein Gleitschritt, der verwendet wird, um Schritte oder Sprünge miteinander zu verknüpfen.

Haltung! Schultern zurück! Brust raus! Bauch rein!

Albert stand vor der Tür der Kamerafamilie. In den Händen hielt er ein Brot, auf dem er ein Töpfchen Salz balancierte. Er lächelte professionell und kam sich ziemlich albern vor.

»Guten Tag, Albert Gottwald mein Name. Ich bin Ihr Nachbar von schräg gegenüber. Ich möchte Sie in der Nachbarschaft herzlich willkommen heißen.«

Er hatte an der Tankstelle eines der pappigen Brote gekauft und es in den Backofen geschoben. Jetzt duftete es, wie frisch gebackenes Brot duften sollte.

»Wie nett von Ihnen«, sagte Frau von Boxen, »aber wir wohnen doch schon zwei Jahre hier.«

»Tatsächlich? Da sehen Sie mal …« Was, verriet er nicht.

Frau von Boxen war schlank und drahtig. Sie hatte ein schmales Gesicht, eine sehr gerade Nase, einen kleinen festen Busen, weiße Zähne und leicht gesträhntes, schulterlanges Haar von einem Blond, das nicht ordinär wirkte.

Sie trug kleine Perlohrringe in Tropfenform, die bei jeder Bewegung erzitterten, eine Jeans in perfektem Jeansblau, eine tailliert geschnittene Bluse mit feinen dunkelblauen und grauen Streifen auf hellem Untergrund und Pumps mit Pfennigabsätzen, schwindelerregend hoch. Falls sie Make-up trug, sah man es nicht. Alles an ihr war edel. Auch ihr Parfüm.

Unschlüssig standen sich die beiden gegenüber, lächelten und wussten nicht weiter. Small Talk war nicht Alberts Sache. Nie gewesen. Ihm fiel nichts Besseres ein, als zu fragen: »Ist Ihr Mann gar nicht da?«

Frau von Boxens Lächeln fiel in sich zusammen, wie Marthas Rührkuchen zusammengefallen war, wenn Albert versehentlich die Backofentür zu früh geöffnet hatte.

»Er hat in der Schweiz zu tun«, sagte sie.

»Ah«, machte Albert, »in der Schweiz«, als wäre es schon immer sein Traum gewesen, in der Schweiz zu tun zu haben.

»Möchten Sie vielleicht einen Espresso?« Frau von Boxen hoffte, er würde ablehnen, denn sie hatte heute noch ein gehöriges Pensum wegzuarbeiten, doch Albert sagte: »Gern.«

Er staunte nicht schlecht, als er das Haus von innen sah. Beim alten de Vries hatte es hier ausgesehen wie in einem Gewächshaus. Es hätte damals wohl niemanden überrascht, wenn zwischen all dem Blattwerk eine Schlange oder anderes Getier aufgetaucht wäre. Die Möbel dienten vor allem pflanzlichen Bedürfnissen. Sie wurden auf ihnen abgestellt oder rankten sich an ihnen empor. In der kalten Jahreshälfte, wenn die Pflanzen aus dem Garten nach innen zogen, war es hier noch enger gewesen als sonst.

Hatte sich Albert seinerzeit gefragt, wieso der Umbau eines so kleinen Hauses so lange dauern konnte, kannte er nun die Antwort. Die Innenwände waren weitgehend eliminiert, das Haus war – was man von der Straße her nicht sehen konnte – nach hinten um gut ein Drittel verlängert. Überall Terrassentüren oder bodentiefe Fenster. Das Licht flutete von allen Seiten herein. Moderne Kunst hing an den Wänden. Nichtssagend, aber passend zu den Vorhängen. Am Boden glänzte spiegelglattes Feinsteinzeug. Farbe im eigentlichen Sinne gab es hier nicht.

»Ganz erstaunlich«, sagte Albert.

»Nicht wahr? Sie hätten dieses Haus vorher sehen sollen«, sagte Frau von Boxen. »Nehmen Sie doch bitte Platz.« Sie deutete auf das hellgraue Sofa in kubistischer Form, welches hart wie Beton aussah. Vorsichtig setzte sich Albert darauf. Es war weicher als erwartet.

Frau von Boxen ging in den Küchenbereich, ihre Schritte hallten im Raum nach. Selten hatte Albert eine Frau gesehen, die sich so perfekt in High Heels bewegen konnte.

Sie machte Espresso. Verwendete sie etwa Alukapseln? Unglaublich! Martha war strikt gegen Alukapseln gewesen, und das aus gutem Grund. Liebend gern hätte Albert seiner Nachbarin einen Vortrag über die hübsch bunten Kapseln gehalten. In Anbetracht der Situation verkniff er ihn sich. Er sagte also nichts über die massive Abholzung der Regenwälder, die stattfand, um das Bauxit, den Rohstoff für diese Kapseln, abzubauen, nichts über die Flüsse, die deswegen umgeleitet und aufgestaut wurden, die Regenwaldgebiete, die in diesen Stauseen ertranken, die indigenen Völker, die von ihrem Land vertrieben wurden, die gigantische Ausrottung der Pflanzen- und Tierwelt, nichts davon, dass zur Gewinnung einer Tonne Primäraluminium siebenundfünfzig Kubikmeter Wasser verbraucht wurde. Und von den gigantischen Müllbergen, den diese Dinger verursachten, sagte er auch nichts.

Nach einer gefühlten Ewigkeit hatte die Kaffeemaschine unter beachtlichem Getöse zwei winzig kleine Tässchen Kaffee ausgerülpst. Frau von Boxen schritt mit den Puppentässchen herbei und nahm mit einer Glissade im Sessel gegenüber Platz.

»Sie haben getanzt«, erriet Albert.

»Früher, Ballett«, sagte sie.

Das erklärte ihre exzellente Haltung. Sie nippten am Kaffee, der, das musste Albert zugeben, ausgezeichnet schmeckte. Er bemerkte, wie sie mit dem Haken ihres rechten Fußes in schnellem Rhythmus aus dem Schuh heraus- und wieder hineinschlüpfte. *Sie ist ungeduldig,* dachte er. *Höchste Zeit, etwas zu sagen.*

»Schön haben Sie's hier«, sagte er also und fröstelte. »Etwas kühl, nicht wahr?«

»Wir heizen nie mehr als achtzehn Grad«, hauchte Frau

von Boxen. »Unser ökologischer Beitrag. Lieber ziehen wir einen Pullover mehr an.«

Nicht die Möglichkeit!, dachte Albert, *fahren SUVs, verwenden Alukapseln und frieren sich die Hintern weg.*

»Wohnen Sie schon lange hier?«, fragte sie.

»Im Juni sind es vierzig Jahre.«

»Vierzig Jahre! Du liebe Güte! Da hat sich sicher eine ganze Menge verändert.«

»Ja, leider«, knurrte Albert. Für einen winzigen Moment vergaß er zu lächeln, was Frau von Boxen registrierte.

»Aber es ist doch immer noch eine schöne Gegend«, sagte sie.

Steilvorlage für Albert.

»Bedauerlicherweise«, sagte er, »längst nicht mehr so sicher wie früher. Die kriminellen Delikte in dieser Gegend nehmen stetig zu.«

»Ist das so?«

Albert nickte mit betroffener Miene.

»Dann ist ja gut, dass mein Mann darauf bestanden hat, eine Alarmanlage einzubauen. Ich fand es ein wenig übertrieben für eine so ruhige Gegend, aber …« Mit Grazie streckte sie beide Arme dem Himmel entgegen und sagte: »Nun ja, wenn der Gatte es so wünscht …«

Oha, dachte Albert, *bei den von Boxens kriselt's.* Damit lag er richtig.

»Ich spiele nämlich auch mit dem Gedanken, mir eine Alarmanlage zuzulegen«, sagte er. »Wie verhält sich das eigentlich mit den Aufzeichnungen …«

Der Sohn des Hauses kam hereingeschlurft und forderte ungeachtet dessen, dass Besuch da war und der gerade sprach: »Das Passwort, Mama!«

»Dieses Wochenende ist computerfreies Wochenende«, säuselte Frau von Boxen. »Das hatten wir doch so verabredet.«

»Wir haben gar nichts verabredet, du hast es bestimmt«, protestierte der Bengel. »Papa würde es erlauben.«

»Das diskutieren wir nachher aus, Therese«, sagte Frau von Boxen.

Wie bitte? *Therese?* Der Bengel war ein Mädchen? Ja, doch, wenn man genau hinsah, sich die kurzen Haare und die Klamotten wegdachte …

»Kazuki«, korrigierte Therese. »Hast du die Heizung runtergedreht?«

»Achtzehn Grad.«, sagte Frau von Boxen und wandte sich wieder Albert zu. »Meine Tochter geht jeden Freitag für den Klimaschutz demonstrieren.«

»Toll«, sagte Albert.

Leise fluchend drehte Kazuki-Therese ab und ging dahin zurück, woher sie gekommen war.

»Warte«, sagte Frau von Boxen, »ich möchte dir unseren Gast vorstellen, unser Nachbar von schräg gegenüber, Herr Gottwald – Therese, unsere Tochter, die neuerdings Kazuki genannt werden will.«

Albert erhob sich, um Kazuki-Therese die Hand zu reichen, doch die rührte sich nicht von der Stelle.

Albert setzte sich wieder hin.

»Wo waren wir stehen geblieben?«, fragte Frau von Boxen.

Albert tat, als müsse er überlegen. Keinesfalls wollte er die Angelegenheit vor diesem seltsamen Wesen besprechen. Frau von Boxen jedoch hatte ein ausgezeichnetes Gedächtnis, was sie als Rechtsanwältin auch brauchte.

»Bei den Aufzeichnungen der Kamera«, half sie ihm auf die Sprünge.

»Was ist mit denen?«, schaltete sich Kazuki-Therese ein.

»Nichts«, sagte Albert.

»Herr Gottwald wollte lediglich ein paar Informationen über unsere Alarmanlage einholen. Er spielt mit dem Gedanken, sich ebenfalls eine zuzulegen.«

»Und wieso interessiert er sich dann für *unsere* Aufzeichnungen?«, fragte Kazuki-Therese.

»Tue ich ja gar nicht«, antwortete Albert.

»Aber hatten Sie denn nicht danach gefragt?«, erkundigte sich Frau von Boxen.

»Stimmt«, sagte Albert. »Ich wollte wissen, ob so eine Kamera überhaupt sinnvoll für mich ist. Wie ich mich kenne, schaue ich mir die Aufzeichnungen ohnehin nicht an. Hätte man ja viel zu tun.«

Er lachte und bereute es zugleich. Zu seiner Erleichterung sagte Frau von Boxen: »Kein Mensch schaut sich diese Bänder an.«

Der Stepptanz

… auch Tap dance genannt. Er entwickelte sich im 19. Jahrhundert in den USA, zur Zeit der großen Einwanderungswelle von Engländern und Iren und dem Ende der Sklaverei. Durch Metallplatten an den Schuhsohlen werden die Füße des Tänzers zu einem Perkussionsinstrument. Der Stepptanz verdankt seinen Charme einer Symbiose aus Leichtigkeit, Grazie sowie guter Laune und natürlich Technik.

Ein süßer Fratz wirkte noch am Sonntag. Hoch motiviert steppte Hanne hinunter in den Keller. Das heißt, sie tat, als würde sie steppen, denn natürlich konnte sie es nicht.

Im Keller holte sie ihre Schuhschätze aus den wasserdichten Boxen, stellte sie in einer Reihe auf und probierte sie an. In die mit den hohen Absätzen kam sie nicht mal mehr rein. Unvorstellbar, dass sie jemals darauf hatte laufen können. Alles, was sie früher als »flache Schuhe« bezeichnet hätte, also Schuhe mit circa fünf Zentimetern Absatzhöhe, schmerzte höllisch. Sie nahm sich vor, wieder regelmäßig Fußgymnastik zu machen, die ihr die Physiotherapeutin in der Klinik gezeigt hatte.

Nur ein Paar passte noch: Wanderschuhe. Knöchelhoch und kackbraun. Sie trugen deutliche Gebrauchsspuren. Jede erzählte eine Geschichte. Die Schramme am linken Schuh war bei einem Beinahe-Absturz auf dem Rennsteig entstanden. Im Erzgebirge war einer der Schnürsenkel gerissen. Hanne hatte nur diesen ausgetauscht, weil es seinerzeit keinen zweiten gab (Versorgungsengpässe). Die letzte Öse am rechten Schuh fehlte. Verloren gegangen, irgendwo im Elbsandsteingebirge.

Ohne Chris wäre sie nie auf die Idee gekommen, wandern zu gehen. Als er ihr erzählte, dass er gern wanderte, dachte Hanne zunächst, er wolle sie auf den Arm nehmen. Wandern war damals etwas für Senioren. Doch Chris nahm sie mit und eröffnete ihr eine Welt, die sie bis dato nicht gekannt, nach der sie sich aber immer gesehnt hatte. Die Natur, das Licht, der weite Himmel, die herrlichen Gerüche … Sie fühlte sich wie die Entdeckerin eines neuen Planeten, konnte sich nicht sattsehen, geschweige denn sattriechen. Ihr war, als könne sie die Luft trinken. Wenn sie nur lange genug wanderte, hörten die Gedanken auf, sich im Kreis zu drehen, und sie konnte einfach nur sein.

Chris und sie wanderten, so oft sie Zeit hatten, durch einsame Landschaften, fernab der Touristenrouten. Sie durchquerten wildromantische Täler und Schluchten, kraxelten auf Felsen, stiegen in Höhlen hinab, badeten in kristallklaren, eisigen Bergbächen und hatten Sex, wann immer und wo immer ihnen danach zumute war.

»Disziplinier dich«, sprach die Fachfrau.

Hanne stellte die Wanderschuhe zurück in die Box und verschloss sie. Chris war Geschichte. Und das war gut so.

Alle anderen Schuhe packte sie zusammen. Sie würde

sie entsorgen, zusammen mit den bunten Taschen in der Box daneben. Wieso hatte sie die überhaupt aufgehoben? Masochismus?

Als sie den Keller verließ, fiel ihr Blick auf einen kleinen hellbraunen Lederkoffer, unten links im Regal. Er gehörte ihrer Mutter. Sie nahm ihn mit nach oben.

Mäusetagebuch, Montag, der 25. 11.

Fangquote: 0. Köder: Schokolade

»Du überforderst ihn!«, schimpfte Ina mit Lizzy am Telefon. »Ausgemacht waren *vier* Kurse!«

Lizzy durchquerte mit dem Handy am Ohr den Saal, in dem Albert mit einer Kursteilnehmerin ein paar Drehungen aufs Parkett legte, die es in sich hatten.

»Er sieht aber kein bisschen überfordert aus«, sagte sie zu Ina.

Dass Albert schon nach drei Runden die Puste ausging, sah sie nicht. Wie auch? Selbst die Kursteilnehmerin, mit der er Wiener Walzer tanzte, bemerkte nichts.

Er war froh, als die Stunde zu Ende war, und ging auf direktem Weg zu Lizzy ins Büro.

»Kannst du dir vorstellen, warum Pedro Martha eine Geburtstagskarte geschickt hat?«, fragte er, kaum dass er die Tür hinter sich geschlossen hatte.

Er legte die Karte vor Lizzy auf den Schreibtisch. Wenn sie eine Elf sehen würde, hatte er sich geschworen, würde er das Kapitel Geburtstagskarte ein für alle Mal ad acta legen.

»Was steht da für ein Datum?«

Lizzy war von Ina entsprechend instruiert worden, deshalb sagte sie, obschon sie ganz deutlich eine Vierzehn sah: »2011.«

»Sieh genau hin!«, verlangte Albert.

Lizzy sah genau hin und wiederholte: »2011.«

»Sicher?«

»So sicher wie das Amen in der Kirche«, log sie, ohne rot zu werden.

Albert nahm einen tiefen Atemzug. Gut denn, es war entschieden.

Monika Lauterbach klopfte an die Tür. Sie trug ihre Uniform und verlangte, Albert zu sprechen. Das konnte nur eines bedeuten: Er war aufgeflogen. Sonnenklar. Die von Boxen hatte nach seinem gestrigen Besuch die Aufzeichnungen der Kamera angeschaut und die Polizei informiert. Ihm fiel nichts ein, wie er sich aus der Sache herausreden konnte, in seinem Kopf herrschte gähnende Leere. Was gut war, denn Monika teilte ihm mit großem Bedauern mit, dass sich Frau von Boxen gemeldet hatte, die Aufzeichnungen der Kamera seien bedauerlicherweise bereits gelöscht.

»Wir werden wohl nie herausfinden, wer das Tor Ihrer Nachbarin gestohlen hat«, sagte sie.

Albert bemühte sich, angemessen betrübt auszusehen. »Man kann's nicht ändern«, sagte er, wollte zurück ins Büro, hielt jedoch inne, denn er entdeckte Hanne am anderen Ende des Saales. Sie sah … anders aus. Ihr Haar war hochgesteckt. Sie trug ein olivgrünes Kleid, das ihrer Figur schmeichelte. *Ein erfreulicher Anblick*, dachte er, *von den Schuhen einmal abgesehen.*

Sie winkte ihm zu, er winkte zurück.

Cha-Cha-Cha stand für heute auf dem Programm der Herbstrosen. Hanne war nervös, als Albert sie an die Hand nahm und mit ihr den Cha-Cha-Cha demonstrierte. Nur einmal kam sie aus dem Takt, was aber nicht weiter auffiel.

Monika und Kerstin applaudierten. Desdi hingegen schaute mürrisch drein.

Am Ende der Stunde war Hanne schweißgebadet, die Haut an beiden Großzehenballen war wund gescheuert, aber sie war glücklich.

»Bis Donnerstag um 19 Uhr«, sagte Albert zu ihr und ging ins Büro.

»Was ist Donnerstag um 19 Uhr?«, erkundigte sich Desdi.

»Einzelstunde«, sagte Hanne.

»Er gibt dir Nachhilfe?«

»Ja«, sagte Hanne und verschwand in der Umkleide.

»Schlau eingefädelt«, rief Desdi ihr nach. Es wurmte sie. Wieso war ihr das mit den Nachhilfestunden nicht eingefallen? Ohne zu zögern, marschierte sie zu Albert und forderte ebenfalls Einzelstunden. Der bedauerte, er habe leider keine Kapazität.

Wieso gibt der ihr Privatstunden und mir nicht?, fragte sich Desdi.

Im Umkleideraum beobachtete sie Hanne. Sie hatte sich herausgeputzt, wollte dem Gottwald gefallen, und das hatte sie ja wohl auch geschafft.

»Schicke Schuhe«, sagte Desdi. »Obwohl … in deiner Größe sehen sie eher aus wie Kindersärge, oder?«

Hanne sah die Angriffslust in ihren Augen funkeln und

ließ sie ins Leere laufen. »Da haben Sie absolut recht!«, lachte sie, was Desdi noch fuchsiger machte. Kerstin mischte sich ein.

»Sie können von Glück sagen, dass Sie nicht in meiner Klasse sind.«

»Dem Schöpfer sei Dank«, entgegnete Desdi.

»Tun Sie mir einen Gefallen und seien Sie einfach still«, sagte Kerstin.

Doch Desdi dachte gar nicht daran, still zu sein. Sie ging auf Kerstin zu, pumpte sich zu voller Größe auf, stemmte die Fäuste in die Taille und sagte: »Und was wenn nicht? Prügelstrafe? Das hätten Sie wohl gern!«

Kerstin riss der Geduldsfaden. Sie sprang auf, pfefferte ihr Trainingskleid in die Ecke und schrie: »Sie gehen mir so was von auf die Nerven! Ein Mal, ein einziges Mal will man abschalten von der Schule, diesen Gören, die einem den letzten Nerv rauben und freitags neuerdings überhaupt nicht mehr kommen … und dann das!«

Um zu veranschaulichen, was sie mit »das« meinte, wedelte sie einmal an Desdi hoch und wieder runter.

»Kein Wunder«, sagte die. »Wer will schon von einer Schlaftablette wie Sie unterrichtet werden!«

»*Ihnen!* Wie *Ihnen!* Haben Sie denn überhaupt nichts in der Schule gelernt?« Kerstin bebte vor Zorn.

Desdi grinste frech. Wie zwei Marktweiber standen sie vis-à-vis, bereit, sich an die Kragen zu gehen.

»Die Schlaftablette nehmen Sie zurück!«

»Träum weiter!«

»Ich finde«, schlug Hanne vor, »wir sollten uns jetzt alle mal wieder beruhigen.«

Monika bezog prophylaktisch Stellung zwischen den beiden Kampfhennen.

»Wie wär's, wenn wir rüber in die Kneipe gehen und einen trinken?«

»Nein danke«, sagten alle drei unisono.

Desdi raffte ihre Sachen zusammen und verließ die Umkleide, nicht ohne ein weiteres Mal »Schlaftablette« in Kerstins Richtung zu rufen.

Sie ging geradewegs zu Lizzy, um sich abzumelden, wozu es allerdings nicht kam. Die beiden landeten im Sturzflug, wo sie sich ihr Leben erzählten und Lizzy mehr ausplauderte, als sie sollte.

Doch zurück zu Albert, von dem eine große Last gewichen war. Auf dem Heimweg hatte er sich einen edlen Whisky gekauft, um das freudige Ereignis gebührend zu feiern. Mit einem Liedchen auf den Lippen bog er schwungvoll in seine Einfahrt. Er ließ den Wagen dort stehen, um sich den Anblick des Gartentores zu ersparen, und sperrte eben die Haustür auf, als eine leise Stimme hinter ihm sagte: »Ich soll den Teller zurückbringen.«

Albert ließ den Schlüssel fallen und drehte sich in einer Geschwindigkeit um, mit der sich jemand umdreht, der ahnt, dass etwas Böses hinter ihm steht.

Kazuki-Therese trug ein graues Sweatshirt und verschmolz fast mit der Dunkelheit.

»Hast du mich erschreckt!«

»Ihr Teller«, sagte das Mädchen und strecke ihm eine Papiertüte entgegen.

»Danke, sehr freundlich von dir«, sagte Albert.

Sie lugte unter dem Rand ihrer Kapuze hervor. *Ihr Blick hat etwas Lauerndes,* dachte Albert. *Wie ein Fuchs. Nein, ein Frettchen, ein Frettchen, das Übles im Schilde führt.* Albert setzte ein Lächeln auf, das Frettchen lächelte nicht zurück.

Da ist was faul im Staate Dänemark, dachte er.

»Und? Hat das Brot geschmeckt?«

»Meine Mutter hat es weggeschmissen«, sagte Kazuki-Therese. »Wir essen grundsätzlich keinen Weizen.«

Brot wirft man nicht weg, dachte Albert, *auch nicht eins von der Tankstelle.*

Das Frettchen verschwand in der Nacht, aus der es gekommen war.

Im Haus kontrollierte Albert die Mausefallen. Sie waren leer. Er heizte den Kamin an, setzte Wasser für ein Fußbad auf, wollte den Teller zurück in den Schrank stellen, da bemerkte er die DVD, die auf der Vorderseite klebte. Er befreite sie von den Klebestreifen und schob sie in das Laufwerk seines Computers.

Die Kameraaufzeichnung war von einwandfreier Qualität. Er sah sich zum Briefkasten schleichen … sah seinen Kaugummiversuch scheitern, weil ihm Loveday um die Beine strich … sah, wie die Pietsch aus dem Haus kam … kurz, er sah die komplette misslungene Aktion … bis hin zu der Stelle, an der er eilig das Gartentor wegtrug.

Jetzt war es amtlich! Er war eine Witzfigur! Nachdem er sich einigermaßen beruhigt hatte, fiel ihm Monika ein. Hatte sie nicht erzählt, Frau von Boxen hätte sie angerufen und gesagt, dass die Aufzeichnungen schon gelöscht wären? Also steckte das Frettchen dahinter. Kaum zu Ende gedacht, sah er einen leuchtend roten Punkt auf seinem Schreibtisch kreiseln. Der Punkt wanderte an ihm hoch und machte auf seiner Brust halt, genau über dem Herzen. Das Telefon klingelte.

»Legen Sie bis Mitternacht zweihundert Euro in kleinen Scheinen in Ihre Papiertonne, wenn Sie nicht wollen, dass ich das Filmchen Ihrer Nachbarin zeige«, sagte Kazuki-Therese.

»Das ist Erpressung.«

»Ich weiß.« Sie legte auf.

Albert zog die Vorhänge mit einem heftigen Ruck zu. Er ärgerte sich über das Frettchen. Mehr noch ärgerte er sich über sich selbst. Was musste er auch rübergehen? Er hatte schlafende Hunde geweckt! Was nun? Natürlich konnte er die DVD vernichten. Aber was würde das bringen? Das Frettchen hatte unter Garantie eine Kopie. Seine Gedanken flatterten herum wie aufgescheuchte Hühner.

Fest stand: Niemand durfte den Film seiner Schande

sehen. Also packte er – wenn auch schweren Herzens – zweihundert Euro in ein Kuvert, legte es in seine Papiertonne, in der Hoffnung, dass die Sache damit vom Tisch war.

Später, im Bett, fand er keine Ruhe. Er hörte die Mäuse in der Zwischenwand hinter dem Bett quieken, und wann immer ihn ein Lufthauch strich, schreckte er hoch.

Mäusetagebuch, Dienstag, der 26. 11.

Fangquote: 0. Köder: Erdnussbutter

Tags darauf war Albert blass und hatte dunkle Augenringe. Lizzy fragte sich, ob sie ihm vielleicht wirklich zu viel aufgeladen hatte. Gott sei Dank hatte er heute nur einen Kurs. Er war Profi genug, den zu überstehen.

Als er nach Hause kam, war es noch nicht dunkel. Der SUV vor dem Haus der von Boxens war nicht da. Sollte er rübergehen und ein ernstes Wort mit dem Frettchen reden? Was, wenn es ihn weiter erpressen würde? Wenn das jetzt endlos so weiterging?

»Du musst den Kopf freikriegen, alter Junge«, sagte er zu sich, ging ins Haus, wo er sich umzog, um joggen zu gehen. Zwei Runden hatte er sich vorgenommen, absolutes Minimum.

Relativ entspannt trabte er den Finkensteig entlang, wurde langsamer auf dem Meisenweg, musste an der Ecke zum Waldhüterpfad verschnaufen und pumpte, als er wieder in den Finkensteig einbog, wie ein Maikäfer. An eine zweite Runde war nicht zu denken.

Jetzt stand der SUV in der Einfahrt. Albert klingelte. Nach einer gefühlten Ewigkeit hörte er Frau von Boxen heranstöckeln. Sie trug eine Brille und hielt ein

Diktiergerät in der Hand. Er hatte sie bei der Arbeit gestört.

»Guten Tag, Herr Gottwald.«

»Entschuldigen Sie die Störung, ich hab ein Problem mit meinem Computer, und Ihre Tochter hat mir gestern angeboten … Entschuldigung, ich habe ihren Namen vergessen.«

»Therese, oder Kazuki … Sie wissen ja …die Pubertät.« Frau von Boxen verdrehte die Augen.

Albert nickte verständnisvoll. »Nun denn, sie hat angeboten, mir mit dem Computer zu helfen.«

»Hat sie?« Frau von Boxen war erstaunt. »Das ist aber … nett von ihr.«

»Finde ich auch«, sagte Albert.

»Das war eine einmalige Zahlung«, stellte er klar, kaum dass sich die Haustür hinter ihm und Kazuki-Therese geschlossen hatte. »Sonst sag ich es deinen Eltern.«

Das Mädchen war unbeeindruckt: »Ich denk noch über den Titel nach«, sagte sie. »Was finden Sie besser: ›Diebischer Rentner‹ oder ›Das nächtliche Treiben des Herrn G.‹?«

Sie schlenderte zur Tür und verließ das Haus. Albert boxte gegen die Haustür, was der nicht wehtat.

Seine Hand zitterte immer noch, als er sich einen Whisky einschenkte. Sollte er die Polizei einschalten oder besser mit der Mutter des Frettchens reden? Wenn doch bloß Martha da wäre!

Als er sich Whisky Nummer zwei einschenkte, rief Ina an und verlangte: »Erzähl mir was, Papa.«

»Du, Ina, ich bin hundemüde, sei mir bitte nicht böse, aber …«

»Ich hab Nachtdienst und muss wach bleiben. Bitte!«

Er erzählte also vom Wiener-Walzer-Kurs und dass er den Kummerbund einfach weggelassen hatte, dass die Hose, die er trug, nicht wirklich zur Smokingjacke passte, was aber kein Mensch bemerkt hatte. Er erzählte weiter, dass Lizzy ebenfalls »2011« auf der Karte gelesen hatte, und er sich wegen der Geschichte keine Gedanken mehr machen würde.

»Prima«, sagte Ina. Sie erkundigte sich, ob er denn heute schon joggen war, und motivierte ihn morgen wieder zu gehen.

Auf Hannes Schreibtisch lag der geöffnete Koffer ihrer Mutter. Drinnen befanden sich Programmhefte, Zeitungsausschnitte, Theaterkritiken, Textbücher, Partituren, Notizen, alles querbeet. Etliche Fotografien lagen lose dazwischen. Alben anzulegen hätte Wilma spießig gefunden. Die meisten Fotos waren in Schwarz-Weiß mit geriffelten Rändern.

Die Theaterfotos zeigten Wilma in Kostüm und Maske. Hanne staunte. Sie hatte ganz vergessen, wie schön ihre Mutter gewesen war.

Auf einem der Fotos war sie *Desdemona*, die *Othello* anhimmelte, der offensichtlich nichts Gutes vorhatte, denn seine Hände umschlossen bereits ihre Kehle.

Ein Farbfoto zeigte Wilma in prächtiger Robe, als die *Königin der Nacht*, neben *Sarastro*, einem großen, schlanken Mann mit angeklebtem Bart.

Die Zahl der privaten Fotos war verschwindend gering.

Auf dem Hochzeitsfoto ihrer Eltern sah ihr Vater wie ein braver Hobbit aus. Er trug Koteletten, sein Haar war ordentlich gescheitelt. Sein Anzug war an Armen und Beinen etwas zu lang. Vermutlich eine Leihgabe aus dem Kostümfundus. Wilma hingegen war die Mangelwirtschaft des Ostens nicht anzusehen. Sie trug ein elegantes weißes Kostüm. Mit ihren schwarz gefärbten Haaren, der Hochfrisur und dem dicken Lidstrich sah sie aus wie ein Klon der Callas. Sie strahlte mit der Zuversicht derer in die Kamera, die davon überzeugt sind, dass das Leben Großes für sie bereithält.

Ein Foto vom Urlaub an der Ostsee. Hannele lugt hinter dem Strandkorb hervor.

Diverse Weihnachtsfotos. Hannele, als zweijähriges Moppelchen auf dem Schaukelpferd vor dem Weihnachtsbaum (mit echten Kerzen!). Ihr Vater, der sie festhält. Hannele juchzt vor Freude. Eines mit ihrer Mutter bei der Einschulung. Aus dem Moppelchen war ein Mops mit Zahnlücke geworden und einer Frisur, die dem Vollmondgesicht nicht eben schmeichelt.

Mit einem wunden Gefühl im Bauch legte Hanne die Fotos zurück in den Koffer.

Auf dessen Boden fand sie eine kleine Schallplatte, eine

Single. Das Foto auf dem Cover zeigte ihre Mutter im mittleren Alter, mit Betonfrisur, unter einem Rosenspalier. Nur zwei Titel befanden sich auf der Platte. *Ich bin eine große Sünderin* und *Meine Lippen, sie küssen so heiß.*

Liebend gern hätte Hanne die Platte aufgelegt, um ihre Mutter singen zu hören, aber sie besaß keinen Plattenspieler. Sie gab also *Meine Lippen, sie küssen so heiß* von Franz Lehár in die Suchmaschine des Computers ein. Das Lied erklang. Ein Walzer, wenn Hanne nicht alles täuschte.

Meine Lippen, sie küssen so heiß,
meine Glieder sind schmiegsam und weiß.
In den Sternen, da steht es geschrieben,
du sollst küssen, du sollst lieben …

Ob es nun am Text oder am Schwung der Musik lag, Hanne fragte sich, wie es wohl wäre, wenn sie sich doch mit Chris treffen würde? Nur, um zu erfahren, wie er gelebt hatte, ohne sie. Sie klappte den Computer auf und las seine Mail noch einmal.

»Liebe Hanne, Deine Nachricht hat mich sehr berührt. Wie wäre es, wenn wir uns treffen und über alles reden? Ich würde mich freuen. Dein Chris.«

Sie war drauf und dran seine Nummer zu wählen, da rief Ina an und wollte wissen, was Hanne vom Joggen hielt.

»Viel«, sagte Hanne.

15 Uhr. Hier war sie richtig. Finkensteig, Ecke Meisenweg. Jeden Moment musste er auftauchen, falls sich seine Pläne nicht geändert hatten, was Hanne nicht gewundert hätte, denn es regnete schon wieder, und welcher Mensch joggt schon gern durch kalten Novemberregen?

Sie saß im Auto, hundert Meter von Alberts Haus entfernt, und schaute sich um: Häuschen mit farbigen Fensterläden, Gärten, Jägerzäune, weihnachtlicher Schmuck an Fenstern und Türen. Als Kind hätte es ihr hier gefallen.

Die Tür der 103 a öffnete sich. Albert trat im Jogginganzug vor die Tür und ging wieder hinein.

Das war's dann wohl, dachte Hanne und wollte schon ausparken, da kam Albert mit einer Regenjacke bekleidet aus dem Haus. Er startete mit einem kurzen Aufwärmtraining am Zaun und trabte los. Hanne stieg aus und joggte in die Gegenrichtung. Jeder Schritt schmerzte wegen der wund gescheuerten Füße. An die hatte sie nicht gedacht.

Ecke Meisenweg/Waldhüterpfad. Die Sicht war eingeschränkt, wegen des Regens und der beschlagenen Brille. Beinahe wäre Hanne an Albert vorbeigelaufen. Er war es, der sie entdeckte.

»Frau Hanken? Sind Sie das?«

»Herr Gottwald? Was machen Sie denn hier?«

»Ich wohne hier«, sagte Albert.

»Brauchen Sie noch was?«, fragte Albert. Er stand im Flur vor der Badezimmertür und kratzte sich im Nacken.

»Nein danke«, rief Hanne aus dem Bad zurück.

Er ärgerte sich. Hätte er nicht einfach weiterlaufen können? Guten Tag und guten Weg? Aber hätte er seine Schülerin vollkommen durchnässt mit dem Rad nach Hause fahren lassen sollen? Sie hätte sich eine Lungenentzündung geholt. Ihr trockene Kleidung zu geben und einen Unterschlupf anzubieten, war nur normal. Hoffentlich regnete es sich nicht ein. Es sah ganz danach aus.

»Gut, ich bin dann unten in der Küche«, rief er durch die Tür.

In der Küche lief er hin und her, stellte das eine oder andere hier- oder dorthin und anschließend wieder retour. Sollte er Tee machen? Nein, dann blieb die länger als nötig. Wenn sie runterkommen würde, würde er ihr eine Regenjacke borgen, und dann sollte sie zusehen, wie sie nach Hause kam. Schließlich war sie erwachsen und für ihr Handeln selbst verantwortlich. Sie konnte ihr Rad ja stehen lassen und sich ein Taxi rufen. Oder hoffte sie etwa darauf von ihm nach Hause gefahren zu werden?

Um jedweder Erwartung diesbezüglich den Wind aus den Segeln zu nehmen, schenkte er sich einen Whisky ein, obwohl ihm gar nicht danach war, und stellte Glas und Flasche gut sichtbar auf den Küchentisch.

Er ging die Mausefallen einsammeln. Die Erdnussbutter war verschwunden, die Fallen leer.

Im Bad öffnete Hanne auf der Suche nach einer Bürste den Spiegelschrank. Die rechte Seite war mit Marthas Sachen vollgestellt. Die Kosmetikartikel nahmen einen verschwindend kleinen Teil ein, den meisten Platz beanspruchten die Medikamente. Hanne sah sie sich näher an und schlussfolgerte: Martha hatte Krebs. Sie fragte sich, wieso Albert die Medikamente nicht längst entsorgt hatte?

Der säuberte eben die Mausefallen, als Hanne in die Küche kam. Sie trug einen seiner Jogginganzüge, in dem sie noch dünner aussah als ohnehin schon.

»Danke noch mal«, sagte sie.

»Der Regen hat etwas nachgelassen«, sagte er.

Hanne verstand das ganz richtig als Aufforderung zum Gehen. Er nahm einen Schluck Whisky. *Er demonstriert, dass er mich nicht fahren will*, dachte sie.

Sie begutachtete die Flasche und sagte: »Highland Park, 2007. Edles Tröpfchen.«

Sie öffnete die Flasche und roch daran: »Frucht, Eiche und noch etwas.«

»Meer«, sagte Albert.

»Meer?«

Er roch.

»Ja, Meer«, sagte er und reichte Hanne die Flasche.

»Stimmt«, sagte sie, obwohl sie gar kein Meer roch.

Albert hatte noch nie eine Frau getroffen, die sich mit Whisky auskannte.

»Sie trinken Whisky?«

»Ab und zu. Mein Vater hat ihn gern getrunken.«

Albert wäre es nachgerade unhöflich vorgekommen, nicht zu fragen, ob sie auch ein Glas wollte.

»Aber nur, wenn ich Sie nicht störe«, entgegnete Hanne.

»Nein, nein«, sagte Albert. »Ich wollte mich sowieso gerade vor den Kamin setzen.«

»Sie haben einen Kamin? Ich habe mir immer einen Kamin gewünscht.«

Sie wird doch jetzt wohl nicht erwarten, dass ich mich mit ihr vor den Kamin hocke und Whisky trinke?, dachte Albert.

»Sind das Mausefallen?« Sie deutete auf die Anrichte.

»Lebendfallen. Aber denken Sie mal nicht, dass die Viecher da reingehen. Hab's mit Käse, Brotrinde, Schokolade und Erdnussbutter versucht. Als Nächstes nehme ich Speck, obwohl Susi 24 aus dem Internet meint, Mäuse seien Vegetarier.«

»Benutzen Sie Handschuhe, wenn Sie die Köder in die Fallen legen?«

»Selbstverständlich.«

»Mein Vater hat Speck verwendet und den immer leicht angeröstet. Er hat im Theater gearbeitet. Da gab's jede Menge Mäuse.«

Der Speck brutzelte in der Pfanne und duftete herrlich. Gemeinsam bestückten sie damit die Fallen, und zwar so, dass die Mäuse den Köder nicht einfach mitnehmen konnten wie in einem Selbstbedienungsladen. Anschließend verteilten sie die Fallen im Haus.

Albert wusste alles über Whisky, über die frisch ausgebrannten Eichenfässer, in denen die Amerikaner ihren Bourbon reifen ließen, welche gleich am Anfang viele herbe Eichenaromen (Tannine) abgaben, sodass der Whisky bei längerer Lagerung unangenehm holzig schmeckte, weshalb er schon nach wenigen Jahren aus dem Fass genommen werden musste, worüber sich wiederum die Schotten freuten, die den Amerikanern die benutzten Fässern abkauften, nämlich dann, wenn die herben Eichenaromen größtenteils abgebaut waren, wodurch der Scotch deutlich länger in ihnen gelagert werden konnte und seine feinen Aromen entwickelte.

»Sie sind ja wirklich ein Kenner«, schmeichelte Hanne.

»Kenner würde ich nicht gerade sagen«, erwiderte Albert. »Kann man ja überall nachlesen.«

»Gut, dann werde ich mir mal ein Taxi rufen«, sagte Hanne.

Albert widersprach nicht. Von der Taxizentrale erhielt sie die Auskunft, dass es eine Stunde dauern konnte. Wegen Starkregen waren Teile der Stadtautobahn gesperrt. Das zumindest sagte sie Albert.

»Wenn Sie so freundlich wären und mir einen Regenschirm borgen, nehme ich die U-Bahn.«

Albert kratzte sich im Nacken. *Geste für Unschlüssigkeit,* interpretierte Hanne.

»Also wenn Sie wollen«, hörte Albert sich sagen, »können Sie ruhig noch ein bisschen bleiben. Bei diesem Wetter jagt man ja keinen Hund vor die Tür. Setzen wir uns vor den Kamin?«

»Ich möchte mich aber wirklich nicht aufdrängen«, sagte Hanne.

»Gehen Sie schon einmal ins Wohnzimmer, ich hole rasch Holz.«

Das Wohnzimmer war gemütlich. Zwei Ohrensessel, Bücherregale bis zur Decke, ein antiker Schreibtisch vor dem Fenster, eine Fotogalerie über dem Kamin. Albert und Martha waren ein schönes Paar gewesen und offensichtlich auch ein glückliches. In seiner Jugend sah Albert aus wie einem Zwanzigerjahre-Stummfilm entsprungen. Und Martha ähnelte ihr tatsächlich. Sie war zwar zierlicher, weiblicher, kleiner, ihr Haar fiel in sanften braunen Wellen auf ihre schmalen Schultern, ihre Augen waren veilchenblau, wie die ihrer Tochter, dennoch, trotz aller Unterschiede, hätten sie Schwestern sein können.

Vor einem der Fotos blieb sie stehen. Es zeigte Martha als reife Frau. Sie war immer noch schön. Doch ihr Lächeln irritierte Hanne. Sie konnte beim besten Willen nicht sagen, ob der Ausdruck, der ihren Mund umspielte, ein freudiger oder ein zorniger war. Nur bei der Mona Lisa hatte sie bisher dieses geheimnisvolle Lächeln gesehen.

»Martha, meine Frau«, sagte Albert, der mit dem Holz hereinkam. »Und das ist Ina, meine Tochter. Ein fantastisches Mädchen. Sie ist Ärztin, Chirurgin. Haben Sie Kinder?«

»Nein.«

»Setzen Sie sich. Bitte.«

Hanne wollte sich in den Sessel rechts neben dem Tischchen setzen. »Nicht dahin. Bitte dahin.« Albert deutete auf den Sessel, in dem er sonst saß.

Aha, das ist Marthas Sessel, dachte Hanne, *da darf also niemand sitzen.*

Albert heizte den Kamin an, schenkte Whisky ein, trug den Schreibtischstuhl herbei und nahm darauf Platz. Marthas leerer Sessel stand zwischen ihnen. Ihr Strickzeug lag darauf, als wäre sie eben mal kurz rausgegangen.

Das Kaminfeuer prasselte. Es war kuschelig warm.

Hanne wusste seit jeher, wann es besser war zu schweigen. Sie wusste auch, dass die meisten Leute früher oder später, meistens früher, anfingen zu reden. Schweigen konnten nur ganz wenige ertragen.

Nach einer halben Minute fragte Albert: »Und Sie joggen hier öfter in der Nähe?«

»Gelegentlich.«

»Aber mit dem Rad bei dem Wetter?«

»Da hab ich mich wohl vertan«, räumte Hanne ein. Sie hatte ihm erzählt, sie wäre mit dem Rad da. Andernfalls hätte er sie wohl kaum mit zu sich genommen. »Gemütlich haben Sie es hier«, sagte sie.

Albert nickte.

»Auch die Umgebung …«

»Wegen der sind wir ja hergezogen«, sagte Albert.

»Und so friedlich.«

»Früher mal«, sagte Albert, der an das Frettchen dachte. »Sie hätten den Finkensteig früher sehen sollen. Er war eine prächtige Allee, gesäumt von Robinien.«

»Robinien?«

»Bäume, man nennt sie auch Silberregen.«

»Aha.«

»Sie kennen keine Robinien? Haben Sie noch nie ihre Blüten gerochen?«

»Nein.«

»Warten Sie!« Er ging Marthas Parfüm holen und ließ Hanne am Flakon riechen.

»Bergamotte«, sagte sie.

»Mit einem Hauch frisch gepresster Mandarine«, ergänzte Albert. »So riecht die Robinie, wenn sie blüht. Und so sehen ihre Blüten aus.«

Er nahm ein Foto aus dem Regal und reichte es Hanne. Martha, Albert und die kleine Ina standen auf der Straße vor dem Haus. Unter ihnen ein weißer Teppich aus Blüten, über ihnen Wolken weißer Blütendolden.

»Ursprünglich stammt die Robinie aus Nordamerika. Seit über dreihundert Jahren wird sie in Europa gepflanzt.«

»Aber da draußen hab ich keine gesehen.«

»Nein«, sagte Albert, »weil sie sie abgesägt haben.«

Er klang verärgert.

»Irgendein neunmalkluger Beamter aus dem Umweltamt meinte, dass die Robinie als invasiver Neophyt hier nichts zu suchen hat, weil er die Biodiversität bestimmter Standorte bedroht.«

»Schade«, sagte Hanne.

»Und so dumm! Bei *den* klimatischen Veränderungen! Die Robinie ist extrem widerstandsfähig. Stattdessen pflanzen sie Birken! Birken bevorzugen feuchte Standorte! Weiß doch jeder!«

Hanne wusste es nicht. Sie fand, sie hatten genug über Bäume gesprochen.

»Wie haben Sie denn Ihre Frau kennengelernt?«

»Im Laden meiner Eltern. Sie kam jeden Tag an dem Laden vorbei, wenn sie ins Büro ging, aber sie hat nie hineingeschaut. Bis auf einmal.«

»Also war sie auch ein *Büromensch*.«

»Ja.«

»Und sie hat Turniere getanzt?«

»War ein hartes Stück Arbeit. Aber es hat sich gelohnt.«

Albert zeigte auf ein Foto. »Da sind wir deutscher Meister mit dem langsamen Walzer geworden.«

»Großartig«, sagte Hanne.

»Ja, wir waren ein ideales Paar. In jeder Hinsicht.«

Er erzählte von früher, von dem Leben, das er hatte, von Martha, den gemeinsamen Erfolgen, dem Tanzstudio, welches sie dreißig Jahre lang erfolgreich führten, und von dem langsamen Walzer, den sie jeden Abend vor dem Zubettgehen in der Küche tanzten.

»Schön«, sagte Hanne.

»Das war es … bis vor sechs Jahren.«

»Was ist passiert?«, fragte Hanne.

Leise, beinahe knurrend, sagte er: »Ein gewissenloses Individuum hat uns unser Studio weggenommen.«

Hanne versuchte, sich an das zu erinnern, was Lizzy

ihr über Pedro erzählt hatte. Albert versank in grimmiges Schweigen.

Es ist unmöglich, nicht zu kommunizieren. Der Körper spricht immer. Albert hatte seine Zeigefinger aneinandergelegt und die restlichen Finger ineinander verschränkt. Alles zusammen bildete eine doppelläufige Pistole. *Geste für Aggression*, dachte Hanne.

»Haben Sie das schon mal bemerkt?«, sagte er schließlich. »Immer wenn man denkt, man liegt am Boden und es kann nicht schlimmer werden, kommen noch Sachen obendrauf … Der Verlust des Studios hat Martha krank gemacht. Krebs. Sie müssen in Wochen denken, haben die Ärzte gesagt. Aber da kannten sie meine Martha schlecht. Die war eine Kämpfernatur.«

»Das war sicher eine harte Zeit für Sie«, sagte Hanne.

»Ja und nein. Wir haben sehr intensiv gelebt, viel gelacht … alles ist … irgendwie zu etwas Besonderem geworden. Wer freut sich schon über den Duft von Kaffee am Morgen? Oder über das Licht, das durch die Bäume fällt.«

Albert seufzte.

»Sie wollte unbedingt die Robinienblüte noch einmal erleben. Sicherheitshalber hab ich ihr das Parfüm mischen lassen, aber wie sich zeigte, war das gar nicht nötig. Bis Anfang Juni hat sie durchgehalten. Und als sich die ersten Blüten öffneten … und ihr Duft zum Fenster hereinwehte …«

Er verstummte.

Hanne hatte einen Kloß im Hals. Früher war sie nah am

Wasser gebaut. Das hatte sie sich hart abtrainiert, abtrainieren müssen. Eine Psychiaterin, die ständig in Tränen ausbricht, wenn sie traurige Geschichten hört, ist ebenso unbrauchbar wie ein Chirurg, der in Ohnmacht fällt, wenn er Blut sieht.

Albert, der die ganze Zeit ins Feuer geblickt hatte, riss sich los.

»Martha hat immer geschafft, was sie sich vorgenommen hatte. Nur den Schal, den sie mir strickte, hat sie nicht fertig bekommen.«

Hanne merkte, wie ihre Augen feucht wurden. Sie musste weg. Ganz schnell.

»Der Regen hat aufgehört. Ich denke, ich werd' dann jetzt mal«, sagte sie und stand auf.

Er brachte sie zur Tür und entschuldigte sich, falls er sie mit seinen Geschichten belästigt hatte.

»Sie haben mich nicht *belästigt*«, sagte Hanne. »Ich habe Ihnen gern zugehört.«

Das war die Wahrheit.

Er bestand darauf, ihr seine Regenjacke zu leihen, falls es unterwegs wieder anfangen würde zu regnen, leerte die Taschen, ein Taschentuch fiel heraus, direkt neben eine Falle, in der … eine Maus hockte!

»Das glaub ich jetzt nicht!«, sagte Albert.

Hanne saß im Auto und dachte über Albert und Martha nach. Zwei Menschen, die sich liebten von Anfang bis zum Ende. Konnte das denn wahr sein? Oder idealisierte Albert das verlorene Glück, wie es die meisten taten, die den Verlust eines geliebten Menschen zu verschmerzen hatten?

Langsam fuhr sie an der Hausnummer 103a vorbei. Hinter den hell erleuchteten Fenstern der Küche bemerkte sie eine Bewegung. Sie setzte zurück und sah Albert in der Küche tanzen. In seinen ausgebreiteten Armen hielt er … nichts.

Die Haustür nebenan öffnete sich. Alberts Nachbarin kam heraus und schaute zu ihr hinüber. Hanne fuhr weiter.

Kaum war Hanne zur Tür raus, war Martha erschienen.

»Du lässt die Taktlose in unser Haus!«

»Ja, mein Gott, sollte ich sie denn im Regen stehen lassen?«

Er erklärte Martha alles, beteuerte, dass er lediglich hatte helfen wollen, und schaffte es, sie zum abendlichen Walzer zu überreden. Es passierte, was ihnen nie zuvor passiert war: Sie kamen aus dem Takt.

»Lizzy will dich mit der Taktlosen verkuppeln«, sagte Martha. »Sie hat mich nie leiden können.«

»Meine Güte, Martha. Was hat denn Lizzy damit zu tun, wenn ich hier vor der Haustür eine meiner Schülerinnen zufällig treffe.«

»Bisschen viel Zufall, oder?«

»Du spinnst, Martha!«

»Eines sag ich dir, Albert Joseph Franz Eduard Gottwald, wenn du in dem Tempo weitermachst, bist du zu Weihnachten verheiratet!«, sagte Martha und verschwand.

Nebenan hörte er die Pietsch singen: »Morgen Kinder wihirds wahas geben …«

Hanne fragte sich, ob Albert vielleicht an paranoiden Wahnvorstellungen litt. Hatte er sich eine Ersatzwirklichkeit geschaffen? Lebte Martha in seiner Fantasie weiter? Einiges sprach dafür. Der leere Sessel mit dem Strickzeug, der einsame Walzer in der Küche …

Ihr Weg nach Haus führte sie durch den Wald. Sie hatte ihn fast durchquert, da fiel ihr die Maus ein, die im Fußraum des Beifahrersitzes in der Falle saß und bibberte. Hanne hatte sich bereit erklärt, das Tier im Wald auszusetzen. Sie fuhr also rechts ran, um eben dies zu tun, und hielt inne. Die Maus hatte bisher ja nichts anderes gekannt als Alberts Haus, war also verkehrstechnisch unerfahren. *Wenn ich sie hier aussetze, wird sie garantiert überfahren*, dachte sie, schaltete die Taschenlampe ihres Handys an und schlug sich mit Falle und Maus in die Büsche.

Der regennasse Wald duftete herrlich nach Moos und Tannen und weckte Erinnerungen an Wanderungen mit …

»*Nicht schon wieder Chris*«, sprach die Fachfrau.

»Hast ja recht«, entgegnete Hanne. Sie stellte die Falle auf einem kleinen Mooshügel zu Füßen eines stattlichen Baumes ab und öffnete sie. Die Maus blieb im Käfig.

»Lauf weg, du dummes Ding, du bist frei!«, sagte Hanne zur Maus, doch die rührte sich nicht.

»Sieh mal, so ein Käfig mag dir im Moment ja wie eine sichere Lösung erscheinen, aber da draußen wartet das Leben auf dich. Du könntest andere Mäuse kennenlernen, dich verlieben. Man weiß nie …«

Der Lichtstrahl einer Taschenlampe traf sie. Sie war geblendet.

»Polizei, können wir Ihnen helfen?«

»Nein, alles gut.«

»Sie stehen im absoluten Halteverbot.«

»Ich weiß«, rief Hanne und bückte sich, um die Maus aus der Falle zu schütteln, doch die … war weg.

Mäusetagebuch, Donnerstag, der 28. 11.

Fangquote: 1 (!). Köder: angerösteter Speck!

Hanne saß in der Mensa der Klinik und wartete auf Ina. Sie war nicht sicher, ob sie ihr von ihren Beobachtungen erzählen sollte. Von ihrem Verdacht, was die paranoiden Wahnvorstellungen ihres Vaters betraf. Um mit unerträglichen Situationen fertigzuwerden, war eine gewisse Realitätsflucht normal. Von einer Persönlichkeitsstörung konnte man erst dann ausgehen, wenn die Fantasiewelt bedeutender wurde als die Realität. Das machte bei Albert nicht den Anschein. Wozu also seine Tochter beunruhigen?

Ein Kollege im weißen Kittel ging mit einem Tablett an ihr vorbei und grüßte. Er setzte sich zu seiner Frau, ebenfalls eine Ärztin, an den Nachbartisch. Sie aßen gemeinsam zu Mittag, unterhielten sich, reichten sich das eine oder andere.

In einer parallelen Wirklichkeit hätten das ich und Chris sein können, dachte Hanne und dachte weiter: *Das Leben besteht nicht nur aus dem, was geschieht oder geschehen ist. Es besteht auch aus dem, was hätte geschehen sollen, den Worten, die man nie gesagt, den Dingen, die man nie getan hat.*

»Entschuldigen Sie die Verspätung … wurde aufgehalten.« Ina ließ sich auf den Stuhl fallen. Sie war außer Atem.

Hanne fiel sofort auf, wie schlecht sie aussah.

»Danke noch mal, dass Sie das gestern auf sich genommen haben, dass Sie das … alles überhaupt … auf sich nehmen.«

»Kein Problem.«

»Was ist Ihr Eindruck?«

»Nun ja«, sagte Hanne, »Ihr Vater trauert.«

»Er trauert aber schon ziemlich lange, schon drei Jahre.«

»Trauerarbeit lässt sich zeitlich nicht begrenzen. Das kann Wochen oder auch Jahre dauern. Jeder erlebt das Abschiednehmen anders. Ihre Eltern hatten eine sehr innige Beziehung. Ich kann mir vorstellen, dass es schwer für Ihren Vater ist, über den Verlust hinwegzukommen.«

»Sie denken also nicht, dass er suizidgefährdet ist«, brachte Ina es auf den Punkt.

»Ich habe nicht den Eindruck. Das bedeutet aber nicht, dass er nicht schon mal darüber nachgedacht hat.«

»Wie kann ich ihm helfen?«

»Ich denke, Sie helfen bereits genug«, sagte Hanne. Sie überlegte, ob sie Ina empfehlen sollte, eine Therapie zu machen, wegen ihrer Schuldgefühle. Andererseits hatte sie sie nicht um Rat gebeten, also sagte sie: »Ich kann mir vorstellen, wie belastend die Situation für Sie sein muss. Verlieren Sie sich selbst nicht aus dem Blick.«

»Ich versuch's«, sagte Ina. »Werden Sie weitermachen?«

»Ja, und ich möchte meine Kursgebühren fortan selbst zahlen.«

Ina lächelte. »Geschmack am Tanzen gefunden?«

»Es tut mir gut.«

»Umso besser.«

»Da gibt es allerdings etwas, das mich irritiert. Ich habe die Fotos Ihrer Mutter gesehen.«

»Sie haben eine gewisse Ähnlichkeit mit ihr«, sagte Ina.

»Das ist mir aufgefallen. Ich frage mich, ob diese Ähnlichkeit eine Rolle gespielt hat, als Sie mich um Hilfe baten?«

»Nicht die geringste«, sagte Ina.

Ein minimales Flackern in ihrem Blick, und Hanne wusste, dass sie log.

Hanne ging in ihr Büro und ließ sich die Post aushändigen. Der neue Schreibtisch war da, einer ohne Glasplatte, wie erfreulich. Sie wünschte Betty Büthe einen guten Tag und beschloss, noch auf einen Sprung auf der Station vorbeizuschauen.

Vera Schilling saß im Aufenthaltsraum und hielt Händchen mit einem Mann.

»Vera Schilling ist ja immer noch da«, sagte Hanne zu Schwester Birgit, die gerade Medikamente portionierte.

»Wollte es so. Wird morgen entlassen. Der Herr ist übrigens Herr Schilling.«

»Sie hat sich wieder mit ihrem Mann vertragen?«

»Wie's aussieht. Er hat sie jeden Tag besucht.«

Interessant, dachte Hanne. Hatte sie mit ihrer Erstdiagnose nicht so falschgelegen.

»Du siehst übrigens gut aus«, sagte Birgit. »Der Urlaub

scheint dir zu bekommen. Nächste Woche bin ich dran. Vierzehn Tage Karibik. Vorher muss ich noch mal zu Dr. Gruber. Hast du dich schon bei ihm gemeldet?«

»Nein«, sagte Hanne, die sich fragte, was Birgit das anging.

»Mal ehrlich, fühlst du dich nicht manchmal einsam, so ganz ohne …?«

»Keine Sorge, Birgit. Ich vermisse nichts. Und gib doch bitte meine Kontaktdaten nicht raus.«

»Ich gebe doch deine Kontaktdaten nicht raus!«

»Doch, du hast sie einer Kollegin aus der Chirurgie gegeben, Frau Gottwald.«

»Ach so, ja. Sie hat gesagt, sie müsse dir dringend etwas bringen, und da du im Urlaub warst, dachte ich …«

Der fruchtbare Meidinger wehte ins Schwesternzimmer. »Welch seltener Besuch«, sagte er und schaute etwas im Computer nach. »Hat die Fröhlich-Hacker dich eigentlich schon angerufen?«

»Nein, wollte sie?«

»Wird ihr wohl nichts anderes übrig bleiben. Ich muss mich um meine Frau kümmern. Sie muss die letzten Wochen der Schwangerschaft liegen. Momentan ist die Schwiegermutter da, aber nur bis nächste Woche. Na, vielleicht findet sie ja noch Ersatz und lässt dich in Ruhe.«

Er wurde angepiept.

»Schönen Urlaub noch!«, sagte er und verschwand genauso eilig, wie er gekommen war.

»Lass dich bloß nicht breitschlagen einzuspringen«, sagte Birgit.

»Ist Kai Meyer noch da?«, fragte Hanne.

»Mensch du, der hat die ganze Wand vollgemalt.«

Kai hatte nicht die »ganze Wand« vollgemalt. Nur einen etwa Meter breiten Streifen, so hoch er vom Rollstuhl aus reichte. Er hatte eine brennende Welt gemalt … schreiende Geschöpfe, die von der Erde verschlungen wurden … Atompilze in voller Blüte … einen kahlen Baum im Vordergrund … Hieronymus Bosch hätte es nicht finsterer hingekriegt.

Kai saß am Fenster und starrte hinaus auf einen Baum, der immer noch erstaunlich viele Blätter trug, was sicher daran lag, dass er geschützt vor einer Wand stand.

Hanne verließ die Station, ging vorbei am Aufenthaltsraum, in dem sich das Ehepaar Schilling eben inniglich umarmte.

Woher nahm Vera Schilling den Mut, ihrem Mann wieder zu vertrauen, fragte sie sich.

In der Eingangshalle fesselten zwei Männer gerade eine Tanne mit einer Lichterkette. Hanne sah ungläubig zu.

Hinter der Glasfront entdeckte sie Ina, die draußen neben einem Kollegen stand. Offensichtlich stritten die beiden, denn sie gestikulierten heftig. Ina winkte ab, ließ den Kollegen stehen und kam im Sturmschritt nach drinnen.

Hanne hielt sie auf: »Eine Frage, Frau Gottwald. Was isst Ihr Vater gern?«

Die Salsa

Wörtlich übersetzt: Soße. Ihre Zutaten: unterschiedliche musikalische Einflüsse und Rhythmen aus Afrika, Kuba und Südamerika.
Die Salsa ist nicht bloß ein Tanz, sondern eine Lebenseinstellung, eine Subkultur, die in vielen Teilen der Welt heimisch geworden ist. Charakteristisch ist die Fröhlichkeit der Tanzenden und deren erotische Hüftbewegungen. Salsa spiegelt das uralte Spiel des Eroberns und Erobert-Werdens.

Letzteres hatte Albert deutlich nicht im Sinn. Obwohl er sich, wenn er ehrlich war, sogar ein bisschen auf Hanne freute. Es tat gut, sich mit ihr zu unterhalten. Selten traf man Menschen, die so gut zuhören konnten wie sie und sich obendrein für das, was man erzählte, interessierten. Darüber hinaus hatte er selbstverständlich nicht das geringste Interesse an ihr. Marthas Eifersucht war absurd. Dennoch! Als er sich vor dem Badezimmerspiegel ertappte, wie er sich sorgfältiger frisierte als sonst und sogar Pomade auftrug, war er gewarnt.

Er entschied sich also für einen Tanz, bei dem sie sich nicht zu nahe kommen würden, der aber jede Menge Endorphine freisetzen würde. Man wurde quasi high ohne Drogen. Ein weiterer Vorteil, schließlich konnten sie nicht jeden Donnerstagabend kiffen.

Hanne erschien pünktlich. Sie brachte einen gut gefüllten Picknickkorb mit, aus dem ein Baguette wie ein Mast ragte. »Ein kleines Dankeschön«, sagte sie. »Wenn Sie schon nicht mit mir essen gehen wollen …«

Albert nahm ihr den Korb ab.

»Das wäre aber wirklich nicht nötig gewesen.«

»Eigentlich war er für uns beide gedacht … ein Picknick, gewissermaßen.«

»Picknick?«

»Ich dachte, hier im Studio nach der Stunde.«

Albert kratzte sich im Nacken.

»Nur ein kleiner Snack nach dem Tanzen. Ist doch nichts dabei«, sagte Hanne und ging sich umziehen.

Die Salsa also.

»Mit dem ersten Taktschlag gehen wir mit dem linken Fuß nach vorne, beim zweiten wieder zurück, mit dem dritten Taktschlag noch einen Schritt zurück. Mit dem vorderen Fußballen zuerst aufsetzen! So entsteht der Wiegeschritt.«

Albert machte es vor. »Keinen Stopp einlegen. Eine einzige fließende Bewegung. Quick-quick-slow, Quick-quick-slow.«

Hanne bemühte sich redlich, doch jedes Mal wenn sie die Ballen aufsetzte, schnitten ihr die Kanten ihrer Schuhe wie Messer ins Fleisch.

Sie kriegte einfach keine fließende Bewegung hin.

»Aber das ist doch gar nicht schwer«, sagte Albert. »Sie müssen doch nur auf die vorderen Ballen gehen.«

»*Nur?* Machen Sie das mal in diesen Schuhen!«

»Okay«, sagte Albert, »Schuhgröße?«

»42.«

»Her damit.«

Die Schuhe passten. Albert tanzte ein paar Takte in ihnen, zog sie wieder aus und sagte: »Die Dinger taugen nichts. Machen Sie lieber barfuß weiter.«

Barfuß funktionierte es recht gut.

Eine Stunde später.

Regen peitschte an die Fensterscheiben. Draußen heulte der Wind und pfiff durch die sanierungsbedürftigen Fenster. Kerzen flackerten im Luftzug. In einer Ecke des Studios war eine Picknickdecke auf dem Boden ausgebreitet, drum herum waren Kissen drapiert. Auf der Decke standen Gläser aus Kristall, in deren Schliff sich das Kerzenlicht brach und quer über die Decke, das Baguette, den Käse, die Weintrauben und die Flasche Rotwein sprenkelte. Hanne hatte wirklich an alles gedacht.

Albert hatte eigentlich gar keinen Hunger, als er jedoch den höhlengereiften Gruyère entdeckte (sein absoluter Lieblingskäse), änderte sich das.

Der Gruyère harmonierte hervorragend mit dem fruchtigen Pinot noir.

Leise Jazzmusik lief im Hintergrund. Es war fast romantisch. Hanne und Albert unterhielten sich angeregt über Bestattungsmethoden.

»Verschwendung, sich einäschern zu lassen, wenn Sie mich fragen«, meinte Albert.

Er fand, ein Körper solle zurück in den Kreislauf, Erde zu Erde … und so weiter. Leider waren Martha und er in diesem Punkt nicht einer Meinung gewesen. Hanne wusste von einer neu entwickelten Bestattungsmethode Namens *Promession.*

»Der Körper wird in Stickstoff auf circa minus zweihundert Grad heruntergekühlt und anschließend mittels Vibration zu einem feinen Granulat verarbeitet, auf dem Pflanzen hervorragend gedeihen.«

»Na, das wäre doch mal was«, fand Albert.

»Ich hätte gern, dass man einen Rhododendron auf mir pflanzt«, sagte Hanne. »Einen weißen. So einen hatten meine Eltern im Vorgarten. Und Sie? Warten Sie … eine Robinie.«

Er nickte. Sie stießen an. Hanne schenkte nach.

»Früher haben wir hier getanzt, Martha und ich. Jeden Abend«, erzählte Albert. »Das war, bevor wir unser eigenes Studio hatten. Ich hab sie von der Arbeit abgeholt, und wir sind hergegangen. Wir haben getanzt und getanzt, die liebe lange Nacht, manchmal bis es hell wurde … Als der erste Schnee fiel, habe ich ihr einen Antrag gemacht. Es war an einem Sonntagmorgen …«

Albert schaute zu dem Fenster, an dem einst die junge Martha gestanden hatte.

Martha steht am geöffneten Fenster und ruft: »Kann ich gucken?«

Albert ruft von unten hoch: »Moment noch! … Jetzt!«

Martha schaut aus dem Fenster. Im Schnee auf dem Bürgersteig steht geschrieben: *Willst du meine Frau werden?*

»Sie fehlt mir jeden Tag, jede Stunde, jede Minute, jede Sekunde. Einfach immer«, sagte Albert.

Hanne hielt es für erforderlich, umgehend das Thema zu wechseln.

»Woran haben Sie eigentlich erkannt, dass ich beim Finanzamt arbeite?«

»An Ihrem Blick. Sie haben so einen prüfenden Blick. Den typischen Finanzamtsblick. Die mustern einen immer, als würden sie sich fragen, ob man was zu verbergen hat.«

»Und so gucke ich?«

»Allerdings.«

Hanne trank einen Schluck Wein und nahm sich vor, demnächst vorsichtiger zu gucken.

Er sah auf ihre wund gescheuerten Füße und sagte: »Sie brauchen vernünftige Schuhe.«

Die brauche ich wirklich, dachte Hanne, als sie sich die Treppe zu ihrem Appartement hochschleppte, auf Socken, die Schuhe in der Hand. Ihre Füße passten nicht mal mehr in die Straßenschuhe. An den Ballen hatten sich Blasen gebildet.

Sie machte sich ein Fußbad mit Salz, wie Albert ihr geraten hatte, und checkte die Mails. Das meiste war Junk. Werbung für Mittel gegen Krampfadern, für Inkontinenzbinden und Haftcreme für die Dritten. Hanne ärgerte sich. *Wenn du eine Frau über fünfzig bist*, dachte sie, *wirst du auf genau das reduziert. Fortan bist du eine Greisin, die Gefahr läuft, die Dritten zu verlieren und sich in die Hose zu pinkeln.*

Eine Mail von Frau Fröhlich-Hacker. Siehe da! In gespreiztem Amtsdeutsch bat sie Hanne, temporär einzuspringen. Wenn möglich schon diesen Samstag. Bezüglich des Honorars werde man sich einigen.

»Tja, meine Liebe«, sagte Hanne, nicht ohne Schadenfreude. »Jetzt hast du die Bescherung.«

Samstag war sie mit Albert verabredet. Er wollte sie zum Schuhmachermeister mitnehmen, und sie dachte gar nicht daran abzusagen. Es war ihr ein innerer Parteitag, Frau Fröhlich-Hacker zu antworten, sie habe Urlaub und stehe erst wieder ab 1. Januar zur Verfügung. Dann dachte sie an Kai und die anderen Patienten, an die überlasteten Kollegen auf der Station und daran, dass es zu Weihnachten dort hoch hergehen würde. Sie löschte die Mail und schrieb stattdessen, sie habe an diesem Wochenende keine Zeit, über spätere Einsätze könne man reden.

Das Fußbad hatte Wunder gewirkt. Am nächsten Morgen waren die Blasen an den Füßen verschwunden. Mit gelben Blumen, dem Koffer und einer Packung Tartufo speciale bewaffnet, fuhr Hanne zu Wilma ins Heim. Sie hatte sich vorgenommen, das Thema »Tanzen« außen vor zu lassen.

Sie fand ihre Mutter nicht im Kaminzimmer, sondern auf dem Sonnendeck. Das war neu und insofern erstaunlich, weil Wilma das Sonnendeck bisher konsequent gemieden hatte. Ihre Mutter hatte es zeitlebens gehasst, sich gemeinzumachen.

»Umgib dich niemals mit Mittelmaß, wenn du keines werden willst«, lautete einer ihrer Glaubenssätze.

Wilma schaute in den Himmel. Sie summte nicht Figaros Hochzeit. Nicht einen Ton.

Sie sieht verändert aus, hat sogar ein bisschen Farbe, stellte Hanne fest.

»Hallo, Wilma!«, schrie sie. »Ich habe dir Tartufo speciale mitgebracht!«

Wilma wendete sich ihr zu: »Per favore?«

»Und frische Astern!«

»Chrysanthemen«, korrigierte Wilma.

Sie hatte es zwar sehr leise gesagt, dennoch unmissverständlich: »Chrysanthemen.«

Die Maßnahme zeigt Wirkung, freute sich Hanne. Sie setzte sich, legte den Koffer auf ihren Schoß und öffnete ihn.

»Guck mal, was ich dir heute noch mitgebracht habe!«

Sie setzte ihrer Mutter die Brille auf, nahm das Hochzeitsfoto heraus und hielt es ihr vors Gesicht.

»Dein Hochzeitsfoto!«

Wilma streifte es mit einem flüchtigen Blick und schaute wieder in den Himmel.

»Und das, das sind wir beide bei meiner Einschulung.«

Keine Reaktion.

Hanne versuchte es mit einem Theaterfoto.

»Das bist du als Eliza in *My Fair Lady*.«

»Wünschen Sie ein Autogramm?«, fragte Wilma.

»Das wäre wirklich sehr nett«, schrie Hanne und kramte nach einem Stift. Als sie ihn fand, hatte Wilma vergessen, dass sie ein Autogramm geben wollte.

Hanne zeigte weiter Fotos von Theaterproduktionen, *Susanna, Olympia, Desdemona* … auf die sie nicht reagierte.

Bei dem Foto von der *Zauberflöte* aber passierte es: Wilma nahm ihr das Foto aus der Hand, fuhr mit zitterndem Zeigefinger über die Konturen von Rolando Claus und begann zu singen: »Dies Bildnis ist bezaubernd schön …«

»Sie hat wirklich *Dies Bildnis ist bezaubernd schön* gesungen?«, fragte Thea.

»Ja. Zwar eingerostet und leise, aber es war klar zu verstehen.«

Sie saßen in der Theaterkantine.

»Das ist die Arie des Tamino«, sagte Thea und deutete zu einem Punker mittleren Alters, der neben einem Mann in hellblauem Strampelanzug saß und Kartoffelsuppe löffelte. Heute fand der erste Kostüm- und Masken-Durchlauf für *Die Zauberflöte* statt, was die Aufmachung der Leute erklärte.

»Es scheint ihr wieder besser zu gehen.« Thea biss von ihrem Sandwich ab.

»Kein Vergleich«, sagte Hanne.

Der Papst kam an ihren Tisch und borgte sich den Salzstreuer.

»Wusstest du, dass sie die Königin der Nacht gesungen hat?«

Thea schüttelte den Kopf. »Nicht an diesem Theater.«

»Doch. Hier, schau.«

Hanne zeigte ihr das Foto von Wilma und Sarastro alias Rolando Claus auf ihrem Handy.

»Ich hätt's dir gern im Original gezeigt, aber sie hat's nicht wieder rausgerückt.«

Thea sah sich das Foto an. Zweifellos. Wilma im Kostüm der Königin der Nacht.

»Hast du schon mal was von Rolando Claus gehört?«, fragte Hanne.

»Klar. Früher hat der hier häufig gastiert. Bei der letzten Aufführung der *Zauberflöte* hat er den *Sarastro* gesungen. Ich hab mir die Aufnahmen angehört. Dramatischer Bass, großes Stimmvolumen, einen nach unten erweiterten Tonumfang, mit dunkler Färbung … Beeindruckend.

Aber Wilma hat die Königin der Nacht nicht gesungen. Das wüsste ich.«

»Scroll weiter«, sagte Hanne.

Thea scrollte weiter und las, was auf der Rückseite des Fotos geschrieben stand, neben dem Stempel des Theaterfotografen: »*Die Zauberflöte*, Wilma Hanken/*Königin der Nacht*, Rolando Claus/*Sarastro* (1990). Merkwürdig.«

Eine Stimme quäkte aus dem Lausprecher: »Die Probe geht in zehn Minuten weiter. Alle Beteiligten für den zweiten Akt: Aufmarsch der Priester. Sarastro, die Herren des Chores und des Extrachores bitte auf die Bühne.«

Thea packte ihre Sachen zusammen. »Ich werde mich im Archiv umschauen. Mal sehen, ob ich was finde.«

»Besorgst du mir zwei Karten für die Premiere?«, fragte Hanne. »Ich werde versuchen, mit Wilma hinzugehen.«

Ein Mann mit gewichtiger Miene und einem Buch unter dem Arm ging an ihnen vorbei und würdigte sie keines Blickes.

»Der Herr Regisseur«, flüsterte Thea.

»Verstehe. Ein wahrer Sympathieträger.«

Thea lachte.

»Wie geht es Vivien?«, fragte Hanne.

»Super. Sie ist kugelrund. Noch eine Woche.«

Mäusetagebuch Freitag, der 29. 11.

Fangquote: 1. Keine weitere Maus in den Fallen. Denke über den Einsatz von Gift nach.

Ina stocherte in ihrem Essen.

»Immer noch Magenprobleme?«, erkundigte sich Albert.

Sie zuckte mit den Achseln.

»Ist aber verflixt hartnäckig.«

Er schimpfte ein bisschen auf die Mäuse und erzählte, dass er demnächst Gift einsetzen werde. Der erhoffte Protest blieb aus. Er erzählte von Hanne, die sich wirklich gut machte, allerdings unmögliche Tanzschuhe hatte und vernünftige brauchte.

Inas Blick war leer. Als er sie fragte, was sie Weihnachten mache, brach sie in Tränen aus.

»Ich schaffe es einfach nicht …«

»Was denn, Inachen, was?«

»Glücklich zu sein … wie du und Mama«, schluchzte sie.

Es war herzzerreißend. Albert legte sein Besteck nieder, ging um den Tisch herum und nahm sie in die Arme.

»Aber natürlich wirst du das. Natürlich …«

Sie heulte Rotz und Wasser.

»Schau mich mal an, Ina.«

Sie schaute ihn an. Ihre Mundwinkel waren nach unten

gezogen wie die eines traurigen Clowns. Er wischte ihre Tränen fort.

»Du wirst noch sehr glücklich sein. Hörst du?«

»Woher willst du das wissen?«

»Das«, sagte Albert, wie es Martha in solchen Situationen immer gesagt hat, »hat mir ein Vögelchen gesungen.«

Da endlich lächelte sie.

Der Reigen

… oder Reihen ist eine uralte Tanzform. Früher war er ein Ritualtanz und wurde vermutlich weltweit getanzt. Mehrere Personen fassen sich an den Händen und bewegen sich durch den Raum. Meistens im Kreis.

Es ist eine Sache, unglücklich zu sein, eine völlig andere, sein Kind unglücklich zu wissen und nichts dagegen tun zu können.

Albert hatte kaum ein Auge zugetan, vor allem wegen Ina, aber auch wegen der Mäuse, die jegliches Distanzbewusstsein verloren hatten. Mit einem Latschen bewaffnet ging er zu Bett, gewillt zuzuschlagen, sobald er eine von ihnen in der Nähe glaubte. Er erwischte keine Einzige.

Es war noch dunkel, als er losfuhr, um Hanne abzuholen. Er hatte darauf bestanden, frühzeitig aufzubrechen, um im Hellen wieder zu Hause zu sein. Hanne leuchtete zwar nicht ein, worin der Vorteil bestehen sollte, wenn sie dafür im Dunkeln losmussten, aber sie erhob keinen Einwand. Sie war froh, dass er sie zu seinem Schuhmachermeister mitnehmen wollte.

»Wenn Ihnen einer gute Schuhe machen kann, dann Herr Pfeiffer«, hatte Albert versprochen. Nun denn.

Herr Pfeiffer wohnte in einem Städtchen hundert Kilometer entfernt. Hanne hatte vorgeschlagen zu fahren. Das hatte Albert rigoros abgelehnt.

Sie wartete schon vor der Tür, als er im Schneckentempo um die Ecke bog. Er stieg aus, lüftete den Hut, wünschte einen guten Morgen und hielt ihr die Wagentür auf.

»Haben Sie an Ihre Tanzschuhe gedacht?«, fragte er.

Hatte sie. Sie bat ihn, nicht über die Gebrüder-Grimm-Brücke zu fahren, und er tat ihr den Gefallen, ohne groß nachzufragen.

Wenn auf zwei Führerscheine ein Lenkrad kommt, kann es eng an Bord werden, besonders, wenn die Besitzer der beiden Führerscheine so grundverschiedene Temperamente an den Tag legen. Hanne versuchte, an sich zu halten, doch so sehr sie sich auch um Zurückhaltung mühte, es klappte nicht. Sie »fuhr mit«. Jedes Mal, wenn eine Ampel auf Grün umsprang, machte sie ihn darauf aufmerksam. Sie diskutierte die Fahrroute, schlug Abkürzungen vor, wahlweise den einen oder anderen Vordermann zu überholen. Schließlich reichte es Albert, er fuhr rechts ran und sprach ein Machtwort.

»Ich fahre, und wenn Ihnen das nicht passt, kehren wir auf der Stelle um. Ihre Entscheidung.«

Hanne biss sich auf die Unterlippe und sagte: »Weiterfahren.«

»Geben Sie doch einfach mal die Kontrolle ab«, schlug er vor.

Einfach, dachte Hanne.

»Lehnen Sie sich zurück und entspannen sich ein bisschen.«

Er stellte smoothen Jazz an und fuhr weiter. Hanne lehnte sich zurück und konzentrierte sich auf ihren Atem.

Die Stadt schlief noch. Da und dort brannte ein Licht. Hanne musste an ihren Vater denken, der genauso umsichtig Auto gefahren war wie Albert. Zu ihren schönsten Kindheitserinnerungen zählten die nächtlichen Fahrten mit ihm. Wie hatte sie es geliebt, auf der Rückbank zu liegen und sich durch die Heckscheibe in den sternenübersäten Himmel zu träumen. Schaute sie lange genug, konnte sie irgendwann nicht mehr sagen, ob sie durch die unendlichen Weiten des Alls flog oder im Auto lag.

Als sie die Stadt hinter sich gelassen hatten, ging die Sonne auf. Der Horizont leuchtete orange, der Himmel darüber war helltürkis. Durch Felder in unterschiedlichen Schattierungen, von Braun bis hin zu Dunkellila zog sich schnurgerade eine Allee.

Über allem lag eine große Stille. Das Leben hatte sich verkrochen.

Planmäßig, um 8 Uhr 30 erreichten sie das Städtchen.

Im Laden des Schuhmachermeisters Pfeiffer fühlte sich Hanne wie eine Zeitreisende, gelandet irgendwann um die Jahrhundertwende.

Herr Pfeiffer begrüßte sie und erkundigte sich bei Albert nach den »Oxfordern« und den »Budapestern« wie nach altvertrauten Bekannten.

Albert war voll des Lobes. Herr Pfeiffer hatte nichts anderes erwartet.

Beim Anblick von Hannes pinken Tanzschuhen zog er zischend Luft durch die Zähne, als hätte er Schmerzen.

»Das ist Müll«, stellte er fest.

»Der *Müll* hat mich zweihundert Euro gekostet«, sagte Hanne.

Er bat sie Platz zu nehmen und inspizierte ihre Füße. Im Nu erfasste er Ursache und Vorgeschichte der Problematik. Hanne erfuhr, welch hohe Kräfte beim Stehen auf das Fußskelett wirken, die sich beim Laufen entsprechend potenzierten, beim Tanzen um ein Vielfaches. Trotz des exorbitant hohen Preises entschied sie sich dafür, Tanzschuhe maßanfertigen zu lassen.

Ihre Füße wurden vermessen, gezeichnet, Fußabdrücke wurden gemacht, Druckpunkte ermittelt.

»In drei Monaten können Sie zur Anprobe kommen«, sagte Herr Pfeiffer.

»So spät?«

»Ja, nun«, sagte Herr Pfeiffer, »jeder Schritt ist Handarbeit, und meine Auftragsbücher sind voll.«

»Die Frage ist, in welchen Schuhen Frau Hanken bis zur Fertigstellung tanzen soll«, half Albert.

Herr Pfeiffer bot an, den Albtraum in Pink zu optimieren, warnte jedoch vor zu hohen Erwartungen. Die Prozedur würde bis zwei Uhr dauern.

»Kein Problem«, sagte Albert.

Sie gingen durch die Straßen und Gassen, vorbei an urigen Fischerhäuschen und Bürgerhäusern aus dem 18. und frühen 19. Jahrhundert.

Albert beglückwünschte Hanne zu ihrem Entschluss.

»Jeder sollte sich Schuhe anfertigen lassen«, meinte er.

»Kann sich vielleicht nicht *jeder* leisten«, gab Hanne zu Bedenken.

»Überlegen Sie doch mal. Wie viele Schuhe haben Sie in den letzten dreißig oder vierzig Jahren gekauft?«, fragte Albert.

»Keine Ahnung«, sagte Hanne. »Massen.«

»Und wie viel Geld haben Sie dafür ausgegeben?«

»Massenhaft.«

»Sehen Sie, ich habe acht Paar Schuhe, und einige von ihnen sind über zwanzig Jahre alt. Qualität vor Quantität! Wussten Sie, dass in diesem Land pro Jahr über eine Million Schuhe in Altkleidercontainern landen?«

Sie gingen in die rote Backsteinkirche auf dem Marktplatz und zündeten Kerzen an. Eine für Martha. Eine für Hannes Vater.

Zur Mittagszeit kehrten sie in einen kleinen Landgasthof ein. Auf dem Tisch lag ein duftender Tannenzweig, eine Kerze brannte. Es war urgemütlich.

Nach Low-Carb-Gerichten suchte Hanne allerdings vergeblich auf der Speisekarte. Der Einfachheit halber bestellte sie, was Albert empfahl.

Auf der Wiese vor dem Gasthof warf ein Mann in grüner Lodenjacke Stöckchen. Sein Hund apportierte. Das Ganze hatte etwas ungemein Friedliches. Hanne war froh, Frau Fröhlich-Hacker abgesagt zu haben.

Andere Gäste sahen freundlich zu ihnen hinüber. Was die wohl denken mochten? Sicher hielten sie Albert und sie für ein Paar, ein Paar, welches einen Ausflug machte. Kein schlechtes Gefühl, fand Hanne.

»Früher sind wir immer zu Marthas Geburtstag hergekommen«, erzählte Albert. »Jeden 9. Dezember.«

»Ihre Frau hatte am 9. Dezember Geburtstag? Mein Vater auch.«

»Lebt er noch?«

»Nein. Er ist schon lange tot.«

Draußen fand der Hund sein Stöckchen nicht. Sein Herrchen ging es suchen.

»Ich hatte gehofft, mal mit meiner Tochter herzufahren«, sagte Albert, »aber sie hat ja nie Zeit.«

»Als Ärztin hat man nun mal wenig Zeit«, wusste Hanne und schob rasch hinterher: »Kann ich mir jedenfalls vorstellen.«

»Ich wünschte bloß …«, sagte Albert. »Sie ist immer so

fleißig, enorm strebsam, aber privat … Ich mache mir Sorgen, dass sie privat auf der Strecke bleibt. In ihrem Alter hatte ich schon Familie.«

»Das hat sich ja heutzutage alles nach hinten verschoben«, tröstete Hanne. »Außerdem hat nicht jeder das Glück, den Richtigen zu finden.«

»Das ist es ja. Ich glaube, den hat sie nicht. Er macht sie unglücklich.«

»Wie kommen Sie darauf?«

Albert schaute Hanne an, als könne die eins und eins nicht zusammenzählen.

»So etwas sieht ein Vater doch.«

Stimmt, dachte sie, *mein Vater hat es auch gesehen.*

»Irgendwas stimmt jedenfalls mit diesem Kerl nicht«, sagte Albert.

»Kennen Sie ihn denn nicht?«

»Nein. Auch das macht mich stutzig. Wäre alles mit ihm in Ordnung, hätte sie ihn mir längst vorgestellt.«

»Das kann doch alle möglichen Gründe haben«, sagte Hanne in der Absicht, ihn zu beruhigen. »Möglicherweise will sie sich erst ganz sicher sein … oder es gibt irgendwelche anderen Probleme.«

»Wenn sich zwei Menschen lieben, was könnte sie davon abhalten, zusammen zu sein?«

Hanne musste an Chris denken »Keine Ahnung«, sagte sie, »vielleicht hat er anderweitige … Verpflichtungen.«

»Was denn für Verpflich…« Mitten im Satz fiel bei Albert der Groschen.

»*Der* ist verheiratet!«

Das Essen kam und schmeckte Hanne ganz hervorragend. Albert bemerkte es nicht, denn er war in Gedanken bei Ina.

Herr Pfeiffer reichte Hanne die Tanzschuhe, die nun nicht mehr pink, sondern bordeauxrot waren.

»Ich habe die Nähte am Vorderfuß ein wenig lockerer gefasst und mir erlaubt, die Schuhe einzufärben, andernfalls hätte man die Korrekturen gesehen. Ich hoffe, das ist kein Problem.«

»Ganz im Gegenteil«, sagte Hanne.

»Die Pailletten und Schnallen habe ich weggelassen, aber wenn Sie wollen, nähe ich die wieder an.«

»Auf gar keinen Fall!« Hanne war begeistert. Noch begeisterter war sie, als sie probeweise ein paar Schritte Salsa tanzte. Quick-quick-slow, Quick-quick-slow ... Nichts drückte oder quetschte! Nichts tat beim Auftreten weh!

»Warten Sie, bis Sie die maßgefertigten Schuhe haben«, sagte Albert.

In der Stadt war die Weihnachtshysterie ausgebrochen. LED-Lichter in sämtlichen Variationen. Weihnachtsmänner, Engel, Rentiere, Beamer projizierten Weihnachtsmotive an Hausfassaden. Es war Samstagabend, die Straßen waren voller Menschen und voller Autos.

»Alle Jahre wieder …«, stöhnte Albert. »Wissen Sie, wie verwirrend dieses Lichtspektakel für die Vögel ist? Insbesondere für Zugvögel wie die Grasmücke, die in der Nacht ziehen und sich nicht mehr am Sternenhimmel orientieren können. Andere fangen an, aus Versehen Nester zu bauen …«

Angekommen vor ihrem Haus schlug Hanne vor, noch einen Tee bei ihr zu trinken. Er lehnte höflich ab. Sie bedankte sich für den schönen Tag. Er fuhr nach Haus.

»Wo hast du denn den ganzen Tag gesteckt?«, fragte Martha, kaum dass er die Haustür hinter sich geschlossen hatte.

Albert fühlte sich wie mit zwölf. Weil er keine Lust auf Diskussionen hatte, sagte er schlicht: »Bei Herrn Pfeiffer.«

Sie musterte ihn mit zusammengekniffenen Augen und stellte fest: »Aber das ist nicht die ganze Wahrheit. Irgendwas stimmt nicht, Albert Joseph Franz Eduard Gottwald! Ich kenne dich doch!«

Es klang wie eine Drohung.

»Ich mache mir Sorgen um unsere Tochter«, sagte Albert. »Es geht ihr nicht gut. Sie ist unglücklich, hat keinen Appetit, neulich hat sie sich sogar übergeben.«

»Sie hat sich übergeben?«

»Ja, eine Magen-Darm-Grippe.«

»Magen-Darm-Grippe«, sinnierte Martha. »Kannst du dich erinnern, wie es war, als ich schwanger war?«

Wie sollte Albert das vergessen. Vom ersten Tag ihrer Schwangerschaft hatte Martha mit Übelkeit und …

Plötzlich war ihm alles klar: Ina war schwanger! Und der Kindesvater wollte nichts vom Kind wissen! *Deshalb* war sie so verzweifelt. Das war es! Alarmiert sprang er auf, tigerte vor dem Kamin auf und ab und raufte sich das Haar.

»Was willst du jetzt tun?«, fragte Martha.

Er wusste es nicht. Die neuesten Erkenntnisse überforderten ihn komplett. Die Frage war: Was *konnte* er tun? Mit seiner Tochter reden, ihr sagen, dass sie sich, was immer mit dem Sandmann sei, auf jeden Fall für das Kind entscheiden sollte? Er griff zum Telefon und legte es wieder hin. Nein, Reden würde nichts bringen. Sie hatte ihm nichts von ihrer Schwangerschaft erzählt. Dafür gab es Gründe. Er musste das Problem an der Wurzel packen, und die, da war sich Albert sicher, war der Kindesvater.

»Schieb es nicht auf die lange Bank«, mahnte Martha.

»Lass mich nachdenken«, sagte Albert.

Hanne war überrascht, als Albert zu später Stunde anrief und sie bat, mit Ina zu sprechen. Er klang aufgeregt.

»Ich könnte ein Kaffeetrinken veranstalten«, schlug er vor. »Nächsten Sonntag. Dann würde ich unter einem Vorwand hinausgehen, und Sie könnten sich mit meiner Tochter unterhalten, ein Gespräch unter Frauen sozusagen.«

Hanne griff sich an den Kopf. Sie als Doppelagentin! Na herrlich! Was war bloß mit dieser Familie los?

»Warum fragen Sie Ihre Tochter nicht einfach selbst?«

»Mir sagt sie ja nichts. Ich denke, sie will mich mit ihren Problemen nicht belasten.«

»Ich verstehe natürlich, dass Sie sich Sorgen um Ihre Tochter machen. Aber ich bin sicher, sie wird mit ihren Schwierigkeiten allein fertig. Wenn sie Ihnen nichts davon erzählt, ist das ihre Entscheidung.«

Es war still am anderen Ende der Leitung. Dann sagte Albert: »Sie haben völlig recht.«

Er entschuldigte sich für die nächtliche Störung und wünschte eine gute Nacht.

Oje, dachte Hanne, *zu viel Liebe kann manchmal auch ein Problem sein.*

Der Jumpstyle

… entstand um die Jahrtausendwende in Belgien und den Niederlanden. Er wird zu elektronischer Musik getanzt und ist ein sehr kreativer Tanz.
Dennoch gibt es Grundschritte und Schrittkombinationen. Er ist also kein sinnloses Herumgehüpfe, auch wenn es so scheint. Man muss schon genau hinschauen.

Sonntag ging Albert zu den von Boxens wegen eines »neuen Computerproblems«.

»Was denn nun schon wieder?«, maulte Kazuki-Therese, die ihm öffnete.

»Es ist dringend«, sagte Albert.

Drei Minuten später fand im Finkensteig 103 a folgendes Gespräch statt: »Ich bitte dich, alles über einen gewissen Dr. Thaddäus Brüning herauszufinden, was sich herausfinden lässt.«

Im Internet hatte Albert bereits den vollständigen Namen von Thaddäus in Erfahrung gebracht, was unkomplizierter war als erwartet, denn wer hieß heutzutage schon Thaddäus?

»Wie kommen Sie darauf, dass ich das kann?«, fragte Kazuki-Therese.

»Für deine Generation ist das doch ein Klacks. Ihr loggt

euch unter falschem Namen in sozialen Netzwerke, und schon erfahrt ihr alles.«

Kazuki-Therese griente. »Haben Sie im Fernseher gesehen, oder wie?«

»So ist es.«

»Wieso sollte ich Ihnen helfen?«

Albert kratzte sich im Nacken.

»Soll ja nicht umsonst sein.«

»Zweihundert«, sagte Kazuki-Therese, ohne mit der Wimper zu zucken.

»Einverstanden«, sagte Albert.

»Was wollen Sie alles wissen?«

»Adresse, Familienstatus, Kinder …«

»Wird aber ein paar Tage dauern«, sagte Kazuki-Therese. »Don't call us, I'll call you!«

Jauchzet, frohlocket, Thea war Großmutter geworden! *Carlos* hieß der neue Erdenbürger. Die Geburt war unkompliziert verlaufen. Um 23 Uhr war Vivien in den Kreißsaal gegangen und drei Stunden später mit ihrem Sohn auf dem Arm wieder herausspaziert.

Hanne gratulierte der frischgebackenen Großmutter und bekam zum Dank Dutzende von Fotos aufs Handy geschickt.

Carlos war ein bemerkenswert hässliches Menschenkind. Er hatte ein verschrumpeltes Greisengesichtchen, eine sorgenvoll in Falten gelegte Stirn und gigantische Segelohren. Hanne musste unweigerlich an die Großmutter in Kolumbien denken, von der sie kürzlich gelesen hatte. Die Frau war mit ihrem neugeborenen Enkelkind ins Krankenhaus gegangen und hatte einen Umtausch verlangt. Es wollte ihr partout nicht in den Kopf, dass ihre schöne Tochter ein so hässliches Kind geboren hatte. *Nun ja*, dachte Hanne. *Vielleicht verwächst es sich bei dem kleinen Carlos ja noch. Die Hoffnung stirbt zuletzt.*

Beschwingt ging sie zum Salsa-Kurs der Herbstrosen. Sie freute sich auf das Tanzen und auf Albert. Vielleicht würde sie ihm sogar von Carlos' Geburt erzählen, mal sehen.

Auf Desdi und deren Affektinkontinenz freute sie sich nicht. Beruhigend zu wissen, dass Monika da war, für den Fall, dass es zu Handgreiflichkeiten kommen würde.

Ihre Sorge erwies sich als überflüssig, denn als sie vor dem Studio ankam, wartete Desdi bereits auf sie und fiel ihr um den Hals.

»Ich blöde Kuh dachte, du willst ihn mir wegschnappen, und da war ich eben eifersüchtig«, sagte sie. »Tut mir echt leid. Lizzy hat mir alles erzählt.«

»Was *alles?«*, fragte Hanne.

»Na, den Plan und so. Find ich echt cool von dir.«

Das durfte doch nicht wahr sein! Lizzy, das alte Plappermaul!

»Keine Sorge«, sagte Desdi, »von mir erfährt keiner was.«

Sie quasselte den ganzen Weg bis hoch in die erste Etage. Der lateinamerikanische Kurs war noch im Gange, als sie das Studio betraten. Albert nickte einen flüchtigen Gruß zu ihr hin. Ein Blick genügte, und Hanne war klar, dass mit ihm etwas nicht stimmte.

Lizzy eilte herbei und zog Hanne ins Büro. Sie erklärte, weshalb sie es für notwendig gehalten hatte, Desdi einzuweihen. Wäre die abgesprungen, hätte der Kurs nicht stattfinden können, weil Albert auf einer Mindestteilnehmerzahl von vier bestand.

Im Umkleideraum wurde Hanne über die Maßen freundlich von den Herbstrosen begrüßt.

Während der Tanzstunde lobten sie sie in einem fort. Okay, die Grundschritte der Salsa kriegte sie ganz passabel hin, auch weil es sich in den Pfeiffer-optimierten Schuhen unvergleichlich besser tanzte. Aber das erklärte nicht die überbordende Freundlichkeit ihrer Mitstreiterinnen und erst recht nicht die Tatsache, dass alle plötzlich mit ihr tanzen wollten.

Als sie ihr nach einer durchtanzten Sequenz auch noch applaudierten, war klar: Desdi hatte *nicht* dichtgehalten.

Jeder hätte gemerkt, dass etwas nicht stimmte, nur Albert merkte nichts. Er war in sich gekehrt.

Möglicherweise nimmt er mir übel, dass ich seine Bitte (mit Ina zu reden) *ausgeschlagen hab*, vermutete Hanne. Sie nahm sich vor ihn zu fragen, doch als sie aus der Umkleidekabine zurückkam, war er schon weg.

Monika war der Meinung, dass es nun aber wirklich Zeit wäre, gemeinsam einen trinken zu gehen.

»Warum nicht«, sagte Hanne. »Die Tochter meiner Cousine hat heute ein Kind gekriegt. Vielleicht sollten wir das feiern.«

Sogar Kerstin kam mit. Und Lizzy. Sie gingen rüber in den Sturzflug und ließen den kleinen Carlos hochleben, und alle Anwesenden, inklusive Wirt, machten mit.

Die Herbstrosen und Lizzy waren neugierig. Was hatte Hanne über Albert herausgefunden? (Man hatte auf eine so natürliche Weise ins Du gewechselt, dass es niemandem groß aufgefallen war.) Hanne wurde mit Fragen überhäuft, die klarmachten, dass Lizzy die komplette Story ausgeplaudert hatte. Unmöglich fand sie das, und das sagte sie ihr auch.

»Trag du mal so eine Last mit dir herum«, beklagte sich Lizzy.

»Das tue ich täglich«, sagte Hanne.

»Na ja, is ja auch dein Job«, warf Desdi ein.

Auch Monika sprang Lizzy bei: »Für den Laien ist so was nicht einfach.«

Nur Kerstin rügte: »Wenn sich Lizzy dem Ganzen nicht gewachsen fühlt, hätte sie sich nicht darauf einlassen dürfen.«

»Stimmt«, sagte Lizzy und orderte eine Lokalrunde.

Es verstand sich von selbst, dass Hanne den anderen nicht alles über Albert erzählte, was sie wusste. Sie erzählte nur das Offensichtliche, nämlich dass Albert und Martha fast vierzig Jahre lang eine sehr innige Beziehung führten und dass er sehr um seine Frau trauerte.

»Das muss man sich mal vorstellen … vierzig Jahre …«, staunte Desdi.

»Schön, dass es so eine Liebe gibt«, seufzte Monika.

»Zu schön, um wahr zu sein«, meinte Lizzy.

»Also ich bin zwanzig Jahre verheiratet«, sagte Kerstin. »Aber ich bin mir nicht sicher, ob Manfred überhaupt bemerken würde, wenn ich nicht mehr da wäre. Doch! Wenn kein Essen auf dem Tisch stehen würde, dann vielleicht.«

Hanne ließ die anderen wissen, wie schwierig es gewesen war, einen Kontakt zu Albert aufzubauen. Umso wichtiger, dass jetzt alle definitiv dichthielten und sich nichts anmerken ließen.

Die Damen versprachen es hoch und heilig. (Diesmal aber wirklich!)

Was Hannes Engagement in der Sache betraf, war man voll des Lobes.

»Die Leute sollten viel mehr füreinander da sein«, fand Monika.

»Dass du das machst, noch dazu in deinem Urlaub, finde ich ausgesprochen nobel«, lobte Kerstin.

»Verdammt cool«, rief Desdi, hob ihr Glas und brachte lauthals einen Toast auf Hanne aus.

Ein paar Runden später wusste Hanne einiges mehr über die Herbstrosen. Kerstins Ehe war, seit die Kinder aus dem Haus waren, komplett eingeschlafen. Ihre Arbeit erschöpfte sie. Monika hatte ihre Tochter, die in Japan studierte, allein großgezogen. Sie war Single und kam gut zurecht.

»Für einen Partner ist doch gar kein Platz in meinem Leben«, behauptete sie.

Lizzy stimmte zu: »Wo sollte bei diesem ganzen Stress noch ein Mann reinpassen?«

Hanne nickte.

Nur Desdi sah, dass der Kaiser keine Kleider anhat, und wie es ihre Art war, posaunte sie es heraus: »Hey Mädels, ihr macht euch was vor.«

»Ach, und woher willst *du* das wissen?«, erkundigte sich Kerstin.

»Menschenkenntnis. Als Friseurin weißt du Bescheid.«

Lizzy drehte sich einen Joint. Die anderen sahen fragend zu Monika, doch die hob die Hände und sagte: »Kinder, ich bin nicht im Dienst.«

Kerstin fand in der Musikbox lateinamerikanische Songs, und es wurde getanzt. Über Tische und Bänke.

So eine Stimmung hatte man im Sturzflug schon lange nicht mehr erlebt. Hanne warf alle guten Vorsätze über Bord und feierte mit.

In den Verschnaufpausen unterhielt man sich und stellte fest, dass man mehr gemeinsame Themen hatte als erwartet. Beispielsweise waren Hanne und Monika in puncto Sicherheitsvorkehrungen der Gebrüder-Grimm-Brücke einer Meinung: Da musste endlich was geschehen. Wenigstens, so erfuhr Hanne, sollte der Einsatz von Polizeistreifen über Weihnachten auf der Brücke verstärkt werden.

Desdi fand, Hanne müsse unbedingt etwas mit ihren

Haaren machen. Sie brauchte einen vernünftigen Haarschnitt. Hanne erzählte ihr von ihrer Mutter, die es sich in ihrer Kindheit nicht nehmen ließ, ihr die Haare zu schneiden. Mit niederschmetterndem Ergebnis: raspelkurz, mit schiefem Pony. Und deshalb, beendete sie ihre Erzählung, werde sie sich die Haare keinesfalls abschneiden lassen.

»Vielleicht solltest du auch mal zum Seelenklempner«, sagte Desdi.

Mäusetagebuch, Dienstag, der 3. 12.

Fangquote: 1. Speck erneuert, Fallen umgestellt. Sie haben das Schlafzimmer okkupiert. Bin ausgezogen.

Albert hatte seine Matratze hinunter ins Wohnzimmer geschleppt und dort sein Schlaflager aufgeschlagen. So hörte er das Nagen und Kratzen nicht mehr, bekam aber trotzdem kein Auge zu.

Er steigerte sich in wüste Fantasien. In ihnen erblickte sein Enkel nie das Licht der Welt.

Mehrmals versuchte er, Ina telefonisch zu erreichen. Mehrmals sprach er ihr aufs Band, bat sie um Rückruf. Per SMS ließ sie ihn wissen, dass sie keine Zeit habe, was seine Fantasie weiter befeuerte. Lag sie womöglich schon im OP und stand kurz vor der Narkose? Durchgeführt vom Kindesvater höchstpersönlich? Kurz, es war zum Verrücktwerden.

Kazuki-Therese hatte sich auch nicht gemeldet.

Am Dienstag hielt es Albert nicht mehr aus und rief sie an. Sie ging nicht ans Telefon. Wenig später schlug eine Kurznachricht auf: »Asap.«

»Asap«? Was sollte das heißen? Hatte sie sich verdrückt? Noch eine Nachricht: »Dn«.

Albert schaute im Internet nach, um den Code zu

dechiffrieren. Er fand heraus, dass »Asap« »as soon as possible« bedeutete und »dn« »Du nervst!«

Zwei Tage und Nächte hielt er das Handy stets griffbereit, sogar wenn er auf die Toilette ging, hatte er es dabei und während der Kurse auch.

Hanne war unschlüssig. Gleich zweifach. Frau Fröhlich-Hacker hatte sie gebeten, am kommenden Wochenende einzuspringen. Im Gegenzug versprach sie Hannes Vorschlag, die Einstellung von Assistenzärzten betreffend, noch einmal gründlich zu überdenken.

Sollte sie zusagen?

Chris hatte geschrieben. Er wollte wissen, ob sie es sich mit dem Treffen überlegt hatte.

Wollte sie sich mit ihm treffen?

Sie dachte darüber nach, da meldete sich Lizzy und berichtete, dass Albert einen sehr bedrückten Eindruck mache und sie das Gefühl habe, er sei depressiv.

Hanne zögerte nicht und rief Albert an.

Schon nach dem ersten Klingeln nahm er ab und brüllte ihr ins Ohr: »Was hast du rausgefunden?«

»Äh, ich bin's Hanne Hanken.«

Er räusperte sich. »Ach so.«

»Ich wollte mich nur mal erkundigen, wie es Ihnen geht.«

»Alles bestens, warum fragen Sie?«

»Nur so. Ich dachte, vielleicht könnten wir ja joggen gehen, es regnet zur Abwechslung mal nicht.«

»Nein danke.«

»Bleibt es bei morgen Abend?«

»Ja, natürlich.«

»Ich muss jetzt auflegen, erwarte einen dringenden Anruf«, sagte er.

Sie legten auf.

Seltsam, fand Hanne. Sollte sie Ina informieren? Sie beschloss, die Pferde nicht scheu zu machen und Donnerstagabend abzuwarten.

Mittwochabend tauchte Kazuki-Therese aus der Versenkung auf. Albert stieg aus dem Wagen, da stand sie plötzlich hinter ihm.

Sie hatte ganze Arbeit geleistet. Sogar den Dienstplan des Herrn Doktor hatte sie rausgefunden.

Albert hatte es ja geahnt: Dr. Thaddäus Brüning war verheiratet und hatte Kinder. Zwei an der Zahl, ein Junge und ein Mädchen, elf und vierzehn Jahre alt!

»Wie hast du das angestellt?«, fragte er.

»Das wollen Sie gar nicht wissen«, sagte Kazuki-Therese.

Albert bedankte sich und ging sein Portemonnaie holen.

»Macht vierhundert Euro«, sagte Kazuki-Therese.

»Aber wir hatten zweihundert verabredet.«

»War 'ne Menge Arbeit.«

»So viel hab ich jetzt aber nicht.«

Kazuki-Therese nahm, was sie kriegen konnte, sagte: »Den Rest morgen Abend«, und verschwand.

Der Tango Argentino

… entstand vor mehr als hundert Jahren in den Elendsvierteln von Buenos Aires und Montevideo, in denen Ströme von Einwanderern gestrandet waren.
Der Tango Argentino ist Ausdruck von Leidenschaft, von enttäuschter Liebe, Traurigkeit und Schmerz. Er weckt, so sagt man, die Sehnsucht und bringt verloren gegangene Sinnlichkeit und Erotik zurück.

Als Hanne die Tür zum Studio öffnete, sah sie Albert Tango tanzen. In den Armen hielt er eine junge Frau. Sie trug ein knappes rotes Kleid. Beide hatten die Augen geschlossen und wirkten seltsam entrückt.

»Er ist wie ausgewechselt«, sagte Lizzy zu Hanne. »Du hättest ihn gestern sehen sollen. Vollkommen niedergeschlagen. Und heute … na, ich mach mich dann mal vom Acker …«

Hanne sah Albert beim Tanzen zu. Was sie sah, zog sie in den Bann. Sie wünschte sich nichts als das: so zu tanzen, so aufzugehen in der Musik. Sie hätte noch ewig zusehen können, doch nach ein paar Minuten war die Stunde beendet.

Albert begrüßte Hanne und erkundigte sich nach ihren Füßen.

»Tun nicht mehr weh. Die Blasen sind weg.«

»Hat sich der Ausflug ja gelohnt.«

Er war bester Dinge und wirkte regelrecht heiter. Hanne fragte sich, ob er vielleicht manisch-depressiv sei. Das würde die starken Stimmungsschwankungen erklären.

Er klatschte in die Hände: »Was tanzen wir heute?« Hanne nahm all ihren Mut zusammen und fragte: »Wie wär's mit Tango?«

Albert sah skeptisch aus. »Beim Tango müssen Sie aber die Kontrolle abgeben.«

»Werd's versuchen«, sagte Hanne.

»Also gut. Der Tango ist eine Art Zwiegespräch. Damit es gelingt, ist ein gewisser Körperkontakt erforderlich.«

»Okay.«

»Er ist ein Improvisationstanz und besteht aus einer Vielzahl von Tanzelementen, die sich beliebig miteinander kombinieren lassen. Man weiß nie, wie es ausgeht. Wie im Leben«, sagte Albert.

Oder in der Liebe, dachte Hanne.

Er stellte die Musik an, und das Abenteuer begann.

»Beim Tango bleiben wir immer auf einer Höhe, die Knie sind etwas gebeugt. Wir starten mit dem linken Fuß, machen zwei Schritte nach vorn, also Schritt, Schritt, Wiegeschritt, gehen mit dem rechten Fuß zurück und zur Seite, der sogenannte Schlussschritt.«

Das funktionierte schon mal gut. Hanne und Albert nahmen die Tanzpositionen ein.

»Die rechte Hand der Dame liegt in der linken Hand

des Herrn. Die Dame hakt ihre Hand unter das Schulterblatt des Herrn.«

»So?«

»Nein, die Hand *unter* mein Schulterblatt. Ja, so.«

Er machte zwei Schritte auf sie zu, sie wich zwei Schritte zurück, leider mit dem falschen Fuß.

»Noch mal: Die Dame startet mit dem *linken* Fuß.«

Er machte zwei Schritte auf sie zu. Sie ging mit dem linken Fuß zurück. Schritt, Schritt, Wiegeschritt.

Es hagelte nicht zu knapp Kritik.

»Nicht auf den Boden gucken. Gerader Hals! Tangotänzer lassen den Kopf nicht hängen.«

»Nicht die Schultern hochziehen.«

»Nicht zusammensacken, aufrecht!«

»Nicht mit dem Oberkörper wackeln.«

»Nicht die Füße beim Gehen heben, weich in den Schritt hineingleiten.«

»Nicht in die Kurven legen, aufrecht bleiben.«

»Nicht die Ferse aufs Parkett knallen. Freundlich zum Boden sein.«

»Nicht die Musik ignorieren. Nur Bewegung zur Musik ist Tanz!«

»Nicht führen! Der Herr führt!«

»Nicht einschlafen! Leidenschaft, Temperament!«

Irgendwann klappten sogar die Ochos (die Achten) einigermaßen, und doch, es fehlte etwas Gravierendes. Albert unterbrach.

»So geht das nicht«, sagte er.

»Wenn Sie Tango tanzen wollen, brauchen Sie Leidenschaft, Sinnlichkeit und Hingabe. Das werden Sie ja irgendwann mal erlebt haben.«

Hanne musste an Chris denken.

»Also?«

»Also was?«

»Wir sprechen immer nur über mich und meine Probleme. Jetzt sind Sie an der Reihe.«

»Da gibt es nicht viel zu erzählen«, sagte sie. »Es war einmal eine große leidenschaftliche Liebe. Sie endete wie Beziehungen dieser Art meistens enden … Tragisch.«

»Tragisch ist gut«, sagte Albert. »Merken Sie sich dieses Gefühl. Wie hieß er?«

»Wer? «

»Na derjenige, welcher.«

»Chris.«

»Und warum wurde nichts aus Chris und Ihnen?«

»Er war …« Hanne tat sich nicht leicht, es auszusprechen.

»Er hatte anderweitige Verpflichtungen.«

»Er war verheiratet«, erriet Albert und schien sich darüber zu freuen, was Hanne erstaunte.

»Ich habe mir diesen Freund meiner Tochter vorgeknöpft und ihm ein paar Takte erzählt«, berichtete er mit einigem Stolz.

»Aha. Und was hat er gesagt?«

»Nicht viel.«

Tatsächlich war Thaddäus, als Albert ihn am Morgen vor der Klinik abgefangen hatte, nicht zu Wort gekommen. Eindrücklich hatte Albert ihn aufgefordert, sich wie ein Ehrenmann zu verhalten und zu dem Kind zu stehen, andernfalls, so hatte er gedroht, bekäme er es mit ihm zu tun. Bevor der verdutzte Thaddäus etwas entgegnen konnte, bohrte ihm Albert seinen ausgestrecktem Zeigefinger in die Brust und sagte, wie er es aus James-Bond-Filmen kannte: »Dieses Gespräch hat niemals stattgefunden.« Anschließend machte er auf dem Absatz kehrt und verschwand so schnell, wie er gekommen war.

Hanne war entsetzt: »Was versprechen Sie sich davon? Glauben Sie, Ihre Tochter wird begeistert sein, wenn sie davon erfährt?«

Albert fühlte sich unverstanden. »Sie haben ja keine Kinder. Wie wollen Sie da mitreden!«

Treffer. Versenkt. Er war beleidigt, weil sie nicht verstehen wollte. Sie fand ihn gemein und übergriffig. Nachdem sie eine Weile schweigend nebeneinandergesessen hatten, stand er auf und sagte: »So, die Pause ist um. Wir tanzen.«

Vielleicht lag es daran, dass sie sauer aufeinander waren und so die Energie entstand, von der der Tango lebt. Wenn Hanne einen Fehler machte, glich er ihn auf geniale Weise aus. Wollte sie abbrechen, ließ er es nicht zu. Die körperliche Nähe war befremdlich, und es fiel ihr überhaupt nicht leicht, sich führen zu lassen. Doch irgendwann schloss sie die Augen und ließ es einfach geschehen.

Sie tanzten so nah, dass ihre Beine sich berührten, dass sie sein Haar riechen konnte, seinen Atem in ihrem Nacken spürte. Ihre Gesichter waren ernst, die Bewegungen fließend. Es gab Augenblicke des Innehaltens, des spannungsvollen Abwartens, des zögernden Verharrens, hingebungsvoll zelebriert und voller Spannung im Wechsel mit schnellen Bewegungen. Hanne spürte ein kaum wahrnehmbares Prickeln in ihrem Zwerchfell, welches sich in Wellen ausbreitete und ihr Herz erreichte. So fühlte sich Sehnsucht an. Und Schmerz. Lange hatte sie sich dagegen gewehrt.

Albert hatte gedacht: *Nur dieser eine Titel* … und es vergessen. Er spürte ihren Widerstand dahinschmelzen und fühlte sich in eine Zeit versetzt, in der er mit Martha die Nächte durchtanzte. Die Schwermut der Melodie, die Bewegungen, die Erinnerung an Martha, der Schmerz des Verlustes, die Sehnsucht, alles verschmolz zu einem: dem Tango.

Sie tanzten, bis die CD ihr Ende erreichte und sogar noch ein bisschen darüber hinaus, und dann … küsste er sie.

Weg, nichts wie weg!

Fluchtartig verließ Albert das Studio, stürmte die Treppe hinunter. Draußen versuchte er sich zu erinnern, wo sein Auto stand. Als er es endlich fand, brauste er davon, als wäre der Teufel persönlich hinter ihm her. Die Weihnachtsbeleuchtung flog in leuchtenden Streifen an ihm vorbei.

»Es tut mir leid, Martha. Es tut mir so leid«, sagte er

immer und immer wieder. Nie hatte er sie betrogen, nicht einmal daran gedacht hatte er.

Zweimal wurde er geblitzt und bekam seine ersten Punkte in Flensburg.

Hanne konnte sich gut vorstellen, was Albert jetzt durchmachte. Seine Welt hatte einen Riss bekommen. In diesem Zustand konnte sie ihn unmöglich allein lassen.

Wer weiß, vielleicht wäre ja doch noch alles gut gegangen. Albert wäre wohlbehalten zu Hause angekommen, hätte am nächsten Tag Hanne angerufen und sich für den Kuss entschuldigt. Sie hätten sich wie erwachsene, vernünftige Menschen benommen und den Vorfall auf sich beruhen lassen. Doch es kam anders.

Als Albert von der Autobahn abbog, rief Ina an und faltete ihn zusammen. Es stellte sich heraus, dass sie kein bisschen schwanger war.

»Ich glaube, Papa, es ist besser, wenn wir uns erst mal nicht sehen«, sagte sie.

»Aber der Geburtstag deiner Mutter, was ist mit dem?«

»Mama ist seit drei Jahren tot.«

Sie legte auf. Albert fuhr rechts ran.

Er stand im Wald. Der Mond schien in hellblauen Korridoren durch die Bäume. Ein Käuzchens rief. Er bemerkte nichts davon.

Erst das Klingeln des Telefons riss ihn aus seiner Trance. In der Hoffnung, es wäre Ina, nahm er das Gespräch an. Es war Hanne. Sie wollte wissen, wie es ihm ging. Ohne ein Wort zu sagen, legte er auf und fuhr mit zitternden Händen los.

Erst als er in den Finkensteig einbog, bahnten sich die Tränen ihren Weg und trübten die Sicht einmal mehr.

Mit Schwung setzte er in seine Einfahrt, sah im letzten Moment Kazuki-Therese, wich aus und bremste. Zu spät! Es gab ein grauenhaft knirschendes Geräusch.

Loveday!

Er lag hinter dem rechten Vorderreifen, um ihn herum bildete sich eine Pfütze Blut, deren Ränder sich nach außen schlängelten. Es war wenig hilfreich, dass Kazuki-Therese ihn als Mörder beschimpfte. Es war alles andere als hilfreich, dass sich die Haustür der 103 b öffnete und die Pietsch rauskam, um nachzusehen, was da los war.

»Alles in Ordnung!«, rief Albert ihr zu und hoffte inständig, Kazuki-Therese würde den Mund halten. Doch die war verschwunden. Die Pietsch streifte ihn mit einem vernichtenden Blick und ging zurück ins Haus. Albert nahm den Kater in Augenschein. Er lebte! Gott sei Dank! Er zog seinen Mantel aus, hob ihn vorsichtig darauf und hörte ein schwaches Fauchen.

»Ist ja gut«, flüsterte Albert. »Ich kann dich auch nicht leiden, aber tu mir bitte einen Gefallen und stirb nicht.«

Er telefonierte alle Tierärzte ab, die er im Telefonbuch fand. Schließlich erreichte er einen und bekam zu hören, er solle umgehend in die Tierklinik fahren.

Er bugsierte also den Kater in sein Auto, bettete ihn auf die Rückbank und wollte los, da fuhr ein Auto vor und blockierte die Einfahrt. Hanne.

»Was wollen Sie?«, herrschte er sie an.

Seine Mimik war schmerzverzerrt. Er hatte Blut auf dem Hemd.

»Haben Sie sich verletzt?«

»Nein! Machen Sie die Einfahrt frei!«

»Woher kommt das Blut?«

»Geht Sie gar nichts an! Machen Sie den Weg frei!«

»Sie sagen mir jetzt bitte, ob Sie sich verletzt haben«, sagte Hanne in strengem Ton, »sonst …«

»Sonst was?«

»Sehe ich mich gezwungen, die Polizei zu rufen.«

Was blieb Albert übrig, er zeigte Hanne den verunfallten Kater. Die erfasste die Situation mit einem Blick und wusste sofort, was zu tun war.

»Sie gehen zu dem Tier nach hinten und passen auf, dass es ruhig liegt. Eine Hand auf den Brustkorb. Sollte die Atmung aussetzen, sagen Sie es mir.«

»Was dann? Mund-zu-Mund-Beatmung?«

Hanne sparte sich die Antwort.

»Autoschlüssel«, sagte sie und streckte fordernd die Hand aus.

Hanne und Albert saßen im neonbeleuchteten Flur der Tierklinik und warteten. Sie sprachen kein Wort.

Hinter einer Tür aus Metall wurde Loveday notoperiert. Den Geräuschen nach hätte dort auch ein Heimwerker-Kurs stattfinden können. Sie hörten es bohren, sägen, hämmern.

Mitternacht dann endlich die erlösende Nachricht: Der Kater würde überleben. Innere Verletzungen hatte er nicht, aber ein paar Quetschungen im Brustbereich und einen komplizierten Bruch am rechten Vorderlauf. Brüche dieser Art, erfuhren sie, verheilten innerhalb von sechs bis acht Wochen bei normalem Heilungsverlauf. Da Loveday ein starker, junger Kater war, hatte er eine gute Prognose. Allerdings war es nötig, ihn für die nächsten Tage in der Klinik zu behalten.

»Macht nichts«, sagte Albert, der kein bisschen erpicht darauf war, Loveday mit nach Hause zu nehmen.

»Glück gehabt«, sagte Hanne zu Albert.

Der schnaubte. Grotesk, im Zusammenhang der letzten Ereignisse von »Glück« zu reden!

Sie mussten auf die Rechnung warten. Albert hatte sich als Besitzer des Katers ausgegeben.

»Wissen Sie, wem der Kater gehört?«

»Meiner Nachbarin.«

»Sie müssen es ihr sagen.«

»Sie kennen meine Nachbarin nicht«, sagte Albert.

»Aber …«

»Tun Sie mir einen Gefallen«, unterbrach er sie, »und halten Sie sich da raus. Was wollen Sie überhaupt hier?«

»Entschuldigung«, entgegnete Hanne, »ich denke, das ist offensichtlich. Ich helfe Ihnen.«

Albert entfuhr ein irrwitziges Lachen.

»Herzlichen Dank. Ich verzichte auf Ihre Hilfe.«

Hanne versuchte es mit Vernunft.

»Ich verstehe ja, Herr Gottwald, dass Sie wegen des … Vorfalls im Studio …«

»Nichts verstehen Sie! Gar nichts! Seit Sie in meinem Leben aufgetaucht sind, geht alles drüber und drunter! Tun Sie mir den Gefallen, und lassen Sie mich in Ruhe!«

Er bebte vor Zorn.

Hanne gab ihm den Autoschlüssel und ging.

Albert vergrub sein Gesicht in den Händen.

Zu Hause ließ er sich in voller Montur auf die Matratze fallen und streckte alle viere von sich. Martha saß im Sessel und strickte. »Ich hab den Kater von der Pietsch überfahren«, sagte er. »Hab ihn in die Tierklinik gebracht …«

»Du lässt auch nichts aus, Schatz«, sagte Martha und seufzte.

Mit seinem Entschluss, Lizzy nicht mehr helfen zu wollen und auch der Taktlosen keinen Unterricht mehr zu erteilen, war sie mehr als einverstanden.

»Recht so, du musst auch mal an dein Herz denken.«

Sie legte sich neben ihn.

Wie schön war es, Martha in den Armen zu halten.

»Wir haben doch uns«, sagte sie, »wir brauchen niemanden sonst.«

Gern hätte er ein bisschen geschlafen. Doch er hörte die Pietsch nach ihrem Kater rufen. Sie sang das komplette Repertoire von Weihnachtsliedern ab, als sie bei *Last Christmas* ankam, konnte Albert nur eines denken: *na hoffentlich.*

Er raffte sich auf, holte Ohrstöpsel aus dem Badezimmer, nahm einen kräftigen Schluck Whisky gleich aus der Flasche und bereitete so dem Spuk ein Ende.

Hanne machte sich Vorwürfe. Niemals hätte sie es so weit kommen lassen dürfen, ein absolutes No-Go! Wann hatte sie die Kontrolle verloren? War der verdammte Tango schuld gewesen? Unsinn! Sie hatte von Anfang an alles vermischt, ihre Geschichte und Alberts!

»Sich in den Therapeuten zu verlieben ist doch nichts Ungewöhnliches«, sprach die Fachfrau. *»Ein klassischer Fall von*

Übertragung. Du weißt, dass für Patienten leicht der Eindruck entstehen kann, dass es sich bei seinem Therapeuten um den idealen Partner handelt. Die Aufmerksamkeit, die er bekommt, die bedingungslose Annahme und Geborgenheit … Die Frage ist doch wohl eher, weshalb dieser Vorfall dich so verwirrt? Wie sieht es mit deinen Gefühlen aus? Was empfindest du für diesen Mann?«

Hanne rief ihre Supervisorin, Frau Dr. Göttler, an, um sie um einen Termin zu bitten, doch die hatte bereits ihren alljährlichen Weihnachtsurlaub angetreten. Gut, denn wie hätte Hanne ihr das mit der Inkognitotherapie erklären sollen? Die Einwilligung des Patienten war eine Grundvoraussetzung für jede psychotherapeutische Intervention. Albert hatte seine nie erteilt. Außerdem, was hätte Frau Dr. Göttler feststellen sollen, was Hanne nicht schon wusste: Dass sie mit ihrer Vatergeschichte immer noch nicht abgeschlossen hatte? Dass es keine gute Idee war, stellvertretend für seinen eigenen Vater die Väter anderer Leute retten zu wollen?

Die halbe Nacht wienerte Hanne ihr Appartement. Es hatten sich tatsächlich Staubflocken angesammelt! Sie wischte sie mit einer Entschlossenheit beiseite, als wären sie alles, was ihr Leben trüben könnte.

Der Ausdruckstanz

… entstand nach der Jahrhundertwende als Gegenbewegung zum klassischen Ballett in Deutschland. Er ist ein freier, expressionistischer Tanz, ein Weg erstarrte Formen aufzubrechen und zur natürlichen Bewegung zurückzufinden. Zwingend erforderlich ist der Blick nach innen.

Zurückgekehrt in das Land alter Gewohnheiten, war Albert guter Hoffnung, dass sich damit auch die Normalität wieder einstellen würde.

Punkt 6 Uhr lief der Kaffee durch die Maschine und verbreitete Duft im Haus. Tröstlich war er nicht.

Vogelhäuschen, Vogeltränke hatte er vom Schuppendach geholt, alles gründlich gereinigt, Futter verteilt und nicht vergessen, das Wasser in der Tränke zu wechseln.

Er saß wieder am Tisch vor der Terrassentür mit dem Blick in den Garten und quälte sich eine Honigbrötchenhälfte rein. Fast war er ein bisschen erleichtert, weil alles wie früher nach Seife schmeckte, und er beim Schlucken an die genudelten Gänse seiner Mutter denken musste.

Im Vogelhäuschen ließ sich niemand blicken. Nicht einmal ein Spatz.

»Was erwartest du«, sagte er zu sich. »Du hast sie vernachlässigt. Selbst schuld.«

Er brachte das Geschirr in die Küche und sah eine

Maus in Seelenruhe die zweite Brötchenhälfte hinter den Küchenschrank apportieren. Er stellte die Todesfalle der Pietsch genau dorthin, wo die Maus verschwunden war, und machte eine Notiz im Mäusetagebuch.

Mäusetagebuch, Freitag, der 6. 12.

Fangquote: 1. Todesfalle aufgestellt! Weitere werden heute gekauft!

Der tägliche Spaziergang, also fünfhundertsechsundzwanzig Schritte nach rechts, den Finkensteig runter, zweihundertvierundvierzig den Meisenweg entlang, achthundertsiebzehn den Waldhüterpfad zurück. Unterwegs überlegte er sich, dass er sich den Baumarktbesuch auch sparen konnte. Hatte das Leben zuvor keinen Sinn ergeben, ergab es jetzt, da seine Tochter nichts mehr von ihm wissen wollte, erst recht keinen. Nach Marthas Geburtstag würde er einen Schlussstrich ziehen. Mittels Auto in der Garage. Die Lösung aller Probleme!

Er beeilte sich, nach Hause zu kommen, inspizierte das Garagentor und beschloss, von innen einen Riegel anzubringen, damit ihn niemand stören konnte.

»Lebt die Katze noch?«

Albert fuhr herum. Kazuki-Therese stand hinter ihm. An ihr plötzliches Erscheinen würde er sich nie gewöhnen.

»Ja, sie wird überleben.«

Täuschte er sich, oder sah er zum ersten Mal ein kleines Lächeln über das Gesicht des Mädchens huschen?

»Und was wollen Sie jetzt machen?«

»Was soll ich denn machen? Der Kater ist in der Tierklinik und wird dort versorgt.«

»Er gehört aber nicht Ihnen. Haben Sie es Ihrer Nachbarin schon erzählt?«

»Nein.«

»Wie wollen Sie das regeln?«

Paso doble, dachte Albert, richtete sich auf, zog die Schulterblätter zurück, verlagerte das Gewicht leicht nach vorn, spannte die Bauchmuskeln an, stampfte auf und wollte gerade einen Schritt auf den Stier beziehungsweise das Mädchen zumachen …

»Alles in Ordnung mit Ihnen?«, fragte Kazuki-Therese.

Albert sackte in sich zusammen wie ein angestochener Luftballon.

»Alles bestens. Ich frage mich nur, was dich das alles angeht?«

»Nichts, wenn Sie mir mein Honorar geben. Die Summe hat sich übrigens verdoppelt, wegen dem Kater. Also achthundert.«

Albert bekam eine Schnappatmung.

»Haben wir uns verstanden?«, erkundigte sich Kazuki-Therese und versuchte, möglichst abgebrüht auszusehen.

Das werden wir ja noch sehen, wer hier wen austrickst, dachte Albert und entgegnete ebenso abgebrüht: »Kein Problem. Dienstag ist die Rente auf dem Konto. Dienstagnachmittag also.«

»Okay. Dienstagnachmittag, 16 Uhr, letzte Gelegenheit«,

sagte Kazuki-Therese und verschwand im Nichts, aus dem sie gekommen war.

Sich weiter erpressen zu lassen kam für Albert überhaupt nicht infrage. Wenn das Mädchen am Dienstag kommen würde, wäre er nicht mehr da. Ganz einfach. Nicht dass er vorhatte, sich von ihr finden zu lassen. Sie war ein Kind, ein sehr unangenehmes zwar, aber doch ein Kind. Er würde also das Garagentor präventiv mit zwei zusätzlichen Riegeln absichern, das Frettchen würde eins und eins zusammenzählen und die Polizei rufen. So der Plan.

Lizzy war besorgt. Albert war nicht zum Rumba-Kurs erschienen. Nicht mal abgesagt hatte er. Das sah ihm gar nicht ähnlich. Ans Telefon ging er auch nicht. Sie rief Hanne an und fragte, ob etwas passiert sei.

»Nein«, sagte Hanne, »was soll denn passiert sein? Herr Gottwald wünscht keine weiteren Treffen, und ich werde seinen Wunsch respektieren. Das ist alles.«

Lizzy war fassungslos. »Du kannst doch jetzt nicht aufgeben.«

»Doch, kann ich«, sagte Hanne.

»Heißt das, du kommst gar nicht mehr? Auch nicht mehr zu den Herbstrosen?«

»So ist es«, sagte Hanne und bat Lizzy, Ina zu informieren und sie künftig aus allem rauszuhalten. Dann legte sie auf.

Ihre Tanzschuhe brachte sie in den Keller, stellte sie in die Box neben die Wanderschuhe und dachte: *schade, wirklich schade.* Sie tröstete sich mit dem Gedanken, dass sie ja jederzeit tanzen gehen konnte, nur eben nicht mehr in Lizzys Studio und nicht mehr mit Albert, und ahnte zugleich, dass sie es niemals tun würde.

Entschieden drückte sie den Deckel auf die Box und löschte das Licht. Sie ärgerte sich, Herrn Pfeiffer mit der Fertigung neuer Tanzschuhe beauftragt zu haben, nahm sich vor, den Schuhmachermeister anzurufen, damit der den Auftrag stornierte, und vergaß es.

Sie meldete sich bei Frau Fröhlich-Hacker, erklärte sich bereit, am kommenden Wochenende einzuspringen. Die Personalchefin wollte wissen, wie es mit der Vertretung an den Weihnachtstagen aussehe. Da herrsche absoluter Notstand. Hanne sagte nicht sofort zu. So einfach wollte sie es der Frau denn doch nicht machen.

Die Ärztin vom Katharinengarden bat sie um ein persönliches Gespräch. Nun denn …

Routiniert erledigte Albert die Kündigungen, Gas Wasser, Strom … gekündigt ab sofort und wegen Todesfall. Die Briefe legte er auf den Küchentisch, versah sie mit einem Post-it, auf das er schrieb: *Kündigungen, bitte einwerfen.* Den Ordner mit den Erbschaftsangelegenheiten deponierte er für Ina auf dem Küchentisch, den

Abschiedsbrief holte er aus der Sockenschublade und legte ihn dazu.

Draußen rief die Pietsch ihren Kater.

Albert schrieb ihr einen Brief, in dem er ihr mitteilte, wo sich der Kater befand, dass er den Unfall sehr bedaure und selbstverständlich für die anfallenden Kosten aufkommen werde. Sie solle sich zu diesem Zweck doch bitte an seine Tochter wenden.

Gegen Mittag war er mit allem durch. Ursprünglich hatte er Marthas Geburtstagstorte fertig kaufen wollen, beschloss jedoch, selbst eine zu backen. Es würde sein erstes und einziges Backabenteuer sein, und es sollte auf jeden Fall eine Erdbeertorte werden. Er nahm also das Einkaufsnetz vom Haken und ging los.

Tapfer widerstand er der Versuchung, der Kamera am Haus der von Boxens den Mittelfinger entgegenzustrecken.

Als er in den Meisenweg bog, blieb er wie angewurzelt stehen. An allen Bäumen pinnten Zettel. Auf denen war ein Foto von Loveday abgebildet, darunter stand: »Kater entlaufen. Hohe Belohnung für den Finder! Bitte melden Sie sich im Finkensteig 103 b bei Pietsch.«

Er machte auf dem Absatz kehrt und ging einen Umweg.

»Gegen die nächtlichen Unruhezustände bekommt Ihre Mutter noch 5 ml Melperon und 1,5 Quetiapin«, sagte die

Ärztin vom Katharinengarden. »Tagsüber bekommt sie gar keine Medikamente mehr. Es war übrigens eine gute Idee, ihr den Koffer zu geben. Seither ist sie wie ausgewechselt. Sie werden sich wundern.«

Hanne wunderte sich sogar sehr, denn Wilma war auferstanden. Kerzengerade thronte sie im Rollstuhl in ihrem Zimmer. Vor ihr, auf dem Tisch, lag der geöffnete Koffer. Neben ihr saß die Hühnerfrau, der sie eine Führung durch ihre Karriere gab.

»Das bin ich als *Eliza* in *My Fair Lady*. Die Kritiken überschlugen sich vor … vor …«

Hanne, die in der Tür stehen geblieben war, half ihr auf die Sprünge: »Vor Begeisterung?«

Wilma streifte sie mit einem Blick und prustete verächtlich: »Begeisterung? Entusiasmo! Entusiasmo!«

Wilma zeigte der Hühnerfrau ein weiteres Foto und sagte: »Und das bin ich als *Susanna*.«

Berta Müller hippelte unruhig auf ihrem Stuhl umher. Sie war nicht recht bei der Sache, was Wilma aber nicht bemerkte.

»*Così fan tutte, Olympia, Hoffmanns Erzählungen*. Die schönste *Olympia* aller Zeiten, schrieb man über mich … und hier: *Othello, Desdemona* und – Attenzione! – die *Königin der Nacht*! Mit Rolando Claus als *Sarastro*!«

Die Hühnerfrau hielt es nicht länger auf ihrem Stuhl. Sie sprang auf, tippelte gen Tür und sagte: »Ich muss jetzt aber wirklich das Hühnchen rupfen. Samstag muss das Hühnchen gerupft werden. Wenn das Hühnchen am Samstag …«

»Setz dich wieder hin, Berta«, sagte Wilma streng. »Hier ist dein Huhn.« Sie nahm ein Kissen und drückte es Berta in die Arme. Die setzte sich und war zufrieden.

Hanne war mehr als verwundert. Nicht nur, dass ihre Mutter sprach und imstande war, Dinge richtig einzuordnen, sie war sogar fähig zu interagieren. Die Lösung mit dem Kissen war ebenso einfach wie genial. Friedlich popelte Berta Federn aus dem Kissen und warf sie mit Schwung zu Boden, ganz so, als würde sie ein Hühnchen rupfen.

Hanne setzte sich zu den Damen an den Tisch und brüllte: »Hallo! Wilma! Darf ich auch mal sehen?«

Sie griff nach dem Foto der *Zauberflöte*, doch Wilma zog es weg, legte es zurück in den Koffer und schloss ihn energisch.

»Wer sind Sie? Was wollen Sie? Ein Autogramm?«

»Gern«, sagte Hanne. Nichts passierte.

»Darf ich das Foto nicht sehen?«, hakte sie nach.

Offensichtlich nicht. Wilma stützte sich mit beiden Unterarmen auf den Koffer und funkelte sie böse an.

»Schade«, schrie Hanne. »Ich habe nämlich zwei Karten für die Premiere der *Zauberflöte*.«

»*Zauberflöte*?« Der Ärger war Wilma aus dem Gesicht gewischt.

»Thea hinterlegt uns zwei Karten für den 22.12. Ich dachte, wir könnten da zusammen hingehen? Natürlich nur, falls du Lust hast.«

»Naturalmente!«

»Darf ich jetzt vielleicht mal in den Koffer sehen?«

Wilma sah aus, als würde sie überlegen, wer die Frau war. Sie blickte Hanne direkt in die Augen. Die hielt die Luft an. Würde ihre Mutter sie erkennen?

»Müssen Sie sich nicht um meine Garderobe kümmern?«, fragte Wilma.

Im Kamin knisterte das Feuer. Der Walzer von Brahms in As-Dur lief. Albert hatte die Vorhänge zugezogen und die Musik gerade so laut gestellt, dass er die Pietsch nicht hören konnte.

Er und Martha lagen Arm in Arm auf der Matratze und schipperten durch den Ozean ihrer Vergangenheit.

»Es war kurz nach Feierabend. Ich sortierte gerade den Salat, als du an die Schaufensterscheibe geklopft hast. *Geschlossen*, wollte ich rufen, aber als ich dich sah, war ich hin und weg.«

»Du hast mich angestarrt wie ein Uhu«, lachte Martha. »Hast den Salatkopf fallen lassen.«

»Hab ich nicht.«

»Doch hast du.«

»Das denkst du dir aus, mein Engel. Obwohl es kein Wunder gewesen wäre. Du hast mich einfach umgehauen. Ich habe dich jeden Morgen und jeden Abend vorbeigehen sehen, aber nie bist du in unseren Laden gekommen.«

»Außer an diesem Tag.«

»Es war ein Donnerstag.«

»Ein Donnerstag. «

»Du trugst das Kleid mit den roten Mohnblumen. Das Licht der Abendsonne schien durch den dünnen Stoff, ich konnte die Umrisse deiner Beine sehen.«

»Albert Joseph Franz Eduard Gottwald, du fantasierst! Ich kam von der Arbeit. Im Büro habe ich immer einen Unterrock getragen. Was meinst du, was mir mein Vorgesetzter erzählt hätte, wenn ich in einem durchsichtigen Fummel zur Arbeit erschienen wäre … Jedenfalls hast du die Tür aufgeschlossen.«

»Du warst gerannt und außer Atem.«

»Ich wollte unbedingt frische Erdbeeren.«

Albert sah die junge Martha vor sich stehen, als wäre es gestern.

Sie ist umwerfend schön, hat rote Lippen und langes braunes Haar. Sie bewegt sich mit der Anmut einer Tänzerin. Jede ihrer Bewegungen, sei sie auch noch so klein, ist vollkommen.

Er, ein junger Mann, Mitte zwanzig, schlaksig, ein Hänfling, steht in der Ladentür und starrt sie an wie ein Uhu.

»Ich weiß, Sie haben bereits geschlossen«, sagt sie.

Er starrt immer noch wie ein Uhu, auf ihren perfekt geformten roten Mund.

»Aber können Sie mir vielleicht trotzdem ein paar Erdbeeren verkaufen?«

Ihre Stimme … wie Musik … der Rhythmus ihrer Worte … ein Walzer.

»Hab keine mehr«, stammelt er und lässt den Salatkopf fallen. Sie bücken sich zeitgleich. Ihre Hände am Salat … die Fingerspitzen, die sich berühren. Ihr Geruch … ihm wird schwindelig.

»Schade«, sagt Martha und lächelt.

Wie kann man denn nur so weiße Zähne haben, denkt er.

Sie wendet sich zum Gehen, dreht sich noch einmal zu Albert um und winkt. Ihr Lächeln raubt ihm den Verstand.

»Warten Sie!«, ruft Albert. »Warten Sie!«

Martha kuschelte sich an ihn. »Und dann bist du nach hinten gegangen und hast mir Erdbeeren geholt.«

»Ich hab sie meiner Mutter weggenommen. Die wollte Erdbeerkuchen machen. Hat ganz schönen Ärger gegeben.«

»Am Abend sind wir ins Kino gegangen.«

»*Dick und Doof* haben wir gesehen.«

»Gott war das schön, mit dir zu lachen.«

»Ja, das war es.«

»Und du hast es dir nicht nehmen lassen, mich nach Hause zu bringen, obwohl du dafür einmal quer durch die Stadt musstest.«

»Einen solchen Schatz lässt man doch nicht aus den Augen.«

»Und vor meiner Haustür hast du einen Stepptanz hingelegt, weißt du noch? Wie Fred Astaire, hab ich gedacht.«

»Und dann haben wir uns sehr lange geküsst.«

Albert schniefte.

»Bist du traurig?«

»Wie soll ich denn nicht traurig sein?«

»Aber warum denn, Schatz. Ich bin doch bei dir … Was für eine Torte kriege ich?«

»Eine selbst gebackene«.

»Du hast noch nie gebacken.«

»Lass dich überraschen, mein Engel.«

Kaum hatte sich die Tür der Schleuse zur Station 2 b hinter ihr geschlossen und die Welt zuverlässig ausgesperrt, umfing Hanne eine wohlige Gelassenheit. Es war wie nach Hause kommen. Sogar das Adventsgesteck im Aufenthaltsraum, auf dem künstliche Kerzen flackerten, brachte sie nicht sonderlich aus dem Konzept.

»Wir waren uns doch darüber einig, dass wir so was hier nicht haben wollen«, sagte Hanne zur diensthabenden Schwester. Die hatte keine Zeit für Diskussionen und zuckte bloß mit den Achseln.

An Weihnachten erinnert zu werden setzte die meisten Patienten unter Druck, also hatte Hanne alle Pfleger und Schwestern angewiesen, keine Weihnachtsdeko auf der Station zu verwenden. Sie warf das Gesteck in den Mülleimer und verschaffte sich einen Überblick.

Vera Schilling war entlassen worden.

Ihr erster Weg führte sie zu Kai Meyer. Sie grüßte, er reagierte nicht. Er saß im Rollstuhl vor dem Fenster und starrte auf den Baum, dessen Blätter zu Boden fielen. Hanne musste an Martha denken, die mit dem Sterben gewartet hatte, bis die Robinie vor ihrem Fenster zu blühen begann.

Die Küche sah aus wie ein Schlachtfeld, doch der Aufwand hatte sich gelohnt. Albert hatte einen Tortenboden fabriziert, der sich sehen lassen konnte. Er rührte gerade Buttercreme an, als das Telefon klingelte: die Tierklinik.

»Falls es Sie interessiert«, sagte die Frau am anderen Ende der Leitung in unüberhörbar vorwurfsvollem Ton, »Ihrem Kater geht es gut.«

»Das ist ja schön«, sagte Albert, bemüht wie ein fürsorglicher Katzenhalter zu klingen.

»Ich meine ja nur, weil Sie nicht einmal nachgefragt haben.«

»Wir hatten ein Familienfest«, redete er sich raus.

»Jedenfalls können Sie ihn jetzt abholen«, sagte die Frau.

»Oh! Schon? Kann er nicht wenigstens bis morgen bei Ihnen bleiben?«

»Sagen Sie mal, sind Sie überhaupt der Besitzer des Tieres?«, fragte die Frau verärgert. Sie war ein deutlich anderes Verhalten von Tierhaltern gewohnt.

»Wieso?«

»Wir haben den Chip des Katers ausgelesen. Eine Frau *Brigitte Pietsch* ist als Besitzerin registriert.«

In Bruchteilen von Sekunden umriss Albert die Gefahrenlage: Wenn er jetzt nicht mitspielte, würde die Tierklinik die Pietsch anrufen, dann konnte er Marthas Geburtstag und alles, was er sich vorgenommen hatte, vergessen.

Er trat die Flucht nach vorn an.

»Sie haben vollkommen recht. Frau Pietsch ist die Besitzerin. Sie ist meine Nachbarin. Sie ist krank, schwer krank. Geistig verwirrt, die Ärmste. Ich habe den Kater auf der Straße vor ihrem Haus gefunden. Er war angefahren. Ich wollte ihr den Kummer ersparen.«

»Ist die Dame denn überhaupt fähig, sich um ein kranken Tier zu kümmern?«, erkundigte sich die Frau.

»Selbstverständlich. Ich bin ja auch noch da und ihr Sohn. Wenn wir alle zusammen anpacken …«

»Und wer bezahlt die Rechnung?«

»Die übernehme ich. Man hilft ja, wo man kann.«

»Das ist aber wirklich sehr nett von Ihnen. Die Welt wäre ein besserer Ort, wenn es mehr Menschen gäbe, wie Sie.«

»Danke«, sagte Albert. »Sehr freundlich von Ihnen.«

»Mist, Mist, Mist!«, fluchte er, nachdem er aufgelegt hatte. Er musste den Kater abholen, ob er wollte oder nicht. Die Buttercreme stellte er in den Kühlschrank, den Tortenboden in das Vorratsfach. Das Loch an der Rückwand verschloss er mit einem Knäuel Küchenkrepp. Die Todesfalle platzierte er in unmittelbarer Nähe.

Auf dem Weg in die Tierklinik spielte er alle Varianten durch. Wie konnte er den Kater loswerden? Sollte er ihn der Pietsch vor die Tür legen? Die Gefahr, auf frischer Tat ertappt zu werden, war groß. Er konnte ja sagen, dass er ihn gefunden hatte. Einen Kater mit vergipstem Bein … Haha. Na gut, hatte er ihn eben verletzt auf der Straße gefunden und in die Klinik gebracht. War doch nett von ihm. Aber warum hatte er die Pietsch dann nicht benachrichtigt? Lizzy fiel ihm ein. Er hatte ihr einen Gefallen getan, jetzt war sie an der Reihe.

Er rief sie an, erklärte ihr die Sache mit dem Kater und bat sie, ihn ein Weilchen bei sich zu behalten, nur ein paar Tage.

»Geht nicht«, sagte Lizzy. »Katzenhaarallergie.«

»Wenn man dich schon mal um was bittet!«

»Sag mal, willst du eigentlich gar nicht wieder herkommen? Hier fallen reihenweise die Kurse aus«, sagte Lizzy.

»Du kannst mich mal, Lizzy«, sagte Albert und legte auf.

Die Tierklinik belastete seine Kreditkarte mit Euro 1.867,50. Weitere Kosten für die Nachbehandlung würden folgen, kündigte die Frau an der Kasse an. Weil er keine Transportbox dabeihatte (woher auch?), musste er eine leihen und zahlte ein sattes Pfand.

Von einem freundlichen Veterinär mit Glatze wurde er en détail über den Zustand des Katers aufgeklärt, bekam eine ausführliche Einweisung, wie er das rekonvaleszente Tier zu pflegen und zu füttern hatte, und einen Schwung Medikamente.

»Und da ist er schon, der kleine Liebling«, sagte der Veterinär und deutete auf die gertenschlanke, blutjunge Helferin, die eben mit einer Box, in der der Kater hockte, hereinkam.

Es war ein Bild des Elends: Loveday hatte einen Plastikkragen um den Kopf, sein rechtes Vorderbein steckte bis zum Schulterblatt in Gips, diverse Schrauben und Vorrichtungen ragten rechts und links heraus. Anstandshalber steckte Albert seine Finger durch das Gitter und säuselte, als habe er Kreide gefressen: »Hallo, Loveday! Miez, Miez ...«

Der Kater fauchte.

»Nehmen Sie's nicht persönlich«, tröstete ihn der Veterinär, »er ist ein stolzer Kater und hat einiges durchgemacht.«

Den ganzen Weg von der Tierklinik bis nach Hause miaute Loveday kläglich. Albert versuchte darüber nachzudenken, wie er das Tier in der Box an der Pietsch vorbeischmuggeln sollte, konnte aber keinen klaren Gedanken fassen.

Ausnahmsweise war das Glück auf seiner Seite. Als er in den Finkensteig bog, sah er seine Nachbarin mit der Spieluhr herumlaufen, gut zweihundert Meter vom Haus entfernt.

Er trug den Kater ins Haus, legte ihm eine Decke in den Flur und öffnete die Tür der Box. Vorsichtig und in Zeitlupe humpelte Loveday heraus, sah Albert fragend aus seinen großen grünen Augen an und gab ein vorwurfsvolles Miau von sich.

»Ja, ich weiß, das ist nicht dein Zuhause«, sagte der, »fürs Erste geht's nicht anders. Und nun sei brav und mach schön Platz.«

In Alberts Kindheit hatte es einen Hund gegeben, einen giftigen Spitz namens Rudi. Das einzige Kommando, auf das Rudi gehört hatte, war »Platz« gewesen.

Loveday jedenfalls dachte keine Sekunde daran, »Platz« zu machen. Gründlich inspizierte er das Haus, und Albert folgte ihm auf Schritt und Tritt und passte auf, dass er nirgendwo hängen blieb.

Dafür, dass es das zweite Adventswochenende war, war auf der Psychiatrischen erstaunlich wenig los. In der Geriatrie verweigerte eine Patientin die Blutzuckerkontrolle. Es war wie immer, kaum tauchte die Frau Doktor im weißen Kittel auf, ließ die Patientin die Maßnahme widerstandslos über sich ergehen.

Schade, dass Schwester Birgit im Urlaub ist, dachte Hanne, *man hätte ein bisschen quatschen können*. Andererseits auch wieder gut. Birgit hätte bloß wieder wissen wollen, ob sie sich schon bei Chris gemeldet hatte. Manchen Menschen wollte es einfach nicht in den Kopf, dass man auch allein nicht einsam war.

Hanne holte sich einen Kaffee und knöpfte sich ein

paar Akten vor. Ihre Gedanken wanderten immer wieder zu Albert hin. Wie es ihm wohl ging?

»Nicht deine Sache!«, sprach die Fachfrau, und recht hatte sie.

Gegen Mitternacht wurde Hanne in die Notaufnahme gerufen. Ein verzweifelter Enddreißiger wollte sich selbst einweisen.

Ina war die diensthabende Ärztin. Sie übergab den Patienten an Hanne und würdigte sie keines Blickes.

Hanne sprach mit ihm. Seine Freundin hatte sich von ihm getrennt und das, obwohl er bereits Verlobungsringe gekauft hatte, die er ihr feierlich am Heiligen Abend, im Hause seiner Eltern, überreichen wollte. Jetzt dachte er über Selbstmord nach.

Hanne machte die Papiere fertig. Der Enddreißiger wurde auf die Station gebracht.

Als er weg war, sagte Hanne zu Ina: »Ich möchte mit Ihnen über Ihren Vater sprechen«.

»Ich aber nicht«, antwortete die in einem Ton, der Hanne verblüffte.

»Ich denke, es ist erforderlich.«

Ina sah sie an wie einen Feind. Ihre Augen waren rot, die Haut drum herum verquollen.

»Wie konnten Sie ihm von mir und Thaddäus erzählen!«, fuhr Ina sie an.

»Wie bitte?«

Ein Pfleger kam herein. Hanne und Ina gingen in die Eingangshalle, wo sie ungestört reden konnten.

Hanne versicherte Ina, dass sie keinen blassen Schimmer von ihrem Privatleben habe, ergo ihrem Vater auch nichts erzählt haben konnte. Der Vorwurf war absurd.

»Aber woher wusste er dann von uns?«

Ina setzte sich auf die Bank vor dem Brunnen und überlegte. Hanne setzte sich neben sie.

»Fragen Sie ihn. Ich glaube ohnehin, es wäre wichtig für Sie beide, offen miteinander zu reden. Jeder versucht, dem anderen zu helfen ... keiner spricht aus, was ihn bewegt ... fatal. Sie sehen ja, wohin das führt. Ich jedenfalls habe mich aus dem Geschehen zurückgezogen.«

»Bitte nicht!«, sagte Ina. Es klang flehentlich.

»Er braucht eine Vertrauensperson.«

»Das bin aber nicht ich, bedaure«, sagte Hanne.

Es war so still in der Eingangshalle, dass man das Plätschern und Gurgeln des Brunnens hören konnte.

»Morgen hat Ihre Mutter Geburtstag. Ich denke, es ist nicht gut für Ihren Vater, an diesem Tag allein zu sein.«

Ina schüttelte den Kopf. »Ich ... ich kann nicht. Nicht jetzt. Ich habe mich gerade von meinem Freund getrennt ...«

Weiter kam sie nicht. Hanne reichte ihr ein Taschentuch.

»Vier Jahre waren wir zusammen, *vier Jahre!* Ich hätte mich nie darauf einlassen dürfen«, sagte Ina. »Wir lieben uns, aber ... er ist verheiratet und ...«

»...schafft es nicht, sich zu trennen«, ergänzte Hanne.

Ina nickte.

Hanne wusste alles über dieses Thema. Es war ein zermürbenden Kreislauf und immer derselbe: *Ich trenne mich und Ich brauche noch Zeit* waren die beiden Schwungräder, die Affären wie diese am Laufen hielten. Man glaubte, bis man nicht mehr glauben konnte, trennte sich, hielt es dann aber doch nicht aus, konnte nicht mit und nicht ohne einander. Was folgte war eine großartige Versöhnung, Versprechungen, Schwüre, spektakulärer Sex … und dann ging das Ganze wieder von vorn los. Eine Sucht.

»Suchen Sie das Weite«, riet Hanne. »Bewerben Sie sich an einem anderen Krankenhaus, besser noch in einer anderen Stadt. Verhindern Sie jeden Kontakt, und richten Sie sich auf Entzugserscheinungen ein. Sie werden einen guten Psychologen brauchen. Ich kann Ihnen da gern einen Kollegen empfehlen.«

Ina wurde in die Notaufnahme gerufen.

Hanne blieb allein zurück. Das Wasser des Brunnens plätscherte, sie sah zu dem katastrophal geschmückten Weihnachtsbaum, dachte an Chris und spürte den alten Schmerz aufsteigen und mit ihm einen unermesslichen Zorn.

Sie schnappte sich einen Stuhl, stellte ihn vor den Weihnachtsbaum und begann selbigen ab- und anschließend wieder neu zu schmücken. Je länger sie damit beschäftigt war, desto mehr Elan kam in die Sache, desto klarer wurde ihr, dass sie mit Chris endgültig abschließen musste.

Am nächsten Morgen rief sie ihn an.

»Hanne! Wie schön, dass du anrufst!«

Seine Stimme klang wie früher. Warm, ruhig und sehr männlich. Hanne spürte, wie ihr Herz in der Brust hämmerte. In ihrem Kopf rief es: *Ja, ja, ja!*

»Hallo, Chris«, sagte sie, als wäre es das Normalste von der Welt.

Loveday hatte in den Flur gepinkelt.

»Nicht so schlimm«, tröstete ihn Albert. »Irgendwo musst du ja schließlich hinmachen.«

Er holte ein Backblech, ging hinaus in den Garten, schaufelte Erde darauf und stellte das Ganze direkt neben Lovedays Lager.

»Guck mal«, sagte er, »das ist jetzt deine Toilette. Da hast du's nicht weit.«

Davon, dass Katzen sehr reinliche Tiere sind, die ihr Klo keinesfalls neben der Schlafstätte haben wollen, hatte er noch nie gehört.

Loveday gab den ganzen Tag keine Ruhe. Er miaute, doch sobald sich Albert ihm näherte, fauchte er und fabrizierte ein bedrohlich grollendes Geräusch in seiner Kehle.

Damit die Pietsch es nicht hörte, hatte Albert das Tier ins Wohnzimmer bugsiert. Doch der Kater wollte partout nicht auf seiner Decke bleiben. Außerdem musste er endlich was fressen.

Albert fand im Tiefkühlfach eine Packung Hackfleisch und legte sie zum Auftauen raus. Als er ins Wohnzimmer zurückkam, lag der Kater auf Marthas Sessel. Wie er es dort hochgeschafft hatte, war rätselhaft. So vorsichtig wie möglich setzte Albert das Tier auf dem Boden ab, was nicht ohne Kratzer vonstattenging. Zudem war es sinnlos, denn kaum drehte er dem Kater den Rücken zu, war er wieder oben. Kurzum, Albert kam zu gar nichts.

23 Uhr. Zeit für Lovedays Schmerzmittel. Albert versuchte es im Guten. Er versteckte die Pillen im Hackfleisch, in Leberwurst, in Buttercreme … Alles vergebens. Der Kater wendete nur angewidert den Kopf ab. Schlussendlich blieb Albert nichts anderes übrig, als ihn zu packen und ihm die Medizin direkt in den Rachen zu stopfen. Die Schnauze hielt er anschließend zu, wie es der Veterinär geraten hatte, bis er ein Schlucken wahrnahm.

Nach der Prozedur sah Albert aus, als hätte er mit einem Tiger gekämpft. Hände und Arme waren mit blutigen Kratzern übersät, sogar auf der Nase hatte Loveday ihn erwischt. Vollkommen erschöpft lagen die beiden schließlich am Boden, Mann und Kater, in weitmöglichstem Abstand. Sie belauerten einander wie Todfeinde.

Mitternacht. Marthas Geburtstag. Es war zum Heulen. Eigentlich hätten dreiundsechzig rote Rosen auf dem Tisch stehen sollen. Mit einem fröhlichen »Tada« hatte er die selbst gebackene Erdbeertorte präsentieren wollen, auf der dreiundsechzig Kerzen brennen sollten. Er hatte überlegt, ob es nicht besser *vierundsechzig* sein sollten, sich aber dagegen entschieden. Martha brauchte ja kein neues Lebenslicht. Der Champagnerkorken hätte knallen sollen, sie hätten angestoßen und zu *Rose Of My Heart* den langsamen Walzer getanzt.

In einem Paralleluniversum wäre es sicher so gewesen.

In diesem schlurfte Albert frustriert in die Küche zum Kühlschrank, öffnete die Champagnerflasche und stieß mit sich selbst an.

Als er zurück ins Wohnzimmer kam, war der Kater weg! Er fand ihn oben im Schlafzimmer, wo er vor dem Wandpaneel hockte. Dass er in seinem Zustand eine Maus fangen würde, sei sie auch noch so altersschwach, war ausgeschlossen. Zudem ließ sich, seit der Kater da war, keine Maus mehr blicken.

Doch Loveday hatte Fährte aufgenommen. Er schnüffelte sich durch das ganze Haus und Albert immer hinterher. So ging es die ganze Nacht bis in die frühen Morgenstunden.

Am Nachmittag war Hanne mit Chris verabredet. In einem Café. Chris hatte ein Treffen am Abend in einem kleinen französischen Restaurant vorgeschlagen, doch das hatte Hanne abgelehnt. Deutlich zu riskant.

Ewig hatten sie sich nicht gesehen. Als sie sich im Spiegel besah, kamen ihr Zweifel, ob er sie überhaupt erkennen würde. Alt war sie geworden. Falten, Schlupflider …

die einst so scharf geschnittene Kinnlinie war dabei sich zu verabschieden … Oje. Was sollte sie anziehen? Ihre Wahl fiel auf das rostrote Tanzkleid. In dem machte sie eine gute Figur. Unter Zuhilfenahme von circa einem Kilogramm Haarnadeln bändigte sie ihre wilde Mähne zu einem ordentlichen Dutt. Die Lippen malte sie dunkelrot an. Das Resultat war durchaus passabel, doch dann wurde ihr bewusst, wie albern ihr Aufzug war. Wem wollte sie imponieren? Einem Mann, der Schönheit zu seinem Beruf gemacht hatte, sicher nicht. Sie wischte den Lippenstift ab und öffnete das Haar. Sie würde aussehen wie immer, Jeans, Bluse, Turnschuhe, wild am Kopf … und Punkt!

Chris saß im Café, las in einem Buch und rührte nebenher in einer Tasse.

Hanne stand vor der Tür und sah ihm zu.

Sie hatte sich vorgenommen, sofort alles zu sagen, was ihr schon lange unter den Nägeln brannte. Wie unmöglich er sich damals verhalten hatte, wie unverantwortlich. Allen Beteiligten gegenüber. Dass sie durch ihn das bisschen Vertrauen in sich und die Welt, das sie nach dem Tod ihres Vaters mühsam zusammengekratzt hatte, verloren hatte. Dass sie seither niemanden mehr an sich heranlassen konnte (von Dieter aus Neustrelitz einmal abgesehen, aber der zählte irgendwie nicht).

Nichts von all dem sprach sie aus.

Als sie das Café betrat, eilte Chris ihr entgegen und schloss sie fest in seine Arme. Er bewegte sich wie früher, er roch wie früher, er sah noch besser aus als früher. Schnell redeten sie auch wie früher, lachten sogar. Alles sehr vertraut. Zusammen waren sie immer ein unberechenbarer Mix gewesen.

Es stellte sich heraus, dass er ihre Publikationen gelesen hatte. Er war voll des Lobes.

Wieso er ins kosmetische Fach gewechselt war, wollte sie wissen. Er machte keinen Hehl daraus, dass Geld bei seiner Entscheidung eine nicht unerhebliche Rolle gespielt hatte. Und er wollte mehr Zeit für sich, um beispielsweise mal wieder wandern zu gehen. Er sprach über einsame Landschaften, wildromantische Täler und Schluchten, kristallklare, eisige Bergbäche, doch unter der Oberfläche seines Monologes fand etwas ganz anderes statt.

Sein Lächeln war kein Stück gealtert.

Ein Teil von Hanne, der, den sie nur schwer kontrollieren konnte, schmolz dahin, verlor sich in seinem Blick.

Die Fachfrau sprach mahnende Worte: »*Du gehst eine Straße entlang, und da ist ein tiefes Loch, du siehst es nicht und fällst hinein …*«

Hanne riss sich los und sagte so locker wie möglich: »Was bin ich froh, dass dein Gesicht nicht gebotoxt ist. Diese lahmgelegten Gesichter sind mir ein Gräuel.« (Zugegeben, blöd, aber unter diesen Umständen …)

Er lachte und schaute sie sehr lange und sehr konzentriert an. Unangenehm, von seinem Ex so angestarrt zu werden. Hanne fragte sich, was er sah. Die Falten um die Augen, die sich der Japaner in der Mittagspause inklusive

Schlupflider entfernen ließ? Würde er ihr gleich einen Rabatt für diesen kleinen Eingriff vorschlagen? Oder gar für ein ganzes Lifting? Wieso zum Kuckuck sah er sie so an?

»Ich bin alt geworden«, sagte sie, und obwohl das nichts war, für das man sich schämen musste, klang es fast wie eine Entschuldigung.

»Was wäre die Alternative«, sagte er mit einem trägen verschmitzten Lächeln, »jung sterben?«

Paradoxe Intervention, dachte Hanne, *die hat er schon damals aus dem Effeff beherrscht.* Sie winkte nach der Kellnerin. Die hatte stark tätowierte Augenbrauen und Schlauchbootlippen, die so prall waren, dass kaum Worte durchpassten.

»Sie ünschen itte?«, nuschelte sie.

Exakt in diesem Moment erwachte Albert vom Brummen eines Aggregates und fragte sich im Halbschlaf, wie ein Aggregat in sein Wohnzimmer kam.

Wie sich herausstellte war es kein Aggregat, sondern der Kater, der zusammengerollt neben ihm lag und schnurrte.

Wie friedlich er aussieht, wenn er schläft, wunderte sich Albert und war ein bisschen gerührt. Das Fell, das sich an den Flanken des Tieres in regelmäßigem Rhythmus auf und ab senkte, sein Schnurren … immens beruhigend.

Zum ersten Mal in seinem Leben hatte Albert tagsüber geschlafen. Er wäre gern noch ein wenig liegen geblieben. Aber das ging nicht, Martha hatte ja Geburtstag. Vorsichtig pellte er sich aus der Decke, um den Kater nicht zu wecken, doch der wurde wach und blinzelte ihn träge an. Er streckte sich, soweit das mit der Apparatur an seinem Bein möglich war, gähnte und drehte sich auf den Rücken.

»Ich hol uns was zu essen«, sagte Albert.

Auf dem Rückweg, beladen mit Kaffee, Banane und Hackfleisch, bemerkte er den Kater im Flur in verdächtiger Haltung.

»Nein!«, rief Albert.

Zu spät. Der Kater hatte in den Flur gekackt, genau neben das Backblech. Albert beseitigte die Bescherung und riss die Fenster auf. Draußen sang die Pietsch *Jingle Bells*. Der Kater mauzte. Er antwortete seinem Frauchen. Albert schloss die Fenster wieder.

Er stellte Loveday das Hackfleisch hin. Der verschmähte es.

»Super Biofleisch, hm«, machte Albert und tat, als wolle er es selbst essen. Als Ina klein war, hatte das immer funktioniert. Bei Loveday funktionierte es nicht.

»Sei doch vernünftig. Du musst essen, musst bei Kräften bleiben. Du willst doch wieder gesund werden?«

»Mau«, machte der Kater. Es klang sehr, sehr kläglich.

»Also gut«, sagte Albert, »du hast es nicht anders gewollt.« Er fing an zu singen:

Jingle bells, jingle bells
Jingle all the way,
Oh what fun it is to ride
In a one horse open sleigh, hej!

Und siehe da: Loveday fing an zu fressen.

Martha erschien. Sie saß in ihrem Sessel und schaute der Fütterungsarie zu.

»Du willst *den* doch wohl nicht etwa behalten?«, fragte sie.

»Natürlich nicht. Warte!«

Er stand auf, umarmte sie und gratulierte zum Geburtstag.

»Ich hol gleich den Champagner und die Rosen«, kündigte er an, »nur noch fix den Kater fertig füttern.«

»Lass dir nur Zeit, Schatz.«

Martha trommelte in schnellem Rhythmus mit den Fingern auf der Armlehne. Der Kater schaute zum Sessel hin und schien sich zu fragen, mit wem Albert sprach.

»Früher war mein Geburtstag immer so schön«, sagte Martha. »Er stimmte uns auf die Weihnachtszeit ein.«

»Ja, Martha, ja! Und es tut mir ja auch leid, dass es diesmal nicht so ist.«

»Ist denn meine Torte schon fertig?«

»Nein, aber die Buttercreme und den Boden hab ich schon. Muss das Ganze nur noch … irgendwie … zusammenbauen.«

»Es ist 15 Uhr durch … Wann dachtest du, wollen wir Kaffee trinken?«

»Mensch, Martha! Du siehst doch …«

»Schon gut, schon gut, bin schon weg …« Und das war sie, stante pede.

Die Torte also.

Albert öffnete das Vorratsfach und sah – ihm stockte der Atem – etwa ein Dutzend Mäuse auf und im Tortenboden herumwimmeln. Er sah rot und schlug, wüste Beschimpfungen ausstoßend, mit dem Geschirrtuch nach den Tieren. Der Tortenboden spritzte zu allen Seiten. Die Mäuse flüchteten gen Ausgang in der Hinterwand. Den Stopfen aus Küchenkrepp hatten sie mühelos entsorgt.

Nur eine Maus schaffte es nicht. Panisch irrte sie hin und her. Auf ihrer Flucht erwischte Albert sie mit dem Handtuch. Blind vor Angst und Schmerz lief das Tier … in die Falle. Die löste aus. Ein leises Schnappen. Ein kleines Genick brach. Die Maus war mausetot. Das Telefon klingelte.

»Sie hat gespürt, dass ich sie nie richtig geliebt habe«, sagte Chris. »Als die Kinder aus dem Haus waren, hat sie sich getrennt.«

Die Rede war von Sybille, seiner Frau. Hanne fragte sich, warum er ihr das erzählte.

»Und gibt es eine Neue?«, erkundigte sie sich so beiläufig, als würde sie fragen: »Wie wird das Wetter morgen?«

»Nein. Ich hab Zeit für mich gebraucht. Musste mich sortieren«, sagte Chris. »Hab sogar eine Therapie angefangen. Und bei dir? Gibt es jemanden?«

Sie schüttelte den Kopf. Wieder sah er ihr tief in die Augen.

»Ich bin so froh, hier mit dir zu sitzen. Das glaubst du gar nicht.« Er nahm ihre Hände in seine.

Was wird das hier?, fragte sich Hanne. Ihr Telefon klingelte. Sie machte sich los und nahm das Gespräch an.

Es war Lizzy. Sie klang sehr aufgeregt.

»Albert ist am Durchdrehen. Er ist in einem fürchterlichen Zustand!«

»Lizzy, ich hab dir doch gesagt, dass mich das nichts mehr angeht.«

»Ich weiß! Aber du hättest ihn hören müssen! Ich hab ihn angerufen, weil ich jemanden gefunden habe, der diese Katze übergangsweise nehmen würde. Er hat mich gar nicht zu Wort kommen lassen, hat nur geschrien … er hat sie getötet.«

»Wen hat er getötet?«, fragte Hanne.

»Keine Ahnung. Die Katze? Ich hab schon überlegt, die Polizei einzuschalten. Was meinst du?«

»Keine Polizei«, sagte Hanne. »Ich fahr hin.«

Sie raffte ihre Sachen zusammen, sagte zu Chris: »Entschuldige, ein Notfall«, und beeilte sich aus dem Café zu kommen.

Der kürzeste Weg führte über die Brücke. Hanne entschied sich, ihn zu nehmen. Es galt keine Sekunde zu vergeuden.

Die Ampel vor der Brücke war längst auf Grün umgesprungen, aber Hanne fuhr nicht. Schweiß rann ihr in Rinnsalen aus dem Haar. Hinter ihr hupte es.

»Also los«, sagte sie zu sich selbst, hielt die Luft an und gab Gas. Es war dunkel und neblig. Das erleichterte die Überfahrt. Schweißgebadet erreichte sie das andere Ufer und raste weiter.

Vor dem Finkensteig Nummer 103 a hielt sie mit quietschenden Reifen, sprang aus dem Wagen, stürmte zur Haustür und wummerte dagegen. Mit beiden Fäusten. Keine Antwort. Hanne wummerte weiter.

»Wer ist da?«, fragte Albert endlich durch die geschlossene Tür.

»Ich bin's, Hanne Hanken, machen Sie auf!«, verlangte sie.

In der 103 b ging das Licht an. Bevor sie die Aufmerksamkeit der versammelten Nachbarschaft, insbesondere die der Pietsch auf sich ziehen konnte, öffnete Albert. Hanne drängte sich an ihm vorbei ins Haus.

»Was wollen Sie?«, fragte er. Er sah schlimm aus. Haare zerzaust, Gesicht zerkratzt, Augen rot.

»Lizzy hat mich angerufen. Haben Sie den Kater getötet?«

»Nein«, sagte Albert, »eine Maus.«

Mit hängenden Schultern ging er in die Küche. Hanne folgte ihm. Er deutete auf die Mausefalle. Darin lag die kleine Maus mit weit geöffnetem Maul.

Albert ließ sich auf dem Küchenstuhl fallen und begann zu weinen.

An diesem Abend erzählte er ihr die ganze Geschichte. Von seinem Leben ohne Martha. Davon, dass er es sich nehmen wollte, von Lizzys Anruf in letzter Minute, seinem Ansinnen, die Pläne der Kanalratte zu durchkreuzen, vom Gartentor der Pietsch, welches er hatte stehlen müssen, damit sie seinen Brief nicht in die Finger bekam, von Ina, die nichts mehr von ihm wissen wollte, last but not least von der Erpressung durch das Frettchen.

Wie richtig Ina doch mit ihrem Verdacht gelegen hat, dachte Hanne, *und wie falsch ich seinen Zustand eingeschätzt hab*.

»Wollen Sie immer noch sterben?«, fragte sie ihn.

Albert blieb die Antwort schuldig.

Hanne überlegte, was sie tun sollte. Ihn abholen, zwangseinweisen lassen? Sich damit zugleich als Psychiaterin outen? Das Komplott auffliegen lassen? War das der geeignete Zeitpunkt für eine Offenbarung? Jetzt, da er gerade Vertrauen gefasst und sich ihr geöffnet hatte? Mit Sicherheit nicht.

»Sich das Leben nehmen«, sagte sie. »Eine unzutreffende Formulierung, finden Sie nicht? Wer tot ist, wird sein Leben ja nicht mehr vermissen. Der Tod passiert denen, die weiterleben müssen. Denen nimmt man das Leben. Eine Million Suizide weltweit, jedes Jahr. Alle vierzig Sekunden einer. Mehr als alle Verkehrstoten und Mordopfer zusammen. Ich habe mich immer gefragt, wie viele von denen Kinder, Eltern, Geschwister haben. Und wie die damit zurechtkommen.«

Albert fragte sich, ob das eine Moralpredigt werden sollte.

»Mein Vater hat sich umgebracht«, sagte Hanne. »Er ist von der Gebrüder-Grimm-Brücke gesprungen … war sofort tot.«

Noch nie hatte sie mit jemandem darüber gesprochen, außer mit ihren Therapeuten.

»Das … tut mir leid«, sagte Albert.

»Wissen Sie, wie das ist, jemanden auf diese Weise zu verlieren? Man verliert den Boden unter den Füßen, sucht nach Antworten, die einem keiner geben kann, fühlt sich schuldig, macht sich Vorwürfe, weil man es nicht verhindert hat. Man verliert nicht nur den Menschen, sondern … vieles mehr.«

Alberts Tränen tropften leise auf den Küchenboden.

»Ich weiß nicht weiter«, sagte er. »Alles ist durcheinander … ein wahnsinniges Chaos …«

In Hanne keimte Hoffnung. Er dachte über ein »Weiter« nach.

»Wie wäre es«, schlug sie vor, »wenn wir ein bisschen Ordnung in das Chaos brächten und dann weitersehen?«

Albert hatte keine Ahnung, wie sie das zustande bringen wollte, war aber einverstanden. Wie aufs Stichwort erschien Loveday in der Küchentür und mauzte.

Hanne stand auf und sagte: »Na, dann wollen wir mal.«

»Was haben Sie vor?«, fragte Albert.

»Als Erstes schaffe ich mal den Kater zu Ihrer Nachbarin.«

»Wenn Sie ihr sagen, dass ich ihn angefahren habe, kann ich mich gleich begraben.«

»Keine Sorge, ich werde ihr erzählen, mir ist das passiert.«

Albert war verblüfft. »Warum machen Sie das?«

»Sie haben mir doch auch geholfen«, sagte Hanne und ging zu dem Kater, der sich zu Alberts Verwunderung ohne den geringsten Widerstand von ihr auf den Arm nehmen ließ.

»Warten Sie!«, sagte er. »Seine Medikamente.«

Albert blieb mit zusammengekniffenen Augen und eingezogenem Kopf im Flur stehen und wartete auf das Donnerwetter, welches zweifellos gleich nebenan losbrechen würde. Er hörte, wie Hanne klingelte, hörte den Freudenschrei der Pietsch, hörte Hanne, die ins Haus ging und wie sich die Haustür hinter ihr schloss.

»Loveday!«, hörte er die Pietsch rufen. »Da bist du ja wieder!«

Dann hörte er nichts mehr. Anscheinend waren sie ins Wohnzimmer gegangen.

Albert machte drei Kreuze. Das Donnerwetter war ausgeblieben.

»Na, dann mal los, alter Junge«, sagte er zu sich und ging die Maus holen. Mit dem Geschirrhandtuch griff er sie inklusive Falle und trug sie hinaus. Er hob den Deckel der Mülltonne, um sie hineinzuwerfen, überlegte es sich aber anders.

Er beerdigte das Tier im Beet an der Terrasse, gleich neben der Vogeltränke.

Als er vor dem kleinen Erdhügel kniete und ihn festklopfte, sagte er: »Ruhe in Frieden, kleine Maus.«

Mäusetagebuch, Montag, der 9. 12.

Fangquote: 2. Ein Todesfall per Todesfalle.

… notierte Albert in sein Mäusetagebuch.

Wo Hanne nur blieb? Sie war schon zwei Stunden drüben bei der Pietsch. Er hatte die Reste der Torte beseitigt, die Böden gewischt und die Rosen aus dem Keller geholt. Den Staubsauger anzuwerfen hatte er sich nicht getraut, um die Entwicklung nebenan nicht zu verpassen. *Was zum Teufel reden die so lange*, fragte er sich. Er presste sein Ohr gegen die Wand in der Küche, konnte aber nichts verstehen. Er nahm ein Glas und hielt es an die Wand. Nebenan bewegte sich was. Offensichtlich verabschiedete Hanne sich gerade.

Und richtig, kurz darauf klingelte es an seiner Haustür. Hanne hielt einen Teller mit Weihnachtsplätzchen in den Händen.

»Was hat sie gesagt?«, wollte Albert wissen.

»Sie ist sehr glücklich, ihren Kater wiederzuhaben. Ich habe ihr erzählt, dass ich ihn letzte Woche angefahren hab und in die Tierklinik brachte. Im Internet hab ich dann nach dem Besitzer gesucht, woraufhin Sie sich meldeten, weil Sie mitbekommen haben, dass Ihre Nachbarin ihren Kater vermisst.«

»Gut, sehr gut. Sie sind die geborene Lügnerin.«

»Danke für das Kompliment«, sagte Hanne und überreichte ihm den Teller mit den Weihnachtsplätzchen. »Von Ihrer Nachbarin. Sie wird sich noch persönlich bei Ihnen bedanken.«

»Nicht nötig«, sagte Albert. Unschlüssig standen sie voreinander. »Wie wäre es mit einem Glas Champagner?«, fragte er.

»Gute Idee.«

Sie wunderte sich über die Unmenge von Rosen auf dem Küchentisch. Anscheinend feierte Albert Marthas Geburtstag, ganz so, als sei sie noch da. Ein kalter Lufthauch streifte sie und jagte ihr einen Schauer über den Rücken.

Albert stellte zwei Gläser auf den Tisch und schenkte ein.

»Ein Problem ist aus der Welt«, sagte Hanne. »Wie fühlen Sie sich?«

»Erleichtert.«

»Was als Nächstes?«

»Na ja, das Schlimmste von allem ist wohl, dass meine Tochter nichts mehr von mir wissen will.«

»Geben Sie ihr Zeit. Ich bin sicher, sie wird sich melden. Was ist mit diesem Mädchen, das Sie erpresst?«

»Kommt morgen das Geld holen.«

»Vielleicht sollten wir mal mit Monika Lauterbach reden«, schlug Hanne vor.

»Geht nicht. Die ist doch Polizistin«, sagte Albert, »dann kommt das mit dem Gartentor raus.«

»Wir müssen sie ins Boot zu holen. Ich sehe keine andere Möglichkeit, oder wollen Sie sich weiterhin erpressen lassen?«

»Nein. Also gut. Wie wollen wir es anstellen?«

»Ich rede mit ihr.«

Der Champagner perlte in den Gläsern. Hanne erhob ihr Glas und sagte: »Auf Martha«.

»Auf Martha«, sagte Albert.

Der Nebel verwandelte das Licht der Gaslaternen in golden-wattige Monde. Der Finkensteig wirkte mystisch und entrückt.

Albert blieb in der Haustür stehen bis Hanne mit ihrem Wagen um die Ecke gebogen war.

Jonny Cash sang *Rose Of My Heart*, dreiundsechzig Geburtstagskerzen brannten. Zwei leere Gläser Champagner standen auf dem Tisch, der Teller mit den Weihnachtsplätzchen in der Mitte.

Martha war nicht erfreut, als sie erschien: »Die Taktlose macht sich unverzichtbar.«

»Ach, Martha«, sagte Albert. »Sei doch nicht so. Ist doch nett, dass sie mir hilft.«

Martha verdrehte die Augen.

»*Nett!* Das ist Kalkül. Merkst du das denn nicht?«

»Ach was! Sie hilft mir, und ich bin ihr dankbar.«

»Kann ich ja lange am Ende des Tunnels warten.«

»Ja, Martha, ich glaub, ein Weilchen wirst du wohl noch warten müssen«, sagte Albert.

Hanne fuhr mit dem befriedigenden Gefühl nach Hause, etwas wirklich Wichtiges getan zu haben. Wie einfach war es doch, das Leben anderer aufzuräumen.

Anderntags im Büro des Tanzstudios. Hanne hatte Monika von der Erpressung und dem Gartentor erzählt, und die wollte sich vor Lachen nicht wieder einkriegen.

»Das Witzige ist«, sagte sie und wischte sich die Lachtränen aus den Augenwinkeln, »dass mein Kollege von Anfang an Albert in Verdacht hatte. Dennoch, es liegt eine Anzeige wegen Diebstahl vor. Die kann ich nicht ignorieren.«

»Aber du bist doch jetzt privat hier«, erinnerte sie Hanne.

»Stimmt«, sagte Monika und sah nach draußen in den Saal, wo Lizzy auf allen vieren den Boden schrubbte. *Die könnte Hilfe brauchen*, dachte sie.

»Gut. Zwei Möglichkeiten: Herr Gottwald kann das Mädchen anzeigen. Dann wird allerdings rauskommen, dass er das Gartentor seiner Nachbarin entwendet hat.«

Die zweite Möglichkeit sah folgendermaßen aus: Kazuki-Therese erschien verabredungsgemäß um 16 Uhr bei Albert, um »ihr Geld« abzuholen. Monika und Hanne wurden Zeugen der Erpressung.

»Strafgesetzbuch, § 253 Erpressung. Auf frischer Tat ertappt«, sagte Monika, als sie in den Flur trat. In ihrer Uniform sah sie ziemlich einschüchternd aus. Kazuki-Therese setzte zur Flucht an. Albert verstellte ihr den Weg. Monika packte das Mädchen mit professionellem Griff am Oberarm und belehrte es, dass Erpressung kein Kavaliersdelikt ist, dass in besonders schweren Fällen sogar Freiheitsstrafe drohe, nicht unter einem Jahr.

»Ich bin minderjährig«, sagte Kazuki-Therese, die ihre Rechte kannte. »Meine Eltern sind Anwälte. Alle beide.«

Unbeeindruckt fuhr Monika fort: »Laut Bundesdatenschutzgesetz ist es unrechtmäßig, öffentliche Flächen zu filmen. Nach geltender Rechtsprechung darf eine Privatperson ausschließlich ihr eigenes Grundstück filmen. Das sollten deine Eltern eigentlich wissen, wenn sie Anwälte sind. Erschwerend kommt hinzu, dass du kein unbeschriebenes Blatt bist. Gegen dich liegen diverse Anzeigen wegen Sachbeschädigung vor.«

Respekt, dachte Hanne, *die hat ihre Hausaufgaben gemacht.*

»Graffiti ist Kunst!«, protestierte Kazuki-Therese.

»Jetzt gehen wir erst mal zu deinen Eltern«, sagte Monika.

Sie waren fast zur Tür raus, da knickte das Mädchen ein und begann zu verhandeln: »Bitte nicht! Mein Vater ist nicht da, und meine Mutter hat genug um die Ohren.«

Es klang so kläglich, dass Albert fast ein bisschen Mitleid bekam.

Man kam überein, den Gesetzgeber außen vor zu lassen. Kazuki-Therese versprach hoch und heilig, Albert nicht mehr zu erpressen und die Kamera neu zu justieren. Albert verzichtete seinerseits auf eine Anzeige wegen Erpressung. Im Gegenzug verpflichtete sich Kazuki-Therese, bis Weihnachten drei Sozialstunden täglich in Lizzys Studio abzuleisten. Der Vorschlag kam von Monika und stieß bei Kazuki-Therese nicht auf Begeisterung, aber was sollte sie machen.

»Außer am Freitag«, sagte sie. »Da muss ich demonstrieren.«

Albert versprach, das Gartentor seiner Nachbarin wieder einzuhängen und dafür zu sorgen, dass Kazuki-Therese ins Studio kam.

Als Monika und Kazuki-Therese weg waren, sagte er zu Hanne: »Ich weiß gar nicht, wie ich Ihnen danken soll.«

»Kommen Sie wieder ins Studio. Alle warten auf Sie.«

Er streckte ihr die Hand hin und sagte: »Vergessen wir *den Vorfall.*«

»Ich kann mich an keinen Vorfall erinnern«, sagte Hanne und schlug ein.

»Dann bis Donnerstag, 19 Uhr.«

»Bis Donnerstag.«

Mäusetagebuch, Mittwoch, der 13. 12.

Nicht eine Maus gehört oder gesehen. Loveday sei Dank!

Die Mäuse waren ausgezogen. Ihren Geruch hatten sie dagelassen. Albert konnte lüften, so viel er wollte, es half nicht. Wohl oder übel würde er das Wandpaneel im Schlafzimmer rausreißen müssen, alle Möbel beiseiterücken und die Teppiche reinigen lassen. Ein Mammutprojekt. Dennoch war er zuversichtlich. Wie viele Probleme hatten sich binnen achtundvierzig Stunden – Frau Hanken sei Dank – in Luft aufgelöst. Von einem Großreinemachen würde er sich nicht unterkriegen lassen.

Im Garten glitzerte der Raureif. Der Himmel war blau und versprach: Etwas Gutes wird geschehen.

Albert saß mit einer Tasse Kaffee und den Weihnachtsplätzchen seiner Nachbarin am Fenster zum Garten und frühstückte. Die Plätzchen waren ausgezeichnet. Ein weiterer Pluspunkt für die Pietsch.

Die Vögel kamen und plusterten sich zu Kugeln auf. Sogar das dicke Eichhörnchen schaute vorbei, quetschte sich in das Futterhäuschen und brachte Albert zum Lachen. Nebenan hörte er seine Nachbarin trällern:

Lasst uns froh und munter sein
und uns recht von Herzen freun!
Lustig, lustig, tralalalala …

Ja, warum auch nicht?

Weil Ina fehlte, darum nicht.

Albert rief sie an. Sie ging nicht ran. Er hatte nichts anderes erwartet. Er hinterließ Nachrichten, entschuldigte sich wegen seines Verhaltens, bat um Rückruf. Sie rief nicht zurück. Er fragte sich, was wäre, wenn sie den Kontakt ganz und gar abbrechen würde? Wie Phillip, der Nachbarjunge, der sich seit seiner Volljährigkeit nie wieder zu Hause hatte blicken lassen. Das wäre unerträglich. Bevor er sich weiter in düstere Gedanken hineinsteigern konnte, zog er sich die Arbeitssachen an und ging in die Garage den Vorschlaghammer holen.

Wie er das Gartentor der Pietsch unbemerkt wieder einhängen sollte, war ihm ein Rätsel. Er vertraute darauf, dass sich dafür irgendwann die passende Gelegenheit ergeben würde.

Mit dem Vorschlaghammer ging er zurück zum Haus. Ihm war klar, dass das Abreißen der Paneele Krach machen würde. Er beschloss, ein guter Nachbar zu sein und die Pietsch vorzuwarnen. Also holte er fix den leeren Plätzchenteller und ging rüber zur 103 b.

»Danke für die Plätzchen«, hatte er sagen wollen, kam aber nicht dazu, denn die Pietsch fiel ihm um den Hals.

»Danke! Danke! Danke!«

»Nicht dafür«, entgegnete Albert mit angehaltener Luft. Ihr Parfüm roch immer noch schrecklich.

»Ach, Albert, sag doch so was nicht. Du hast so viel für Loveday getan. Ohne dich hätte ich ihn niemals wiedergesehen.«

Albert kratzte sich im Nacken.

»Ähm, wie geht es ihm denn?«, erkundigte er sich.

»Er schläft gerade, lässt sich nach Strich und Faden verwöhnen. Ein richtiger kleiner Pascha. Wolltest du einen Krankenbesuch machen? Wie nett von dir. Komm doch rein.«

Albert trat ein und sah zum ersten Mal, was sich auf dieser Seite des Hauses befand: Gelsenkirchener Barock und Spitzendeckchen. Nichts anderes hatte er erwartet.

»Da ist der kleine Prinz«, sagte die Pietsch und zeigte zum Sofa, auf dem, zwischen einem Bataillon von Puppen und Plüschtieren, Loveday auf samtenen Kissen lag. Er blinzelte schläfrig.

»Hallo, Loveday«, sagte Albert und winkte.

»Der hat dich aber ganz schön zugerichtet«, stellte die Pietsch fest. »Wann ist denn das passiert?«

»Lass uns nicht davon reden. Schwamm drüber.«

»Weißt du was? Ich gebe dir Ringelblumensalbe mit. Die wirkt Wunder. Setz dich doch. Ich mach uns erst mal einen Tee.«

Noch bevor er etwas entgegnen konnte, war sie schon raus.

Albert setzte sich neben Loveday und sah sich um. Alles

hier war extrem rosenlastig. Rosen auf den Vorhängen, Rosenmuster auf dem Sofa, den Kissen, künstliche Rosen in Vasen, Rosentapete. Darauf ein Foto von Detlef Pietsch, der grimmig wie ein Diktator auf ihn herabschaute. Daneben ein Foto von Phillip und ein Hochzeitsfoto. Selbst auf diesem blickte der Pietsch griesgrämig.

In einer Seite der Anbauwand stapelten sich Romane. Jane Austen, Rosamunde Pilcher, las Albert. In der anderen waren Hunderte Milchkännchen aufgereiht, in allen Größen, allen Formen, alle in weiß. *Was bringt einen Menschen dazu, so viele Milchkännchen zu sammeln?*, fragte er sich und nahm sie in Augenschein.

»Siebenhundertsechsundzwanzig an der Zahl«, sagte die Pietsch, als sie mit dem Tee zurückkam.

»Du sammelst die?«

»Schon mein ganzes Leben.«

Sie öffnete die gläserne Tür und nahm so behutsam, als handele es sich um das letzte Ei einer ausgestorbenen Art, eines der Kännchen heraus.

»Das ist mein Lieblingskännchen. Aus England, Bath. Mit dem Handarbeitskurs haben wir eine Busreise dorthin gemacht und das Jane Austen Centre besucht. Ist natürlich schon ein Weilchen her. Entzückend, nicht wahr?«

»Ganz famos«, sagte Albert.

Vorsichtig stellte sie das Kännchen wieder zurück an seinen Platz, schloss die Tür und wendete sich dem Foto von Phillip zu. »Kannst du dich noch an Phillip erinnern?«

»Natürlich erinnere ich mich an Phillip.«

»Ich habe keine Ahnung, wie es ihm geht. Frau Hanken hat mir geraten, Kontakt aufzunehmen.«

»Das halte ich für eine ausgesprochen gute Idee.«

»Findest du auch? Detlef meinte ja immer, er solle sich melden. Das sei eine Frage des Prinzips, hat er gesagt.«

»Detlef ist nicht mehr, Gitte. Du entscheidest jetzt«, sagte Albert.

»Ja, das hat die Frau Hanken auch gesagt. Entschuldige, in der Aufregung hab ich ganz vergessen, sie zu fragen, was Lovedays Behandlung gekostet hat.«

»Lass mal, das hab ich schon geregelt.«

»Aber das geht doch nicht«, protestierte sie, »du hattest doch wirklich schon genug Umstände.«

Sie ging ihr Portemonnaie holen.

»Sag, was bin ich schuldig?«

»Ich will kein Geld von dir. Nimm es an … als vorgezogenes Weihnachtsgeschenk.«

»Aber die Behandlung war doch sicher teuer.«

Albert winkte ab. »Nicht der Rede wert. Und die nachfolgenden Kosten werden wir auch übernehmen.«

»Wer *wir?* Du und Frau Hanken?«, fragte die Pietsch.

»Ja.«

»Seid ihr … ein Paar?«

»Das nun nicht gerade, aber ich denke, gewisse … Sympathien sind vorhanden.«

Mit dem Portemonnaie in der Hand ließ sich die Pietsch auf das Sofa sinken. Albert hoffte inständig, dass es zu keinem neuen Drama kommen würde, doch nichts dergleichen passierte.

Die fast schon alte Frau neben der geschundenen Kreatur auf dem Rosensofa … zwischen all den Puppen und Plüschtieren … Hätte Albert »Einsamkeit« illustrieren müssen, hätte es kein perfekteres Motiv dafür gegeben. Es rührte ihn so sehr, dass in diesem Moment für ihn aus der Pietsch Gitte wurde.

»Und Loveday hat euch zusammengeführt?«, fragte sie gedankenverloren.

»Gewissermaßen«, schwindelte Albert.

Ihr Blick ging ins Leere, wo nur sie etwas zu sehen schien, und obwohl Albert sich liebend gern verabschiedet hätte, um nebenan loszulegen, verbot es sich von selbst, sie zu stören, denn er spürte, dass etwas Bedeutsames in ihr vonstattenging.

»Was für eine bezaubernde Idee«, sagte sie. »Ein Kater bringt zwei einsame Herzen zusammen …«

Ein Same, der auf fruchtbaren Boden fiel, augenblicklich zu keimen begann und im Laufe eines Jahres zu einem stattlichen Gewächs von dreihundertachtundvierzig Buchseiten herangewachsen sein würde, die aus Gitte Pietsch, der unterdrückten Hausfrau, der einsamen Witwe, der verwaisten Mutter, eine Bestsellerautorin machen würde, in zwanzig Sprachen übersetzt. Noch war das alles nicht zu erahnen, auch nicht, dass sie Lesereisen in aller Herren Länder unternehmen würde, sogar nach Schottland.

Solche Dinge kommen vor. Nicht nur in Paralleluniversen.

Gitte tauchte aus ihrer Vision auf und hatte es plötzlich sehr eilig. »Du, Albert, wäre es schlimm, wenn wir den Tee ein anderes Mal trinken würden?«

»Überhaupt nicht. Ich muss oben im Schlafzimmer die Paneele rausreißen, die Mäuse hatten sich da breitgemacht. Das wird allerdings ein bisschen Krach machen.«

»Würde es dir etwas ausmachen, wenn du das auf morgen verschiebst? «, sagte Gitte. »Ich muss da wirklich ganz dringend etwas aufschreiben.«

Mit noch mehr Plätzchen und Ringelblumensalbe für seine Kratzer ausgestattet, verließ er Gittes Haushälfte.

So leise wie möglich rückte er die Möbel weg und machte sich an die Beseitigung der Hinterlassenschaften der Mäuse.

In zwei Stunden musste er das Frettchen von der Schule abholen. Ihm graute davor, aber so war es nun einmal abgemacht.

Die Sonne fiel in Streifen durch die Lamellen der Jalousie. Hanne blinzelte. Es war fast Mittag. Sie kuschelte sich in die weichen, warmen Kissen und erlaubte sich, noch ein bisschen zu träumen. Sie träumte von dem Chalet in den Bergen, von dem ihr Chris die halbe Nacht am Telefon erzählt hatte.

»Ein kleines Chalet in den Bergen. In der französischen

Schweiz, oberhalb des Genfer Sees. Ich muss hin, sonst zerhacken es die Krähen. Bevor ich es aus dem Dornröschenschlaf geweckt habe, stand es jahrelang leer. Die Viecher halten es immer noch für ihr Zuhause.«

»Was machst du zu Weihnachten?«, hatte er gefragt, und sie hatte gesagt, sie wisse es noch nicht.

»Wir könnten die Weihnachtstage dort zusammen verbringen«, hatte er vorgeschlagen. »Wir hätten Zeit, könnten in Ruhe reden … die Vergangenheit aufarbeiten … Du solltest Wanderschuhe einpacken. Es gibt dort großartige Wanderwege … und Schnee garantiert.«

Er hatte ihr von jungfräulichen Schneelandschaften, dem Knirschen des Neuschnees unter den Sohlen, den glitzernden Eiskristallen in der klaren Bergluft und dem Alpenglühen erzählt. Sie hatte seiner warmen Stimme gelauscht und angefangen zu träumen.

Vielleicht ist es gar keine so schlechte Idee, ins Chalet zu fahren, dachte sie jetzt. *Abstand von allem würde mir guttun. Mal wieder raus in die Natur, wandern …*

Und Chris schien ja wirklich sehr zu wollen, dass sie kam.

»Bild dir nichts ein«, sprach die Fachfrau. *»Der Mann war ewig verheiratet. Der kann einfach nicht allein sein.«*

»Sei doch still«, sagte Hanne und fantasierte sich hinter das Fenster des Chalets. Die schneebedeckte Landschaft … das kleine Dorf unten im Tal … traumhaft, wenn am Abend die Lichter angingen … die perfekte Weihnachtskulisse. Wie in einer Schneekugel.

Sie träumte, wie sie aus dem Fenster sah. Vor dem Chalet stand ein Mann, der mit einem Stock etwas in den Schnee schrieb. »Frohe Weihnachten, Hanne«, las sie. Als er sich zu ihr umdrehte und ihr zuwinkte, war es nicht Chris, wie erwartet, sondern Albert.

»Das darf doch wohl nicht wahr sein!«, sagte sie und setzte sich auf.

Thea rief an. Sie war kaum zu verstehen, denn der kleine Carlos schrie, dass es in Hannes Ohren gellte.

»Ich hab was rausgefunden«, verstand sie endlich. »Bin zu Hause. Kannst du kommen?«

Wie verabredet, holte Albert Kazuki-Therese mittags von der Schule ab und brachte sie zum Studio. Die Stimmung im Auto war ähnlich entspannt wie der Spaziergang über ein Minenfeld. Ob er es denn wirklich verantworten könne, so einen Luftverpester zu fahren, fragte das Frettchen. Entschlossen, sich die Laune nicht verderben zu lassen, guckte Albert stoisch geradeaus und schwieg. Ob ihm denn nicht klar sei, dass die WHO seit 2012 Dieselabgase offiziell auf die Liste krebserregender Stoffe gesetzt habe, fragte sie weiter.

Albert schaltete das Autoradio ein.

Have you seen the well to do
Up and down Park Avenue …

Er summte *Puttin' On the Ritz*, legte einen Zahn zu und betete, dass es keinen Stau auf der Stadtautobahn geben würde. Kazuki-Therese referierte den ganzen Weg: über die Schädlichkeit von Dieselfahrzeugen im Speziellen und Allgemeinen, über Permafrost und Methangas, globale Erwärmung, Artensterben und das demnächst kippende Ökosystem. Albert versuchte, sich auf Fred Astaire zu konzentrieren.

Als sie jedoch sagte: »Und Sie sind als Fahrer eines alten Diesels mitverantwortlich für den Tod von achtunddreißigtausend Menschen in diesem Land«, reichte es ihm. Er schlug vor, sie solle das alles ihren Eltern erzählen, denn die führen SUVs und benutzten Alukapseln.

»Glauben Sie etwa, das tu ich nicht?«, schrie Kazuki-Therese.

Das Mädchen hatte Tränen in den Augen. Albert begann zu ahnen, wie ernst es ihr mit dem Thema war. Nach ein paar Minuten des Schweigens fragte er sie: »Was hast du eigentlich mit dem Geld von der Erpressung gewollt?«

»Sag ich nicht«, entgegnete Kazuki-Therese. »Und das nächste Mal fahr ich mit den Öffentlichen.«

Albert hatte absolut nichts dagegen.

Lizzy begrüßte das Mädchen herzlich: »Und du bist also die Therese.«

»Kazuki«, korrigierte die.

Lizzy war hocherfreut über die unerwartete Hilfe. Sie bat Kazuki-Therese, gleich mal in den Umkleideräumen ein bisschen Ordnung zu machen. Griesgrämig schlurfte die gen Umkleide.

»Ich hoffe, sie geht dir nicht auf den Wecker«, sagte Albert.

»Ach was, ich *liebe* Kinder. Bisher bin ich noch mit allen klargekommen.« Lizzy lachte im Fünfklang. Albert dachte: *Dir wird das Lachen schon noch vergehen.*

»Was ist denn mit deinem Gesicht passiert, Albert? Hast du mit einem Tiger gekämpft?«

»So ähnlich.«

»Geht's dir wieder besser?«

»Ja, Lizzy. Hast du eigentlich schon was von deinem Vermieter gehört?«

»Nein, nichts.«

»Wie geht es deinem Bein?«

»Auch besser, danke der Nachfrage. Aber natürlich muss ich es noch schonen.«

»Also, ich würde weiter unterrichten, wenn du das möchtest«, sagte Albert.

»Natürlich möchte ich das, was für eine Frage. Für diese Woche habe ich allerdings Ersatz gefunden, aber wenn du ab Montag wieder kommen könntest?«

»Was ist mit Donnerstagabend, 19 Uhr? Ist das Studio da frei?«

Der Breakdance

… entstand in der Bronx der Siebzigerjahre in New York. Er wurde von Straßenkids erfunden. Es gibt festgelegte Figuren, wie zum Beispiel: Backspin, Handglide, Swipes, Headspin, und es gibt den Moonwalk, der durch Michael Jackson berühmt wurde. Der Moonwalk ist ein Tanzschritt, bei dem der Tänzer Vorwärtslaufen vortäuscht, in Wirklichkeit aber rückwärtsläuft.

Cousine Theas Mann hieß Tom. Er war Immobilienmakler, und wie von einem Immobilienmakler nicht anders zu erwarten, hatte er sich ein Grundstück in Premiumlage gesichert. Es lag am Ende einer schmalen Stichstraße, die an den Stadtwald grenzte. Zum See war es nur ein Katzensprung. Knorrige Apfelbäume standen im Garten. Ein paar Äpfel hingen daran wie Weihnachtskugeln. Der Vorgarten war liebevoll gestaltet, das Haus hübsch weihnachtlich dekoriert. Der schlichte Tannenkranz an der Haustür, die Kerzen in den Fenstern, alles hier zeugte von erlesenem Geschmack. Nur das selbst gebastelte Klingelschild aus Salzteig war ein Totalausfall. *Sicher ein Muttertagsgeschenk, das man verpasst hatte, diskret verschwinden zu lassen*, dachte Hanne. In krakeliger Kinderschrift stand darauf geschrieben: *Hier leben, lieben und lachen: Thea, Tom und Vivien.*

»Zu wahr, um schön zu sein«, stöhnte Hanne und drückte den Klingelknopf. Ein buddhistischer Gong ertönte.

»Halt dich fest, Wilma hat tatsächlich die Königin der Nacht gesungen«, sagte Thea. »Allerdings nur bis zur ersten Hauptprobe. Nicht bei der Premiere und in keiner Vorstellung.«

Sie sah erschöpft aus. Baby Carlos greinte an ihrer Schulter. Er hatte die ganze Nacht durchgeschrien.

»Mann, würd ich jetzt gerne eine rauchen«, sagte sie. Sie kramte mit einer Hand in ihrer Aktentasche und reichte Hanne ein Blatt Papier.

»Die Besetzungsliste der Zauberflöteninszenierung von 1990. Hab ich im Archiv gefunden.«

Da stand es schwarz auf weiß: Wilma Hanken als *Königin der Nacht.* Rolando Claus als *Sarastro.*

»Und jetzt pass auf«, sagte Thea und zeigte ihr das Programmheft der *Zauberflöte.*

»Im Programmheft steht Wilma nicht mehr, sondern eine gewisse *Midada Anserata.*«

»Das verstehe ich nicht.«

»Ist doch klar wie Kloßbrühe, Wilma wurde umbesetzt.«

»Aber warum?«

»Keine Ahnung, aber … ein Verdacht …«

Thea sah Hanne mit ernstem Blick an. *So sieht jemand*

aus, der einem gleich etwas offenbart, dachte die. Und richtig: »Wann ist dein Vater gestorben?«, fragte Thea.

»Am 21. Juni 1990.«

Thea tippte auf das Datum der Premiere. »Der 28. Juni 1990.«

Carlos machte ein Bäuerchen, milchiger Schleim schoss über das Spucktuch hinaus auf Theas Schulter.

»Oh, nee, das dritte Shirt heute«, schimpfte die.

Noch bevor Hanne etwas dagegen einwenden konnte, drückte sie ihr Carlos auf den Arm und ging nach nebenan.

Hanne hielt das Baby mit ausgestreckten Armen vor sich und überlegte, was damals los gewesen war. Damals, 1990. Hatte der Tod ihres Vaters Wilma daran gehindert, die Königin der Nacht zu singen? Bei einem normalen Menschen lag das nahe. Aber bei Wilma? Schwer vorstellbar. Zu keiner Zeit hatte Hanne den Eindruck gehabt, dass sie ihren Mann besonders geliebt hatte. Die Karriere war ihr immer wichtiger gewesen als die Familie. Wilma war damals Ende vierzig, die letzte Chance für die Königin der Nacht. Wie sie ihre Mutter kannte, hätte sie sich die nicht entgehen lassen. Was also war passiert?

Carlos verzog das Gesichtchen.

»Nicht weinen, kleiner Mann«, sagte Hanne. Sie lächelte, und er hörte augenblicklich auf, die Stirn zu runzeln, und lächelte zurück. (Zumindest schien es so, denn natürlich wusste Hanne, dass Babys in dem Alter noch gar nicht lächeln können.)

Carlos war ein schönes Kind geworden. Er hatte feine

Gesichtszüge, sogar seine Ohren hatten sich auf unerklärliche Weise angelegt.

»Ich wünsche dir für jeden Sturm einen Regenbogen und für jede Träne ein Lachen …«

»… für jeden Seufzer ein schönes Lied und eine Antwort auf jedes Gebet«, vervollständigte Thea, die in einem frischen Shirt zurückkam. »Wusstest du, dass das ein irischer Segensspruch ist?«

»Der stand über Omas Herd.«

»Ja.«

Erinnerungen an längst vergangene Sommer wehten vorüber, in denen sie Heuballen über die Felder gerollt und den Schweinen ihrer Oma Kunststückchen beigebracht hatten.

»Ich hab dir zwei Karten für die Premiere reserviert«, sagte Thea, »aber ich halte es für keine gute Idee, wenn du mit Wilma hingehst. «

Hanne nickte.

»Ich hab ein bisschen recherchiert. Zwei aus dem damaligen Zauberflöten-Ensemble konnte ich ausfindig machen: Rolando Claus und Reiner Hütchen, den Darsteller des *Papageno*. Für den Fall, dass du Fragen hast, was ich mir vorstellen könnte, sind hier ihre Telefonnummern. Aber sag ja nicht, dass du sie von mir hast … Datenschutz … du weißt.«

Sie gab Hanne den Zettel mit den Telefonnummern und nahm ihr Carlos wieder ab.

Vivien und Jonas kamen herein. Sie hatten die Gunst der

Stunde genutzt und ausgeschlafen. Sie begrüßten Hanne, die gratulierte den frischgebackenen Eltern. Der Schlüssel ging im Schloss, Tom kam von einer Besichtigung nach Hause. Er hatte Kuchen mitgebracht.

»Bleib doch«, schlug er vor.

»Danke, nein, ich hab noch allerhand zu erledigen«, sagte Hanne.

»Was ist mit Sonntag?«

»Was ist Sonntag?«, fragte Hanne.

»Advent? Komm doch zum Essen«, sagte Thea.

»Tut mir leid, hab zu tun.«

»Ich denke, du hast Urlaub?«

»Ja, aber in der Klinik herrscht Notstand.«

Thea tippte ihr mit dem Finger auf ihren Oberarm. Das hatte sie schon damals gemacht, und schon damals hatte Hanne es gehasst.

»Schon mal über eine Therapie nachgedacht?«, fragte sie, und Hanne lachte, als handele es sich um den besten Witz aller Zeiten.

Als sie zum Auto ging, drehte sie sich noch einmal um. Thea zündete eben die Kerzen in den Fenstern an. Vivien und Jonas lagen auf dem Sofa mit Klein-Carlos. Tom deckte den Kaffeetisch.

Ja, dachte Hanne, *hier leben, lieben und lachen: Thea, Tom und Vivien. Und jetzt auch Jonas und Klein-Carlos.*

Genauso hatte Hanne sich ihr Leben vorgestellt.

Wie befürchtet hielt Lizzys Begeisterung für Kazuki-Therese nicht lange an. Albert hatte gerade das Bett mit einer Folie abgedeckt, da rief sie an und schrie ihm ins Ohr: »Sie ist keine Hilfe, sie ist eine Krankheit! Ich will sie hier nicht haben! Hol sie wieder ab!«

»Das geht aber nicht, Lizzy«, sagte Albert. »Du weißt doch. Das war der Deal. Nun mal ganz ruhig. Was hat sie denn angestellt?«

»Sie lehnt es ab, mit meinen Putzmitteln zu putzen. Hat mich als Umweltschädling beschimpft. Ich würde mit meinem aggressiven Putzzeug Grundwasser, Flüsse und Meere verseuchen. Hat mir einen Vortrag über Plastik in den Meeren gehalten, wegen der Kostümsäcke und einen über Glühbirnen, die Energiefresser sind und nicht mehr irgendwelchen Richtlinien entsprechen. Bei den undichten Fenstern heize man die Straße, hat sie gesagt. Was kann ich denn für die undichten Fenster? Jeden einzelnen Kursteilnehmer nervt sie mit der Frage, wie er ins Studio gekommen ist, und fordert ihn auf, mit den Öffentlichen zu fahren oder Fahrgemeinschaften zu bilden!«

»Na ja«, sagte Albert, »im Grunde hat sie ja recht.«

»Recht?« Lizzy blieb die Luft weg. »Und wer soll das alles bezahlen? Hast du eine Ahnung, wie viele Lampen es hier gibt? «

»Beruhige dich, Lizzy, schick sie einkaufen, ich geb dir das Geld zurück.«

»Hast du im Lotto gewonnen?«

»Sagen wir so, ich hatte in den letzten Jahren nicht groß

Gelegenheit, Geld auszugeben«, sagte Albert. »Und was die undichten Fenster betrifft, lass sie einen Brief an den Vermieter schreiben, beschäftige sie. Du kannst jede Hilfe gebrauchen.«

Hanne überlegte, wen sie zuerst anrufen sollte. Papageno oder Sarastro? Sollte sie überhaupt jemanden anrufen? Doch, sie musste mit einem Zeitzeugen sprechen. Ihre Wahl fiel auf Papageno. Der war nicht zu Hause. Sie bat um Rückruf. Als Nächstes rief sie Rolando Claus an. Sie würde ihn um ein Treffen bitten.

Der letzte Gast war gegangen. Hilfreiche Hände hatten Ordnung geschaffen. Das Wohnzimmer der Clausens sah wieder aus wie vor der Trauerfeier.

Frau Claus wählte eine Arie des Weihnachtsoratoriums, rückte den schwarzen Trauerflor auf dem Foto ihres Mannes zurecht, setzte sich in den Relaxsessel, betätigte die Einstellung »abwärts«, schwebte sanft in eine halb liegende Position, von der aus sie einen ausgezeichneten Blick auf Rolandos Foto hatte und sich in eine Vergangenheit flüchten konnte, die es so nie gegeben hatte. Sie betätigte die Fernbedienung der Musikanlage. Trompete, Traversflöte, Streicher, Continuo … und dann Rolandos Bass:

Großer Herr, o starker König, liebster Heiland, o wie wenig
Achtest du der Erden Pracht!

Das Telefon klingelte.

Der die ganze Welt erhält,
ihre Pracht und Zier erschaffen …

»Carmen, gehst du mal ran?«, rief Frau Claus.

Muss in harten Krippen schlafen …

Carmen hörte sie nicht. Sie war in der Küche und machte ihrer Mutter einen Kakao. Kakao hatte sie zu allen Zeiten getröstet.

Großer Herr, o starker König

Frau Claus stellte die Musik aus, fuhr den Sessel leise fluchend wieder hoch, ging zum Telefon, nahm das Gespräch an.

»Claus«, sagte sie.

»Guten Tag, mein Name ist Hanken. Ich würde gern mit Ihrem Mann sprechen. Es geht um meine Mutter, Wilma Hanken.«

Kaum war der Name ausgesprochen, schrie Frau Claus und knallte den Hörer auf.

Hanne war dermaßen erschrocken, dass ihr das Telefon aus der Hand fiel. Nachdem sie festgestellt hatte, dass es heil war, traute sie sich nicht, noch einmal anzurufen.

Wenig später klingelte das Telefon, das Display zeigte die Nummer der Clausens an. *Ah, vermutlich nur ein Versehen*, dachte Hanne und nahm ab.

Carmen Claus war dran. Sie fragte, was Hanne von ihrer Mutter wolle. Die erklärte, sie wolle mit Rolando Claus sprechen. Sie habe ein paar Fragen wegen ihrer Mutter, Wilma Hanken. Carmen Claus schwieg. Hanne hörte sie am anderen Ende der Leitung sehr tief ein- und ausatmen, endlich sagte sie: »Mein Vater ist vor vierzehn Tagen gestorben. Heute war die Beerdigung. Bitte rufen Sie hier nie wieder an.«

Wie versteinert saß Hanne an ihrem Schreibtisch und versuchte, sich einen Reim auf das Ganze zu machen. Die Summanden: Rolando Claus war tot. Seine Witwe schrie, sobald sie den Namen Wilma Hanken hörte, die Tochter bat, sie nie wieder anzurufen. Wilma schwärmte unübersehund unüberhörbar von Rolando. Man musste kein Meister der Addition sein, um zu dem Schluss zu kommen, dass ihre Mutter und Rolando Claus mehr verbunden hatte als eine intensive Arbeitsbeziehung und dass Frau Claus davon wusste und deren Tochter offenbar auch. Hatte auch ihr Vater davon gewusst? Konnte *das* der Grund für seinen Selbstmord gewesen sein?

Hanne dachte immer noch darüber nach, als sich, Stunden später, Papageno alias Reiner Hütchen zurückmeldete.

»Das Hannele!«, sagte er und wollte wissen, ob sie sich an ihn erinnere.

»Schwach«, log Hanne. Sie erklärte, weshalb sie ihn angerufen hatte, erzählte von Frau Claus und ihrer Tochter.

»Kein Wunder, dass die Claus geschrien hat«, meinte er, »anzunehmen, dass sie gehofft hatte, nie wieder von Ihrer Mutter zu hören. Schon gar nicht am Tag der Beerdigung ihres Mannes. Ist ja wirklich ein Ding ...«

»Entschuldigen Sie, dass ich Sie das frage«, sagte Hanne, »aber ich muss es wissen: Hatten Rolando Claus und meine Mutter ein Verhältnis?«

Beredtes Schweigen am anderen Ende der Leitung. Dann sagte Papageno: »Warum fragen Sie nicht Ihre Mutter?«

»Das geht nicht. Alzheimer Demenz.«

»Oh. Tut mir leid zu hören.«

Hanne nahm all ihren Mut zusammen und fragte: »Falls sie ein Verhältnis hatten, wusste mein Vater davon?«

»Hannele, dieses Thema ist keines, das man eben mal am Telefon bespricht«, fand Papageno. Er schlug ein Treffen für den nächsten Tag vor. Bei ihm zu Hause.

Niemand wusste besser als Hanne, was passieren konnte, wenn man an der Oberfläche der Realität, oder an dem, was man dafür hielt, zu kratzen begann. In jeder Therapie kamen Dinge zum Vorschein, mit denen die Patienten umgehen lernen mussten. Manch einer wünschte sich, sie wären besser im Verborgenen geblieben.

Obwohl sich Hanne im Klaren darüber war, wie schnell sich die Büchse der Pandora öffnete und die Übel in alle Himmelsrichtungen davonstoben, fuhr sie anderntags zu Papageno. Er wohnte anderthalb Stunden außerhalb.

Sie brauchte eine ganze Weile, bis sie ihn fand. Das Navi behauptete beharrlich: »Sie haben Ihr Ziel erreicht«, was Hanne massiv bezweifelte, denn sie stand mitten auf einem Campingplatz. Wohnte Papageno etwa auf einem Campingplatz? Im Winter?

»Dritte Straße, Platz fünfundvierzig«, hatte er gesagt. *Merkwürdige Adresse*, hatte Hanne gedacht, aber nicht nachgefragt.

Sie versuchte, ihn anzurufen, hatte aber keinen Empfang. Eine geschlagene Stunde irrte sie auf dem Gelände umher, auf dem nur wenige Campingwagen standen, und landete schließlich am Ufer eines kleinen Sees. Sein Wasser war glatt wie ein Spiegel. Es war still. Nur eine Ente quakte.

»Hannele! Bist du das?«

Sie drehte sich um und sah einen alten Mann in einem Kaftan in der Tür eines Wohnmobils stehen. Er sah aus wie ein Zauberer, hatte langes weißes Haar und einen langen weißen Bart. Auf der Nasenspitze balancierte er eine Nickelbrille.

Als sie vor ihm stand, sah er sie ungläubig an und schloss sie in die Arme wie eine lang verschollene Verwandte.

»Mensch, Hannele.«

Im Wohnwagen war es eng und warm. Eine Menge Schallplatten und Bücher gab es. Reiner Hütchen musste erst ein paar von der Bank räumen, damit Hanne Platz zum Sitzen fand. Seine Bewegungen waren langsam und würdevoll. Er hatte alle Zeit der Welt.

»Wohnen Sie hier dauerhaft?«, fragte Hanne, während er Tee kochte. Echten Yogi-Tee, wohlgemerkt, mit echten Zutaten, Ingwer, Zimt, Kardamom und schwarzem Pfeffer.

»Sag doch du, wir kennen uns doch schon ewig.«

»Gut«, sagte Hanne.

»Ich hab dir früher immer während der Vorstellungen vorgelesen, weißt du das nicht mehr? *Das Wolkenschaf* mochtest du am liebsten. Ich musste es dir wieder und wieder vorlesen. Du konntest nicht genug davon kriegen.«

Hanne erinnerte sich nicht. Er sah enttäuscht aus.

»Du hast es vergessen.«

»Tut mir leid. Ist ja auch schon ein halbes Jahrhundert her.«

»Wo ist es bloß geblieben?«, sagte Papageno und servierte den Tee. Er setzte sich.

»Wohnst … du ständig hier?«, fragte Hanne.

»Ja. Und bevor du dich fragst, ob das finanzielle Aspekte hat: hat es. Aber kein Mitleid. Mir gefällt es so. Ich habe alles, was ich brauche. Und sag selbst: Wer hat schon so einen fantastischen Ausblick?«

Das stimmte. Vom Fenster aus konnte man direkt auf den See blicken. Tom, der Immobilienmakler, wäre vor Neid erblasst.

Der Tee duftete köstlich. Reiner Hütchen nahm einen Schluck, lehnte sich zurück und schloss die Augen. Die

Nickelbrille hing auf halb acht und drohte jeden Moment abzustürzen. Hanne fragte sich, ob er jetzt ein Nickerchen hielt. Doch Reiner Hütchen hielt kein Nickerchen. Er spazierte in seinen Gedankenpalast und fand dort, in einem abgelegenen Turmzimmer, die gesuchte Erinnerung.

»Deine Mutter hatte eine besonders bewegliche Stimme mit ausgeprägt hohem Register, sehr agil, sehr hoher Tonumfang, von A bis F3 und höher. Wie geschaffen für einen Koloratursopran … ideale Tessitur. Ihr Timbre war so klar und hell … es erinnerte an den Klang einer Querflöte. Ein Jammer, dass sie die Königin der Nacht nie gesungen hat.«

Er öffnete die Augen, schob die Brille zurück auf die Nase und sah sie an.

»Rolando Claus hat oft an unserem Haus gastiert. *Figaros Hochzeit* und etliche andere Gastauftritte. Ich erinnere mich nicht mehr an alle. Und ja, ich denke, Wilma und er hatten ein Verhältnis, das war unübersehbar. Aber frag mich jetzt bitte nicht nach Details. Ich habe mich für Dinge dieser Art nie besonders interessiert.«

»Wusste mein Vater davon?«

»Hannele, überleg doch mal. Wo steht das Inspizientenpult?«

»Na, an der Seite der Bühne.«

»Und von dort aus hat man einen ausgezeichneten Blick auf diese. Ich sagte ja bereits, was sich zwischen ihnen abspielte, war unübersehbar.«

Hanne biss sich auf die Unterlippe. Sie erinnerte sich

an die Theaterfotos und daran, wie Wilma Rolando angehimmelt hatte.

»Armer Papa«, sagte sie.

»Ich weiß nicht, wie ernst es zwischen Wilma und Rolando war«, sagte Papageno. »Manche spekulierten, dass die beiden miteinander durchbrennen wollten … Aber du weißt ja, wie die Leute sind, sie reden und reden.«

»Vielleicht lagen sie richtig«, sagte Hanne. »Die Reaktion von Frau Claus lässt einiges erahnen.«

Papageno nahm einen Schluck Tee, lehnte sich zurück und schloss erneut die Augen.

»In der Woche vor der Premiere passierte es: Dein Vater traf diese bedauernswerte Entscheidung. Wilma schlug sich tapfer. Man bot ihr an, sie umzubesetzen, aber das kam für sie nicht infrage. Ein paar Tage später erschien sie zur ersten Hauptprobe. Erster Aufzug, *Oh zittre nicht, mein lieber Sohn!* … In Anbetracht der Umstände hat sie die Arie ganz passabel hingekriegt. Doch das Schwierigste stand ihr noch bevor: *Der Hölle Rache*. Wir standen alle auf der Hinterbühne und harrten der Dinge, die da kommen würden: … Die Königin sitzt auf ihrem sternenverzierten Thron, das Orchester beginnt zu spielen, sie erhebt sich, öffnet den Mund … Und: Es kam nichts, nicht der leiseste Ton. Sie stand einfach nur da …«

Papageno öffnete die Augen und ging neuen Tee machen.

»Böse Zungen meinten, der *Hölle Rache* eben. Ich aber sage: Manchmal merkt man erst, wie sehr man einen Menschen liebt, wenn man ihn verloren hat.«

Hanne begann zu ahnen, weshalb Wilma es so eilig gehabt hatte, in das Land des Vergessens abzudriften.

Die Sonne glitzerte auf dem Wasser des Sees. Eine Frau mit einem kleinen Mädchen fütterte die Enten gleich neben dem Schild, auf dem stand: »Enten füttern untersagt.«

Hanne hatte nichts von dem Vorfall gewusst. Niemand hatte ihr davon erzählt. Ihr war bekannt, dass traumatisierte Menschen dazu neigen zu verstummen. Dass der Tod ihres Vaters ihrer Mutter nicht bloß die Sprache, sondern gleich die ganze Stimme verschlagen hatte, überraschte sie.

»Sie wurde umbesetzt«, sagte Papageno, während er Ingwer hackte. »Trat nie wieder als Solistin auf, hat noch ein paar Jahre im Chor gesungen, das war's.«

»Mir hatte sie erzählt, dass ihr die Soloauftritte zu stressig wurden.«

»Deine Mutter war eine sehr stolze Frau«, sagte Papageno.

Bei der Grundreinigung des Hauses hatte Albert beträchtliche Fortschritte erzielt. Die untere Etage war tipptopp gesäubert und roch nicht mehr nach Mäusen. Großzügig hatte er mit Marthas Parfüm die Polster der Sessel, Teppiche und Vorhänge besprüht. Nun duftete es überall nach Robinie.

Die Etage drüber war eine Baustelle. Albert hatte das Wandpaneel entfernt und dahinter ein Labyrinth von Gängen und Nestern entdeckt, zum Glück alle unbewohnt.

»Renovierst du?«

Ina stand in der Schlafzimmertür.

»Wegen … der … der Mäuse«, sagte er, ließ fallen, was er in den Händen hielt, und stieg staubig, wie er war, über einen Schuttberg, um seine Tochter zu umarmen. Er entschuldigte sich viele Male bei ihr, versprach hoch und heilig sich nie wieder einzumischen, konnte sich aber den Ausdruck der Freude nicht verkneifen, als sie ihm erzählte, dass sie mit Thaddäus Schluss gemacht hatte.

»Besser so«, sagte er. »Ich bin mir sicher, der Richtige wird noch kommen.«

Sie fragte, was er zu Weihnachten mache.

Weihnachten war ihm seit Marthas Tod zuwider, jetzt aber freute er sich, wie er es nicht für möglich gehalten hätte, als sie ihm vorschlug zusammen zu feiern.

Als Ina weg war, vollendete er seine Arbeit mit einem Schwung, den er lange nicht mehr verspürt hatte. Er stellte Musik an, nicht *Rose Of My Heart*, sondern *An der schönen blauen Donau.* Die Wand verspachtelte er im Dreivierteltakt. Er hätte sie sicher fertig bekommen, aber er musste an Hanne denken. Eine Woge von Dankbarkeit erfasste ihn, und er verspürte den innigen Wunsch, ihr etwas Gutes zu tun.

Das Licht im Hausflur war greller als sonst.

»Aha. Energiesparlampen«, stellte Albert fest.

Lizzy saß über ihrer Büroarbeit und kiffte. Als sie Albert sah, wedelte sie mit einer Akte, auf der »Mehrwertsteuer« stand.

»Mensch, Lizzy!«, schimpfte Albert.

»Keine Moralpredigt! Bin super gestresst. Verbring du mal zwei Tage mit der Göre«, entgegnete sie.

Okay, das war ein Argument.

»Ihr habt die Lampen im Flur gewechselt«, sagte er.

»Nicht bloß die«, sagte Lizzy und betätigte den Lichtschalter: Flutlicht im Studio wie in einem Fußballstadion. Geblendet hielt Albert sich die Hand vor die Augen und fand: »Am Lichtdesign muss aber noch gearbeitet werden.«

»Und guck hier.« Lizzy deutete auf die Kostüme, die nun nicht mehr in Plastik-, sondern in Stoffsäcken hingen.

»Aber frag nicht nach Sonnenschein.« Sie schob ihm die Rechnungen hin. Er legte das Geld auf den Tisch. Lizzy nahm es.

»Was hast du vor?«, fragte sie mit Blick auf den Picknickkorb in seiner Hand.

»Für Frau Hanken.«

Lizzy stand auf und raffte ihre Unterlagen zusammen.

»Na, dann werde ich euch zwei mal allein lassen. Muss die Steuer heut noch machen … mal sieben, mal neunzehn Prozent Märchensteuer … zum Mäusemelken.«

»Vielleicht kann sie dir ja helfen.«

Lizzy verstand nicht. »Wer?«

»Frau Hanken. Sie arbeitet doch beim Finanzamt.«

»Ach so, wusste ich gar nicht.«

Die Uhr von Big Ben schlug zur vollen Stunde. Es war 18 Uhr.

Hannes Weg zurück in die Stadt war die Hölle. Sie stand im Stau. In ihrem Kopf dröhnten Fragen, und jede von ihnen gebar zehn neue, bis am Ende einer langen Reihe ein ungeheuerlicher Verdacht stand: *War ihr Vater überhaupt ihr Vater?*

Sie machte eine Vollbremsung. Ihre Hände zitterten … Schweißausbruch … Panikattacke … Ihr Hintermann schimpfte Zeter und Mordio und riet ihr, den Führerschein abzugeben. Sie machte die Warnblinkanlage an und fuhr über den Standstreifen auf den nächsten Parkplatz, um sich zu beruhigen. Als sie wieder Luft bekam, rief sie Papageno an, fragte, ob er wisse, *wann* Rolando Claus im Theater zum ersten Mal gastiert hatte. Papageno wusste es nicht, erriet aber die Frage dahinter.

»Hannele, lass die Toten ruhen«, riet er.

Das hätte sie gern getan, wenn sie nur gekonnt hätte.

Sie rief Thea an. Die ging nicht ans Telefon. Eine SMS kam zurück: *Endproben!!!*

Wie in Trance fuhr Hanne nach Haus, stellte den Wagen auf den Stellplatz in der Tiefgarage und starrte gegen die graue Wand aus Beton, bis das Licht erlosch und sie komplett im Dunkeln saß.

Urlaub am Meer. Ihr Vater trägt sie sicher durch das Wasser, bringt ihr Schwimmen bei. Wilma schmollt am Strand. Sie hat es zuvor versucht, aber Hannele hat ihr den Rücken zerkratzt. Wie hätte sie ihrer Mutter auch erklären sollen, dass sie fest davon überzeugt war, sie wolle sie ersäufen, wie man es mit unerwünschten Kätzchen tat.

Szenenwechsel.

Ihr Vater und sie schmücken den Weihnachtsbaum. Ihre Mutter sitzt im Sessel, lernt Text und schaut immer mal wieder auf, um den Baumschmuck zu korrigieren.

Szenenwechsel.

Ihr Vater, der nachts in ihr Zimmer kommt, um die Monster unter ihrem Bett zu verjagen …

Szenenwechsel.

Ihr Vater, der sie anruft, wieder und wieder um Rückruf bittet.

Hannes Handy piepte und erinnerte sie an den Tanzkurs um 19 Uhr. Tanzen jetzt? Nein. Sie würde absagen. Oder doch nicht? Tanzen hatte ihr bisher immer geholfen, und sie würde nicht allein sein mit ihren Fragen.

Hanne war schon eine Viertelstunde zu spät. Albert befürchtete, dass sie gar nicht kommen würde. Wenn er die letzten Tage rekapitulierte, lag es durchaus im Bereich des Möglichen, dass sie die Nase von ihm und seinen Problemen voll hatte. Sollte er sie anrufen und fragen, was los war? Er war eben dabei, ihre Nummer in der Kontaktliste seines Handys zu suchen, da kam sie ins Studio gehetzt.

»Entschuldigung … furchtbar voll in der Stadt … Stau … kein Parkplatz …«

»Nun sind Sie ja da«, sagte Albert und half ihr aus dem Mantel.

Sie setzte sich auf die Bank, zog die Tanzschuhe an. Ihr Blick fiel auf das Picknick, das Albert in der Studioecke aufgebaut hatte.

»Ich dachte«, sagte er, »Sie haben mir so sehr geholfen, da kann ich mich ja mal revanchieren. Als Dankeschön gewissermaßen.«

Er hatte erfreuliche Nachrichten: Ina war am Nachmittag da gewesen. Sie hatten sich ausgesprochen und vertragen.

»Das freut mich«, sagte Hanne. »Wirklich.«

»Und die Mäuse sind weg!«

»Prima«, sagte sie. Sie lächelte, doch es wirkte gequält.

»Alles in Ordnung?«

»Ja, ich glaube nur, ich habe mir was eingefangen, halb so schlimm. Was tanzen wir?«

Albert klatschte in die Hände und sagte: »Wiener Walzer!«

Der Wiener Walzer

… geht auf Bauerntänze im 12. und 13. Jahrhunderts zurück und galt bei den gehobenen Gesellschaftsschichten als unsittlich. Reputation und Namen verdankt er dem Wiener Kongress von 1814/15, der die politischen Geschicke Europas nachhaltig beeinflussen sollte.
Er ist ein Paartanz im Dreivierteltakt, verlangt eine präzise Fußtechnik und klare Schulterlinien. Man tanzt ihn in schnellen Drehbewegungen mit einigem Schwung. Um nicht aus der Kurve zu fliegen, neigen die Tänzer ihre Oberkörper leicht zurück.
»Walzen« ist übrigens das deutsche Wort für »drehen«. Beim Wiener Walzer dreht und dreht und dreht man sich …

Hanne war unkonzentriert und trat Albert dauernd auf die Füße.

Er erklärte ihr die »vier Spuren«.

»Der rechte Fuß zeigt immer zwischen die Füße des Partners. Damit ist ausgeschlossen, dass wir uns treten.«

Hanne verhaspelte sich dennoch, kam Albert ins Gehege und brach schließlich entmutigt ab.

»Ich kann nicht«, sagte sie.

»Natürlich *können* Sie«, sagte Albert.

»Nein, es geht nicht. Heute nicht. Tut mir leid.«

»Gut, dann machen wir eine Pause«, sagte Albert.

Sie saßen in der Picknickecke. Hanne sprach nicht, aß nicht, trank nicht.

»Was ist Ihnen über die Leber gelaufen?«, fragte Albert.

»Ich will Sie nicht mit meinen Problemen belasten«, sagte sie.

Er lachte. »Ich habe Sie die letzten Tage ja wohl ausreichend mit meinen Problemen belastet, also bitte: Belasten Sie mich!«

Hanne begann zu erzählen. Erst zögerlich, dann sprudelten die Worte nur so aus ihr heraus. Nachdem Albert alles gehört hatte, sagte er: »Ich würde auch wissen wollen, wer mein Vater ist. Wie es aussieht, ist Ihre Mutter die Einzige, die diese Frage beantworten kann.«

»Meine Mutter ist dement. Das letzte Mal hat sie mich für ihre Garderobiere gehalten.«

»Vielleicht findet sich ja in diesem Koffer ein Hinweis«, sagte Albert.

Der Rollstuhltanz

… wurde von Gertrude Krombholz in den Siebzigern in Deutschland erfunden.
Alle machbaren und gängigen Standard- und Lateintänze sind möglich. Ein Rollstuhlfahrer tanzt mit einem anderen Rollstuhlfahrer, oder aber auch mit einem Fußgänger. Der Herr führt, gleichgültig, ob er steht oder sitzt.

»Darf ich vorstellen: Albert Gottwald, Wilma Hanken«, sagte Hanne.

Wilma schaute nicht mal auf. Ein Grüppchen von Heimbewohnern umringte sie, auch die Hühnerfrau war mit von der Partie, ihr Kissen unter dem Arm. Der geöffnete Koffer lag auf dem Tisch.

»… und das bin ich in *Hoffmanns Erzählungen* … als *Olympia* . Die schönste Olympia aller Zeiten«, sagte Wilma und zeigte das entsprechende Foto herum, gab es jedoch nicht aus der Hand. Alle bewunderten Wilma als Olympia, und die sonnte sich in jedem »Ah« und »Oh« und »Sieh mal einer an« wie eine leicht gelangweilte Königin.

»Darf ich auch mal sehen?«, fragte Albert.

Wilma musterte ihn von oben bis unten. »Wer sind Sie, mio caro?«

»Der Tanzlehrer. Heute ist doch Ihr Tanztraining, Signora«, sagte Albert mit perfektem Lächeln.

»Tanzen!«

Wilmas Publikum war begeistert und drängte zum Aufbruch. Hanne dachte: *Um Gottes willen!*, und beeilte sich, die Erlaubnis der Stationsschwester einzuholen.

»Wünschen Sie ein Autogramm?«, fragte Wilma Albert, als sie allein waren.

»Unbedingt, aber wollen Sie denn gar nicht tanzen, Signora?«

»Geht nicht«, sagte Wilma und schlug verärgert auf die Lehne ihres Rollstuhls.

Albert zuckte mit den Schultern und sagte: »The show must go on!«

Die richtigen Worte zur richtigen Zeit, manchmal wirken sie Wunder.

»Andiamo, mio caro!«, sagte Wilma.

Hanne sprach eben mit der Stationsschwester, als Albert Wilma am Schwesternzimmer vorbeischob. Die Stationsschwester hielt eine Tanzstunde für eine gute Idee, bat aber darum, es nicht zu übertreiben, wegen der vielen Herzpatienten.

Von Walzerklängen begleitet, ging Hanne den Flur zurück in Wilmas Zimmer und durchsuchte den Koffer. Sie war 1961 geboren, ergo musste es eine Begegnung zwischen Wilma und Rolando ein Jahr davor gegeben haben und möglicherweise ein Foto aus jener Zeit.

Sie suchte vergeblich.

Als sie zum Sonnendeck zurückkehrte, war die Party in vollem Gange. Alles tanzte, im Sitzen oder aufrecht, zu zweit oder auch allein. Die Hühnerfrau pendelte von einem Bein auf das andere und zerrupfte vor Freude ihr Kissen, dass die Federn nur so stoben. Sie schneiten auf die Tanzenden herab.

Albert tanzte mit Wilma im Rollstuhl. Er drehte sie um ihre Achse und wirbelte um sie herum. Wilma lachte, juchzte wie ein Kind.

Hanne sog das Bild in sich auf wie ein trockener Schwamm das Wasser. Viel zu selten hatte sie ihre Mutter lachen sehen.

Punkt 16 Uhr war Schluss mit lustig, da wurde zum Abendbrot gerufen. Es gab vereinzelt Proteste, die aber versandeten, als Albert versprach wiederzukommen.

»Arrivederci e grazie«, sagte Wilma zu Albert und hielt ihm die Hand hin. Er verbeugte sich und deutete einen Handkuss an.

»Geleiten Sie den Signore hinaus«, sagte Wilma zu Hanne.

»Ich finde den Weg allein«, sagte Albert.

Er verließ das Zimmer, damit Hanne in Ruhe mit ihrer Mutter sprechen konnte.

Zehn Minuten später kam sie sichtlich aufgebracht aus dem Gebäude.

»Es hat keinen Zweck«, sagte sie zu Albert, der auf sie im Auto wartete. »Sobald sie den Namen meines Vaters hört, verstummt sie. Auch im Koffer kein Hinweis darauf, dass sie und Rolando sich vor meiner Geburt getroffen haben.«

Hanne war entmutigt, und das sah man. Albert schlug vor, einen Kaffee trinken zu gehen.

Die Straßen waren voll. Massen von Menschen waren auf Geschenkejagd. Weihnachtslieder in Dauerschleife raubten einem den letzten Nerv.

Hanne und Albert kämpften sich durch das Weihnachtsgetümmel und flüchteten in ein kleines italienisches Restaurant. Kein schicker, neumodischer Laden, eher ein traditioneller. Auf dem Tresen wackelte ein fetter Weihnachtsmann mit dem Bauch und quäkte ein italienisches Weihnachtslied. An der Wand gab es eine farbenfrohe Malerei, welche eine italienische Hafenstadt darstellte, im Hintergrund ein türkisfarbenes Meer.

»Ihrer Mutter würde es hier gefallen«, mutmaßte Albert.

»Ja, wahrscheinlich. Sie liebt Italien. Dabei waren wir nur ein einziges Mal in den Ferien da.«

Schweigend rührten sie in ihren Tassen.

»Vielleicht haben sich Rolando und sie ja tatsächlich erst später kennengelernt«, sagte Hanne. »Wäre ja möglich.«

Es lässt ihr keine Ruhe, dachte Albert.

»Ich hab Ihnen doch erzählt, dass uns Pedro das Studio weggenommen hat«, sagte er. »Martha und ich haben diesen Menschen leidenschaftlich gehasst, und dann finde ich neulich diese Karte von ihm in Marthas Kochbuch, auf der er ihr zum Geburtstag gratuliert. Wie ein guter alter Freund. Das hat mich verrückt gemacht.«

Hanne sah ihn fragend an.

»Was ich damit sagen will: Wir müssen uns wohl damit

abfinden, dass es Fragen gibt, auf die wir niemals Antwort erhalten werden.«

Sie nickte und schaute hinaus auf die Straße.

»Sehen Sie sich nur all die Menschen an. Sie rennen und rennen und kaufen und kaufen, als gäbe es kein Morgen mehr. Ich hasse Weihnachten.«

»Ich auch«, sagte Albert.

»Wie bitte? Du hasst Weihnachten?« Martha war empört.

Albert verputzte gerade die Schlafzimmerwand und war froh, ihr den Rücken zudrehen zu können. In letzter Zeit wurde sie immer schrulliger, fand er.

»Ich habe es uns doch immer so schön gemacht.«

»Ja, Martha, das weiß ich doch.«

»Sogar als ich krank war, habe ich mich runtergeschleppt und Plätzchen gebacken.«

»Ich weiß, Martha!«

»Das ist so undankbar!«

»Mensch … Martha, lass mich doch!«

Es klingelte an der Tür. Martha verschwand, und Albert atmete auf.

Gitte stand mit einem Präsentkorb vor der Tür.

»Hast du Besuch?«

»Nein.«

»Hat sich aber angehört, als würdest du mit jemandem sprechen.«

»Selbstgespräche …«

»Ah ja, kenn ich«, sagte Gitte. »Ich dachte, die Frau Hanken wär hier. Wenn du ihr den geben könntest?«

Sie reichte ihm den mit rosa Schleifen verzierten Präsentkorb.

»Das mach ich gern.«

»Und sag ihr bitte, dass ich Phillip angerufen habe. Wir haben lange geredet. Stell dir vor, er kommt mich zu Weihnachten besuchen!«

»Das freut mich aber, Gitte. Wie geht es Loveday?«

»Er wird langsam mürrisch. Wenn wir Glück haben, kommt der Gips vor Heiligabend ab.«

Albert hielt die gedrückten Daumen hoch.

Die halbe Nacht hatte Hanne nach Ähnlichkeiten zwischen sich und ihrem Vater und sich und Rolando Claus gesucht. Sie hatte das Foto ihres Vaters von der Wand genommen, Fotos von Rolando Claus im Internet gefunden und ausgedruckt und nebenbei erfahren, dass der Mann eine italienische Mutter hatte, was das »O« am Ende seines Namens erklärte und wahrscheinlich auch Wilmas Affinität für Italien. Sie hatte alle Fotos auf dem Schreibtisch ausgebreitet, einen Spiegel aufgestellt und sich mit den beiden Männern verglichen. Mit niederschmetterndem Resultat. Ihr Vater war klein gewesen, später dann dicklich. Rolando Claus hingegen war groß und schlank. Das Haar ihres Vaters war eher schütter und glatt. Das von Rolando kräuselte sich. Seine Nase war die von Hanne, nur in männlich und immer so weiter. Gegen Morgen beschloss sie, sich nicht länger verrückt zu machen.

»Schluss damit«, sagte sie sich. »Die ganze Fragerei führt zu nichts.« Sie klappte den Computer zu und räumte alles weg.

»Papa«, sagte sie, bevor sie einschlief, »Papa.«

Sternenübersäter Himmel. Hannele liegt auf der Rückbank des Autos und träumt sich durch die Heckscheibe ins Firmament. Die monotonen Motorengeräusche, das Rauschen des Fahrtwindes, ihr Papa, der das Raumschiff, komme, was da wolle, sicher durch das All lenkt. Er singt: »Weißt du wie viel Sternlein stehen …«

Sie singt leise mit.

Im Kurs der Herbstrosen war die Stimmung auf dem Nullpunkt. Albert war der Einzige, der den nötigen Schwung für den Wiener Walzer aufbrachte. Hanne bereitete ihm Sorgen. Sie sah traurig aus. Die anderen waren erledigt vom vorweihnachtlichen Stress, wahlweise frustriert oder beides.

Kazuki-Therese nervte alle und erklärte ungefragt und sehr detailliert, welche Tierversuche wegen ihrer Kosmetikartikel durchgeführt wurden. Kerstin musste schwer an sich halten. Hanne und Monika versuchten wegzuhören. Nur Desdi war aufgeschlossen und lud das Mädchen sogar in ihren Salon ein, damit sie dort die Produkte mal checkte.

Lizzy hatte einen kleinen vorweihnachtlichen Umtrunk organisiert, selbstverständlich ohne die Plastikbecher, die sonst bei solchen Anlässen zum Einsatz kamen.

Albert, Lizzy, Kazuki-Therese und die Herbstrosen saßen also mit ihrem Weihnachtspunsch auf der Bank und sahen aus wie eine Mannschaft, die soeben niederschmetternd geschlagen wurde. Der Punsch schaffte es auch nicht, die Stimmung zu heben, was aber nicht daran lag, dass er vegan war. *I'm Dreaming Of A White Christmas* erledigte den Rest.

Als Lizzy fragte: »Was macht ihr denn so an Weihnachten?«, ging ein Raunen durch die Reihe.

»Keine Ahnung«, sagte Hanne, die sich nicht mehr sicher war, ob es wirklich eine gute Idee war, mit Chris ins Chalet zu fahren. Sie hatte zwar zugesagt, und er hatte sich gefreut, aber irgendwie …

»Manfred und ich sind zu Hause«, sagte Kerstin. »Die Kinder kommen am ersten Weihnachtstag. Wir werden wohl in die Kirche gehen … mal sehen …«

»Hört sich ja nach ganz viel Spaß an«, lachte Kazuki-Therese. Kerstins Blick ließ sie verstummen.

»Ich würd's am liebsten ausfallen lassen«, sagte Monika. »Meine Tochter kommt nicht. Japan ist weit …«

»Ich kaufe mir meine Lieblingschips und zieh mir ein paar Tanzfilme rein …«, sagte Lizzy.

… *und vermutlich ein paar Joints*, dachte Albert.

»Und du?« fragte Lizzy Kazuki-Therese. »Was machst du?«

»Das Übliche: Mein Vater kommt, meine Eltern werden streiten und einen fetten Scheinheiligenschein aufsetzen, sobald Oma und Opa um die Ecke biegen …«

»Weihnachten hab ich krass viel Arbeit«, sagte Desdi. »Im Salon steppt ein Bär …«

»*Der* Bär«, korrigierte Kerstin. »*Der* Bär steppt. Wenn es kein bestimmter Bär ist …«

»Ist doch jetzt egal«, unterbrach sie Monika. »Was wolltest du sagen, Desdi?«

»Also im Salon ist jede Menge zu tun, weil alle schön sein wollen für irgendjemanden …«

Die Vorstellung, dass niemand da war, für den sie schön sein wollte, trieb ihr Tränen in die Augen.

»Mal sehen«, schniefte sie, »vielleicht hole ich den Baum aus dem Keller.«

»Plastik?«, erkundigte sich Kazuki-Therese.

Desdi nickte und schnäuzte sich lautstark.

»Scheiße«, sagte das Mädchen. »Habt ihr eine Ahnung, wie viel Plastik allein wegen Weihnachten zusammenkommt? Das schwimmt dann alles im Meer: Geschenkpapier, Kartons, Schleifen und Folien …«

Alle stöhnten. Ungeachtet dessen sprach sie weiter: »Wisst ihr, wie viele Millionen Bäume jedes Jahr zu Weihnachten abgeholzt werden? In Monokulturen gezüchtet, kräftig gespritzt und gedüngt? Habt ihr mal darüber nachgedacht, was für ein qualvolles Leben die tiefgekühlte Gans aus Polen oder Ungarn hinter sich hat, damit der Preis am Ende stimmt? Die werden zwangsernährt, auf Weihnachtsbraten-Gewicht gestopft ...«

Albert dachte an seine Mutter und die Weihnachtsgänse und musste würgen.

»... dann werden sie bei lebendigem Leib gerupft, damit sich noch ein Geschäft mit den nachwachsenden Daunen machen lässt.«

»Aufhören!«, schrie Kerstin und hielt sich die Ohren zu.

»Aber es stimmt ja, was sie sagt«, sagte Lizzy.

»Das weiß ich! Ich höre es jeden Tag in der Schule, und ich will jetzt wirklich bitte nichts mehr darüber hören!«

»Okay«, sagte Kazuki-Therese.

Die Weihnachts-CD hatte ihr Ende erreicht, und es war still, so still, dass man eine Nadel auf den Boden hätte fallen hören können. Alle dachten an das bevorstehende Fest.

In die Stille hinein sagte Albert: »Unsere Weihnachtsfeste waren immer wunderschön. Martha hatte ein Händchen für die weihnachtliche Atmosphäre. Aus ein paar Dingen zauberte sie im Handumdrehen eine Weihnachtsbude. Jeden Adventssonntag wurde gebacken. Da bestand sie drauf. Ich war früher nie ein Plätzchenfan, aber ich liebte es, wenn der Duft durchs Haus wehte ... In der Nacht vor Heiligabend schmückten wir gemeinsam den Baum und tranken Champagner.«

Alle Blicke waren auf ihn gerichtet.

»Meine Frau ist gestorben, vor drei Jahren. Ich bin froh, dass meine Tochter Heiligabend kommt. Wir werden zu Hause sitzen, und alles wird uns an früher erinnern. Ich glaube, ihr graut genauso davor wie mir.«

Desdi heulte wie ein Schlosshund.

»Was ich damit sagen will«, sagte Albert und sah alle der Reihe nach an. »Wir könnten es ja anders machen, wenn wir wollen. Nur eines sollten wir nicht tun: Wir sollten nicht unser ganzes Leben vermeckern. Es ist kurz. Besonders hinten.«

Ganz erstaunlich, dachte Hanne.

»Und warum machen wir es dann nicht anders?«, erkundigte sich Kazuki-Therese. »Wir könnten ja hier feiern. Platz ist ja genug.«

»Also ich hätte nichts dagegen«, sagte Lizzy.

Der Vorschlag stieß nicht sofort auf helle Begeisterung. Fünf Minuten später allerdings gab es die ersten Überlegungen, was dessen Umsetzung betraf.

»Vielleicht kann ich meine Eltern überreden herzukommen«, überlegte Kazuki-Therese.

»Man könnte ja auch vorher in die Kirche«, sagte Kerstin.

»Jeder könnte was zu essen mitbringen«, schlug Monika vor.

»Aber keine Gans!«, stellte Kazuki-Therese klar, und Kerstin war ausnahmsweise ihrer Meinung: »Wäre sowieso unpraktisch, eine Gans herzuschleppen.«

»Wir könnten doch auch die Leute aus den anderen

Kursen einladen?«, schlug Desdi in der Hoffnung auf männliche Gäste vor.

»Kann ich meinen Kollegen mitbringen?«, fragte Monika.

»Je mehr, desto besser«, sagte Lizzy.

»Ich kann Manfred nicht zu Haus allein lassen«, seufzte Kerstin. »Der muss mit.«

Kazuki-Therese prustete los, und dieses Mal erntete sie keinen bösen Blick, sondern steckte Kerstin sogar mit ihrem Lachen an.

»Und wir tanzen!«, rief Desdi.

Zehn Minuten später war das Projekt bereits in der Planungsphase. Viel Zeit war nicht mehr. Heiligabend war ja schon bald.

Man einigte sich darauf, dass jeder etwas zu essen und zu trinken mitbringen sollte und Gäste, so viele er wollte. Lizzy würde alle Kursteilnehmer anrufen und eine Liste aushängen, wo sich Interessierte eintragen konnten. Eine weitere Liste für alles, was gebraucht wurde.

»Was ist mit euch? Seid ihr dabei?«, fragte Lizzy Albert und Hanne.

»Ich fahr weg«, sagte Hanne.

»Und du, Albert?«

Der war ein wenig verblüfft über das, was er da losgetreten hatte. Die Vorstellung mit Kazuki-Therese den Heiligen Abend zu verbringen, behagte ihm nicht.

»Ich frag meine Tochter«, sagte er.

Albert entdeckte das Graffiti an der Hauswand der Kantstraße Nummer fünf als Erstes.

»Da geht einem ja der Hut hoch! Schauen Sie sich das Geschmiere an«, sagte er zu Hanne. »Das war unter Garantie das Frettchen.«

Hanne sah sich das Graffiti näher an. Die Motive erinnerten sie an die Wandmalerei von Kai Meyer, ihren Patienten. Weltuntergangsszenarien. Eine brennende Welt … Atompilze, Geschöpfe, die in den Untergrund gerissen wurden … ein kahler Baum im Vordergrund …

»Glauben Sie, das war Kazuki?«

»Jede Wette. Bei uns in der Gegend befinden sich ganz ähnliche Schmierereien. Darf ich Sie noch zu Ihrem Wagen begleiten?«

Es war bereits nach 21 Uhr. Die Geschäfte waren geschlossen. Die Geschenkejäger hatten die Straßen und Bürgersteige ihren vergnügungssüchtigen Mitbürgern überlassen.

»Ich hab noch was für Sie von meiner Nachbarin«, sagte Albert. Sie gingen zu seinem Auto, und er gab ihr Gittes Präsentkorb.

»Ich soll Ihnen ausrichten, sie hat ihren Sohn kontaktiert und ist ganz glücklich.«

»Sagen Sie ihr einen lieben Gruß«, sagte Hanne.

»Wo stehen Sie?«

»Da drüben.«

»Ich trage Ihnen den Korb zum Auto.«

Albert nahm ihr den Präsentkorb ab, und sie gingen wieder zurück in die Richtung, aus der sie gekommen waren.

»Wie geht es Ihnen?«, erkundigte er sich.

»Besser, danke. Offen gestanden haben Sie mich vorhin ziemlich überrascht«, sagte Hanne. »Was ist passiert?«

Wie sollte er ihr das erklären? Er verstand es ja selber nicht. Sie waren bei Hannes Auto angekommen.

»Und Sie? Sie verreisen?«, fragte er.

»Ich fahre zu einem Freund in die Schweiz.«

Sie vermeinte ein leichtes Zucken um Alberts Mund herum zu sehen und präzisierte: »Genau genommen zu meinem Ex-Freund.«

»Zu diesem Chris? «

»Ja.«

»Weihnachten mit dem Ex? Seltsam.«

»Ja, ein bisschen.«

»Falls Sie es sich anders überlegen … ich würde mich freuen.«

Er sah sie an, wie sich Leute in Filmen immer ansehen, bevor sie sich küssen. Was der letzte Kuss losgetreten hatte, war Hanne allerdings noch gut im Gedächtnis, weshalb sie den Blickkontakt unterbrach, ihm den Präsentkorb abnahm und ihn auf den Beifahrersitz ihres Autos stellte.

»Heiligabend fällt in diesem Jahr auf einen Donnerstag«, sagte Albert. »Vielleicht können wir unseren Kurs ja nachholen. Wenn Sie wieder zurück sind. Was meinen Sie?«

In einem Fenster, genau auf Hannes Augenhöhe, stand ein blinkender kleiner Weihnachtsbaum. Es sah fast so aus, als wolle er ihr eine Information morsen, einen Code übermitteln. Und wer weiß, vielleicht tat er es ja sogar, vielleicht löste das Zeitschema in dem die Lichtimpulse ein- und wieder ausgeschaltet wurden eine entsprechende Reaktion zwischen Hannes Synapsen aus, oder wie ist es sonst zu erklären, dass ihr plötzlich sonnenklar war, dass es in puncto Chris nichts mehr aufzuarbeiten gab und sie auf kein Remake scharf war.

»Hätten Sie vielleicht Lust, übermorgen mit mir in die *Zauberflöte* zu gehen?«, fragte sie Albert.

Drei Tage vor Heiligabend wurde es so warm, dass auch die ärgsten Klimawandelleugner ins Grübeln kamen.

Ina fand die Idee, im Studio zu feiern, grandios. Martha nicht.

Es sagten viel mehr Leute zu als erwartet, Teilnehmer anderer Tanzkurse, Freunde und Verwandte. Sogar Gitte fand die Idee ganz reizend und wollte mit Phillip kommen.

Eine gewissenhafte Planung wurde zwingend erforderlich. Dafür war Albert der richtige Mann. Er erstellte detaillierte Aufgaben- und Organisationslisten. Die Aufgaben sollten gerecht verteilt werden, doch wie sich zeigte, hatten die Herbstrosen wenig Zeit. Monika schob Sonderschichten, Desdi schnitt, föhnte und frisierte im Marathon, Kerstin plagte sich in der Schule mit Weihnachtsaufführungen herum, Hanne hatte alle Hände voll mit Quartalsabschlüssen fürs Finanzamt zu tun. (So zumindest die offizielle Variante.) Das meiste blieb also an Lizzy, Albert und Kazuki-Therese hängen.

Am 21.12., dem kürzesten Tag des Jahres, stieß Hanne zu ihnen. Fast hätte sie vergessen, Chris abzusagen. Als sie es tat, war er enttäuscht wie ein Achtjähriger, der erfährt, dass Weihnachten in diesem Jahr leider ausfällt. Er hatte versucht sie umzustimmen, doch Hanne war zu ihrer eigenen Überraschung immun gegen seinen Sirenengesang.

Dank Alberts generalstabsmäßiger Planung lief alles wie am Schnürchen. Als enorm hilfreich erwies sich, Menschen mit unterschiedlichen Berufen aus verschiedenen Branchen im Studio zu haben. Gregor aus dem Rumba-Kurs für Anfänger arbeitete in einem Baumarkt und würde die Bierzeltgarnituren liefern. Kostenfrei! Sabine aus der Bauchtanz-Gruppe arbeitete in einem Lebensmittelgroßhandel. Sehr praktisch!

Geschmückt werden konnte erst kurz zuvor, also am 23. Bis dahin war das Studio mit Kursen belegt. Am 22.12. würden die Herbstrosen und Albert in einen nahe gelegenen Forst fahren, wo sie sich eine garantiert ungespritzte Tanne aussuchen und eigenhändig absägen würden. Kazuki war zwar der Meinung, sie bräuchten keinen Baum (»Wozu einen Baum töten, um ihn zwei Tage später wieder wegzuwerfen?«), doch in diesem Punkt wurde sie klar überstimmt. Ein Weihnachtsbaum musste sein und basta!

Irgendwann, irgendwo, irgendwie kam in dem ganzen Trubel Alberts Schal abhanden. Man suchte ihn im Studio, im Treppenhaus, im Auto und sogar auf den Straßen der

Umgebung. Er blieb verschwunden. Albert betete, dass Martha den Verlust nicht bemerken würde. Seine Gebete wurden erhört. Martha ließ sich nicht blicken.

Freude über Freude also. Und auch Frau Fröhlich-Hacker machte ein Freudentänzchen um ihren Schreibtisch, nachdem ihr Hanne für den ersten und zweiten Weihnachtstag zugesagt hatte. Doppelschichten. Herrlich!

Am 22.12. montierte Albert in aller Frühe den Dachgepäckträger auf sein Auto und fragte sich, wo Kazuki blieb. In zwanzig Minuten sollten sie beim Studio sein, um die anderen abzuholen. Das Mädchen hatte darauf bestanden mitzukommen. (Und darauf, dass eine Fahrgemeinschaft gebildet wurde.) Sie mussten jetzt los, wollten sie nicht im Dunkeln durch den Wald irren. Außerdem wollte Albert danach noch mal nach Hause, sich umziehen, weil Hanne und er am Abend in die *Zauberflöte* wollten. In Alltagskleidung ins Theater zu gehen kam für ihn nicht infrage.

Endlich öffnete sich die Haustür gegenüber. Frau von Boxen erschien mit einer Tasse in der Hand. Sie trug eine kleine weiße Schürze und schwebte ballerinenhaft über die Straße.

»Haben Sie vielleicht ein Tässchen Zucker für mich?«, fragte sie. »Ich backe gerade, und mir ist der Zucker ausgegangen.«

Albert freute sich. Wann hatte ihn das letzte Mal jemand um ein Tässchen Zucker gebeten? Das war ja fast wie in alten Zeiten!

»Warten Sie. Ich hole Ihnen was«, sagte er und nahm ihr die Tasse aus der Hand.

»Ich wollte mich auch noch bei Ihnen bedanken, dass Sie Therese mit in dieses Studio nehmen«, sagte Frau von Boxen, als er mit dem Zucker zurückkam. »Ich finde es begrüßenswert, dass sie sich sozial einbringt. Endlich wird sie mal aktiv, statt immer nur zu reden, und offensichtlich tut es ihr gut. Nun will sie allerdings unbedingt Heiligabend dahin. Aber wir haben Gäste und unser Weihnachtsprogramm …«

Glücklich schien sie weder der Gedanke an ihre Gäste noch der an ihr Weihnachtsprogramm zu machen.

»Warum kommen Sie nicht später mit Ihren Gästen vorbei«, schlug Albert vor, »wenn Sie mit Ihrem Programm durch sind?«

Ein feines Lächeln umspielte den Mund der Frau von Boxen. Dann sagte sie: »Mal was anderes. Warum nicht?«

Endlich kam Kazuki, und sie konnten los. Frau von Boxen stand mit dem Tässchen Zucker auf der Straße und winkte ihnen nach. Sie erinnerte Albert an einen Werbefilm aus den Sechzigern, als die Welt noch in Ordnung war oder die meisten das glaubten.

An der ersten Ampel sagte Kazuki wie aus dem Nichts: »Ich wollte das Geld spenden. An Ocean Care. Die fischen Plastik aus den Meeren und forschen in Sachen Mikroplastik.«

Albert begriff, dass das so etwas wie eine Entschuldigung sein sollte.

»Eine wichtige Sache«, nickte er. »Dennoch, Leute erpressen geht nicht.«

»Haben Sie eine Ahnung, wie viele Meerestiere qualvoll verenden? Die verwechseln den Müll mit Nahrung, verheddern sich in den ...«

»Schon gut, schon gut, ich weiß das alles. Meine verstorbene Frau hat sich auch sehr für den Umweltschutz engagiert.«

»Wann ist sie gestorben, Ihre Frau?«

»Vor drei Jahren. Sie hat Unterschriften gesammelt, lange bevor Petitionen in Mode kamen. Zum Beispiel gegen Silvesterfeuerwerke. Wusstest du, dass Eichhörnchen vor Schreck tot von den Bäumen fallen, Vögel vor Erschöpfung vom Himmel?«

Kazuki war im Bilde.

»Schade, dass ich sie nicht kennengelernt hab.«

»Ja, das ist wirklich sehr schade«, sagte Albert, der sich gut vorstellen konnte, dass Martha und dieses seltsame Mädchen sich allerhand zu sagen gehabt hätten.

Monika, Kerstin und Hanne warteten schon vor dem Studio. Desdi ließ sich entschuldigen. In ihrem Salon »steppte *ein Bär*«.

Das Wetter war schön an diesem Nachmittag im Dezember und die Stimmung gut, bis Kazuki anfing, über die Intelligenz der Bäume zu reden.

»Wusstet ihr, dass sie sogar miteinander kommunizieren? Auch wenn sie kein Hirn haben, nehmen sie über Blätter und Wurzeln Signale aus der Umwelt wahr. Sie verarbeiten Informationen und handeln entsprechend, und sie geben sie an die anderen Bäume weiter.«

Kerstin stöhnte.

»Wir waren uns doch einig, dass ein Baum sein muss«, sagte Monika.

»Wenigstens kommt er nicht aus Norwegen. Der kurze Transportweg dürfte sich positiv auf die Ökobilanz auswirken«, tröstete Albert. Ab da war Ruhe.

Albert, Kerstin und Monika waren mit dem Förster im Wald verschwunden. Kazuki wollte beim Baummord nicht zusehen und wartete beim Auto. Hanne nutzte die Gelegenheit für ein Gespräch.

»Wieso bist du eigentlich mitgekommen, wenn es dir so wehtut, dass der Baum gefällt wird?«, fragte sie das Mädchen.

»Hatte gehofft, euch davon abzuhalten«, entgegnete Kazuki und kickte eine leere Cola-Dose beiseite. »Sowieso alles scheißegal. Geht eh alles den Bach runter.«

Hanne hob die Dose auf und warf sie in den Papierkorb.

»Sag mal, dieses Graffiti an der Wand vom Studio …«

»Ich habe nichts damit zu tun«, sagte Kazuki. Sie hatte schnell geantwortet. Zu schnell.

Hanne ließ nicht locker: »Ich kenne da einen Jungen. Er hat versucht, sich umzubringen, ist von der Brücke gesprungen …«

»Vielleicht besser so«, murmelte Kazuki.

»Bitte sag das nicht.«, sagte Hanne. »Er ist sechzehn und querschnittsgelähmt.«

»Und was geht mich das an? Wieso erzählen Sie mir das überhaupt?«

»Er hat dieselben Motive gemalt, wie die auf dem Graffiti in der Kantstraße. Er spricht kein Wort, und ich würde gern mit ihm ins Gespräch …«

Kazuki schnitt ihr das Wort ab. »Ich weiß nichts darüber«, sagte sie und stieg ins Auto.

»Hanne, kommst du mal«, rief Monika. »Wir können uns nicht einigen.«

Hanne ging in den Wald.

Wie gewohnt hatten sich die Bewohner des Katharinengardens gegen 16 Uhr im Flur vor dem Speisesaal eingefunden und waren verwundert, diesen verschlossen vorzufinden.

»Der Steinert ist vorhin gestorben«, wusste jemand zu berichten.

»Torsten Steinert oder Hermann Steinert?« Man ging nachsehen.

»Hier gibt es nichts zu sehen«, rief die Stationsschwester dem Grüppchen Gaffern zu, welches sich vor dem Zimmer von Torsten Steinert versammelt hatte. Sie bat eine Auszubildende, den Speisesaal aufzuschließen und die Leute hier wegzuschaffen. Der Bestatter würde jeden Moment eintreffen.

Der Vorstand hatte lang und breit darüber diskutiert, wie man in diesem Hause, in dem der Tod öfter an die Tür klopfte als anderswo, mit selbigem umgehen sollte. Theoretisch waren sich alle einig: Der Tod gehört zum Leben. Man konnte und wollte ihn nicht ausgrenzen. Die Praxis sah anders aus. Der Gevatter brachte immer so viel Unruhe mit, und die schlug vielen Heimbewohnern auf den Magen oder sonst wohin. Das Pflegepersonal hatte nach einem Sterbefall noch mehr zu tun als normalerweise. Also versteckte man den Tod lieber wieder und erzählte den Bewohnern, falls einem von denen überhaupt auffiel, dass jemand fehlte, der- oder diejenige sei nach Hause gegangen, was die meisten tröstlich fanden.

Sie standen also vor dem Zimmer des verstorbenen Torsten Steinert, als Wilma die Hühnerfrau anstieß und sagte: »Berta, ich glaub, es ist Zeit, ein Hühnchen zu rupfen. Andiamo!«

Die Tanne war gefällt. Albert und der Förster verzurrten sie eben auf dem Dachgepäckträger, da klingelte Hannes Telefon.

Die Heimleiterin des Katharinengardens war dran. Sie klang aufgeregt: »Ihre Mutter ist verschwunden! Zusammen mit Frau Müller. Wir können die beiden nirgends finden. Die Polizei ist bereits informiert.«

Hanne spürte Panik in sich aufsteigen. Die Vorstellung, dass Wilma ganz allein da draußen herumirrte, war unerträglich. Die Hühnerfrau an ihrer Seite zu wissen machte es nicht besser. »Meine Mutter ist weg«, sagte sie zu Albert.

»Seit wann?«

»Heute Nachmittag.«

»Wo könnte sie hinwollen?«

Hanne schloss die Augen und fuhr den Film der letzten Begegnungen ab: Ein Pferd und tanzen! … Dies Bildnis ist bezaubernd schön … Wiener Walzer im Altenheim … und immer wieder: Italien!

Hanne öffnete die Augen und sagte: »Sie will nach Italien!«

Im Wald herrschte helle Aufregung. Monika telefonierte mit dem Kollegen vom Revier. Der Förster schaute im Internet nach Zug- und Flugverbindungen. Kerstin telefonierte mit dem Busbahnhof. Albert und Hanne riefen alle Krankenhäuser an.

Als Kazuki, die immer noch im Auto saß, von ihrem

Video aufschaute, war es stockfinster bis auf fünf leuchtende Displays, die wie Glühwürmchen durch den Wald irrlichterten.

Sie fuhren zurück in die Stadt mit der Weihnachtstanne auf dem Dach. Alle schwiegen. Sogar Kazuki.

Suchmeldungen waren herausgegeben, Flughäfen und Bahnhöfe wurden überwacht. Jede Polizeidienststelle hatte die Fotos der beiden Damen.

Hanne versuchte ihre Fantasie im Zaum zu halten, sich also *nicht* vorzustellen, was alles passieren konnte. Es forderte ihr einiges ab. Albert nahm ihre Hand und drückte sie. Ganz kurz und sehr vorsichtig.

Nichts tun zu können war das Schlimmste. Sie saßen in Lizzys Studio und warteten. Keiner sprach ein Wort. An den Theaterbesuch hatten Hanne und Albert nicht einmal mehr gedacht. Lizzy versorgte sie mit Kaffee. Bei jedem Telefonklingeln zuckte Hanne zusammen, als bekäme sie einen elektrischen Schlag.

Um 21 Uhr verabschiedeten sich Kerstin, Monika und Kazuki. Hanne versprach, sie zu informieren, sobald es Neuigkeiten gab.

22 Uhr. Lizzys Uhr gongte den Westminsterschlag und wollte nicht wieder aufhören. Jeder einzelne Ton fiel auf die Saiten blank liegender Nerven. Albert ging ins Büro und nahm Big Ben die Batterien heraus.

22 Uhr 30 dann der erlösende Anruf von Thea: »Du wirst nicht glauben, was passiert ist!«

Wie Wilma und Berta es geschafft hatten, den Katharinengarden zu verlassen und zum Theater zu kommen, konnte sich kein Mensch erklären. Allein die Tatsache, dass Wilma sich daran erinnert hatte, dass die Premiere der *Zauberflöte* am heutigen Tag stattfand, grenzte an ein Wunder. Jedenfalls saßen die beiden pünktlich zu Vorstellungsbeginn in der Reihe 8, Mitte. (Gute Plätze.)

Bis zur Pause gab es keine besonderen Vorkommnisse.

Nach der Pause aber passierte es. Die Königin der Nacht sang die Arie *Der Hölle Rache*. Bei der ersten Wiederholung der Koloratur erhob Wilma sich und sang mit. Das Publikum schaute irritiert zu ihr hin. Geistesgegenwärtig richtete ein Beleuchter einen Scheinwerfer auf Wilma.

Und da stand sie, in einem Kegel aus goldenem Licht und sang.

»Die Leute haben applaudiert wie verrückt!«, berichtete Thea nach der Vorstellung. Hanne, Albert und sie standen vor dem Eingang des Theaters. Thea sog gierig an ihrer Zigarette.

»Gott sei Dank ist die Radulesca ein Vollprofi, die hat einfach weitergemacht als wäre nichts. Nicht auszudenken, was passiert wäre, wenn die abgebrochen hätte … der Supergau.«

Thea drückte die Zigarette aus und zündete sich eine neue an.

Wilma thronte im Foyer in ihrem Rollstuhl und gab Autogramme. Berta stand hinter ihr wie ein Leibwächter. Gerd und das Huhn waren vergessen.

Du hast es also geschafft, dachte Hanne, *Respekt, Mama, Respekt.*

Sie ging zu ihr hin und sagte: »Lass uns gehen.«

Wie gewohnt überhörte Wilma sie. Erst als Albert fragte: »Signora, wollen wir dann aufbrechen?«, ließ sie sich widerstandslos aus dem Foyer schieben und warf Handküsse in die Menge.

»Arrivibätschi!«, rief Berta.

Am Morgen des Heiligen Abends erschienen die Kritiken, und sie überschlugen sich vor Lob, was Thea wurmte.

»Einerseits ist es natürlich schön, Erfolg zu haben«, meinte sie, »das Dumme ist nur, dass ich es dem Mondur nicht gönne. Was glaubst du, was der jetzt für einen Hype erlebt?«

Hanne fuhr zu ihrer Mutter.

Aufgebahrt wie ein Ritter lag Wilma auf ihrem Bett mit geschlossenen Augen und gefalteten Händen.

»Ich habe dir eine Kritik mitgebracht, Mama. Möchtest du, dass ich sie dir vorlese?«, rief Hanne.

Wilma machte eine schwache Handbewegung, die sie als Zustimmung interpretierte. Sie zog sich also einen Stuhl heran und las vor:

»Die Zauberflöte, populärste aller Mozart-Opern, feierte gestern ihre lang erwartete Premiere vor ausverkauftem Haus. Dieses musikalisch so vielfältige Werk, in dem vom Volksliedhaften bis zur großen Barock-Arie mancher Hit enthalten ist, sollte in der Inszenierung des kürzlich in Paris so erfolgreichen Regisseurs Pierre Mondur zu einem Abend voller Überraschungen werden. Durch moderne Opern-Inszenierungen auf manches gefasst, blieben hier die Regieeinfälle lobenswerterweise in erträglichem Rahmen: Dass Tamino als Punker sich in eine ebenso punkige Pamina verliebt, wischte gleich zu Anfang den Staub vom Hergebrachten. Papageno, in blauer Baby-Strampelhose, ohne Unterlass Vogelfutter knabbernd, sucht seine Kaugummi kauende Papagena (in rosa Strampelhose). Sarastro, der Priesterkönig, gibt seine altweisen Ermahnungen im Papstgewand mit farblichen Reminiszenzen an Santa Claus. Die drei Damen der Königin: Jede verborgen unter einer tiefblauen Burka, aber nur in Minirock-Länge, auf dem Weg zu integrativer Emanzipation. (Bühne und Kostüme Anita Belcastro.) All diese optischen Akzente taten der musikalischen Qualität (mit beschwingtem Stab dirigierend: Ovo Cremeletto) des Abends nicht den geringsten Abbruch.«

Hanne schaute zu Wilma, die bisher keine Reaktion gezeigt hatte. »Jetzt kommt's, Mama«, rief sie und las weiter: »Zur größten Überraschung dieser an Überraschungen nicht armen Inszenierung wurde der Auftritt der Königin der Nacht (Petra Radulesca – mit sternübersätem Ganzkörper-Tattoo). Die Arie *Der Hölle Rache*, Prüfstein aller Koloratursoprane, selbst von der Callas gefürchtet, wurde zum Höhepunkt, als sich eine betagte Dame in Reihe 8 erhob und echoähnlich diese Virtuosität verlangenden Takte erglänzen ließ. Ja, virtuos …«

Die nächste Zeile übersprang Hanne. Sie lautete: »… sieht man von unbedeutenden Intonationsschwankungen bei dem Spitzenton (das höchste singbare F!) ab.«

Sie las weiter: »Dass die Seniorin nicht im Programmheft verzeichnet ist (als Königin der Nacht II) liegt vermutlich darin begründet, den plötzlichen Einbruch einer außerszenischen Realität nicht antizipieren zu wollen. So ist auch ihr Kostüm zu verstehen: angemessene Alltagskleidung. Noch nie wurde durch diesen Regie-Kunstgriff deutlicher, wie sehr sich Mozarts Musik zwischen höchster Energie und Todesnähe bewegt. (Zur Erinnerung: Nach der Uraufführung der *Zauberflöte* blieben Mozart nur noch wenige Wochen zu leben.) Das Publikum, zunächst etwas irritiert, verstand schnell: Nicht nur eine Königin der Nacht, nein, wir alle – vertreten durch eine aus unserer Mitte – stehen in diesem Spagat von Sein und Nichtsein. Nach ihrem mit großem Applaus bedachten Einsatz nahm die Dame aus der 8. Reihe wieder Platz und verfolgte in bescheidener Zurückhaltung den Fortlauf der Handlung bis zum Untergang ihres tätowierten Alter Ego auf der Bühne. Hier tat sich Existenzielles auf. Man möchte sagen: Beckett'sches.«

Hanne faltete die Zeitung zusammen und sagte: »Das war's.«

Wilma lächelte. Ihre Hand wanderte zum Rand des Bettes hin.

Sie seufzte: »Ach, mein Hannele.«

Hanne nahm die Hand ihrer Mutter.

Die Polka

… ist ein Rundtanz für Gruppen und Paare.
Ihr Ursprung liegt in zentral- und osteuropäischen Volkstänzen. 1830 hieß der Tanz noch »pùlka«, was so viel wie »Hälfte« bedeutet und auf den typischen Halbschritt verweist. 1835 wurde der Name in Prag geändert und nannte sich von nun an Polka. Vermutlich geschah das aus Sympathie für die seinerzeit schwer unterdrückten Polen.
Die Polka wird in gehüpften Wechselschritten schwindelerregend schnell getanzt und ist sehr spaßig.

»Frohe Weihnachten, Hanne« schrieb Albert auf eine Klappkarte, auf der ein Rotkehlchen abgebildet war, welches auf einem Hagebuttenzweig saß. Er schob sie unter die Schleife eines Paketes und fragte sich, ob Loveday, wenn er vollständig genesen sein würde, noch über dieselbe Sprungkraft verfügen würde wie vor dem Unfall. Er beschloss, besser kein Risiko einzugehen. Gleich morgen früh würde er einen sicheren Platz für Vogeltränke und Futterhaus finden.

Ina kam die Treppe hoch. Albert schob das Paket unters Bett. Sie hatten vereinbart, sich nichts zu schenken, und er hatte keine Lust zu erklären, warum er bei Hanne eine Ausnahme machte.

»Bist du fertig?«, fragte sie. »Oh, du trägst Smoking.«

»Heute ist Weihnachten«, sagte Albert, »außerdem passt die Hose wieder. Und der Kummerbund auch.«

Er demonstrierte, wie gut alles wieder passte. In letzter Zeit hatte er einige Pfunde verloren, was ihm gut stand. Ina zupfte ihm die Fliege gerade und fragte: »Kommt diese Frau, der du Privatunterricht gegeben hast, eigentlich auch?«

»Frau Hanken. Ja. Ich denke schon.«

»Du siehst toll aus, Papa«, sagte Ina und gab ihm einen Kuss.

Es klingelte.

»Das wird Phillip sein«, sagte sie und stürmte die Treppe hinunter.

Albert hörte, wie sich die beiden alten Kinderfreunde überschwänglich begrüßten.

»Mensch, Ina schön dich zu sehen!«

»Ich freu mich so, dass du da bist!«

»Papa, wir können mit Phillip fahren«, rief Ina zu ihm hoch. »Seine Mutter sitzt schon im Auto und wartet. Bist du so weit?«

Albert kam die Treppe hinunter, um Phillip zu begrüßen. Aus dem schmächtigen Jungen war ein Mann geworden, ein Mann wie ein Baum.

»Hallo, Phillip«, sagte Albert. »Schön, dass du gekommen bist.«

»Find ich auch«, sagte Phillip und lächelte verlegen. Er musste sich bücken, um Albert zu umarmen. Seine Umarmung war sanft, wie sie es oft bei starken Menschen ist, die immer befürchten, aus Versehen etwas kaputt zu machen.

»Wisst ihr was?«, sagte Albert. »Fahrt ihr doch schon mal vor, ich habe noch was zu erledigen.«

Hanne war wahrhaft weihnachtlich ums Herz.

»Dein Auftritt«, sagte sie zum Weihnachtskleid und nahm es aus dem Schrank. Heute Abend wollte sie schön sein. Für sich und für Albert. Sie schminkte und frisierte sich und siehe da: Als sie vor den großen Wandspiegel trat, war sie einverstanden mit dem, was sie dort erblickte.

Sie rief Thea und Papageno an und wünschte ihnen frohe Weihnachten. Was war mit Chris? Sollte sie den auch anrufen? Fast tat er ihr ein bisschen leid, so ganz allein im verschneiten Chalet. Sie fand, sie konnte sich einen Anruf leisten.

»Gruber«, sagte eine Frauenstimme. Die Frau am anderen Ende der Leitung war, wie sich herausstellte, Sybille, Chris' Frau (beziehungsweise Ex-Frau oder noch nicht Ex-Frau oder wie auch immer).

»Und wer sind Sie?«, erkundigte sich Sybille.

»Frohe Weihnachten«, sagte Hanne und legte auf.

»Ich hab's dir ja gesagt«, sprach die Fachfrau. *»Er kann nicht allein sein.«*

»Ja, hast du«, sagte Hanne. Es war wirklich sehr simpel. Sie hatte sein Werben persönlich genommen, und das war nicht etwa enttäuschend, nicht einmal traurig, nein, es war lachhaft.

Hanne lachte. Und wenn Dämonen eines hassen, dann ist das Lachen. Sie suchen schleunigst das Weite, und manche von ihnen verschwinden für immer.

Noch im Taxi lachte sie. Der Taxifahrer wunderte sich nicht besonders. Zu Weihnachten drehten die Leute eben häufiger durch als an gewöhnlichen Tagen.

Sie musste immer noch lachen, als sie aus dem Taxi stieg.

Fast war sie im Haus verschwunden, da hörte sie Albert rufen: »Warten Sie!«

Sie wandte sich zu ihm um und strahlte übers ganze Gesicht.

»Warten Sie«, wiederholte er, als er in den Hausflur trat.

Ihre Augen leuchteten, ihre Wangen waren gerötet, sie wirkte, als hätte jemand frische Energie in sie gepumpt. So hatte er sie noch nie gesehen. Sie sah umwerfend aus.

»Wollen wir nicht du sagen?«, schlug sie vor, während sie die Treppe hinaufstiegen.

»Ja, gut«, sagte Albert, »also ich bin der Albert.«

»Und ich die Hanne.«

Sie gaben sich ein schnelles unverfängliches Küsschen auf die Wangen.

»Ich habe hier was für dich. Ich dachte, vielleicht öffnest du es besser hier. Müssen ja nicht alle gleich mitkriegen«, sagte Albert und überreichte ihr das Paket.

»Aber wir wollten uns doch nichts schenken.«

»Mach es einfach auf. Ich denke, du kannst es gut gebrauchen.«

Hanne setzte sich auf die Treppe und öffnete das Paket. Drinnen lagen die Tanzschuhe von Herrn Pfeiffer. Sie waren aus weichem Leder in blau mit gepaspelten, beige unterlegten Nähten … ein Traum. Hanne war sprachlos.

»Ich habe Herrn Pfeiffer gebeten, die Bestellung vorzuziehen«, sagte Albert. »Er war nicht ganz glücklich, denn normalerweise hätten Sie … äh, du hättest die Schuhe anprobieren müssen. Aber wenn noch was ist, können wir ja noch mal hinfahren.«

»Die willst du mir doch jetzt nicht schenken, Albert?«, fragte sie. »Doch«, sagte er und kratzte sich im Nacken.

Sie umarmte ihn.

Das Studio erstrahlte in weihnachtlichem Glanz. Der Weihnachtsbaum war prächtig geschmückt. Im Hintergrund dudelte ein Weihnachtsgospel. An der Seite war ein Büfett aufgebaut. Darauf stand eine Spendenbox mit der Aufschrift »Ocean Care«.

Albert und Hanne waren im Nu von Menschen umringt. Desdi hatte sich zur Feier des Tages ein paar lila Strähnchen gefärbt und sah aus wie eine kleine Fee. Sie machte Hanne ein Kompliment, sagte, sie sehe toll aus … bis auf die Haare … da war noch deutlich Luft nach oben. Gitte begrüßte Hanne wie eine alte Bekannte und bedankte sich wegen der Tierarztrechnung, die sie und Albert übernommen hatten. Hanne tauschte einen beredten Blick mit Albert und sagte: »Gern geschehen.«

Monika war mit Kevin Tietze, ihrem Kollegen, da. Kerstin mit Manfred, der genauso müde wirkte wie sie noch vor ein paar Wochen.

Albert stellte Hanne Ina vor.

»Ah, Sie sind also die Tochter«, sagte Hanne und fühlte sich nicht wohl dabei, aber was sollte sie machen: mitgehangen, mitgefangen.

»Schön, Sie kennenzulernen«, sagte Ina.

»Albert, kommst du mal!«, rief Lizzy aus dem Büro. »Ich kann die CD mit den Polkas nicht finden.«

Albert entschuldigte sich und ging ins Büro.

»Ich dachte, Sie wollten aussteigen?«, fragte Ina Hanne.

»Die Dinge haben sich anders entwickelt.«

»Bei mir auch«, sagte Ina.

»Du willst doch am Heiligen Abend nicht etwa Polka spielen, Lizzy!«, sagte Albert.

»Fröhliche Weihnachten«, wünschte die und gab ihm ein Päckchen.

»Wir wollten uns doch nichts schenken, Lizzy!«

»Ist auch kein normales Geschenk. Und vielleicht ist es besser, wenn du es morgen in aller Ruhe aufmachst. Ich wollt's dir nur geben, bevor der Trubel losgeht.«

»Meinst du, es kommen wirklich so viele wie auf der Liste stehen?«

»Und mehr«, sagte Lizzy.

»Was, wenn das Essen nicht reicht?«

»Keine Sorge. Deine Nachbarin hat gebacken wie eine Verrückte. Sie schreibt übrigens einen Roman, wusstest du das?«

»Das dahinten ist Phillip, mein alter Kinderfreund«, sagte Ina zu Hanne und schaute zu einem Riesen, der am Büfett stand und ihnen zuprostete.

»Nett«, fand Hanne.

»Ja, sehr.«

Albert schaute in den Saal, wo sich Ina und Hanne unterhielten. Schön, dass sie sich so viel zu sagen hatten. Dieses blaue Kleid mit den weißen Tupfen stand Hanne fabelhaft.

Immer mehr Leute kamen. Man aß, trank, redete, lachte, und es gab Geschenke. Wie sich zeigte, war Hanne die Einzige, die sich an die Abmachung, nichts zu schenken, gehalten hatte.

Es war vielleicht nicht der besinnlichste aller Heiligabende. Aber wer sagt schon, dass Heiligabend besinnlich sein muss? Man feiert doch, wenn ein Kind geboren wird.

Und wie sie feierten. Und wie sie tanzten: Cha-Cha-Cha, Quickstepp, Salsa, Discofox, Wiener Walzer … Desdi hatte sich einen kleinen Mann aus dem Rumba-Kurs geschnappt und wirbelte mit ihm durch den Saal. Manfred schien nach einer Runde Cha-Cha-Cha schon unvergleichlich wacher. Lizzy strapazierte Kevin, den Hauptwachtmeister. Albert wunderte sich, wie gut ihr Bein wieder funktionierte. Monika tanzte mit einer Kursteilnehmerin aus der Bauchtanzgruppe. Gitte war damit beschäftigt, das Büfett in Ordnung zu halten, und wollte schon *Nein* sagen, als sie von einem freundlichen älteren Herrn aus dem Wiener-Walzer-Kurs für Fortgeschrittene zum Tanz aufgefordert wurde, aber sein Akzent war unverkennbar britisch, also sagte sie: »Very much.«

Hanne traute sich mit Albert den Wiener Walzer zu tanzen, obwohl sie Bedenken hatte, was diesen Tanz betraf. Dank Alberts Führung und den neuen Schuhen, die sich anfühlten wie eine zweite Haut, schwebte sie durch den Saal.

Irgendwann kam Kazuki mit ihren Eltern. Herr und Frau von Boxen wirkten zunächst etwas pikiert, als sie das Studio betraten. Doch da sie schon mal da waren, tanzten auch sie, und darüber kamen sie sich näher, und zwei Tage später warfen sie ihre Scheidungsunterlagen in den Papiermüll, aber das ist wieder eine andere Geschichte.

Als die Polka zum Einsatz kam, wurde es Albert zu viel, und er zog sich ins Büro zurück. Einen Moment ausruhen mit hochgelegten Beinen und dem Blick auf das fröhliche Treiben im Saal.

Da lag Lizzys Geschenk. »Es ist kein normales Geschenk«, hatte sie gesagt. Das weckte seine Neugier.

Hanne holte sich eben was zu trinken, da tauchte Kazuki neben ihr auf.

»Was ist mit dem Jungen?«, fragte sie.

Hanne verstand nicht sofort.

»Der von der Brücke gesprungen ist.«

»Kai Meyer. Ich denke, es geht ihm nicht gut. Ich sehe ihn erst morgen wieder.«

»*Ultimum Folium*«, sagte Kazuki.

»*Das letzte Blatt?*«

»Es ist ein Manga. Schauen Sie im Internet nach. Sie haben mich doch nach dem Graffiti gefragt. Kennen Sie die Brücke der Ausweglosen in Seoul? «

»Die Mapo-Brücke.«

»Da sind so viele Koreaner runtergesprungen, dass die Stadt Sensoren an der Brüstung angebracht hat. Wenn jetzt ein Selbstmordkandidat auf das Geländer klettert, leuchten positive Botschaften auf und Bilder, die die Menschen vom Springen abhalten sollen.«

»Ich wäre ja schon froh, wenn Sicherheitsnetze auf der Gebrüder-Grimm-Brücke angebracht würden«, sagte Hanne.

»Man könnte Botschaften draufsprühen.«

»Könnte man«, sagte Hanne und dachte darüber nach, bis sie sah, wie Albert schnellen Schrittes in Hut und Mantel das Studio verließ.

Sie fand ihn auf der anderen Straßenseite. Er saß im Bushäuschen und hielt Marthas Schal in den Händen.

»Lizzy hat ihn fertig gestrickt«, sagte er zu Hanne.

Hanne fragte sich, was sich Lizzy dabei gedacht hatte. Übergriffig war das! Sie würde ein ernstes Wort mit ihr reden!

»Das hätte sie nicht tun dürfen«, sagte sie. »Niemand darf jemandem sagen, wann er aufhören soll zu trauern.«

Und nichts anderes hatte Lizzy mit dem fertig gestrickten Schal getan.

Eine Schneeflocke schwebte an ihnen vorbei. Weitere folgten. Sie sahen hinauf zu den wirbelnden Flocken.

»Andererseits …«, sagte Albert und steckte den Schal in die Manteltasche. »Martha und ich hatten eine wundervolle Zeit, aber sie ist nicht mehr …«

Wenn das kein Durchbruch ist, dachte Hanne.

»Schön, dass wir uns kennengelernt haben«, sagte er und lächelte, und sie lächelte zurück.

In diesem Augenblick wurde ihr bewusst, dass sie nicht länger lügen konnte. Doch genau da lag der Hase im Pfeffer, denn Albert durfte niemals von dem Komplott erfahren, und genau das würde er, wenn sie weitermachten. Sie konnte schließlich nicht ewig behaupten, sie arbeite beim Finanzamt. Plötzlich machte sie das Ganze unfassbar traurig.

»Ich denke, ich werde jetzt mal den Bus nehmen«, sagte sie.

»Kommst du nicht wieder mit rein?«

Sie schüttelte den Kopf.

»Hat es dir nicht gefallen?«

»Doch, aber …«

»Ich warte mit dir auf den Bus.«

Zwei Menschen, nicht mehr ganz jung, in einem Bushäuschen, wie Maria und Josef im Stall zu Bethlehem. In der Kirche um die Ecke fand eine Mitternachtsmesse statt, weihnachtliche Orgelklänge wehten zu ihnen hinüber.

»Tut es dir leid, dass du nicht in die Schweiz gefahren bist?«

»Überhaupt nicht«, sagte sie. »Ich hatte mir eingebildet, noch was mit Chris aufarbeiten zu müssen, aber …« Sie verstummte.

»Wie lange ist diese Geschichte jetzt her?«

»Dreiundzwanzig Jahre.«

»Bitte?« Albert glaubte sich verhört zu haben.

»Dreiundzwanzig Jahre«, wiederholte Hanne. »Er war meine große Liebe.«

»Du warst dreiundzwanzig Jahre allein?«

Hanne nickte.

»Hast du denn nie versucht, jemanden kennenzulernen?«

»Nicht wirklich.«

»Aber … in dreiundzwanzig Jahren hätte doch so viel passieren können. Du hättest dich neu verlieben können.«

Wie sollte sie ihm erklären, dass das mit dem Verlieben für Menschen mit gebrochenen Herzen nicht so einfach war?

Albert war dermaßen verblüfft, dass er, der sonst über ein ausgesprochen gutes Taktgefühl verfügte – und das in jeglicher Hinsicht –, darüber jeglichen Takt vergaß.

»Wahnsinn! Dreiundzwanzig Jahre! Was du alles verpasst hast!«

Hanne war sich dessen bewusst. Es so unverblümt zu hören machte es nicht besser.

»Was hättest du alles haben können: eine Familie, Kinder … Dreiundzwanzig Jahre! Wie kann man denn dermaßen sein Leben vergeuden?«

Hanne schluckte.

Ein Bus kam. Sie stand auf.

»Der fährt aber nicht in deine Richtung«, stellte Albert fest.

»Sag den anderen einen lieben Gruß«, sagte Hanne.

Der Blick, den sie ihm zuwarf, bevor sie einstieg, traf ihn mitten ins Herz. Er sah dem Bus nach und ärgerte sich: »Was bist du doch für ein Idiot, alter Junge!«

Im Bus durch die Weihnachtsstadt.

Es war die komplett falsche Linie, aber das war Hanne egal. Das warme, weiche Weihnachtsgefühl war verflogen und hatte die Freude mitgenommen. Sie fuhr an den Häuserzeilen vorbei, sah glückliche Familien hinter Fenstern. Ein Daumenkino all dessen, was sie nie gehabt hatte, nie haben würde: einen Ehemann … Kind … Kinder … eine Familie an einem großen Tisch … Enkel …

Ja, sie hatte vieles verpasst, und die Aussicht darauf, dass sie auch weiterhin vieles verpassen würde, machte es nicht besser. Aber hatte sie deshalb ihr Leben vergeudet?

Nein. Das hatte sie nicht.

Als sie am ersten Weihnachtstag die psychiatrische Abteilung betrat, wusste sie es mit Sicherheit. Hoffnungen waren auf der Strecke, Sehnsüchte unerfüllt geblieben. Aber sie hatte vielen Menschen geholfen und würde das auch weiterhin tun. Und war nicht ihr Leben gerade in letzter Zeit um einiges reicher geworden? Ihre Mutter hatte sie erkannt. Sie hatte das Tanzen gefunden und sogar Freunde oder zumindest Menschen, die es werden konnten. Kein Grund also, Trübsal zu blasen oder in Selbstmitleid zu verfallen und doch … Albert ging ihr nicht aus dem Sinn.

Sie schob das Gefühlschaos beiseite und widmete sich Dringlicherem: fünfzehn Neueinweisungen. Menschen mit akuten Belastungsreaktionen (im Volksmund Nervenzusammenbruch), eine normale Reaktion der Psyche auf außergewöhnliche Ereignisse. Der Heilige Abend hatte sie in die Knie gezwungen. Bei einer Patientin Verdacht auf eine bipolare Störung, von der manischen Phase war sie ad hoc in die depressive gestürzt, gleich nach der Bescherung. Zwei alte Leutchen waren über Weihnachten von ihren Kindern hergebracht worden, weil die verreisen wollten.

Als sie Kai Meyer sah, bekam sie einen Schreck. Klapperdürr lag er zusammengekauert wie ein Embryo in seinem Bett und starrte auf den Baum vor dem Fenster, an dem nur noch wenige Blätter hingen.

Wie hieß dieses Manga noch? *Ultimum Folium.* Hanne schaute im Internet nach und fand es.

Wie nicht anders zu erwarten ging die Welt unter. Eine

geplagte Natur, die zurückschlägt, ein Planet, der die Menschen abschüttelt wie ein Hund die Flöhe. Alles in allem eine krude Story. Held der Geschichte war ein Junge namens Kazuki, ein japanischer Name, der so viel bedeutete, wie: »Erster der neuen Generation.« Er geht den Weg der Weisheit und wurde nur aus einem Grund geboren: Er muss verhindern, dass der Baum des Lebens die Blätter verliert, denn war das letzte Blatt gefallen, endete alles Leben.

Alarmiert lief Hanne in Kais Zimmer. In der Dämmerung konnte sie gerade noch erkennen, wie viele Blätter am Baum hingen. Acht. Nein. Sieben. Das achte segelte soeben zu Boden. Sie zog die Vorhänge zu. Morgen früh würde kein einziges mehr am Baum hängen, und irgendwer würde die Vorhänge aufziehen …

Sie überlegte. Sollte sie Kai in ein anderes Zimmer verlegen lassen? In eines, von dem aus der Baum nicht zu sehen war? Aber es gab auf der Station kein freies Bett. Auf eine andere Station verlegen? Das Zimmer mit einem anderen Patienten tauschen? Sie spielte alle Möglichkeiten durch und kam zu dem Schluss, dass der Junge kein anderes Zimmer brauchte. Er brauchte etwas anderes.

»Erster der neuen Generation«, sagte Hanne zu Kazuki am Telefon.

»Hast du schon gesehen? Mein Gartentor hängt wieder«, sagte Gitte, die vor Alberts Tür stand.

Albert guckte um die Ecke. »Tatsächlich.«

»Na, dann wollen wir mal annehmen, dass das der Weihnachtsmann war«, grinste Gitte. »Ich wollte dich zum Kaffee einladen. Um drei. Bring doch die Frau Hanken mit.«

»Ich kann sie ja mal fragen.«

»Ina kommt mit Phillip«, sagte Gitte.

Sie beugte sich zu ihm vor und flüsterte hinter vorgehaltener Hand: »Phillip ist heute Nacht nicht nach Hause gekommen.«

Nächste Weihnachten, dachte Albert, *muss ich ihr unbedingt ein Parfüm schenken.*

»Wer hätte das gedacht, Albert«, flötete Gitte, »vielleicht sind wir in nicht allzu ferner Zukunft sogar miteinander verwandt.« Sie gab ihm einen freundschaftlichen Klaps mit dem Geschirrhandtuch und ging.

Albert kratzte sich im Nacken und rief ihr nach: »Ne, Gitte. Wir wären nicht verwandt, wir wären nur nahe Angehörige.«

»Auch schön«, trällerte Gitte, schloss das Gartentor und hüpfte beschwingt über ein paar Matschpfützen.

»Dreckswetter«, schimpfte Albert und schloss die Tür.

Seit gestern ärgerte er sich über sich, was anstrengend war. Wie hatte er sich Hanne gegenüber nur so benehmen können! Den ganzen Abend hatte er verdorben. Mehr noch! Was, wenn sie nun gar nicht mehr mit ihm sprach? Verdenken könnte er es ihr nicht.

Während er Vogeltränke und Futterhäuschen katzensicher machte, indem er beides auf hohe Ständer schraubte, kam ihm die Idee, dass er sich ja auch entschuldigen könnte. Gut, das wäre nicht das erste Mal und wurde langsam inflationär. Oder sollte er zu ihr hinfahren und ihr einen Blumenstrauß mitbringen? Nein! Zu viel des Guten. Nur nicht mit der Tür ins Haus fallen. Anrufen? Auch nicht. Erst mal sollte sie ganz in Ruhe lesen, was er ihr zu sagen hatte. Ergo schrieb er ihr eine SMS, was sich als schwierig erwies und dauerte, legte er doch jedes Wort auf die Goldwaage.

Kazuki und Hanne standen im Zimmer von Kai Meyer. Das Mädchen war sofort gekommen, nachdem ihr Hanne von Kai und dem Baum erzählt hatte.

»Ich dachte, du kannst vielleicht mal mit ihm reden. Über dieses Manga.«

Kazuki ging zum Fenster. Wie alle Fenster auf der Station ließ es sich nicht öffnen. Sie leuchtete mit ihrer Handy-Taschenlampe hinaus zum Baum. Nur noch ein einziges Blatt hing daran. Sie verließ das Zimmer und bedeutet Hanne, ihr zu folgen.

»Reden hilft nicht, und Zeit haben wir auch keine«, sagte sie.

»Tu alles, was du für nötig hältst«, sagte Hanne.

Kazuki verständigte also ihre Graffitifreunde, fuhr nach Hause, packte ihre Sprayflaschen ein und tischte ihren

Eltern die Mär von einer Freundin, bei der sie übernachten würde, auf, was die auch glaubten oder glauben wollten.

Als es dämmerte, war sie zurück.

Weihnachtsmusik dudelte. Albert saß auf Gittes geblümtem Sofa neben Loveday. Er streichelte ihn, der Kater schnurrte. Er nahm die Hand weg, der Kater angelte mit ausgefahrenen Krallen nach ihr, was unmissverständlich heißen sollte: weiterstreicheln!

»Er mag dich«, sagte Gitte, die den Kaffee einschenkte.

Albert schaute im Minutentakt auf sein Handy. Hanne hatte immer noch nicht geantwortet.

Phillip erzählte Ina von der Hallig, auf der er Vogelwart war und auf der es die letzten Brutplätze der stark gefährdeten Brandseeschwalbe gab.

Martha hätte das Thema ungeheuer interessiert, dachte Albert und fragte sich, ob es seine Tochter auch interessierte, oder ob ihr Gittes selbst gemachter Eierlikör zu Kopf gestiegen war oder etwas anderes, denn Ina hing an Phillips Lippen, ihre Wangen waren gerötet, und sie strahlte. Albert freute sich für sie. Aber warum reagierte Hanne nicht auf seine Nachricht? Was mochte in ihr vorgehen?

Gitte klopfte feierlich mit einem Löffel gegen ihr Eierlikörglas.

»Nun leg doch mal das Handy weg, Papa!«, ermahnte Ina ihren Vater.

Albert legte das Handy beiseite.

Gitte verkündete, dass sie einen Liebesroman schreibe. Ina applaudierte. Phillip stand auf und umarmte seine Mutter. Und obschon Gitte nicht die Kleinste war, wirkte sie fast winzig in seinen Armen.

Gitte ließ sich nicht nehmen, die Story in epischer Breite zu erzählen: »Also, in meiner Geschichte geht es um einen Kater, genauer gesagt einen Streuner … eine abgerissene, arme Kreatur … es ist Herbst … und da sind diese beiden Nachbarn, die sich anfangs nicht ausstehen können … aber keine Sorge, später kriegen sie sich.«

Wer hätte das gedacht, dachte Albert.

»Und so beginnt die Geschichte: Es war Ende November, und der Tod schlich um das Haus. Ein kalter Wind wirbelte das Laub durch die Straßen der Stadt …«

Alle Träume enden mit dem Erwachen. Auch die Albträume.

Es war ein kalter Dezembermorgen. Der zweite Weihnachtstag. Kai lag in seinem Bett und hörte, wie jemand ins Zimmer kam und die Vorhänge öffnete. Schwaches Licht schimmerte durch seine Augenlider. Draußen hörte er den Wind pfeifen. Das letzte Blatt war gefallen, dessen war er gewiss.

In dieser Annahme öffnete er die Augen. Doch der Baum war …voller Blätter! Er fragte sich, ob er fantasiere, und blinzelte. Die Blätter blieben. Kai hob den Kopf.

Was Kazuki und Co in der letzten Nacht zustande gebracht hatten, war wirklich bemerkenswert. Aus Kais Perspektive sah es tatsächlich so aus, als wäre der Baum vollständig belaubt. Trat man allerdings ein wenig zur Seite, konnte man erkennen, dass die Blätter auf die Wand dahinter gesprüht waren. Eine Täuschung, die Kai recht bald durchschauen würde. Blieb die Hoffnung, dass sie genügte, um einen Lebensfunken in ihm zu zünden, denn genau das war die Absicht.

»Guten Morgen, Kai«, sagte Hanne. »Da ist jemand, der dir Hallo sagen möchte. Darf ich vorstellen: Kazuki.«

Kazuki trat an sein Bett und nahm die Kapuze ab.

»Hi«, sagte sie und lächelte.

»Ihre Haare sind grün«, sagte die Stationsschwester auf dem Flur zu Hanne. Die Gute hatte ihr den Rücken freigehalten. In jeder freien Minute war Hanne hinausgelaufen und hatte Kazuki und deren Graffitifreunde tatkräftig unterstützt. Nicht ein Mal hatte sie auf ihr Handy gesehen.

Erst jetzt las sie Alberts Nachricht. Er entschuldigte sich für sein Verhalten, bat sie um Verzeihung und richtete ihr die Einladung von Gitte zum Kaffeetrinken aus. Das war gestern. Hanne war zu müde, um einen klaren Gedanken zu fassen.

Der Pogo

… entstand in den Siebzigern, als Antidiscotanz der alternativen Punkbewegung. Man wollte dem alles beherrschenden Mainstream musikalisch und gesellschaftspolitisch auch auf der Tanzfläche etwas entgegensetzen.
»Wrecking«(»demolieren« oder »abwracken«) … ist eine raue Unterart des Pogo. Im Groben geht es darum, andere Wrecker zu packen und mit ganzer Kraft von sich zu schleudern. Manche schlagen auch stehend um sich. Verletzungen werden später an der Bar wie Trophäen gefeiert.

Daran, dass am zweiten Weihnachtstag alle Blumenläden geschlossen waren, hatte Albert nicht gedacht. Nach längerem Suchen fand er endlich den Straßenstand eines asiatischen Blumenhändlers und stand unschlüssig davor. Welche Blumen sollte er nehmen? Rote Rosen kamen nicht infrage. Weiße vielleicht? Aber er ging ja nicht zu einer Beerdigung. Während Albert nachdachte, hörte er jemanden sagen: »Fünf rote Amaryllen, bitte.«

Überall hätte er diese Stimme herausgehört, überall. Unter Hunderten von Menschen. Es war die Stimme von *Pedro, der Kanalratte*!

Da stand er, leibhaftig, nur anderthalb Meter von ihm entfernt, mit schwarz gefärbten Haaren, künstlicher Bräune, weißem Schal um den Hals und einem Hut auf dem Kopf.

Sechs Jahre hatte Albert ihn nicht mehr gesehen. Sechs Jahre hatte er sich vorgestellt, was er mit ihm machen würde, wenn er ihn träfe. Blut kochte, Galle lief über, Sicherungen brannten durch. Er nahm den kürzesten Weg, und der führte quer durch die Blumenreihen, packte Pedro am Kragen, noch bevor der etwas entgegnen konnte, und polierte ihm nach Strich und Faden das solariumgebräunte Gesicht.

»Das ist für Martha! Das ist für unser Studio! Das für Lizzys!«

Pedro versuchte ihn abzuwehren, schlug zurück, doch gegen Alberts heiligen Zorn war er machtlos. Blumen flogen, Hüte, Brillen … Der asiatische Blumenhändler schrie Zeter und Mordio. Zwei Passanten mit Zivilcourage griffen ein, versuchten vergeblich, Albert von Pedro wegzuzerren. Die Polizei kam.

In der grünen Minna (die gar nicht mehr grün war, wie Albert feststellte) saßen sich Albert und Pedro mit kaputten Brillen auf blutenden Nasen gegenüber, nur getrennt durch einen Klapptisch. Albert hielt seinen zerdellten Hut in den Händen und drehte und drehte und drehte ihn. Er schmeckte das Adrenalin in seinem Mund. Oder war das Blut? Ein paarmal hatte Pedro auch einen Treffer gelandet. Auch ein blindes Huhn findet mal ein Korn. Albert vermied es aufzusehen. Ein Beamter bewachte sie. Besser war's.

Draußen nahm sein Kollege die Anzeige des asiatischen Blumenhändlers auf. Der Mann war sehr aufgeregt und sprach nicht wirklich Deutsch, was die Sache erschwerte.

»Aber ich habe dir dein Studio gar nicht weggenommen«, beteuerte Pedro. »Das musst du mir glauben.« Seine Lippe war aufgesprungen. Jedes Wort schmerzte.

»Hör auf zu lügen!«, schrie Albert. Seine ausgestreckte Faust schoss über den Tisch und erwischte Pedro auf der geschundenen Nase. Der stöhnte und beugte sich vor.

Der Polizist drückte Albert zurück auf die Bank und verwarnte ihn eindringlich: »Wenn Sie sich nicht augenblicklich benehmen, kommt zu Körperverletzung und Sachbeschädigung auch noch Widerstand gegen die Staatsgewalt hinzu. Wollen Sie das?«

»Wissen Sie, was dieser Mensch mir angetan hat? Mir und meiner Familie? Er hat uns unser Studio weggenommen, meine Frau ist vor Kummer krank geworden und gestorben. Und er …«, Albert zeigte mit zitterndem Finger auf Pedro, »… ist dafür verantwortlich.«

»Aber du bist im Irrtum, Albert«, sagte Pedro.

»Ach! Ich hab mir das alles nur ausgedacht, oder wie? So warst du schon immer! Nie konntest du den Hals vollkriegen! Und sich jetzt auch noch das Studio von Lizzy einverleiben! Schämen solltest du dich!«

Pedro vergaß für einen Moment seine Schmerzen. Er verstand nicht. »Aber ich will Lizzys Studio gar nicht. Wie kommst du denn darauf?«

Schon kochte eine neue Ladung Galle in Albert hoch.

Etwas hielt ihn auf. Es war die Hand des Polizisten. Pedros Chance.

»Wie kommst du darauf, dass ich Lizzys Studio will? Was sollte ich damit? Ich habe mich komplett aus dem Geschäft zurückgezogen, lebe auf Ibiza, was soll ich hier mit einem Studio?«

Kurz und gut: Albert kam mit einem blauen Auge davon (im buchstäblichen und im übertragenen Sinne). Pedro erstattete keine Anzeige. Der asiatische Blumenhändler ließ die Anzeige wegen Sachbeschädigung fallen, als Pedro ihm anbot, die Schadenssumme zu verdoppeln und kurzerhand das Portemonnaie zückte. Damit war Albert ausdrücklich nicht einverstanden, aber was sollte er machen, er hatte nicht genügend Bares dabei.

Was von dieser Begegnung übrig blieb: ein Haufen zerstörter Blumen, ruinierte Kleidung, kaputte Sehhilfen, ein paar Blessuren und ein Gespräch, welches in Alberts Leben das Unterste zuoberst kehrte.

Die Polizisten hatten die beiden Raufbolde in der Notfallambulanz abgeliefert. Da saßen sie nun und warteten.

Albert war leichenblass. Pedro hatte ihm soeben mitgeteilt, wie sich das mit dem Studio wirklich zugetragen hatte. Er hatte es ihm gar nicht »weggenommen«. Martha hatte ihn gebeten, es zu übernehmen.

Albert konnte es nicht glauben: »Warum sollte Martha das getan haben?«

»Du hattest einen Herzinfarkt«, erinnerte Pedro.

»Vorhofflimmern«, korrigierte Albert.

»Sie hatte ihre Gründe, das Studio zu verkaufen. Das Dumme war nur, dass es niemand wollte. Deshalb hat sie sich an mich gewandt.«

»Aber das ist doch Unsinn! Du lügst! Das Studio lief hervorragend!«

»Das hat sie dir vielleicht erzählt, um dich nicht aufzuregen. Ihr wart tief in den roten Zahlen.«

»Waren wir nicht!«

»Wart ihr!«

Albert dachte nach. Martha hatte immer das Finanzielle erledigt. Nie hatte er sich dafür interessiert.

»Aber sie hätte mir doch was gesagt, wenn es schlecht gelaufen wäre.«

»Hätte sie? Sie hat sich um dich gesorgt, und sie hat gewusst, dass du niemals aufgegeben hättest«, sagte Pedro.

Stimmt, dachte Albert, *Martha hat sich immer um mich gesorgt. Aber dass sie mit ihrer Sorge so weit gehen würde … Schwer vorstellbar. Andererseits: Konnte sich jemand so etwas ausdenken?* Das traute er selbst Pedro nicht zu.

Das Schlimme war, dass alles auf sehr unschöne Weise Sinn ergab: Marthas seltsames Verhalten zu jener Zeit, die Geburtstagskarte von Pedro, Marthas Reaktion auf die Karte.

Pedro wurde aufgerufen. Er erhob sich ächzend.

»Und was Lizzys Studio betrifft: Ich habe nichts damit zu tun, das darfst du mir glauben. Ich habe von der Frau seit Jahren nichts gehört.««

»Aber warum erzählt sie dann so etwas?«, fragte Albert.

»Frag sie«, sagte Pedro und verschwand humpelnd aus Alberts Leben.

Lizzy hatte Schmetterlinge im Bauch. Sie fegte gerade das Studio und summte dazu ein Weihnachtslied, als sie Albert im Treppenhaus brüllen hörte: »Lizzy!«

Gleich darauf erschien er mit lädiertem, wutverzerrtem Gesicht. Er konfrontierte Lizzy mit den neuesten Erkenntnissen, und die … knickte ein.

Zu ihrer Entschuldigung sei gesagt, dass sie in den letzten Nächten zum ersten Mal nach gefühlt hundert Jahren Sex gehabt hatte und zwar mit Hauptwachtmeister Tietze, ein spektakuläres Ereignis, welches ihr Denken vernebelte, andernfalls hätte sie sich vielleicht noch etwas einfallen lassen. Sie verriet also Ina. Wenigstens war sie so geistesgegenwärtig, nichts von Hanne und der Inkognitotherapie zu erzählen.

Albert sah aus, als würde er gleich platzen.

»Und die Geschichte mit deinem Vermieter?«, schrie er mit sich überschlagender Stimme.

»Ausgedacht«, sagte Lizzy und schaute hinunter auf ihre Schuhspitzen.

»Was für ein Schmierentheater!«, brüllte Albert und verließ das Studio. Er schlug die Studiotür zu. Eine Glasscheibe ging zu Bruch.

Lizzy beeilte sich, Ina anzurufen, um sie zu warnen … Doch es war besetzt.

Ina saß in der Mensa der Klinik und telefonierte mit Phillip. Thaddäus ging an ihrem Tisch vorbei. Sie tat, als sähe sie ihn nicht, und lachte extra laut. Die Geschichte mit ihm war noch nicht vollständig ausgestanden, auch wenn sie das gern geglaubt hätte. Aber sie mochte Phillip. Wirklich. Mit ihm wurde es nicht langweilig, selbst wenn er ihr von der Population der Graugänse erzählte.

Albert fühlte sich elend. Lug und Trug, so weit das Auge reichte, und das Schlimmste: Sogar Martha war Teil des Lügengespinstes. Sie hatte ihn belogen. Dabei hätte er für sie beide Hände ins Feuer gelegt. Er musste mit Ina sprechen, sofort, und zwar persönlich! Er wusste, dass sie Dienst hatte, fuhr aber dennoch, ungeachtet der Tatsache, dass er sie ja schlecht aus dem OP zerren konnte, zur Klinik.

Ina telefonierte immer noch. Phillip erzählte ihr gerade von der Balz der Sumpfohreule, deren Flügelklatschen immer wieder ein Erlebnis war, da stand ihr Vater plötzlich vor ihr, nahm ihr das Telefon aus der Hand und sagte: »Ich habe Pedro getroffen. Wie konntest du nur …«

Ina war überrumpelt.

»Hast du davon gewusst, dass Martha und Pedro unter

einer Decke steckten? Dass deine Mutter ihn gebeten hat, unser Studio zu kaufen? Hast du davon gewusst?«

Die Leute guckten. Thaddäus verschanzte sich hinter seiner Zeitung. Er hatte keine Lust auf eine neuerliche Begegnung mit Inas Vater, der offensichtlich nicht alle Tassen im Schrank hatte.

Ina sah sehr schuldbewusst aus.

»Also ja! Du hast davon gewusst! Alle wussten davon. Nur ich nicht!« Albert lachte bitter.

»Bitte, Papa, lass uns rausgehen.«

Sie gingen gen Ausgang und liefen – der Teufel persönlich wollte es so – Hanne in die Arme. Die erstarrte zur Salzsäule.

Albert brauchte einen Moment, bis er durch die kaputten Brillengläser Hanne erkannte.

»Hanne? Was machst du denn …?«

Hanne wünschte sich, die Erde möge sich unter ihr auftun und sie verschlucken.

Albert las auf dem Schild an ihrem Kittel: »Dr. med. H. Hanken, Psychiatrische Abteilung«.

Und langsam, ganz langsam, offenbarte sich ihm das volle Ausmaß des Komplotts.

Er sagte kein Wort, und das musste er auch nicht. Sein Gesicht sprach Bände.

Schnellen Schrittes verließ er die Klinik.

Erst am Auto holte Ina ihn ein und versuchte zu erklären. Er wollte nichts hören. Eine Psychiaterin auf ihn ansetzen … das war ja wohl das Letzte! Was hatten sie vorgehabt? Wollten sie ihn entmündigen lassen? Ihn in die Klapsmühle einweisen?

»Und du erzähl mir noch mal, ich soll mich nicht in dein Leben mischen!«, sagte er und riss die Autotür auf.

»Ich komme nach dem Dienst vorbei, Papa, dann reden wir.«

»Es gibt nichts mehr zu reden. Lass mich einfach in Ruhe!«

Hanne stand im Eingangsbereich der Klinik. Sie sah Albert wegfahren und Ina, die mit hängendem Kopf auf sie zukam.

Albert schloss alle Fensterläden und ließ den Schlüssel in der Haustür stecken, damit Ina nicht reinkam. Das Telefon klingelte. Ina. Er ließ es klingeln. Es klingelte erneut. Lizzy. Er riss das Kabel aus der Buchse und stellte das Handy ab.

Er setzte sich ins dunkle Zimmer vor den Kamin, den er nicht anzündete, und rührte sich nicht. Marthas Sessel blieb leer, und das war gut so. Er hatte überhaupt keine Lust, sie zu sehen. Auch nicht am Ende des Tunnels. Er wollte nichts, nicht einmal mehr sterben.

Das Ende aller Pläne.

Am Abend klopfte es an der Haustür.

»Albert, mach auf, bitte. Ich muss mit dir reden.«

Hanne! Dass die es wagte! Albert ging in den Flur und rief durch die geschlossene Tür: »Verschwinden Sie! Ich brauche keinen Seelenklempner!«

Aha, das Du ist passé, dachte Hanne, *sei's drum.*

»Du bist wütend, und das verstehe ich«, sagte sie. »Ich kann mir vorstellen, wie du dich jetzt fühlst, wie das Ganze für dich aussehen muss. Alle haben dich belogen, hintergangen. Aber versuch doch bitte, auch Ina zu verstehen. Sie hat sich sehr um dich gesorgt, und wir beide wissen, dass sie mit ihren Befürchtungen richtiglag.«

»Ich muss gar nichts verstehen«, entgegnete Albert. »Verschwinden Sie!«

Früher wäre an dieser Stelle garantiert Gitte erschienen, versessen darauf zu erfahren, was los ist, doch die hatte sich gerade nach Cornwall fantasiert, wo zwei einsame Herzen mit schier unüberwindbaren Hindernissen zu kämpfen hatten, bevor sie sich fanden. Es war nicht so, dass sie Hanne nicht hörte. Man hätte schon taub sein müssen, sie nicht zu hören, und Gitte saß direkt unter dem Fenster nebenan, welches gekippt war. So passierte es, dass Passagen des Dialogs zwischen Hanne und Albert in Gittes Roman wanderten.

Doch zurück zu den beiden, die nah beieinanderstanden, getrennt durch ein drei Zentimeter dickes Türblatt.

»Ja, ich habe dich belogen«, räumte Hanne ein. »Das heißt aber nicht, dass *alles* gelogen war. Das heißt nicht, dass du mir nichts bedeutest, Albert.«

Sie kratzte all ihren Mut zusammen und sagte: »Du bedeutest mir sogar viel.«

Das war ja wohl der Gipfel des Hohns, fand Albert und riss die Tür auf.

»Die Märchenstunde ist vorbei! Sparen Sie sich Ihren Mist! Was für ein Psychiater sind Sie eigentlich? Kommen ja nicht mal mit Ihrem eigenen Kram klar! Wieso räumen Sie nicht zur Abwechslung mal in Ihrem Leben auf und hören auf, im Leben anderer herumzupfuschen?«

Er knallte die Tür zu.

———

»Er ist wütend«, sagte Hanne zu Ina. »Und das ist gut so, eine gesunde, nachvollziehbare Reaktion. Er hat allerhand zu verdauen. Lassen wir ihm Zeit.«

»Aber wir können doch jetzt nicht nichts tun.«

»Doch«, sagte Hanne. »Wir haben genug getan.«

———

Drei Tage vergingen. Drei Tage, in denen Albert im Dunkeln saß, in denen Hanne versuchte, sich damit abzufinden, ihn für immer verloren zu haben.

Ina, Gitte, Lizzy klopften an Alberts Tür und sogar Kazuki. Jede zog unverrichteter Dinge wieder ab. Die Königsberger Klopse, die Gitte Albert vor die Tür stellte, wurden von Waschbären gefressen. (Eine neue Plage übrigens.)

Es regnete von früh bis spät. Tagelang.

Hanne hatte sich im Bett vergraben und wünschte sich, die Zeit zurückzudrehen. Dann hätte sie Albert nicht verletzt, aber auch nicht kenngelernt. Ach, es war verdreht.

Die Fachfrau diagnostizierte Liebeskummer.

Am Tag zwei nach dem Desaster gab es erfreuliche Nachrichten. Kazuki rief Hanne an und berichtete, dass Kai heute zum ersten Mal seit Langem gegessen hatte. Sie besuchte ihn täglich und erfand eigens für ihn Geschichten, in denen es gelang, die Welt zu retten, wenn auch in allerletzter Minute. Darüber hinaus schlug sie vor, wegen der Gebrüder-Grimm-Brücke etwas zu unternehmen.

»Warum besprühen wir sie nicht mit positiven Botschaften, wie die Brücke in Seoul?«

»Gute Idee«, fand Hanne.

»Du hast noch meine Sprayflaschen«, sagte Kazuki.

»Stimmt.«

»Heute?«

»Nee.«

»Gut, dann morgen 18 Uhr.«

»Mal sehen«, sagte Hanne, legte auf und zog sich die Bettdecke über den Kopf.

Am Tag drei nach dem Desaster bekam sie Post von Carmen Claus.

Im Kuvert befanden sich Wilmas Briefe an Rolando Claus. Ohne Begleitschreiben.

Noch vor ein paar Tagen hätte sich Hanne auf die Briefe gestürzt. Jetzt betrachtete sie ohne nennenswerten Elan die Poststempel. Alle Briefe waren nach 1987 abgeschickt worden. Wäre Rolando Claus ihr Vater gewesen, hätte es sicher früher welche gegeben. Selbstverständlich war es auch möglich, dass Carmen Claus ihr die Briefe früheren Datums, aus gutem Grund vorenthielt. Oder auch nicht. Müßig, darüber nachzudenken.

Einer der Briefe war vom 18. Juni 1990, also kurz vor dem Tod ihres Vaters. Es war ein Liebesbrief.

»Ich habe es heute meinem Mann gesagt«, schrieb Wilma. »Er hat es mit Fassung aufgenommen. Nicht mehr lange, mio caro, dann sind wir frei. Wir werden in Italien leben. In diesem herrlichen Haus, von dem du mir so viel erzählt hast. Ich werde Bougainvilleen pflanzen. Magentarote Bougainvilleen. Vom Bett aus werden wir das Meer sehen. Es ist warm, und die Zitronenbäume blühen …«

Die unerfüllten Träume ihrer Mutter.

Zumindest konnte sich Hanne nun erklären, was es mit Italien auf sich hatte. Auch das Motiv ihres Vaters schien klarer. Er hatte erfahren, dass Wilma ihn verlassen wollte, hatte es »mit Fassung aufgenommen« und war von der Brücke gesprungen.

Die Frage der Vaterschaft blieb unbeantwortet. Womöglich befanden sich ja Hinweise in den anderen Briefen, doch Hanne beschloss, es dabei bewenden zu lassen. Ihr Vater war ihr Vater … und Punkt. Sie faltete den Brief zusammen, steckte ihn zurück ins Kuvert. Das war's dann also.

Ich muss weg, dachte sie, *am besten* weit weg. Sie beschloss, Frau Fröhlich-Hacker zu bitten, ihren Urlaub zu verlängern. Der Gedanke brachte so viel Energie, dass sie es bis ins Badezimmer schaffte. Im Spiegel erblickte sie einen Zombie mit grünen Haaren. Sie versuchte, die Farbe auszukämmen, auszubürsten, erst vorsichtig, dann immer heftiger. Sie riss dabei ganze Büschel heraus, was bei ihrer Haarfülle nicht weiter ins Gewicht fiel, aber höllisch wehtat. Strafe musste sein. Als sie vor dem Spiegel auftauchte, sah sie aus wie Struwwelpeter.

Nichts verändert sich, bis man sich selbst verändert, aber dann verändert sich plötzlich alles stand auf dem Plakat an der Wand über dem Tresen in Desdis Salon. Eine Werbung für trendige Haarfarben.

Desdi hatte bereits über den Buschfunk von dem Drama gehört und Hanne sofort einen Termin gegeben.

Man konnte über sie sagen, was man wollte, aber sie verstand ihren Job. Nicht bloß, dass sie die grüne Farbe restlos eliminierte, sie bändigte auch das Gestrüpp auf Hannes Kopf, was bisher keinem Friseur gelungen war. Als sie mit der Prozedur fertig war, fiel Hannes Haar anmutig und glänzte in Ginger Space, einem besonders warmen Rotton (optimal für Menschen mit blassem Teint).

Als Hanne aus Desdis Salon trat, fühlte sie sich schön. Sie ging durch die Straßen und siehe da: Die Menschen schauten ihr ins Gesicht, ab und zu fing sie sogar ein Lächeln auf und entgegnete es. Sie war nicht länger unsichtbar und würde es nie wieder sein.

In einer Confiserie kaufte sie zehn Packungen Tartufo speciale. Morgen würde sie zu Wilma fahren. Ob sie ihr die Briefe mitbringen würde, hatte sie noch nicht entschieden. Einiges sprach dafür, vieles dagegen.

Sie verstaute die Schokolade im Kofferraum, sah die Tasche mit den Sprühfarben und erinnerte sich an Kazukis Vorschlag. Keine schlechte Idee, die Brücke zu besprühen, fand sie. Die Wahrscheinlichkeit, erwischt zu werden, war allerdings relativ hoch. Besser also, das Mädchen nicht mit reinzuziehen. Die Aktion im Krankenhaus war riskant genug gewesen.

Sie schickte Kazuki eine SMS, in der sie ihr mitteilte, dass sie die Aktion selbst erledigen würde. Das fühlte sich richtig an. Es war ihre Geschichte. Sie musste es allein machen. Für ihren Vater, für Kai, für alle Lebensmüden dieser Stadt und für sich selbst.

Sie beschloss zu warten, bis es dunkel war, und ging einen Kaffee trinken.

Albert saß immer noch im Dunkeln. Am Tag eins nach dem Desaster war er nichts als wütend. Alle hatten Dreck am Stecken. Alle hatten ihn hintergangen, sich gegen ihn verschworen.

Am Tag zwei nach dem Desaster erschien Martha. Als wäre nichts gewesen, saß sie in ihrem Sessel und strickte.

»Geh weg!«, sagte Albert. »Du hast mich belogen. Hast den armen Pedro an den Pranger gestellt!«

Martha ließ ungerührt alle Vorwürfe auf sich niederprasseln. Er schimpfte über Ina, die genauso verlogen war wie sie. Ganz die Mutter! Martha strickte weiter. Als ihm endlich die Luft ausging, ließ sie das Strickzeug sinken und sagte: »Albert Joseph Franz Eduard Gottwald, du hast dich nie für unsere Finanzen interessiert. Das hast du immer schön mir überlassen. Ich habe uns vor der Pleite gerettet. Pedro und ich. Ich habe dir nichts davon erzählt, weil du niemals eingewilligt hättest. Weil du ein Sturkopf bist. Und weil du einen Herzinfarkt hattest.«

»Vorhofflimmern«, korrigierte Albert.

»Glaubst du, etwas vor dir geheim zu halten hat Spaß gemacht? Mir nicht und Ina auch nicht. Also reiß dich gefälligst zusammen und denk zur Abwechslung mal über deinen Beitrag an dem Ganzen nach.«

Und das tat Albert.

Am Tag drei nach dem Desaster war er so weit: Er verzieh Martha und Ina weitgehend. Die positive Absicht ihres schlechten Verhaltens war Liebe. So einfach war das. Und da er schon mal dabei war, verzieh er auch gleich Lizzy. Sie war zwar die Einzige, die etwas von der Posse gehabt hatte, unter anderem etliche Tanzkurse, dennoch musste er anerkennen, dass ihre Motivation in erster Linie nobel war.

Hanne konnte er allenfalls mildernde Umstände zubilligen, wegen ihres Vaters und all der anderen Probleme, die sie hatte. Verzeihen konnte er ihr nicht. Bis in alle Ewigkeit nicht.

Die Ewigkeit währte genau elf Minuten und achtundvierzig Sekunden. Da nämlich klopften Desdi und Lizzy an seine Tür. Es klang dringlich, weit dringlicher als alles zuvor, sodass Albert befürchten musste, sie würden gleich die Tür eintreten.

»Mach auf, Albert!«, verlangten sie. »Es geht um Leben und Tod!«

»Was ist los?«, erkundigte er sich durch die Tür.

»Es geht um Hanne!«, rief Desdi.

»Nein danke«, sagte Albert, »kein Interesse.«

»Aber sie ist in Gefahr!«, rief Lizzy.

»Ich bin mir ganz sicher!«, rief Desdi.

Er öffnete die Tür einen Spaltbreit. Desdi und Lizzy standen da, Gitte bog eben um die Ecke. Manchmal, wenn auch selten, hatte das Leben doch mehr zu bieten, als man sich ausdenken konnte.

»Wie kommt ihr darauf?«, fragte Albert.

Desdi berichtete von Hannes Besuch in ihrem Salon.

»Sie hat sich die Haare abschneiden lassen, obwohl sie das nie wollte, und sie hat gesagt, sie will weg, weit weg.«

»Ja und?«, sagte Albert, »soll sie doch. Was geht mich das …«

Desdi schnitt ihm das Wort ab. »Sie hat gesagt, sie will so gut aussehen wie irgend möglich.«

Albert erinnerte sich, dass er vor nicht allzu langer Zeit

denselben Satz zu seinem Friseur gesagt hatte. Desdi sprach von Menschenkenntnis, die sie in den Jahren als Friseurin erworben hatte. Wenn jemand so gut aussehen will wie irgend möglich, erklärte sie, ist er entweder verliebt, hat ein Vorstellungsgespräch oder will sterben.

»Albert! Du musst was tun!«, verlangte Lizzy.

Gitte war ganz ihrer Meinung: Albert musste etwas tun! Er musste Hanne retten.

»Aber wie? Ich weiß ja nicht mal, wo sie ist. Und überhaupt wäre ich ja wohl der Falsche.«

Die drei Frauen dachten alle dasselbe: *Männer!*

»Wir müssen sie anrufen«, sagte Albert.

»Glaubst du, wir sind blöd?«, echauffierte sich Lizzy. »Das haben wir natürlich längst versucht. Sie geht nicht ran, darum ist Desdi ja zu mir gekommen.«

»Okay, immer der Reihe nach«, sagte Albert. »Sie hat gesagt, sie will verreisen.«

»Weit, weit weg«, wiederholte Desdi.

»Hat sie noch etwas gesagt?«

»Nein.«

»Aber wo könnte sie sein?«

Kazuki tauchte aus dem Nichts auf.

»Sie wollte zur Gebrüder-Grimm-Brücke, da, wo immer alle runterspringen.«

Für Albert gab es kein Halten mehr. Er ging hinein, um den Autoschlüssel zu holen. Als er nach ihm griff, legte Martha ihre Hand auf seine.

»Du willst doch da jetzt nicht hin.«

»Ich muss«, sagte er.

»Denk doch mal an dein Herz«, sagte sie.

»Das tue ich, Martha. Das tue ich.«

Er zog den Schlüssel unter ihrer Hand hervor, schlug die Haustür zu, setzte sich ins Auto und fuhr los.

Die anderen stiegen in Desdis Auto (eine Ente, was sonst) und folgten ihm.

Mit zittrigen Beinen betrat Hanne die Brücke. Seitenstechen, flaues Gefühl im Magen, Beklemmung im Brustkorb. Ihr Herz raste, sie rang nach Luft. Kalter Schweiß rann ihr den Rücken hinunter. Die Knie knickten ein und fühlten sich an, als wären sie aus Gummi. Sie musste sich sehr konzentrieren, um nicht die Tasche mit den Sprayflaschen fallen zu lassen. Den Blick richtete sie fest auf den Boden. Nur nicht hochsehen und schon gar nicht runter. Der Druck in ihrer Kehle war kaum zu ertragen. Ein Schritt nach dem anderen … einer nach dem nächsten … Wie in der Konfrontationstherapie, die sie einst wegen der Clowns gemacht hatte. (Und die im Übrigen nicht geholfen hatte.)

Langsam kämpfte sie sich voran und arbeitete sich bis zur Mitte der Brücke vor. Die, die springen wollten, sprangen hier.

Sie hatte darüber nachgedacht, welche motivierenden Botschaften sie auf der Brücke hinterlassen wollte.

Auf der Brücke der Ausweglosen in Seoul stand:

»Das Beste kommt noch!«

»Wieso gehen wir nicht in die Karaokebar, um den Stress abzubauen?«

»Denk an deine Großeltern.«

Das kam natürlich nicht infrage. Sie überlegte, was sie einem Menschen sagen würde, der unmittelbar vor dieser Entscheidung stand. Wenn möglich in knappen Worten, denn ihre Spraykünste waren überschaubar.

Die Fahrt zur Brücke schien kein Ende zu nehmen.

»Ruhig Blut, alter Junge«, wiederholte Albert mit jedem Atemzug. Er übertrat gut ein Duzend Verkehrsregeln und würde seine Fahrerlaubnis loswerden, aber schließlich ging es um Leben und Tod!

Was muss sich ändern, damit du wieder leben willst?, hatte Hanne auf die Mauer gesprüht. Künstlerisch wertvoll war es nicht. Die Schrift war krakelig, weil ihre Hände so gezittert hatten. Kazuki würde nicht begeistert sein.

Manchmal hilft es, nicht mehr allein zu sein, sprühte sie als Nächstes und hielt inne.

Was wäre gewesen, wenn sie an jenem Tag im Juni vor dreißig Jahren nicht diese blöden Taschen gekauft, sondern ihren Vater gleich nach der Prüfung zurückgerufen hätte?

Wenn sie ihn in seiner Verzweiflung nicht allein gelassen hätte? Er hatte so oft angerufen, ihr aufs Band gesprochen und um Rückruf gebeten, aber sie hatte gebüffelt für die Prüfungen, und als sie die geschafft hatte, hatte sie sich belohnen wollen und all die schönen Taschen gekauft. Mit denen war sie runter zum Fluss gegangen und hatte sich darauf gefreut, ihm alles zu erzählen … als *der* Anruf kam.

Hatte er hier gestanden? Was war ihm durch den Kopf gegangen? Vorsichtig kletterte Hanne auf die Brüstung und sah hinunter in das schwarze Wasser. Ein kleiner Sprung, der finale Ausweg aus allen Problemen, den großen und den kleinen.

In einer parallelen Wirklichkeit wäre Hanne wieder von der Brüstung heruntergeklettert, hätte weitergesprüht, wäre wenig später von der Polizei erwischt worden, hätte einen Rieseneklat losgetreten, die Medien mobilisiert, woraufhin die schon lang geforderten Sicherheitsnetze im Eiltempo genehmigt worden wären … Das Schicksal wollte es anders.

Der langsame Walzer

… entwickelte sich 1870 in den USA unter dem Namen Boston. Fünfzig Jahre später war daraus in England der Slow Waltz entstanden, auch English Waltz genannt.
Er ist ein sehr anspruchsvoller und romantischer Tanz und wird mit fließenden, weichen Bewegungen getanzt. Wichtig ist das Auf- und Abschwingen des ganzen Körpers, das nie zum Stillstand kommen darf. Der Schwung wird auf dem zweiten Teil des ersten Taktschlags aufgebaut und dann auf »zwei, drei« sanft abgebremst.

Alberts schlimmste Befürchtungen wurden noch übertroffen, als er Hanne auf der Brüstung stehen sah. Er bremste, sprang aus dem Wagen, hastete zu ihr hin.

»Hanne! Spring nicht!«, rief er und tat einen mächtigen Satz, in der Absicht, sie herunterzuziehen, doch Hanne erschrak dermaßen, dass sie sich an Albert festklammerte wie ein Orang-Utan-Baby an seiner Mutter, und er, der normalerweise über eine ausgezeichnete Körperbeherrschung verfügte, aber auch Höhenangst hatte und Hausschuhe trug, verlor das Gleichgewicht …

Als die Ente die Brücke erreichte, sahen Lizzy, Desdi, Kazuki und Gitte gerade noch, wie die beiden von der Brüstung fielen.

Erst mal war alles schwarz, aber dann steppte Albert einen hellerleuchteten Tunnel entlang …

Come let's mix where Rockefellers
walk with sticks or umbrellas
In their mitts …
Puttin' on the Ritz.

Am Ende des Tunnels stand Martha und wartete auf ihn, wie versprochen. Sie streckte ihm beide Hände entgegen. Als Albert bei ihr angekommen war, sagte er: »Ich komm nicht mit, Martha … Aber warte! Ich hab dir dein Strickzeug mitgebracht.« Er holte das Strickzeug unter seinem Smoking hervor und reichte es ihr.

»Bis bald«, sagte Martha und lächelte, wie Engel eben lächeln, bevor sie verglühen.

Ein Wunder, dass beide den Sturz überlebten. Ein paar gebrochene Rippen, eine ausgekugelte Schulter, ein gebrochener Oberarm, zwei Gehirnerschütterungen, zwei Schleudertraumen, starke Unterkühlungen und viele, viele Prellungen, aber das war auch schon alles, was der harte Aufschlag auf dem Wasser angerichtet hatte. Vielleicht lag es daran, dass sie eng umschlungen von der Brücke fielen und so den Kopf und die lebenswichtigen Organe schützen konnten. Sicher war es von Vorteil, dass Lizzy und

Co. vor Ort waren und unverzüglich reagierten, sodass sie zügig aus dem eisigen Wasser gefischt werden konnten. In jedem Fall waren sich alle einig, dass Hanne und Albert mehr als einen Schutzengel gehabt hatten.

Dann kam der Schnee, und nach dem Schnee kam der Frost. Der Winter legte ein glitzerndes Tuch über die Stadt, während Albert und Hanne träumten.

Das Erste, was Albert erblickte, war das schöne Gesicht seiner Tochter.

»Er ist wach«, hörte er sie von weither sagen. »Papa, hörst du mich? Kannst du mich hören?«

»Klar«, sagte er und schlief wieder ein.

Als er das nächste Mal blinzelte, sah er Hanne. Sie trug eine Halskrause und stützte sich auf eine Krücke. Mit einem vergipsten Arm schob sie einen Tropf.

»Hallo, Albert«, krächzte sie und winkte zu ihm rüber.

Exzellente Kopfhaltung, dachte er und schlief wieder ein.

Die Zeit verflüssigte sich, und Albert trieb schwerelos in ihrem Strom.

Er erwachte von einem Mordslärm. Explosionen, Bombeneinschläge, Pfeifen, Knallen … Krieg? Nein. Bloß Silvester. Der Himmel leuchtete in allen erdenklichen Farben. Er schaute sich um.

Das Zimmer sah aus wie ein Blumenladen. Sträuße, Gestecke, Karten mit Genesungswünschen und Luftballons. Er setzte sich auf, stellte einen Fuß nach dem anderen auf den Boden und prüfte, ob seine Beine ihn trugen. Er machte ein paar Schritte. Wackelige Angelegenheit, aber es ging. Die Schmerzen waren erträglich, dank der Schmerzmittel, und er wäre kein Tänzer, könnte er keine ertragen. Er setzte sich in Bewegung.

Bekleidet mit einem Krankenhaushemdchen, hinten offen, schob er mit dem Tropfständer den menschenleeren Flur hinunter. Er fand Hannes Zimmer, klopfte an und trat ein.

Hanne saß in ihrem Bett und lachte, als sie Albert sah.

Als er sagte: »Darf ich bitten«, hielt sie das zunächst für einen Scherz. Es war keiner.

Und so kam es, dass sich die beiden von ihren Tröpfen abstöpselten und den langsamen Walzer tanzten.

Fred Astaires Telegramm war angekommen.

Ende

PS: Vor mehr als einem halben Jahrhundert, als Hanne noch das Hannele war, wurde ihr von einer Kartenlegerin geweissagt, dass sich das Glück erst spät in ihrem Leben einstellen würde, nämlich dann, wenn sie die Mitte ihres Lebens bereits überschritten hatte. Die Kartenlegerin behielt recht, denn Hanne wurde einhundertdreizehn Jahre alt.

Danksagung

Ich danke Emmi und Andre Dujardin, Astrid Ruppert, Oliver Schütte, Joachim Jessen, Marianne Grimm, Frank Leo Schröder und Peter Meinhardt für ihre Hilfe und Unterstützung, ganz besonders aber Fredel Gottwald.

Unsere Leseempfehlung

272 Seiten

Wenn die Toten auf ihr Leben zurückblicken könnten, wovon würden sie erzählen? Einer wurde geboren, verfiel dem Glücksspiel und starb. Ein anderer hat nun endlich verstanden, in welchem Moment sich sein Leben entschied. Eine erinnert sich daran, dass ihr Mann ein Leben lang ihre Hand in seiner gehalten hat. Eine andere hatte siebenundsechzig Männer, doch nur einen hat sie geliebt. In Robert Seethalers neuem Roman geht es um das, was sich nicht fassen lässt. Es ist ein Buch der Menschenleben, jedes ganz anders, jedes mit anderen verbunden. Sie fügen sich zum Roman einer kleinen Stadt und zu einem Bild menschlichen Erlebens.